GELIEBTE DES MEERES

GEFÄHRTEN FÜR MONSTER - ILLUSTRIERTE SAMMLEREDITION

TAMSIN LEY

Übersetzt von FRANZISKA POPP

Illustrationen von RAVEN HUMPHREYS

Illustrationen von TAMSIN LEY

Twin Leaf Press

Lektorat: Lektorat Popp

ISBN: 978-1-950027-54-5

Twin Leaf Press
PO Box 672255
Chugiak, AK 99567

Der Kuss des Meermannes

1

Brianna warf den Schwangerschaftstest in den Badezimmermülleimer und stieg zu Eric ins Bett. Er hatte den Laptop auf dem Schoß und kontrollierte eine Hochrechnung seines Unternehmens.

„Negativ", sagte sie. Geradeso gelang es ihr, dass ihre Stimme nicht brach. Die Bettdecke fühlte sich kratzig an ihrer Haut an.

Ohne den Blick von seinem Bildschirm zu nehmen, streckte er eine Hand aus und tätschelte ihre Schulter. „Wir versuchen es nächsten Monat wieder."

Nach einem totgeborenen kleinen Mädchen vor zwei Jahren waren sie dem Ratschlag des Arztes gefolgt und hatten ein Jahr gewartet, bevor sie es erneut probierten. Nun war ein weiteres Jahr vergangen, ohne irgendeinen Silberstreif am Horizont. Hatte sie ihre einzige Chance verloren, endlich Mutter zu werden? Eine Träne löste sich und landete auf ihrem Kissen. „Vielleicht sollten wir aufhören, es zu versuchen."

„Wenn es das ist, was du willst." Er scrollte mithilfe des Mousepads.

Briannas Brust schmerzte. „Eric?"

„Mmm?" Er tippte gegen das Mousepad.

„Eric." Dieses Mal brach ihre Stimme. Jetzt nahm er zumindest den Blick von seinem Computer und sah sie an. Seine Augen erinnerten sie an einen bestimmten Fisch im Aquarium in ihrem Büro, rund und dunkel und vollkommen emotionslos. Sie schluckte ihre Tränen herunter, rutschte näher zu ihm und legte ihren Kopf auf seine Schulter. „Mach Liebe mit mir."

Sein Arm spannte sich an, als er ihn aus ihrem Griff befreite. Für einen kurzen Moment beruhigte sich ihr Herz, doch seine Hand landete auf ihrem Kissen. „Es ist spät." Er tätschelte ihre Schulter erneut und richtete seine Aufmerksamkeit zurück auf den Bildschirm. „Wir versuchen es beim nächsten Zyklus noch einmal."

❦❦❦

DIE SALZIGE BRISE, die über den Pier wehte, schmeckte nach Tränen. Hinter ihr gingen Menschen auf der Promenade ihrem Alltag nach. Vor ihr lag der graue Himmel und gleich darunter das dunkle Wasser.

Brianna machte einen Schritt nach vorn, trat vom Holzsteg.

Die schweren, zum Fischen verwendeten Bleigewichte um ihre Hüfte leisteten ihren Beitrag und zogen sie nach unten. Immer tiefer und tiefer, der Druck in ihren Ohren ein klares Zeichen.

Obwohl sie gelesen hatte, dass Ertrinken eine von den weniger schlimmen Techniken war, dieser Welt den Rücken zu kehren, brannte das Salz in ihren Augen und in der Nase. Und das Wasser war kalt. So kalt. Als das Licht über ihr zu einem trüben Blau verschwamm, richtete sie ihren Blick auf die letzten Bläschen, die von ihrer Bluse aufstiegen. Wer hätte gedacht, dass der Weg zum Grund so weit war? Für einige Sekunden blockierte ein Fischschwarm das spärliche Flimmern der Oberwelt, dann waren sie wieder verschwunden.

Ihre Brust brannte und sie hatte Angst, den Mund zu öffnen. War sie sich sicher, dass sie das wirklich tun wollte? Erst nach drei Jahren in ihrer Ehe mit Eric war ihr bewusst geworden, was für ein kalter Fisch er war und dass er sich nicht mehr änderte. Nicht einmal die Totgeburt der kleinen Pauline schien ihn berührt zu haben. Allerdings war er nicht der einzige Fisch im Meer. Wäre eine Scheidung so schlimm? Kurz vor seinem Tod hatte ihr Vater sie schwören lassen, sich niemals von ihrem Ehemann scheiden zu lassen. Ihre Mutter hatte einen Teil seiner Seele mit sich genommen, als sie ihn verlassen hatte. Also hatte Brianna es ihm geschworen.

Nun war er nicht länger bei ihr. Dies war ihr Leben.

Oder ihr Tod.

Das ist doch dämlich! Sie riss an dem schweren Seil um ihre Hüfte. Durchzogen mit Knoten, an denen sie die Fünf-Kilo-Gewichte angebracht hatte, konnte sie nicht mit Sicherheit sagen, welcher davon sie aus ihrer Lage befreien würde. Ihre weite Bluse, die an Land die Gewichte vor neugierigen Blicken verschleiert hatte, trieb in der Strömung; sie konnte nicht alle Knoten sehen. Mit beiden Händen hob sie den Saum ihrer Bluse und zog das Kleidungsstück über ihren Kopf. Das Wasser, so gierig, trug den zarten Stoff ins blaue Nichts.

Ihr Hintern landete auf dem Grund, wodurch der Schlamm aufgewirbelt wurde. Kleine Bläschen drängten sich zwischen ihren Lippen hindurch. Sie presste den Mund fest zu. Ihre gequälten Lungen brannten und schienen gleich zu explodieren.

Ihr linker Fuß kratzte über Stein und sie versuchte, sich hinzustellen, um sich abzustoßen und den Weg an die Wasseroberfläche zu wagen. Doch ihr Fuß rutschte von dem glitschigen Felsen und die Strömung trieb sie hinfort.

Wie konnte sie nur so dumm sein? Sie wollte nicht sterben! Was hatte sie nur dazu getrieben? Und auf diese Weise? Als Fischfutter! Mit brennenden Augen und in der Trübnis der Unterwasserwelt suchte sie nach dem richtigen Knoten. Ihre Finger fühlten sich taub an, kalt und unbeweglich. Sie kribbelten. Aus ihrer Nase traten mehr Bläschen. Ihre Lungen schrien, brannten und verlangten, dass sie tief Luft holte.

Das Licht verlor immer weiter an Intensität. Mit beiden Händen drückte sie den Seilgürtel nach unten und hoffte, ihn über ihre Hüften zu bekommen. Das Seil dehnte sich etwas. Vielleicht konnte sie sich ihre Konstruktion abstreifen. Leider kam ihr der Bund ihrer Caprihose in die Quere. Kurz entschlossen öffnete sie den Knopf und entledigte sich tretend ihrer Hose, zusammen mit dem Höschen.

Ohne ihr Einverständnis kosteten ihre Lippen von dem Wasser. Sofort setzte sie instinktiv zum Husten an. Ihre Lungen füllten sich, doch nicht mit dem ersehnten Sauerstoff. Panisch kratzten ihre nackten Beine über den steinigen Boden.

Ihr Sichtfeld verdunkelte sich aufgrund des Sauerstoffmangels. Oder sank sie tiefer? Eine merkwürdige Ruhe nahm von ihrem Körper Besitz. Ein weiterer Fischschwarm blockierte das wenige Licht von oben. Sie blinzelte. Vielleicht wäre der Tod doch nicht so schlimm. Wie das Eintauchen in einen Traum. Und vielleicht würde ihr Baby sie auf der anderen Seite in Empfang nehmen.

Dann wurde sie von starken Händen an den Oberarmen gepackt. Ein Mann mit kurzen Haaren und glühenden Augen starrte sie an. Jemand war gekommen, um sie zu retten! Sie warf die Arme um seinen Hals. Jedenfalls versuchte sie es; das Wasser bremste ihre Bewegungen. Auch ihre Beine bewegten sich, wickelten sich um seine Hüfte, in dem Versuch, an ihm an die Wasseroberfläche zu klettern.

Seine Augen weiteten sich, silberne Tiefen unter dunklen Augenbrauen. Unter ihren Fingerspitzen ertastete sie geschmeidige Haut. Sein Gesicht kam näher, sein Blick bohrte sich in ihren. Ein entschlossener Mund fand den ihren und seine Zunge verschaffte sich Zugang.

Sie schnappte nach Luft. Benommenheit machte Begierde Platz. Verlockend sprach die Zunge lange verborgene Instinkte in ihr an und kreierte ein Verlangen in ihrer Mitte – etwas, nach dem sie sich verzweifelter sehnte als nach ihrem nächsten Atemzug. Sie erwiderte den Kuss, duellierte mit seiner Zunge

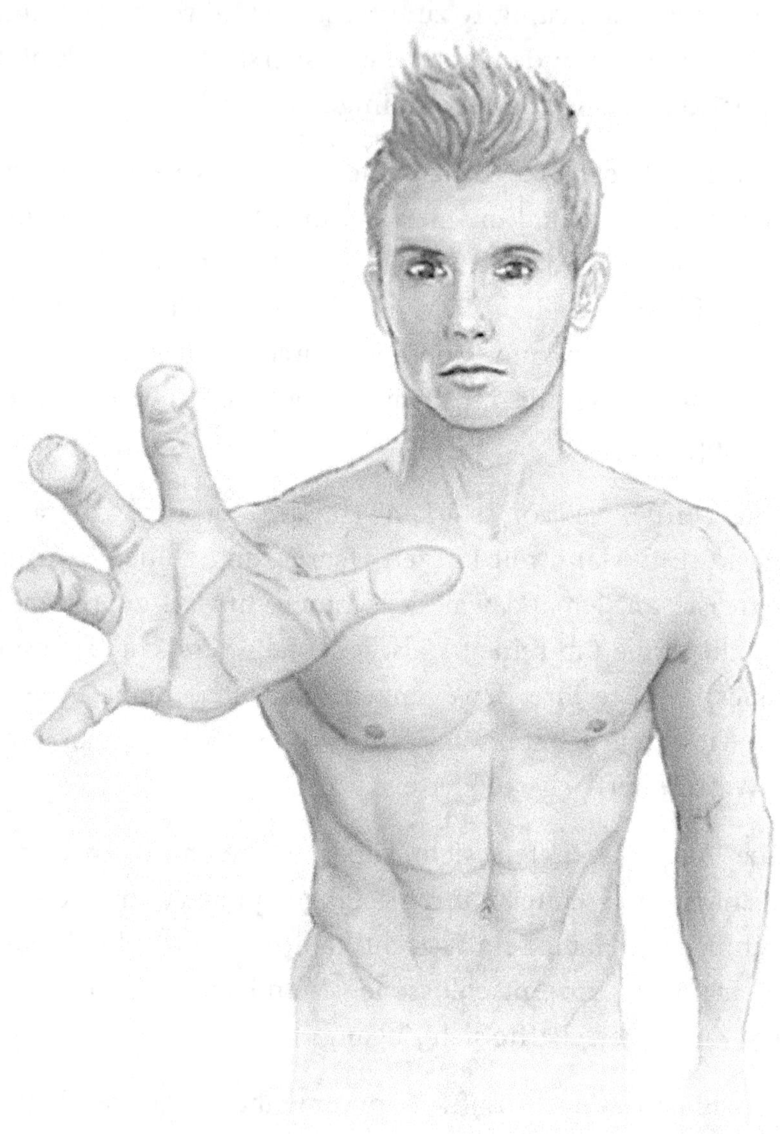

und akzeptierte die Wirkung auf ihr Geschlecht. Mit den Beinen um seine Hüfte riss sie ihn an sich, rieb sich an einer harten Erektion.

Ein gedehntes Summen – kein Stöhnen, kein Lied – umgab sie und drang tief in ihr Innerstes vor. Er entriss ihr seine Lippen, seine Hände auf ihren Hüften. Dann küsste er sie wieder, eine neckende Ankündigung auf das Kommende.

Für den Bruchteil einer Sekunde wunderte sie sich, ob dies eine Fantasie ihres Unterbewusstseins war. Ein Versuch, ihren Verstand vor dem unausweichlichen Ende zu bewahren. Schon bald wurde diese Theorie von der Strömung weggerissen und hinterließ jene unbändige Begierde in ihr. Das Bedürfnis, eins mit ihm zu sein. Ihn in sich zu spüren. Den Tod mit dem Akt zu vertreiben, der in der Lage war, Leben zu erschaffen.

Mit ihren Beinen an seiner Hüfte zog sie ihn noch näher an sich, streckte sich ihm entgegen. Ein wortloses Flehen nach mehr.

Und so natürlich wie Atmen füllte er sie mit seinem Schwanz.

Was ...? Ein Gedanke hallte in ihrem Verstand wider, ein Gedanke, der nicht ihrer war, sondern seiner.

Doch im Moment hatte sie keine Zeit, innezuhalten und darüber nachzudenken. Seine Hände glitten zu ihrem Hintern, rissen sie an sich, während er seine Hüften wellenartig bewegte.

Benommen von Ekstase passte sie ihre Hüften an die rhythmischen Bewegungen ihres Gegenübers an. Sie warf den Kopf in den Nacken und spürte, wie sein Schwanz ihre tiefsten Stellen erreichte. Elektrisierende Schauer überwältigten sie, schossen durch ihre Beine, sammelten sich in ihrer Mitte. Dies war pure Lust. Ein Verlangen, von dem sie glaubte, es wäre ein Mythos. Ein Verlangen, das jegliche Gedanken aus ihrem Kopf vertrieb. Zurück blieb nur das Bedürfnis nach Erlösung.

Um sie herum rauschte die Strömung, während er immer und immer wieder in sie stieß. Purer Instinkt forderte sie dazu auf, die Beine enger um ihn zu wickeln. Sie brauchte einen Orgasmus. Eine Erlösung, die sich überwältigender als alles bisher Dagewesene anfühlen würde. Hitze bildete sich in ihr, vereinnahmte sie von Kopf bis Fuß. Gedanken unterschiedlichster Art kollidierten in ihrem Verstand: Sex. *Magie.* Hitze. *Atem.* Leben. *Ja!*

Das letzte Wort schrie sie heraus. Gleichzeitig warf sie den Kopf in den Nacken, als sie von einem Orgasmus erschüttert wurde.

Die Finger des Mannes gruben sich tief in ihre Pobacken und er folgte ihr in die Ekstase.

Augen geschlossen, die Brust schwer hebend, entspannte sie sich in seinen Armen. Ihr Herzschlag pulsierte in ihren Ohren und ihre Gliedmaßen fühlten sich wie Quallen an. Sex mit Eric war nicht besonders aufregend gewesen. Klinisch. Ihr Ziel war es immer gewesen, *ihn* zufriedenzustellen, doch sie selbst hatte nie mit der gleichen Begeisterung gesprochen, wie das so viele Freunde von ihr taten. Jetzt verstand sie, warum um Sex so ein Wirbel gemacht wurde.

Ein muskulöser Arm festigte sich um ihre Taille und das wogende Meer strich ihr die Haare aus dem Gesicht. Sie öffnete die Augen und ihr stockte der Atem. Dann erstarrte sie. Ihr stockte der Atem? Sie atmete! Wie war das möglich?

Die Gewichte um ihren Körper bohrten sich in ihre Haut, als er sie nah an seine Brust drückte. Mit beeindruckender Kraft glitt er mit ihr in den Armen durchs Wasser, seine Aufmerksamkeit auf etwas vor ihm gerichtet. Sie ließ die Augen über seine kurzen Haare und seine nackten Schultern schweifen, über seine Wirbelsäule, wo sich eine Rückenflosse erhob. Eine Flosse?

Sie blinzelte, fragte sich, ob ihr Verstand ihr einen Streich spielte. Hier unten, im Wasser, im trüben Licht. Wo sie plötzlich in der Lage war, zu atmen! Sie rieb mit einer Hand über ein Schulterblatt, über die Flosse und dann zur ersten grätigen Zacke. Um auch einen Blick auf den Rest seines Körpers werfen zu können, legte sie den Kopf auf die Seite. Panik kletterte ihre Kehle hinauf: Wo dieser Mann eigentlich Beine haben sollte, identifizierte sie einen langen, silbernen Fischschwanz mit einer gefächerten Flosse am Ende. *Dieser Typ hat einen Fischschwanz!*

Gerade hatte sie Sex mit einem Meermann gehabt. Und nun führte er sie in die Tiefen des Ozeans.

2

Die wärme dieser Frau breitete sich in seinen Adern aus wie eine Droge. Zantu hatte sie strampeln sehen und ihr lediglich aus ihrer Notlage helfen wollen – eine Schwäche, die er von seinem Vater mitbekommen hatte. Das funkelnde Gold um ihren Hals hatte ihn ermutigt, sich ihr zu nähern. Dann hatte sie sich plötzlich wie ein Tintenfisch um seinen Körper gewickelt. Ein extrem heißer Tintenfisch. Augenblicklich war sein Schaft aus seinem Meermannsschwanz hervorgetreten. Wie der Stoßzahn eines Narwals, der sich entschlossen durch eine dicke Eisschicht bohrte, hatte er ihre Hitze für sich beanspruchen wollen, bevor sein Verstand in der Lage gewesen war, diesen Moment zu verarbeiten.

Nun gehörte er der grünäugigen Schönheit mit Leib und Seele.

Ganz im Gegenteil zu den promiskuitiven Meerfrauen, die alles anfielen, was einen Penis vorweisen konnte, gingen Meermänner einen Bund fürs Leben ein. Aus diesem Grund war ein Meermann zu endlosen Qualen verurteilt, wenn die Gefährtin ihn immer und immer wieder betrog. Er würde den gezeugten Nachwuchs versorgen, wie das die Männchen bei den Seepferdchen taten, bis auch dieser ihn verließ. Die meisten Meermänner starben an gebrochenem Herzen.

Zantu spannte den Kiefer an und festigte den Griff um seine neue Gefährtin. Er fühlte, wie sie erstarrte; wahrscheinlich wollte sie bereits in die Arme eines anderen flüchten, da sie von ihm bekommen hatte, was sie wollte. Aber das würde Zantu nicht zulassen. Sein Ziel war es, sie an ihn zu binden – so wie er an sie gebunden war.

Er würde einen Weg finden, um ihr sprunghaftes Frauenherz zu fesseln.

Die Frau zappelte in seinen Armen, trat ohne eine Chance auf eine Flucht um sich, als sich ein Abgrund vor ihm öffnete und er in die dunklen Tiefen eintauchte. Dort befanden sich die Nistplätze. Ihre Nägel gruben sich in seine Schultern und ihre nackten Beine rieben über seinen Meermannsschwanz.

Beine.

Niemals hätte er gedacht, dass er sich an eine Menschenfrau binden würde. Meerfrauen verführten ständig Landläufer, doch Meermännern fehlte es an verlockenden Talenten; sie vermieden Kontakt so gut es möglich war. Die alten Geschichten seiner Rasse sprachen immer wieder davon, dass Landläufer es als Steckenpferd betrachteten, Meermänner zu jagen.

Als die Frau weiterhin zappelte, strichen die Löckchen ihres Geschlechts gegen seine Hüfte, heiß und einladend. Sein Schaft zuckte. Er hatte gehört, wie intensiv sich die Verbindung anfühlte und ja, die Anziehung, die er spürte, war so unvermeidlich wie Ebbe und Flut. Er schob sie unter sich und fand ihren Blick. Sie öffnete den Mund, um etwas zu sagen, doch es trat kein Ton hervor. War sie stumm? Fehlte es ihr an Sauerstoff? Die Magie in seinem Kuss hätte ihr die Fähigkeit eines Tiefseebewohners, unter Wasser atmen zu können, verleihen sollen. Bis sich der Mond verdunkelte, würde sie im Genuss dieser Gabe bleiben, danach bedarf es eines erneuten Kusses, damit sie nicht ertrank. Das jedenfalls erzählten die Meerfrauen über männliche Landläufer, die sie verführten. Vielleicht war ein Meermann-Kuss weniger wirkungsvoll?

Nachdem er einen Blick nach vorne gewagt hatte, um sicherzugehen, dass sie sich auf Kurs befanden, senkte er den Kopf und bedeckte ihren Mund mit seinem. Ihre Lippen waren unglaublich weich, glitten über seine, und sie versuchte noch immer, Worte herauszubringen. Ihre Hände wanderten über seine Schultern, zu seiner Rückenflosse. Eine Berührung, die einen ungewohnten Schauer durch seinen Körper jagte. Begierde bündelte sich in ihm und er zog sie näher an sich. Als er seine Zunge an ihren stumpfen Zähnen vorbeigeschoben hatte, waren alle seine Gedanken mit einmal vergessen. Erneut trat sein Schaft hervor, bereit für eine weitere Zusammenkunft.

Ihre Beine trieben in der Strömung. Er schob seinen Meermannschwanz durch ihre Beine und um einen Schenkel, sodass ihre Hüfte enger an seine gedrückt wurde. Ihre Hitze erwartete ihn, feucht und begierig. Tief drang er in sie ein und sie wickelte die Beine um ihn, presste ihre weichen Brüste gegen seine Brust. Ihr Mund schmeckte nach sonnengeküssten Wellen.

Was mache ich denn hier? Der Gedanke gehörte nicht ihm. Heilige Abgründe, er war ihr vollkommen verschrieben. Nur die stärksten Verbindungen erlaubten es einem Meermann, die Gedanken seiner Gefährtin zu hören. Tiefer war eine Verbindung nur dann, wenn auch die Frau die Gedanken des Mannes hören konnte.

Er öffnete die Augen. Vielleicht … Ihre Lider waren geschlossen, ihre Lippen von seinen Küssen geschwollen. *Bleib bei mir*, dachte er. Sie riss den Kopf zurück, formte klanglose Worte und krallte sich mit ihren Händen weiterhin in seine Schultern. Vielleicht hatte sie ihn gehört. Vielleicht auch nicht. Im Moment konnte er nur eines unternehmen: Sie solange halten, so fest, wie er nur konnte.

Genau das tat er, und küsste einen Pfad über ihren Hals. Eine Hand fand ihre Brust, umfasste diese, neckte den Nippel. Sie erschauerte und ihre Nägel bohrten sich tiefer in sein Fleisch. Erneut bebten die Wände ihres Geschlechts um seine Länge. Sein Hoden pulsierte in Vorfreude des herannahenden Höhepunkts, doch er weigerte sich, diesen Augenblick so schnell zum Ende kommen zu lassen. Er zog seine Hüfte zurück, bis sich nur noch die Eichel zwischen ihren Falten verbarg. Er bildete sich ein, sie Wimmern zu hören, dass sie ihn nach mehr anflehte.

Noch nicht. Ich bin noch nicht fertig mit dir.

Sie wackelte mit den Hüften, rieb ihre Klitoris über seine Länge. Ihre Zunge leckte über ihre Lippen, lud ihn ein, von ihr zu kosten. Er widerstand der Versuchung, betrachtete sie, nahm ihren Anblick in sich auf. Seine Kontrolle auf diese Weise zu testen, war beinahe so erregend wie sie zu nehmen. Der Drang in ihm war intensiv, aber nicht überwältigend. Wie war dies nur möglich? Einem Meermann sollte es unmöglich sein, seiner Gefährtin zu widerstehen, wenn auch nur für einen Moment – ihren Reizen so ausgeliefert wie eine Qualle den Gezeiten. Wenn er sich derart zurückhalten konnte, gab es vielleicht noch Hoffnung für ihn.

Dann öffnete sie ihre Augen und ihre Lippen formten nur ein Wort: „Bitte." Oh doch, er war verloren. Mit einem Lustschauer vergrub er sich in ihr, presste seine Hüfte gegen ihre. Sie passte sich seinem Rhythmus an, warf ihren Kopf zurück, bewegte sich mit ihm, bis sich sein Meermannschwanz in Ekstase des Orgasmus fester um ihren Körper wickelte.

Er sackte an ihr zusammen, hielt sie sanft an sich gepresst und erlaubte der Strömung, die Führung zu übernehmen. Fünfunddreißig Jahre lang war er seinem Schicksal entkommen. Dabei hatte er mehrere Angebote abgelehnt. In der letzten Zeit jedoch hatten ihn seine Instinkte immer wieder an den Abgrund geführt. Zum Beispiel zu einer Verführerin mit pechschwarzem Haar und der Stimme eines Orcas. Eine Zauberin mit einer smaragdfarbenen Schwanzflosse und einer goldenen Rückenflosse, die, wie er später herausfinden musste, in ein Liebesserum getränkt gewesen war.

Dennoch war er erleichtert, dass er jetzt eine Verbindung eingegangen war. Nun würde er nicht länger vor Meerfrauen in Angst leben müssen. Keine Fallen, keine Tricks. Mit einem Menschen war es ihm vielleicht möglich, einen Bruchteil an Kontrolle zu behalten. Vielleicht war es ihm sogar möglich, den Verbindungsfluch aufzuheben.

Ein Kampf trug sich in seiner Brust aus, als er seine Gefährtin an sich drückte. Sein Unterbewusstsein war bereits damit beschäftigt, einen Weg zu finden, wie er sich aus ihren Klauen befreien konnte.

Für jetzt jedoch würde er alles Erdenkliche tun, um sie zu beschützen.

3

Brianna trieb so schwerelos durchs Meer wie ein Schnapper, schwelgend in den Nachwirkungen ihres Aktes mit dem Meermann. So archaisch der Sex auch gewesen war, sie empfand es als Liebe machen. Sie könnte schwören, dass er ihr dabei süße Worte ins Ohr geflüstert hatte. Womöglich war es aber nur auf ihr Bedürfnis zurückzuführen, geliebt und geschätzt zu werden.

Sie öffnete schwere Lider, konnte jedoch hinter den Schultern des Meermannes nur dunkle Finsternis erkennen. Vielleicht war dies ein Traum. Vielleicht war sie tot. Konnte man träumen, wenn man tot war? Was auch immer der Fall war, sie wollte nicht aufwachen. Nicht, wenn sich der Tod so gut anfühlte. Mit einem Seufzen wickelte sie die Arme um seine Hüfte und schmiegte sich mit der Wange an seine Schulter. Er roch nach Salz und gleichzeitig nach Kräutern.

Wie er wohl heißt?

Eine Stimme wie ein Lied traf sie: *Zantu.*

Sie kicherte, woraufhin winzige Bläschen ihre Nase kitzelten. *Jetzt höre ich schon Stimmen. Was für ein Name ist bitte Zantu?*

Die Hand, die über ihren Rücken streichelte, erstarrte. Er schob sie von sich weg, um ihr in die Augen sehen zu können, seine Hände wie Krallen um ihre Oberarme. *Du kannst mich hören?*

Seine silberfarbenen Augen glühten wild. Dann grinste er; jeder einzelne perlenweiße Zahn war so scharf wie von einem Raubtier. Wie war ihr das beim Küssen entgangen? Zum ersten Mal verspürte sie in seiner Nähe Angst.

Kannst du mich hören? Wieder schwebte die klangvolle Stimme durch ihren Verstand.

Ein Schauer begann in ihrer Brust und breitete sich bis in ihre Knochen aus. Ihr Herz raste und ihr Sichtfeld verschwamm bei jedem Herzschlag. Dennoch schaffte sie es, ihm zuzunicken.

Er entfernte eine Hand von ihren Armen und strich über ihre Wange.

Beim Anblick der Schwimmhäute zwischen seinen Fingern zuckte sie zusammen. Ein Wort formte sich in ihrem Verstand, als sein rotierender Fischschwanz ihre Aufmerksamkeit erregte: *Monster.*

Seine Hand erstarrte wenige Millimeter über ihrer Haut. Ihr Blick schoss zu seinen Augen, mit der Befürchtung, dass er sie vielleicht gehört haben könnte. Seine Lippen wiesen nicht länger ein Lächeln auf. Seine bleifarbenen Pupillen glühten wie zwei Monde. *Es tut mir leid!,* dachte sie und hoffte, dass er sie hörte.

Er saugte seine Wangen ein, als müsse er sich davon abhalten, etwas zu sagen. Er senkte seine Hand von ihrem Gesicht. *Komm mit.*

Seine andere Hand fand die ihre und er wandte sich von ihr ab. Mit einem kraftvollen Schlag seines Fischschwanzes riss er sie mit sich, zog sie wie Treibgut hinter sich her.

◆◆◆

ZANTUS FREUDE über die Entdeckung der wechselseitigen, telepathischen Verbindung hatte einen Nachgeschmack hinterlassen, der verdächtig nach Möwenspucke schmeckte. Sie sah ihn als Abscheulichkeit? Ein Monster? Natürlich tat sie das. Ihre Art jagte seinesgleichen. Zwischen ihnen konnte es keine Liebe geben.

Ich heiße Brianna, sandte sie ihm, doch er antwortete nicht. Konnte er nicht. Er musste einen Weg finden, um den unseligen Bund zwischen ihnen zu zerbrechen, bevor er die Geheimnisse des Unterwasserreichs vor ihr preisgab – vor einem Außenstehenden. Niemals durfte es soweit kommen, dass sie ihre Leute zusammenrufen konnte, um seine Rasse bis auf den Letzten zu jagen.

Er spannte die Muskeln seines Meermannschwanzes so stark an, als wäre er auf der Flucht vor den Zähnen eines Killerwals, rauschte durch die Strömung, tiefer und tiefer, an einen Ort, wo er sie im Blick hatte, während er sich einen Plan ausdachte. Normalerweise brauchte er für diese Strecke nur eine vierteltägige Gezeit, doch das zusätzliche Gewicht seiner Gefährtin bremste ihn aus. Er musterte das Wasser vor ihm, immer auf der Hut vor Haien und anderen Raubtieren, die sich sein Handicap zu Nutzen machen würden.

Ein trällerndes Lachen erregte seine Aufmerksamkeit, gefolgt von drei hohen Noten und einem tieferliegenden Vibrieren, das auf eine Fischharfe hinwies. Seine Rückenflosse knickte ein. Meerfrauen. Melodien schwangen durch das Wasser, ein vertrauter Takt, eine Magie, die verführen wollte. Er kannte diese Stimme. Loia. Schon zuvor hatte sie versucht, ihn in ihren Bann zu ziehen, und hätte es beinahe geschafft. Nunmehr fühlte er nur noch eine schwache Andeutung dieser Macht in ihrem Lied. Die Verbindung war festgelegt und eine Beeinflussung war nicht länger möglich.

Seine Rückenflosse schnappte in die Höhe, aufrecht und stolz. Ruckartig änderte er die Richtung, direkt auf die Musik zu. Er konnte es kaum erwarten, ihren Gesichtsausdruck zu sehen, wenn er ihr sagte, dass er niemals ihr gehören würde.

Inmitten einer Schar aus winzigen, silbernen Fischen erblickte er den kurvigen, grünen Meerfrauenschwanz der Sängerin. Die Fische schwammen und funkelten im Rhythmus ihres Liedes, fallend und hebend und drehend, wirbelten sie in ihrem magischen Kraftfeld. Ihre Haare schwebten nach oben wie indigofarbene Seefächer, ihre Brüste hingegen, blass wie Alabaster und gekrönt von violetten Nippeln, sollten ihn wie einen Köder anlocken. Sinnliche Lippen in der Farbe des Seefächers sangen von ekstatischen Versprechungen.

Seine Kehle schnürte sich zu. Ihre Magie war stark. Trotz des Bundes zu seiner Gefährtin riss das Lied der Meerfrau an ihm, brannte in seinem Blut und brachte seinen Schaft zum Zucken, ganz im Rhythmus der tanzenden Fische.

Sie bemerkte ihn. Ihre goldenen Augen verengten sich und ihre Lippen formten sich zu einem raubtierartigen Grinsen, während sie mit ihrem Lied fortfuhr. Ihre Finger liebkosten die Saiten ihrer Harfe, entlockten dem Instrument Töne, die von Liebe und Begierde sprachen.

Die Hand seiner Gefährtin festigte sich um seine Finger. Für einen kurzen Moment hatte er vergessen, dass sie da war. Sein Herz hämmerte gegen seine Rippen. Er war sicher. Das Lied konnte ihm nichts mehr anhaben. Schließlich hatte er jetzt seine Gefährtin. Er legte einen Arm um ihre Taille, zog sie eng an seine Seite, und verspürte Genugtuung, als er die Eifersucht auf Loias Gesicht entdeckte.

„Zantu, was hast du mir mitgebracht?", sang sie. „Eine kleine Köstlichkeit?"

Er zog seine Frau enger an sich. „Ich habe meine Gefährtin gefunden. Du hast keine Macht mehr über mich, Loia."

Der Fischschwarm um sie verlor für einen kurzen Moment seine Formation, bevor sie sich neu einfanden und wie Millionen winziger Messer auf das Kommando zum Angriff warteten. „Du kannst dich nicht mit einem Menschen binden. Ein Schwanzschlag und ihr Leben ist vorüber."

„Nur, weil du sie zum Ertrinken zurücklässt, Loia. Mit einem gebrochenen Herzen."

Die Meerfrau löste ihren Schwanz aus der zusammengerollten Position und schob ihre Brüste verführerisch nach vorn. „Warum solltest du sie wollen? Sie kann kein Verstecken im Algenwald mit dir spielen. Oder durch die Tiefen des Canyons mit dir schwimmen. Und sie kann auch nicht singen, wenn du

einen harten Orgasmus hast. Sie kann nicht mal einem Haiangriff entfliehen. Ein Mensch ist kein passender Gefährte für unsereins. Nicht mal als Spielzeuge sind sie lange zu gebrauchen."

„Das weißt du doch gar nicht", zischte er. Ein winziger Fisch berührte seinen Arm und er schüttelte ihn von sich. „Meerfrauen haben kein Interesse an Gefährten." Dennoch machte sich Sorge in ihm breit. Wie sollte er eine menschliche Gefährtin beschützen, wenn Raubtiere in ihre Nester einfielen?

„Natürlich haben wir Interesse an Gefährten, Zantu." Ihr Grinsen entblößte messerscharfe Zähne – bereit, ihn zu verschlingen. „Wir beschränken uns eben nicht nur auf einen. Eine Schande, dass du niemals die wahre Lust kennenlernen wirst, nur die tollpatschigen Gliedmaßen eines Landläufers. Oder … vielleicht mag sie es ja auch, zu spielen?" Loia drehte sich um ihre eigene Achse, wirbelte ihren Kopf herum und fand wieder seinen Blick. Während der Drehung hatte sich ihre Spalte geöffnet – eine pinke Einladung zu ihrer Vulva. „Menschenmänner sehen gerne zu, wenn andere kopulieren. Ich könnte es ihr zeigen – und dir –, was eine echte Frau mit einem Mann tun kann."

Etwas rieb sich an der Stelle, wo sich sein Schaft verbarg. Er senkte den Blick: Zwei winzige Fische rieben sich an ihm. Er hob erneut den Blick und musste erkennen, dass der Fischschwarm sie wie ein Netz umzingelte.

Loia leckte sich über ihre Lippen, rieb mit den Händen über ihre Brüste und zwickte in ihre violetten Nippel. Eine Hand wanderte nach unten und fand ihre geschwollenen Falten. Der

Duft ihrer Erregung schwappte in dem Gefängnis aus ihren Lakaien zu ihm.

Trotz seiner Verbindung mit Brianna zeigte die übertriebene Sexualität von Loia ihre Wirkung. Es fehlte nicht mehr viel und seine Länge würde aus der beschützenden Umhüllung herausspringen. Sein Kopf drehte sich. Er konnte nur daran denken, seinem Verlangen nachzugeben.

Brianna schlug nach einem Fisch nah an ihrem Gesicht und schmiegte sich enger an ihn, presste ihre Wange an seine Schulter. *Ich will nach Hause.*

Diese Worte holten ihn schneller zurück als der Angriff von Muränen. Sie wollte ihn verlassen. Er wickelte beide Arme um sie und brachte Abstand zwischen sich und Loias Verführungsbemühungen. Wenn er seine Gefährtin behalten wollte, war es nicht besonders klug, Loias Gesellschaft zu suchen. „Finde einen anderen Mann, den du ruinieren kannst", rief er.

Ihre blasse Haut wurde grell und sie riss ihren Mund bedrohlich auf, zeigte jeden einzelnen ihrer haiartigen Zähne. „Du kannst sie nicht behalten!", schrie sie.

Brianna zappelte in seinen Armen, ihre Beine traten um sich, als würde sie davonschwimmen wollen. Ihre schmalen Schultern fühlten sich unter seinen Händen zerbrechlich an, und doch weigerte er sich, sie gehen zu lassen. Der Geruch nach Blut erreichte seine Nase. In seinem Kopf hörte er Briannas panische Schreie: *Meine Beine!*

Er lockerte seinen Griff und sah, dass ihre untere Hälfte von Loias Armee aus Fischen umzingelt war. Eine Wolke aus rosafarbenem Wasser umgab sie. *Sie þeißen meine Gefährtin!* Das Blut würde jedes Raubtier in der Umgebung anlocken. Zorn erwachte in ihm und er öffnete den Mund weit, um ein tiefes, abwehrendes Klangfeld zu erzeugen.

Die Fische flohen.

4

Die plötzlich von Zantu ausgestoßene Baritonnote stand in einem starken Kontrast zu der Tenor-Arie, die er mit der Meerfrau ausgetauscht hatte und hallte noch immer in Brianna nach. Er pumpte mit dem Meermannschwanz und eine Wasserwoge zwang sie, die Augen zu schließen, als sie die singende Loia und ihre aggressiven Haustiere zurückließen.

Briannas Haut juckte und brannte, wo die winzigen Fische an ihr geknabbert hatten. Jedoch schwamm er so schnell, dass sie sich nicht die Wunden ansehen konnte. Sie schmiegte ihre Wange an seinen warmen Hals und krallte sich an ihm fest. Die beeindruckende Performance der Meerfrau war mit jeder Note merkwürdiger geworden. Die abschließende, sexuelle Demonstration ließ keinen Zweifel daran, was die Kreatur wollte. Und die lästigen Fische hatten eindeutig gezeigt, wie verzweifelt sie Brianna von der Bildfläche haben wollte.

Die körperlichen Merkmale des Meermannes hatten ihr Angst eingeflößt. Nun musste sich Brianna aber eingestehen, dass er gerade dadurch in der Lage war, sie zu beschützen. In Erinnerung rieb sie die Schenkel aneinander. Wieso wollte er sie, wenn er doch von einer so verführerischen Kreatur wie dieser Meerfrau begehrt wurde? Sogar Brianna hatte die Anziehungskraft gespürt, und sie hatte sich noch nie zu einer Frau hingezogen gefühlt. Mittlerweile wunderte sie es nicht mehr, dass Seeleute mit dem Ziel in ihren Tod sprangen, diese Wesen zu erreichen.

Sie sah über ihre Schulter, suchte in den trüben Gewässern nach der Meerfrau, die Angst allgegenwärtig, dass sie ihnen folgte, jedoch waren ihre Augen zu schwach, um in dem dunklen Ozean etwas zu erkennen. Die Welt hatte ihre Farben verloren und sich in finstere Töne aus Schwarz und Grün verwandelt. Ein Fischschwarm schwamm vorbei, speerförmige Körper bewegten sich als Einheit. Vor ihnen erhoben sich Stängel vom Grund, die einen beweglichen Vorhang bildeten, darin verwoben Meeresbewohner, die in der Strömung wogen.

Zantu passste seinen Griff um ihre Taille an, was sie zum Beben brachte. Unter ihren Fingern konnte sie seinen Herzschlag fühlen, als er sie tiefer und tiefer in die Dunkelheit zog. Die Art und Weise, in der sein Fischschwanz gegen ihre Beine und ihren Venushügel stieß, erinnerte sie an den Sex mit ihm. Sie sehnte sich nach mehr. Dennoch zeigte er kein Interesse daran, eine kleine Pause für ein Tête-à-Tête einzulegen.

Sie schwammen über Steinformationen mit farbenfrohen Seesternen und Anemonen. Dann schoss er durch den Seetang-Wald, an einem riesigen schwarz-roten Fisch mit einem offenstehenden Maul vorbei, über einen Aal hinweg, der aus einer Höhle in den Steinen hervorlugte. Hier schien der Wald weniger dicht besiedelt, wodurch mehr Licht den Grund des Meeres erreichte. Oder befanden sie sich in flacheren Gewässern? Sie hob den Blick, betrachtete das Verdeck aus Seetang-Blättern, das in der Strömung trieb, konnte jedoch nicht erkennen, wie groß die Entfernung war.

Wohin bringst du mich?

In Sicherheit.

Seine Worte milderten den Druck in ihrer Brust. Zuvor hatte sie befürchtet, dass er, nachdem er seine Lust befriedigt hatte, nun eine andere Art Hunger entwickeln würde. Ein Hunger, bei dem seine messerscharfen Zähne zum Einsatz kämen.

Er bremste ab und schob sie an den Oberarmen von sich. *Ich bin kein Monster.*

Sie hatte ein schlechtes Gewissen, durch das sie am ganzen Körper rot anlief. Diese Wir-können-die-Gedanken-des-anderen-hören-Sache war wirklich unheimlich. *Tut mir leid. Ich weiß einfach nicht viel über dich oder deine Art.*

Wir meiden die Menschen. Ihr seid gefährlich.

Ein Kichern, das sich in Form von Bläschen aus ihrem Mund löste, war ihre Reaktion auf seine Worte. Hier unten, tief am Grund des Meeres, wurde sie von einem Wesen mit scharfen Zähnen, Schwimmhäuten zwischen den Fingern und einem Fischschwanz anstatt von Beinen als Gefangene gehalten, und dennoch behauptete er, dass er Angst vor ihr hatte. Doch was sie noch mehr schockierte: Dass sie mit einem Blick in seine silbernen Augen erkannte, wie ernst er es meinte.

ZANTU FESTIGTE den Griff um seine Gefährtin und schoss wie ein Torpedo auf die Nistplätze zu. Briannas ungefilterte Gedanken erreichten ihn in unregelmäßig und teils unberechenbaren Wellen. Manchmal offen für Neues und dann wieder angsterfüllt. Das konnte er sich nicht erklären. Ihre Panik löste die größten Wellen aus. Ihre Neugierde. Und ihre Erkenntnis darüber, wie nah sie ihm war. Die Verbindung machte ihn wahnsinnig, zugleich jedoch beruhigte sie ihn. Zwar hielt sie ihn für ein Monster, trotzdem wollte sie ihn so verzweifelt wie er sie – jedenfalls für den Moment. Würde ihr Interesse irgendwann wie bei den Weibchen seiner Art erlöschen?

Vor ihnen schwangen die Algen rhythmisch zwischen glitzernden Lichtsäulen. Ohne anzuhalten, zog Zantu sie durch das Blattwerk, sandte akustische Befehle an die Pflanzen und die Kreaturen, um den Weg freizumachen. Jemand, der den Algenwald nicht kannte, konnte schnell verloren gehen, doch er kannte den Weg wie seinen eigenen Meermannschwanz. Stränge der Algen kitzelten seine Haut in Vertrautheit und es lösten sich Bläschen, die sich sogleich an die Wasseroberfläche aufmachten. Brianne drückte sich so fest an ihn, dass er ihren rasenden Herzschlag an seiner Brust spürte.

Die Algen öffneten sich wie ein Vorhang und gaben einen kleinen Zufluchtsort im Meer preis. Wie die anderen Meermänner hatte auch er eine Oase erschaffen, die einer

Königin würdig war. Und das, obwohl er immer entschlossen gewesen war, keine Gefährtin zu akzeptieren. Nisten war eine biologische Notwendigkeit, Gefährtin hin oder her.

Sein Zuhause, eine Lichtung, bestand aus einem Boden mit runden, farbenfrohen Steinen und von den Wellen polierte Muscheln und Glas. Gegenstände, die er in Schiffswracks aufgespürt und liebevoll restauriert hatte, füllten die deprimierende Leere: Ein Tisch aus Palisanderholz mit drei dazugehörigen Stühlen und ein Kosmetiktisch mit einem langen Spiegel, der immer noch das Spiegelbild zeigte. Zusätzlich noch ein Schaukelstuhl, verziert mit glänzendem Perlmutt. Ein Menschenbett mit einem luxuriösen Kopfteil hatte in einer Nische Platz gefunden, bei dem die Matratze ausgetauscht und durch weiche Schwämme ersetzt worden war. Am Fußende stand eine Truhe mit weiteren Schätzen, die er über die Jahre gesammelt hatte. Um den Bereich hatte er zudem einen Garten aus essbarem Seegras, dekorativen Seefächern und Steinen, auf denen indigoblaue und smaragdgrüne Muscheln lagen, angelegt.

Seine beeindruckendste Kreation befand sich in der Mitte seines Nests und wartete auf den Tag, an dem Zantu seine Freiheit verlor: Gestützt von lebendigen Korallen schwang eine Krippe in der sanften Meeresströmung.

In seinem Verstand schwammen Briannas Gedanken wie wild durcheinander, ohne dass er sie interpretieren konnte. Vielleicht lernte sie gerade auch, ihre Gedanken zu verschleiern. Irgendwann brauchte es einen Filter. Auch wenn er nur dazu gebraucht wurde, um den Partner nicht ständig mit detaillierten Eindrücken abzulenken.

Er setzte sie auf den Schaukelstuhl und durch die Gewichte um ihre Hüfte blieb sie an Ort und Stelle. Dann schlug er einmal mit seiner Schwanzflosse, um eine halbe Schwanzlänge auf Abstand zu gehen. Er drehte sich um seine eigene Achse, damit er einen Blick auf die Wand aus Algen werfen konnte, die seine Gefährtin einfassten. Loias Lakaien sollte es nicht möglich sein, in den Algenwald zu gelangen, trotzdem durfte er es nicht riskieren, dass sie – und damit auch Loia – ihnen an diesen Ort folgten.

Zufrieden, dass sie allein zu sein schienen, wandte er sich seiner neuen Gefährtin zu und ließ den Blick auf eine, wie er hoffte, unbefangene Weise über ihren Körper schweifen: Ihre Haare, kürzer als die einer Meerfrau und nicht so farbenfroh, schwebten in einem dunklen Heiligenschein um ihren Kopf. Ihre grünen Augen erinnerten ihn an das Sonnenlicht, das es durch die Algen schaffte. Sonnengeküsste Arme und Beine verliefen zu einem blassen Hautton an ihrem Rumpf. Ihre korallfarbenen Nippel thronten über ihrem flachen Bauch und die Löckchen zwischen ihren Schenkeln hatten eine erregende Wirkung auf seinen Schaft. So endete sein Blick schließlich bei ihren Beinen und den lackierten Nägeln an ihren Füßen.

Ein Mensch.

Er war einen Bund mit einem Landläufer eingegangen.

War das in der Geschichte der Meerleute schon mal vorgekommen? Sicher, Meerfrauen verführten Menschenmänner, aber sie gingen keinen Bund mit ihnen ein. Nicht mit Meermännern und schon gar nicht mit Landläufern.

Der einsiedlerische, leicht verletzbare Meermann schwamm einen großen Bogen um jegliche Art von Frau – bis eine Meerfrau ihn in seine Krallen bekam. *Warum muss ausgerechnet ich es sein, der von einer Menschenfrau verführt wird?* Was hatte sie eigentlich im Meer gesucht?

Sein Blick fiel auf den groben Gürtel um ihre Hüfte. Daran befestigt waren Gewichte, die Fischer verwendeten, um ihre Trophäen ans Land zu ziehen. Diese Art von Männern erwiesen sich niemals als sanft und in der Vergangenheit hatte er vielen Thun- und Schwertfischen geholfen, diesen tödlichen Fallen zu entkommen. Das Seil rieb gegen ihre blasse Haut und hinterließ hässliche Abdrücke. Seitlich konnte er bereits sehen, dass sich blaue Flecken bildeten.

Er zeigte mit einem schwimmhäutigen Finger auf ihre Mitte und schickte ihr: *Warum trägst du das?*

Sie errötete und riss hilflos an einem der Knoten. *Es war ein Fehler.*

Ihr Versuch ließ ihre Brüste beben und er gab alles, um seinen Schaft verborgen zu halten. *Willst du, dass ich es dir abnehme?*

Ja, bitte. Sie sah ihn aus flehenden Augen an, und sofort löste sich seine versuchte Objektivität in Wasser auf.

Okay. Er lokalisierte ein Messer, das er aus einem großen, grünen Stück Meerglas angefertigt hatte. Mit Bedacht, die Klinge von ihr abgewandt, sägte er durch das Seil und die Konstruktion fiel samt Gewichten auf den steinigen Boden.

Davon befreit trieb sie dem Seetang-Dach entgegen, das vereinzelt Sonnenstrahlen zu ihnen durchließ.

Sein Arm schoss nach vorn und wickelte sich um ihre Taille. Er würde sie nicht gehen lassen. Noch nicht. Sicher, irgendwann würde sie ihn verlassen. Das war unausweichlich. Bevor sie das jedoch tat, wollte er ihr zeigen, was es bedeutete, seine Gefährtin zu sein. Was es bedeutete, sich unwiderruflich einem Wesen wie ihm zu verschreiben. Nur unter der Wasseroberfläche wäre ihm dies möglich. Solange sie hier war, brauchte sie ihn.

Er schickte: *Warum bist du zu mir gekommen?*

Ihre Augen fanden die seinen; erneut färbten sich ihre Wangen rot. *Es war ein Unfall.*

Das sieht nicht nach einem Unfall aus. Er zeigte auf den Gürtel. *Dieses Teil war dazu gedacht, dich an den Meeresboden zu binden. Dich zu mir zu bringen.*

Sie presste die Lippen aufeinander und er konnte Pein in ihrem Ausdruck erkennen. *Nein. Das ...* Ihre Hände berührten ihren flachen Bauch und dann verschränkte sie die Finger. *Ich habe versucht, mich umzubringen.*

Eine Sorgenfalte bildete sich. Daraufhin musterte er sie, schätzte ihre Aufrichtigkeit ab. *Was gab es für einen Grund, sterben zu wollen?*

Ihre Schultern sackten zusammen, ihr Körper senkte sich, bis ihre Füße mit dem Steinboden kollidierten. *Es ist eine lange Geschichte. Dämlich, wenn ich ehrlich bin. Die Gewichte sollten mich davon abhalten, meine Meinung zu ändern.*

Erzähl's mir.

Ich habe mein Baby verloren.

Zantus Kiemen flatterten. Meerfrauen sahen Kinder als eine Last an. Etwas, das sie inklusive ihres Gefährten loswerden wollten. Niemals betrauerten sie den Verlust. Doch Brianna war keine Meerfrau. Ihre Gedanken trafen auf seinen Verstand, eine Welle ungefilterter Sehnsucht.

Er wickelte seinen Meermannschwanz um ihre Knie und zog sie zu sich. *Das tut mir leid.*

Sie hob die Hände und legte sie angespannt auf seine Brust, wie eine Barriere zwischen ihnen, doch sie stieß ihn nicht von sich.

Jetzt wickelte er auch noch seine Arme um sie, streichelte mit den Fingerspitzen über ihren flossenlosen Rücken. Ihr Herz flatterte an seiner Brust und er wurde daran erinnert, wie zerbrechlich sie war – vor allem hier, unter den Wellen. *Bitte versuche nicht nochmal, dich umzubringen.*

Ihre Anspannung löste sich. So nah an ihr konnte er ihren einzigartigen, sonnengesprenkelten Duft wahrnehmen. Ihre Haut strich wie Seide über seine und er spürte, wie sehr sich sein Geschlecht nach ihr sehnte.

Seine Kiemen öffneten sich; er filterte Sauerstoff aus dem Wasser und senkte sein Gesicht auf ihren Hals. Dann spitzte er die Lippen, blies sanft und stieß Bläschen gegen ihr Schlüsselbein. Sie erschauerte. Überraschtes Vergnügen vibrierte über das Band ihrer gedanklichen Verbindung. Ermutigt fügte er Klang hinzu – ein verführerischer Baritonton, den sie bis in die Knochen spüren sollte.

Sie warf ihren Kopf zurück, presste ihre Hüfte gegen seine und er nutzte die Chance, um mit den Fingern ihre Spalte zu erkunden. Schnell fand er ihre süße Klitoris, die wie eine Perle in einer Muschel sehnsüchtig auf ihn wartete. Ihr Geschlecht erhitzte sich bei seinen Berührungen und motivierte ihn, den Rhythmus zu beschleunigen. Er drückte sich gegen ihre Nässe und liebkoste das Nervenbündel, bis es unter seinen Fingerspitzen anschwoll und gierig pulsierte.

Ihre Hände wanderten von seiner Brust zu seinem Rücken. Nippel, so hart wie Muscheln kratzten erregend über sein Fleisch, während sie ihr Geschlecht an seinen Fingern rieb. Seine Erektion hatte sich aus seinem Versteck befreit und pochte im Takt ihrer rotierenden Hüfte. Jedes Mal, wenn sie gegen seine Hüfte stieß, spannte er seinen Kiefer an, um nicht die Kontrolle zu verlieren. Bevor er sich in ihrer Hitze vergrub, wollte er ihr einen Orgasmus entlocken.

Ein kleines Quietschen entrang ihren Lippen in der Form von Bläschen, als ihr Körper unter der Einwirkung eines Höhepunktes erschauerte.

Du wirst mir gehören. Er stieß den Gedanken in ihren Verstand, als er ihre Hüfte zu sich zog. Ihre Beine spreizten sich weit, erlaubten ihm leichten Zugang. Tief in ihr vergraben schwamm er zum moosgrünen Bett. Er wollte sie unter sich, fixiert, damit er sie hart nehmen konnte, um ihre feuchte Höhle mit jedem Stoß für sich zu beanspruchen.

Sie lehnte sich auf den Schwämmen zurück und hob ihr Becken, passte sich seinem Rhythmus an. Regelmäßig lösten sich Bläschen aus ihrem Mund, die seine Wangen kitzelten. Er senkte den Kopf und presste seine Lippen auf ihre. Seine Zunge erkundete ein Lippenpaar, während seine Länge mit dem unteren Paar beschäftigt war. Als sie erneut kam, packte er ihre saftigen Pobacken und stieß ein letztes Mal in sie. Erschauernd vollführten sie zusammen einen Tanz, der sie beide erschöpft zurückließ.

Danach wickelte er die Arme um sie und gestattete sich, zu schlafen.

5

Brianna wachte mit einem schweren Kopf in absoluter Dunkelheit auf. Sie streckte sich und drehte sich zu ihrer Uhr auf dem Nachttisch. Ihre Bewegungen fühlten sich merkwürdig langsam an, gebremst, in Zeitlupe, unsicher. *Was zum ...?*

Erinnerungen überrollten sie wie eine Gezeitenwelle: Die Anlegestelle, der Gürtel mit den Gewichten, das Wasser ... der Meermann. *Meermann?* Der Teil musste ein Traum gewesen sein, ein Hirngespinst, als sie der Tod hinfort gerissen hatte. Sie musste sich im Jenseits befinden. Sie starrte in die tiefe Finsternis, die Schwere des gesamten Ozeans auf ihrer Brust. Das große Nichts. Sie hatte nicht gedacht, dass es sich so ... einsam anfühlen würde.

Ein muskulöser Arm wickelte sich um sie und sie vernahm eine Stimme in ihrem Kopf: *Schlaf noch ein bisschen, kleiner Engelfisch.*

Sie schrie – oder quietschte, der Klang vom Wasser gedämpft – und wehrte sich gegen seine Umarmung. *Oh Gott, oh Gott, oh Gott.*

Es war ein schwacher Klang und erst jetzt hellte sich die Welt um sie herum durch ein lavendelfarbenes Licht auf. Zantus Hände näherten sich ihr. Violett-blaues Schimmern wurde in seinen silbernen Augen reflektiert und gab seiner Haut einen ganz besonderen Farbton, akzentuierte die perfekten Muskeln seines Oberkörpers. *Was ist los?*, fragte er.

Ihr anfänglicher Anflug von Grauen wurde durch Ehrfurcht abgelöst. Die unerklärliche Beleuchtung kam gleichzeitig von überall und nirgends, kreierte ein unheimliches Licht wie vom Mond, ohne dass eine Quelle aufzufinden war. Und dann gab es noch dieses gottähnliche Wesen in der Gestalt eines Meermannes, das besorgt auf sie heruntersah und sanft ihre Wange streichelte.

Eine tröstende Melodie pulsierte aus seiner Kehle, beruhigte ihre Nerven. Sie blickte an ihm vorbei und sah, dass das Wasser, das sie umgab, mit winzigen, violetten Diamanten gefüllt war. *So wunderschön.* Sie versuchte, einen der Staubpartikel einzufangen, doch es schlüpfte durch ihre Finger wie Luft. *Was ist das?*

Zantu wickelte den Arm um sie, küsste ihren Hals und blies kleine Bläschen durch ihre Haare. *Landläufer nennen es Plankton.*

Kannst du es nach Belieben an- und ausschalten?

Seine Brust vibrierte mit einem Summen und das Wasser tönte sich schwarz.

Oh, nein, lass es an! Mit den Händen suchte sie nach ihm. Die Dunkelheit, unheimlich und erschreckend, das Unbekannte drohte, sie zu erdrücken.

Du hast mich gebeten, es auszuschalten.

Sie fand einen seiner Oberarme, packte ihn mit beiden Händen, um ihn näher zu sich zu ziehen. *Nein, ich wollte nur wissen, ob du es kannst!*

Er sang und die Partikel erwachten wieder zum Leben. Brianna sah in ein Gesicht, das angefüllt war mit grenzenloser Zärtlichkeit und einem Hauch von Belustigung. Ihr Herz setzte einen Schlag aus.

Er lehnte sich vor und legte seine Stirn an ihre. Die merkwürdige Farbe der Lichtquelle erschwerte es, seinen Ausdruck zu lesen. Die Stimme in seinem Kopf jedoch strotzte vor Aufrichtigkeit, nach der sie sich schon so lange gesehnt hatte. *Ich werde dich beschützen. Immer.*

Sie hob die Hand und streichelte mit den Fingerknöcheln über seine Wange, genoss seine samtweiche Haut entlang seines Kiefers. Gott, sie glaubte ihm.

In dem Moment knurrte ihr Magen.

Und ich werde dich füttern. Sein Glucksen passte zu dem Schwung seiner Lippen.

Eine Sehnsucht nach Nachos ergriff sie. Oder nach gebratenem Hähnchen. Sie leckte sich über die Lippen. Was aßen Meermänner? Rohen Fisch? Sushi hatte sie noch nie gemocht. Bei halbgarem Steak wurde ihr schlecht.

Keine Bange, kleiner Engelfisch. Wir sind zum Großteil Vegetarier. Setz dich. Er zog einen Stuhl von dem Palisanderholz-Tisch weg.

Bisher hatte sie sich nur mit seiner Hilfe durchs Wasser bewegt. Nun schwamm sie, wenn auch noch etwas schwerfällig, zu ihm und nahm Platz. Glücklicherweise hatte er ihr dabei nicht zugesehen.

Stattdessen hatte er sich mit einem Messer zum Ende der Lichtung begeben, um Seegras zu sammeln, so wie andere undefinierte Dinge, die er zusammen mit dem Seegras in eine Muschelschüssel legte. Sie beobachtete ihn bei der Arbeit, wie sich die Rückenmuskeln und seine Oberarme anspannten und wieder entspannten. Auch sein kräftiger Fischschwanz war mit Muskeln durchzogen, wodurch eine kleine Bewegung ausreichte, um ihn durchs Wasser gleiten zu lassen. Das war das erste Mal, dass sie ihn betrachten konnte, ohne dass er ihren Blick erwiderte. Sie wollte die Hand ausstrecken und die verletzlich aussehende Flosse am Ende seines Schwanzes berühren. Sie wollte, wie sie vermutete, die kleinen Schuppen auf seinem Körper erkunden und herausfinden, wo er seinen Penis versteckte, wenn sie nicht gerade Liebe machten.

Das kann ich dir vorführen, wenn du willst.

Ihre Haut erhitzte sich vor Verlegenheit, während ihre Pussy gierig pulsierte. Sie hatte vergessen, dass er so ziemlich alles hören konnte, was sie dachte.

Er sah über seine Schulter und zwinkerte ihr zu. *Das muss dir nicht peinlich sein, kleiner Engelfisch. Es gefällt mir, dass ich deine Gedanken höre.* In einer geschmeidigen und fließenden

Bewegung kam er auf sie zu und stellte die Muschelschüssel vor ihr ab. *Wie sehen die Männer auf dem Land aus?*

Nicht wie du. Das Zittern in ihren Gedanken verstärkte sich. Ihm musste auffallen, wie unangenehm ihr diese Unterhaltung war, dennoch weigerte sie sich, den Blick von ihm abzuwenden.

Was ist so anders? Er näherte sich, schwebte nur wenige Zentimeter von ihr entfernt. Ihr Blick fiel auf seine Bauchmuskeln, die erotisch tanzten, solange er mit seiner Schwanzflosse wedelte. Seine Hände legte er auf seine Rippen und fuhr langsam zu seinen Hüften. Ihre Augen folgten dem Pfad, direkt zu dem Ort, wo sein Penis sein sollte. Sie sah eine Beule, als wäre sein Schaft von einer zu engen Jeans bedeckt.

Seine Gedanken trafen sie und liebkosten sie, zogen sie in den Bann. *Berühre mich.*

Sie schluckte schwer, streckte eine Hand aus und strich mit den Fingerspitzen über die Beule. Eine Note, die verdächtig nach einem befriedigten Seufzen klang, jagte durchs Wasser. Von seiner Reaktion angetrieben, legte sie ihre Hand auf ihn, überrascht von der Hitze an ihrer Haut. Wie weich er sich anfühlte. Sie hatte Schuppen erwartet, stattdessen fühlte sich die Stelle so samtweich an wie sein Oberkörper.

Nur Fische haben Schuppen. Begierde färbte seine Gedanken.

Was bist du dann?

Bin ich kein Mann?

Sie rieb über seine pulsierende Beule, ihre Spalte sofort heiß und feucht. Fisch oder Mann, sie wollte ihn.

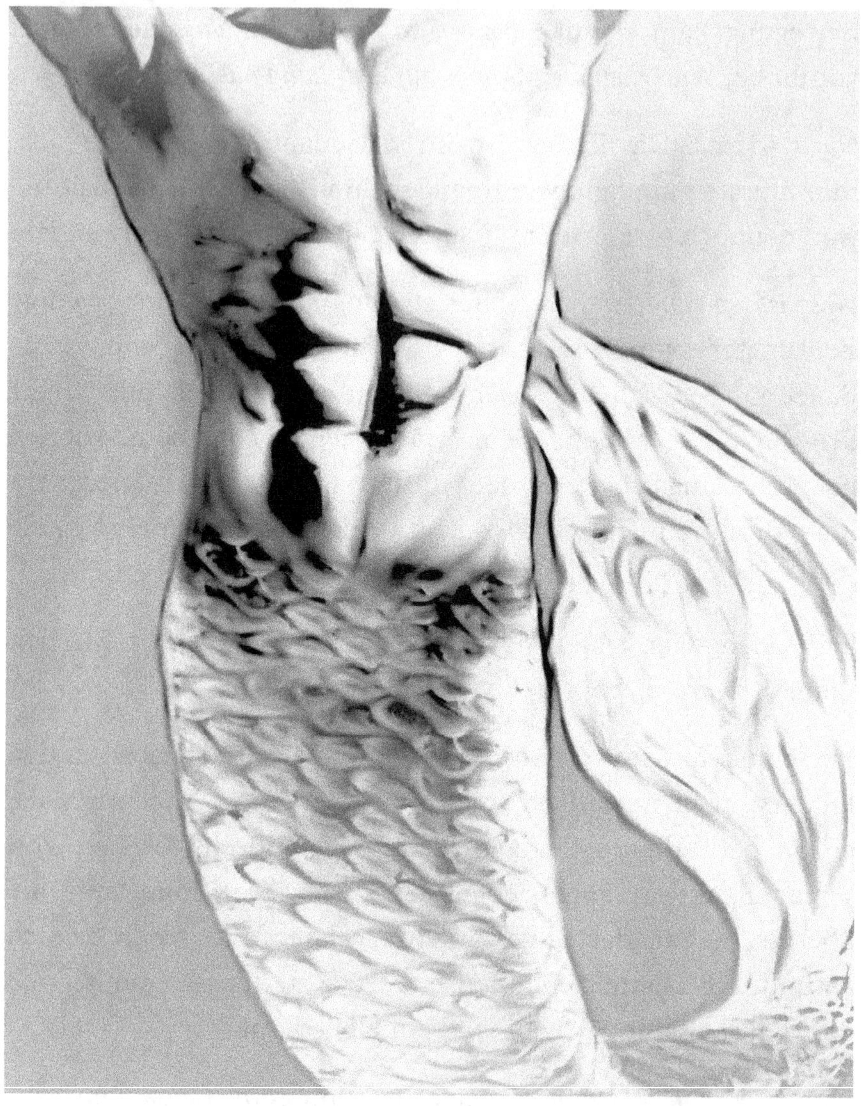

Wie durch Zauberhand teilte sich die Haut unter ihren Fingern und entblößte einen dunklen, harten Schwanz. Ihre Hand legte sich um das samtweiche Fleisch und entlockte der Spitze einen glitzernden Tropfen. Ohne nachzudenken, lehnte sie sich vor und nahm ihn in ihren Mund. Er schmeckte nach Salz und Moschus und ja, nach Mann.

Stöhnend packte er ihre Schultern. *Was machst du nur mit mir?* Sein Gedanke war von Lust durchtränkt.

Erfreut, dass sie ‚sprechen' konnte, während sie ihm Vergnügen bereitete, umkreiste sie seine Spitze mit der Zunge und entsandte ihm folgende Worte auf telepathischem Weg: *Ich beanspruche dich für mich.*

Seine Hände an ihren Schultern festigten sich. *Verspotte mich nicht.*

Die Dringlichkeit in seinen Emotionen erreichte sie durch die herangewachsene Verbindung so intensiv wie nie zuvor. Entblößt und verletzlich. Seine Begierde war blendend und doch sah sie einen Schatten, der sich durch eine Mischung aus Wut und Hoffnungslosigkeit definierte. Gefühlsregungen, die sie in dem Zusammenhang nicht verstand. Sie legte ihre Hände auf seine Hüften, zog ihn zu sich und richtete ihren Kopf aus, um ihn tiefer in sich aufzunehmen.

Er stöhnte, seine Finger krallten sich in ihre Schultern, als sie ihn tief in den Mund saugte. In ihrer Kehle fühlte sie den Saft seiner Erlösung. Ein paar Sekunden später glitt er aus ihr heraus und er riss sie vom Stuhl an seine Brust. *Ich werde dich nicht gehen lassen. Niemals.*

Die Aussage warf sie aus der Bahn. Überraschte sie. Ihr war gar nicht der Gedanke gekommen, Zantu zu entfliehen – nicht, seit der furchtbaren Sache mit der Meerfrau. Und auch nicht, weil sie sich in den Tiefen des Meeres befand. Sie vertraute ihm. Schließlich hatte er ihr das Versprechen gegeben, sie zu beschützen. Bei ihm hatte sie das Gefühl, sicher zu sein. Sie fühlte sich umsorgt.

Er presste die Lippen auf ihre und ihre Brüste kollidierten mit seinem Oberkörper. So verschlang er sie, mit tiefen, verlockenden Stößen seiner Zunge. Hätte sie gestanden, so wäre sie in die Knie gegangen. Hier im Meer forderte das Wasser sie zu einem Tanz auf, ohne dass es großer Anstrengung bedurfte.

Sein Schaft pulsierte an ihrem Bauch, und wie zuvor benutzte er seinen Fischsc ... – seinen Meermannschwanz, um ihre Beine zu spreizen. Sie schob eine Hand zwischen sie, griff nach ihm und führte seine Länge zu ihrem Eingang. Sie sehnte sich nach ihm. Sie sehnte sich danach, dass er sie füllte. Seine Bauchmuskeln an ihrer Haut, im Zusammenspiel mit dem Wasser, entfachten ein grenzenloses Verlangen in ihr.

Eine Hand von ihm wanderte über ihren Rücken zu einer Pobacke. Er packte fest zu und stieß hart in ihre Hitze. Dort hielt er inne, tief und pulsierend, während seine Zunge ihren Mund erkundete.

Sie wickelte die Beine fest um ihn. Der nahende Orgasmus erhob sich über sie beide wie eine Welle, der niemand entkommen konnte.

Sein neckender Rhythmus verlangsamte die Welle. *Du gehörst mir.*

Bitte, bitte, flehte sie ihn an, unfähig, einen zusammenhängenden Gedanken zu formen.

Sag mir, dass du mir gehörst. Er festigte seine Hand auf ihrem Po, knetete ihr Fleisch, und traf dabei Stellen, die ekstatische Lust in ihr entfachten.

Sie warf den Kopf in den Nacken, hob ihm ihr Becken entgegen, auf der Suche nach Erlösung. *Ich gehöre dir! Bitte!*

Befriedigung füllte seinen Kopf und erneut stieß er hart zu, mit dem Ziel, sie und sich selbst in Ekstase zu versetzen. Er zog sich zurück, nur um sich abermals in ihr zu vergraben, wieder und wieder, bis die Welle über ihnen einbrach und sie in einen schwindelerregenden Höhepunkt schickte.

BRIANNAS KOPF SUMMTE. Es erinnerte sie stark an den Vogelgesang am Morgen vor ihrem Schlafzimmer: Geträller von links, bassunterlegtes Johlen von rechts oben und ein unheimlicher Tenor-Unterton, der sich immer wieder senkte und hob. Alle diese Töne kamen von Zantu.

Am Ende der Lichtung saß er auf dem muschelbedeckten Boden, sein Meermannschwanz um ihn gewickelt, und pflegte und hegte die feinen Halme der grellgrünen Seegraswiese. Das Sonnenlicht schnitt in harten Winkeln durch die Seetang-Decke und sandte goldenes Licht zu ihnen.

Noch immer konnte sie nicht glauben, was gestern passiert war, und daher entsandte sie nur ganz vorsichtig einen Gedanken an ihn: *Was ist das für ein Geräusch?*

Der Gruß des Meeres an die Sonne, mein Engelfisch. Komm, deine erste Mahlzeit des Tages erwartet dich.

Sie setzte sich aufrecht hin und erkannte, dass er sie irgendwann in der Nacht zum Bett getragen haben musste.

Winzige Bläschen stiegen von den Schwämmen auf und liebkosten ihre Haut. Sie streckte sich und sah sich um.

Ihr Blick fiel auf den Tisch, wo zwei Knochenporzellanteller standen, zusammen mit zwei Gabeln aus – wie es schien – Echtgold. Eine Muschelschüssel wartete in der Mitte auf sie, gefüllt mit Seegras und anderen Dingen, die Zantu als essbar deklarierte. Einiges davon schwebte über der Schüssel, doch der Rest war so viel, dass es als Mahlzeit einzuordnen war. Ihr Magen rebellierte. Noch war sie sich nicht sicher, ob sie bei Geschmack auf den gleichen Nenner kamen. Mittlerweile war sie jedoch so hungrig, dass sie so ziemlich alles essen würde.

Sie stieß sich vom Bett weg, ihr Ziel der Tisch, und erkannte, dass sie – zumindest in Zeitlupe – laufen konnte, sobald sie sich entspannte. Die Muscheln und Steine unter ihren Füßen waren überraschend rau und von solider Beschaffenheit, sodass sie es problemlos an ihr Ziel schaffte. Sie setzte sich und bewunderte das Gedeck.

Ist das echtes Gold? Sie griff nach einer der Gabeln.

Sie gehörten meinem Vater. Zantu kam zu ihr und glitt auf den Stuhl neben ihr. *Er hat sie vor vielen, vielen Jahren in einem Schiffswrack gefunden.*

Du hattest einen Vater? Der Gedanke war ausgesendet, bevor sie sich über die Dummheit dieser Frage nurmehr wundern konnte. Obwohl die Worte nicht über ihre Lippen gekommen waren, bedeckte sie ihren Mund, ihre Augen weit aufgerissen. Was für eine unhöfliche Frage! Sie hatte einfach nicht erwartet, dass Meerleute Familien hatten. Eigentlich hatte sie noch nie groß über Meerleute nachgedacht. Zumindest nicht bis gestern.

Natürlich haben wir eine Familie. Na ja, jedenfalls Väter und Geschwister.

Neugierde kitzelte ihre Gedanken, und sie kämpfte dagegen an. Allerdings machte es den Anschein, dass ihr Verstand nur durch ein Sieb von ihm getrennt war. *Was ist mit deiner Mutter?*

Er benutzte eine kleinere Muschel, um Seegras-Salat auf ihren Teller zu schaufeln, seine Gedanken hielt er dabei offensichtlich zurück. *Meerfrauen haben kein Interesse an ihren Kindern.*

Sie runzelte die Stirn und wusste nicht genau, was sie von dieser Information halten sollte. *Sie bekommen Babys und ... verlassen sie?*

Er zuckte mit den Achseln. *Die Väter kümmern sich um den Nachwuchs.*

Gibt es viele Meermänner? Sie sah sich um, betrachtete die Tang-Wand und glaubte, allein durch Gedankenkraft noch jemanden wie Zantu heraufbeschwören zu können.

Zantu stoppte in seinen Bewegungen und schob ihr dann den Teller vor die Nase, seine silbernen Augen mit einer überwältigenden Intensität auf sie gerichtet. *Andere Meermänner müssen dich nicht interessieren.*

Nachdenklich legte Brianna den Kopf auf die Seite, ein kleines Lächeln zeigte sich auf ihren Lippen. Hatte sie gerade Eifersucht herausgehört? *Angst, dass ich mit einem anderen Meermann durchbrenne? Oder vielleicht einer Meerfrau –*

Darüber macht man keine Scherze.

Sein ernster Ton wischte das Lächeln von ihrem Gesicht. Jetzt erinnerte sie sich an ihr eigenes Eheversprechen und auch an das Ehrenwort, das sie ihrem Vater an seinem Todesbett gegeben hatte, niemals dem Beispiel ihrer Mutter zu folgen. Sie ballte die Hände in ihrem Schoß zu Fäusten und starrte auf den Seegras-Salat vor ihr. *Ich kann nicht bei dir bleiben. Ich bin verheiratet.*

In deiner Welt bedeutet das wenig.

Wut kochte in ihr auf. *Was weißt du über meine Welt? Ich nehme mein Eheversprechen sehr ernst.*

Sogar als sie den Gedanken schickte, wurde ihr bewusst, wie heuchlerisch sie klang. In Wahrheit hatte sie ihre Loyalität zu Eric mit Füßen getreten, als sie entschied, vom Anlegesteg zu springen. Wie ein Feigling hatte sie sich benommen! Und Eric war nun genauso allein, wie ihr Vater das einst gewesen war. So hätte sie sich letztendlich auch von ihm scheiden lassen können.

Zantu legte seine schwimmhäutige Hand auf ihre. *Für einen Meermann ist die Verbindung mit einer Gefährtin für die Ewigkeit.*

Sie betrachte ihn aus den Augenwinkeln. *Meintest du nicht, dass Meerfrauen verschwinden?*

Sein Kiefer zuckte. *Trotzdem wird ein Meermann dieser Meerfrau bis zum Tod treu bleiben.*

Bis zum Tod. Allein wie er Gefährtin aussprach, zeigte, dass diesem Wort so viel mehr Bedeutung inne steckte. Bewunderung. Gewissheit. Trauer. Und trotz der Widersprüchlichkeit verstand sie es: Die Hoffnung, die er mit diesem Wort verband, konnte niemals erfüllt werden. Die unausweichliche Einsamkeit, die bei einem Leben mit der falschen Person entstand ... Gefangen in einer Ehe mit einem kalten Fisch wie Eric ...

Ihr Blick wanderte an Zantus Schulter vorbei, zu der Krippe in der Mitte seines Nestes. Eine Babykrippe in der Behausung des Meermannes. Hatte eine Gefährtin ihn mit einem Baby zurückgelassen? Warum sollte er sonst eine Krippe haben? Ein Anflug von Eifersucht machte sich in ihr breit, als sie sich ihn mit einer wunderschönen Meerfrau vorstellte. Wahrscheinlich so umwerfend wie die Meerfrau von gestern. Ihr wurde übel. Warum war sie hier? Wollte er, dass sie seinen Nachwuchs aufzog, den eine andere Frau verstoßen hatte?

Eine tröstende Melodie drang durchs Wasser und stoppte ihre Gedanken. *Brianna, du bist meine Gefährtin.*

Ihre Augen schossen zu seinen. Sie blinzelte verwirrt. *Ich? Gefährtin?*

Du hast mich verführt und jetzt gehöre ich dir.

Ich habe dich verführt? Du hast mich geküsst!

Die Spitzen seiner Rückenflosse verdunkelten sich von einem Silberblau zu einem Mitternachtsschwarz. *Ich habe dich nur geküsst, um dir genug Leben einzuhauchen, damit du ohne Hilfe die Wasseroberfläche erreichst. Du bist diejenige, die ... die ... ihre Beine um mich gewickelt und mich für sich beansprucht hat.*

Entrüstet schoss sie auf ihre Füße, wodurch sie einige Meter nach oben schwebte. *Nennst du mich eine Schlampe?*

Er umfasste ihr Handgelenk und zog sie zum Grund zurück. Seine silbernen Augen bohrten sich mit erschreckender Intensität in ihre. *Ich weiß nicht, was eine Schlampe ist. Ausgehend von deinem Ton nehme ich an, dass es etwas Schlechtes ist. Also nein, ich bezeichne dich nicht als Schlampe. Ich möchte einfach nicht, dass du meinen selbstlosen Akt, dich zu retten, falsch interpretierst.*

Selbstloser Akt? Sie hob den Zeigefinger und wollte damit vor seinem Gesicht umherwedeln, doch das Wasser raubte der Geste seine Wirkung. *Du hast mich zu einer Sklavin gemacht!*

Wir haben keine Sklaven. Der Griff um ihr Handgelenk festigte sich, beinahe schmerzhaft. Sie hörte mehrere Klickgeräusche, während seine Brust sich wie bei einer Cobra aufblähte. *Wenn jemand ein Sklave ist, dann ich. In den letzten fünfunddreißig Jahren habe ich es erfolgreich geschafft, den verführerischen Liedern der Meerfrauen auszuweichen, nur um von einer … einer Menschenfrau eingefangen zu werden!*

Sie riss ihre Hand zurück. *Wenn du so über die Menschen denkst, warum hast du mich dann nicht einfach ertrinken lassen?* Sie bereute die Worte bereits, bevor sie den Satz beendet hatte.

Er stieß eine Wolke Bläschen aus und erhob sich über den Tisch. *Vielleicht hätte ich das tun sollen. Denn nun bin ich dazu verpflichtet, dich zu beschützen. Es wäre mir genauso wenig möglich, dich sterben zu lassen, wie unseren eigenen Nachwuchs zu töten.* Ein Schlag seines Meermannschwanzes und er schwebte neben die Krippe, die von Korallen gehalten wurde. *Der Instinkt des Meermannes treibt ihn dazu, einen Nistplatz zu errichten, ob er nun eine Gefährtin in Aussicht hat oder nicht. Vorbereitung ist alles. Er muss sich schließlich trotz des Herzschmerzes um den Nachwuchs kümmern. Wenn du unser Kind auf die Welt bringst, bin ich bereit, es zu umsorgen, ob du nun bei mir bist oder nicht.*

Seine Worte trafen sie wie ein Stein, der über das Wasser hüpfte und erst versank, als die Magie eines solchen Wurfes nicht mehr funktionierte. Er hatte ‚unser Kind‘ gesagt. Konnten Menschen und Meerleute …?

Ich weiß es nicht, antwortete er auf ihre unbeendete Frage. *Meerfrauen gebären Halblinge. Meistens suchen sie dafür einen alten Gefährten auf, um sich dort für die Geburt vorzubereiten und nach einigen Wochen wieder zu verschwinden. Ich nehme an, unser Nachwuchs wird auch ein Halbling sein.*

Er sprach, als wäre Nachwuchs eine ausgemachte Sache. Bestand die Möglichkeit? Ihre Hand wanderte zu ihrem Bauch. Sie und Eric hatten es so lange versucht. Ihre Finger spannten sich an. Nein, nicht wirklich. Sie wusste, dass sie nicht alles gegeben hatten. Mit Zantu hatte sie in den letzten Stunden mehr Sex gehabt, als mit Eric in den vergangenen zwei Monaten.

Die Frage war also nicht, ob die Möglichkeit bestand, sondern ob sie wollte, dass die Möglichkeit bestand.

Sie fand erneut den Blick des Meermannes. Seine silberne Schwanzflosse strich über den Steinboden, während sein Oberkörper in dem gefilterten Morgenlicht glitzerte. Er war ihr Gefährte. Ein Gefährte fürs Leben. Ein Gefährte, der Kinder wollte und geschworen hatte, sie vor allen Gefahren zu beschützen. Er hatte ein Heim vorbereitet, ohne ihr jemals begegnet zu sein. Ihn zu verlassen, wäre der schlimmste Fehler, den sie jemals begehen könnte. Sie lief auf ihn zu. *Willst du ein Kind oder zwei?*

Ein Hochgefühl traf durch ihre Verbindung auf ihren Verstand – eine Verbindung, die sie nun als etwas Besonderes einstufte. Die Art, die Gefährten haben sollten. Er näherte sich ihr langsam, seine silbernen Augen glühten mit einem erregenden Feuer. *So viele, wie du bereit bist, mir zu geben.*

Sie warf die Arme um seinen Hals und küsste ihn.

6

Zantu presste seine Gefährtin an sich, nachdem sie ein weiteres Mal Liebe gemacht hatten. Über der Lichtung im Wasser schwebend wickelte er seinen Meermannsschwanz um ihren Unterleib, um so viel Kontakt wie möglich aufrechtzuerhalten. *Wie eine kleine Garnele rollst du dich zusammen,* neckte er.

Durch die mentale Verbindung hörte er sie schnauben. *Ich denke nicht, dass ich mich jemals daran gewöhne, hier so umherzutreiben. Können wir uns ins Bett legen?*

Er schob ihre Haare beiseite, sodass er sie mit sanften Küssen hinter ihrem Ohr verwöhnen konnte. *Mmm, gerade fiel mir auf, dass du etwas anbieten kannst, wozu eine Meerfrau niemals in der Lage wäre.* Mit einer Hand fuhr er über ihren Rücken zu ihrem Po; seine Finger folgten der Spalte, bis er ihr noch immer feuchtes Geschlecht entdeckte. *Wir können es von hinten tun.*

Brianna erstarrte. In Panik, nicht in freudiger Erregung. Er hielt in seinen Berührungen inne. *Sagt dir diese Stellung nicht zu?*

Bist du dir sicher, dass ich mir um andere Meerleute keine Sorgen machen muss?

Seine eigene Sorge, dass er es sich mit dem Vorschlag bei ihr verdorben hatte, wurde von einem Adrenalinschub hinweggespült. Sie dachte bereits an andere Männer. Doch ihre Gedanken waren nicht mit Lust gefüllt … *Warum fragst du?*

Ich denke, jemand beobachtet uns.

Er löste die Umarmung auf und wirbelte herum, ließ die Augen über den Seetang-Wald schweifen, den Brianna die ganze Zeit im Blick gehabt hatte. Hatte Loia sie aufgespürt? Als er nichts entdeckte, entließ er Schallimpulse und interpretierte die zurückgeworfenen Daten nach Unregelmäßigkeiten. Er kannte diesen Wald wie seine eigenen Flossen.

Es blitzte etwas Silbertürkises auf. Vertraute Farben. Vertraute Form. Die Anspannung in seinen Schultern und in seiner Rückenflosse ließ nach. Er sang ein verspieltes Gurren, eine Einladung: „Ebby, komm raus."

Zwischen den krustigen Steinen erschien ein winziges Gesicht. „Hi, Onkel Zantu."

„Was machst du hier? Wo ist dein Vater?" Das Sonarbild hätte die größere Form eines Meermannes sofort aufspüren müssen, oder zumindest eine singende Antwort heraufbeschwören sollen. Vielleicht hatte sein Bruder Brianna gesehen und war geflüchtet.

Das Meerkind blieb halb versteckt hinter den Felsen und auch von Brianna gingen unruhige Gedanken aus. Er griff nach Briannas Hand und zog sie neben sich, während er gleichzeitig sang, und dachte: „Ebby, das ist Brianna, meine Gefährtin. Brianna, darf ich dir Ebby vorstellen, meine Nichte."

Ebby traute sich heraus, gesprenkelte, türkise Haut vermischte sich mit den dunklen Grün- und Violetttönen der Muscheln hinter ihr.

Oh, mein Gott! Ein Baby! Ein echtes Meer ... Ähm, wie nennt ihr Meerkinder?

Genau so: Meerkinder. Zantu lächelte.

Brianna schnappte sich die Seidendecke aus der Krippe, wickelte sie sich um die Hüfte und näherte sich dem Kind unbeholfen. Vor den Felsen kniete sie sich hin und schickte Zantu die Frage: *Ist es ein Mädchen oder ein Junge?*

Meerkinder sind bis zu ihrer Pubertät geschlechtslos, antwortete Zantu gedankenverloren. Ebby war viel zu jung, um den Wald alleine zu durchqueren. Wo war Rubac? Hatte jemand das Nest seines Bruders attackiert?

„Wirst du jetzt bald so gebrochen sein wie Dad?" Das Kind schob seinen rechten Daumen zwischen die Lippen.

Zantu ignorierte die spitze Bemerkung, von der er wusste, dass es das Kind nicht so gemeint hatte. „Wo ist dein Dad?"

„Bei dem neuen Baby. Ich habe Hunger."

Was sagt das Kleine? In Briannas Gedanken konnte er lesen, dass sie das Kind berühren wollte. Den Abgründen sei Dank hielt sie sich zurück. Was gut war. Meerkinder waren gegenüber Frauen misstrauisch. Und er wollte nicht, dass Ebby panisch in den Seetang-Wald abtauchte. Er gab sich allergrößte Mühe, gleichzeitig zu denken und zu singen, um mit beiden zu kommunizieren.

„Neues Baby? Ist Didra bei ihm?" Meerfrauen tauchten oft schwanger im Nest auf, auf der Suche nach einem sicheren Ort für die Geburt. Danach verschwanden sie, um sich ein neues Opfer zu suchen. Meermänner lebten, ungeachtet ihres darauffolgenden Herzschmerzes, für diese Momente.

„Nein. Sie ist weg." Ebbys Lied erreichte eine höhere Note, die Sorge wiedergab. „Nun weigert sich Dad, aufzustehen, und ich habe Hunger."

Schock machte sich in Zantus Brust breit. Meerfrauen waren vielleicht nicht die besten Mütter, doch normalerweise blieben sie für ein paar Wochen, um das Neugeborene zu stillen – zumindest, bis der Gefährte einen Seelöwen oder einen Otter aufgetrieben hatte, der Milch ebenfalls bereitstellen konnte. Wenn sich Didra wirklich so früh abgesetzt hatte, würde Rubac nicht nur gegen Depression ankämpfen müssen, sondern würde auch vor dem Problem stehen, sein neues Baby zu ernähren. Viele Meerfamilien fanden aus diesem Grund zu einem unschönen Ende.

„Brianna, Ebby ist hungrig", sang und sandte er gleichzeitig. „Wärst du so lieb, ihr etwas zu essen zusammenzusuchen."

Während Ebby Brianna zum Tisch folgte, patrouillierte Zantu am Waldrand und schickte einen Langstrecken-Gesang zu seinem Bruder, um zu fragen, wie es ihm ging. Keine Antwort, weshalb er sich einen kleinen Fisch schnappte, dem er eine Nachricht mit auf den Weg gab, damit sich sein Bruder um Ebby nicht sorgen musste.

Ebbys hohe Beschwerde lenkte seine Aufmerksamkeit zum Tisch. „Fass mich nicht an!" Die Spitzen der Rückenflossen schärften sich wie Krallen bei einer Katze und der gesprenkelte Schwanz hatte sich zu einem dunklen Grau verfärbt.

Brianna streckte ihre Hand aus, ihre Gedanken von Neugierde getrieben, ohne zu ahnen, was das Kind schrie. *Eure Schwänze können die Farbe wechseln?*

Das Kind ist wütend. Zantu schwamm zu dem ungleichen Paar und legte seine Hand auf Briannas. Er hätte sie warnen sollen, auf Abstand zu bleiben. „Ebby, beruhige dich. Sie hat sich nichts dabei gedacht."

Ich wollte keinen Ärger machen. Brianna verschränkte die Hände in ihrem Schoß.

„Ist sie taub?" Ebby trieb rückwärts zum Seetang-Wald.

„Nein." Wieder sang und dachte er seine Worte: „Sie ist eine Landläuferin und kennt unsere Sprache nicht. Willst du mir helfen, sie zu unterrichten? Sie wird dich nicht nochmal anfassen, das verspreche ich."

Ebby stoppte.

„Lass uns mit deinem Namen beginnen." Er sah zu Brianna, zeigte auf das Meerkind und sang: „Ebby."

Brianna verzog das Gesicht zu einer Grimasse. *Du willst, dass ich singe?*

Ja, versuche es. Er nahm ihre Hand und legte sie auf sein Brustbein. Die Note vibrierte erneut aus ihm heraus.

Brianna rümpfte ihre Nase, öffnete den Mund und entließ einen jämmerlichen Laut.

Ebby kicherte.

Ich kann nicht singen. Brianna verschränkte die Arme und sackte niedergeschlagen auf dem Stuhl zusammen.

Du musst die Töne von hier ziehen. Aus Versehen berührte er auf dem Weg zu ihrem Brustbein Briannas Nippel. Gewaltsam musste er seine Gedanken zur Aufgabe zurücklenken. Das Verlangen, das ihn durch die Verbindung erreichte, half auch nicht.

Dann fasste sie begleitet von einem inneren Aufstöhnen neuen Mut. Dieses Mal klang ihre Stimme stärker, jedoch änderte sich nichts daran, wie jämmerlich und schief sie klang.

Er und Ebby lachten, wobei Brianna die beiden wütend anfunkelte. *Du hast gerade einen Seestern gebeten, deinen Bauch zu kraulen.*

Ich habe es ja gesagt: Ich kann nicht singen.

Du brauchst einfach Übung. Versuche, tiefer zu singen, dachte er, woraufhin er erneut Ebbys Namen wiederholte.

Entschlossen entließ Brianna ein langes Grunzen, das hoch begann und dann abfiel, zum tiefsten Punkt des Meeres.

„Oh!" Ebby schoss zu den Felsen und suchte nach Deckung.

Zantu schluckte seinen Unmut herunter. *Du hast gerade einen Barrakuda-Schwarm gerufen.*

Panik kam daraufhin bei ihm an und sie wickelte ihre Arme um ihn, ihr Blick auf den Wald um sie gerichtet. *Oh Gott, wirklich?*

„Es sind keine in der Nähe." Warum war es so schwierig für sie? Ebbys Name war eine einfache Note. Ein Babyname. Er rang seine Gedanken nieder, und hoffte, dass seine Frustration nicht bei ihr ankam. „Ebby, komm raus. Es besteht keine Gefahr."

„Ich will nach Hause."

„Ich weiß. Ich werde dich bald bringen."

„Ich finde den Weg nach Hause schon."

„Ich will nicht, dass du das tust."

Was sagt das Kind?

Ebbys schmale Form flüchtete erneut und duckte sich hinter den Felsen.

„Ebby!"

Die reflektierten Schallwellen des Kindes wurden schwächer. Es sollte nicht allein im Wald umherstreifen. Zudem musste er an Rubacs derzeitige Verfassung denken. Ein neues Baby. Zantu musste sicherstellen, dass es allen gut ging.

Er drehte sich zu Brianna, strich mit den Fingerknöcheln über ihre Wange und küsste sie sanft auf die Lippen. *Ich möchte, dass du hierbleibst. Ich muss nach meinem Bruder sehen.*

Kann ich nicht mitkommen? Ich würde ihn gerne kennenlernen.

Meermänner bringen ihre Gefährtinnen nicht zu anderen Nestern. Das ist verboten.

Warum?

Ich habe keine Zeit, dir das zu erklären. Du musst mir vertrauen.

Bevor sie antworten konnte, schlängelte er sich durch den Seetang, um zu seinem Bruder zu gelangen.

BRIANNA TRIEB in der sanften Strömung des Nestes, unsicher, was sie nun anstellen sollte. Sie war nicht fähig gewesen, der Unterhaltung zwischen Zantu und dem Kind zu folgen. Sie konnte nur davon ausgehen, dass es in Gefahr war. Der singende Dialog hatte zum Teil Noten enthalten, die in einer so hohen Frequenz gesungen wurden, dass sie sie nicht einmal gehört hatte. Obwohl sie versucht hatte, ihre Gedanken zu Ebby zu schicken, so wie sie das bei Zantu tat, hatte sie keine Antwort bekommen. War es möglich, dass sie das Kind dazu berühren musste? Dumme Idee. Und nun hatte ihr talentfreier Gesang, das Kind für immer in die Flucht gejagt. Sie betete, dass Zantu sie fand, bevor ihr etwas passierte.

Um Zeit totzuschlagen, erkundete sie die Lichtung. Sie fand es bemerkenswert, wie er menschliche Gegenstände mit den Bedürfnissen der Meerleute vereinbarte. Die Schwämme als Matratze, das Perlmutt an den Stühlen. Als ihr langweilig wurde, wollte sie ein Nickerchen machen, doch ohne Zantu als ihren Anker, fühlte sie sich wie auf dem Präsentierteller. Allein.

Sie befand sich auf dem Meeresgrund. Nackt – abgesehen von dem Seidenstoff, den sie aus der Krippe gezogen hatte. Zumindest brauchte sie keinen Sauerstoff. Aber für wie lange? Sie hätte ihn fragen sollen.

Aus dem Seetang-Wald drang ein kontinuierliches Summen und Zwitschern, als wäre es ein stinknormaler Wald mit Vögeln und Insekten.

Die Neugierde packte sie und sie ging zum Waldrand, streckte die Hand aus und schob den Seetang wie einen Vorhang beiseite. Ein orangefarbener Fisch fand ihren Blick. So neugierig wie sie. Er schwebte auf der Stelle und starrte sie erwartungsvoll an. *Ich habe kein Futter für dich, kleiner Kerl.*

Ein weiß-brauner Fisch mit einer spitzen Rückenflosse kam näher und knabberte an dem Orangenen.

Hey! Sei nett!

Ein gefleckter Fisch sprang vor ihr rum und verharrte dann auf Augenhöhe vor ihr, mit Kugelaugen, die sich unabhängig voneinander bewegten und überall hinsahen, nur nicht zu ihr.

Der kleine, orangene Fisch kehrte mit einem Freund zurück und wieder wurde er von dem Braunen attackiert. Der Kleine entließ einen mitleiderregenden Schrei, was Brianna dazu motivierte, sich in den Seetang-Wald zu wagen und zu seiner Rettung zu eilen. *Aufhören!*

Alle Fische flüchteten.

Befreit von den Einschränkungen der Lichtung nutzte sie die Möglichkeit, um sich im Wald umzusehen. Eine Felswand mit kräftigem violetten und rosafarbenen Moosbewuchs erregte ihre Aufmerksamkeit. Sie konnte sich nicht zurückhalten und lief darauf zu. Die Wand wurde von Fischen und anderen Kreaturen bevölkert. Ein lila gesprenkelter Oktopus lugte aus einer Spalte im Felsen hervor, glitt an der Wand herunter und

verschwand, als würde er ihren Besuch nicht schätzen. Eine Schnecke mit einer goldenen Behausung bahnte sich einen Weg über eine Felszunge, während rote Garnelen um sie herumschwammen. *Du verstehst, wie unbeholfen ich mich unter Wasser fühle, oder?*, dachte sie, als sie die Schnecke beobachtete.

Etwas pikste in ihre Fußsohle. Sie riss die Knie hoch und erkannte, dass sie auf eine Anemone getreten war. Es brannte wie verrückt. Sie griff ihren Fuß und betrachtete die roten Striemen auf ihrer Haut. Um zu vermeiden, dass sie auf eine zweite trat, wedelte sie wie wild mit den Armen und Beinen und gewann an Höhe. Ohne Zantu an ihrer Seite schien sich ihr Körper instinktiv nach festem Boden zu sehnen. Sie sollte ab sofort darauf achten, ihre Umgebung besser im Blick zu haben.

Ein kleiner Hai schwamm im Zickzack an ihr vorbei und schreckte sie auf. Sie schluckte schwer und fragte sich, ob sich auch größere Arten hier rumtrieben. Dann drehte sie sich mit dem Rücken zur Felswand und entschied, lieber zum Nest zurückzukehren. Außerdem schmerzte ihr Fuß wirklich sehr.

Leider musste sie erkennen, dass sie nicht mehr wusste, welchen Weg sie einschlagen sollte. Seetang überall. Wie weit war sie aus dem Nest herausgetreten? *Du bist so dämlich, Brianna. Er hat dir doch gesagt, dich nicht vom Fleck zu bewegen.*

Der gefleckte Fisch mit der spitzen Rückenflosse war zurück und stupste sie an ihrer Hand an. Sie riss den Arm weg von ihm, musterte ihn einige Sekunden. Nach dem Vorfall mit der Anemone war sie vorsichtiger geworden. Doch dieser Fisch schwebte einfach nur vor ihr, Augen in verschiedene Richtungen zeigend – wie ein Bodyguard, der abgestellt wurde, um sie zu beschützen.

Vielleicht wäre es ihr möglich den Riss in der Felswand wiederzufinden, aus dem der Oktopus gekrochen war. Von dort aus wäre sie möglicherweise in der Lage, wieder zur Lichtung zu finden. Sie schwang die Beine, ihre Gliedmaßen müde von der Anstrengung, dem Boden fernzubleiben. Was sie nicht alles für eine Schwimmweste geben würde …

Sie hob den Blick in die Höhe. Wenn sie die Wasseroberfläche durchbrach, wäre sie dann in der Lage, Sauerstoff zu atmen? Würde sie ihre Fähigkeit, unter Wasser zu atmen, verlieren? Sie konnte sich kaum noch an den Grund erinnern, sich umbringen zu wollen. War das wirklich erst einen Tag her? Nun hatte sie sich einen Unterwassergott als Liebhaber geangelt. Einen Gefährten. Sie konnte sich die Ewigkeit mit ihm vorstellen, eine Ewigkeit in seinen Armen. Und warum auch nicht? Ihr kalter Fisch Eric dachte wahrscheinlich, dass sie tot sei. Zu ihm zurückzugehen, würde nichts ändern. Jetzt hatte sie eine neue Chance im Leben bekommen. Eine neue Chance für die Liebe. Und vielleicht sogar die Chance, Mutter zu werden.

Erneut trat sie mit den Beinen, auf der Suche nach einem ihr bekannten Orientierungspunkt. Was würde sie tun, wenn er nicht zurückkam?

Diesen unheilvollen Gedanken verdrängte sie schnell. Er musste zurückkommen. Sie waren Gefährten. Teilten die Gedanken. Sie vermisste die mentale Verbindung zu ihm. Seine Abwesenheit fühlte sich wie ein Loch in ihr an. Sie unternahm den Versuch und sandte einen Gedanken aus: *Zantu?*

Stille.

Über ihr zeigte sich wieder der orangene Fisch, der sie nach oben zu locken schien. Sang er? Sie könnte die Felswand hochschwimmen, um von dort zu sehen, welche Richtung die richtige war.

So schwamm sie also los, trieb wenig anmutig nach oben. Der gesprenkelte Fisch folgte ihr, direkt neben ihrem linken Ohr, sein Lied ein witziges Zirpen, das sie an Heuschrecken im Sommer erinnerte.

An der Kante des Felsens hatte die Strömung an Stärke zugenommen. Entschlossen trat sie mit ihren Beinen, um nicht abgetrieben zu werden. Der Seetang-Wald war dicht bewachsen, trotzdem schien sich irgendetwas Großes darin herumzutreiben. Haie infiltrierten ihre Gedanken erneut und ihr Herz schlug in einem schwindelerregenden Tempo. Sie stoppte in ihren Bewegungen und erlaubte sich, wieder zum Grund zu sinken. Vielleicht war es doch besser, am Boden zu bleiben. Seeanemonen waren ihr lieber als Haie. Hier oben fühlte sie sich vollkommen schutzlos.

Ein eingerissenes Blatt war von der Strömung mitgerissen worden, klatschte nun gegen ihre Wange und verdeckte ihr halbes Auge. Sie riss es weg. Sobald sie wieder sehen konnte, bemerkte sie, dass ihr kleiner Begleiter verschwunden war. Seetang strich über ihre Beine, schlang sich um sie, während sie gegen die Strömung ankämpfte. Je mehr sie um sich trat, desto mehr verhedderte sie sich.

Panik stieg in ihr auf, wie wild trat sie um sich. Das Unterwasser-Grünzeug ließ nicht locker und auch die Strömung hatte Brianna vollends in ihrer Gewalt, sodass sie in eine horizontale Position gedrückt wurde. Jetzt starrte sie in einen blauen Himmel. Ein Ausblick, der nur von gelegentlichen Wellen unterbrochen wurde. Blätter legten sich über ihre Augen, fesselten ihren rechten Arm an ihre Seite, raubten ihren Beinen jegliche Mobilität.

Ein Laut drang an ihre Ohren, das wie ein Lachen klang, doch sie konnte nichts mehr sehen. Ohne nachzudenken, schrie sie – ein Schrei tief aus ihrer Kehle. Sollte sie singen? Eher nicht, sie wollte ja keine Barrakudas rufen! Oder einen Hai.

Sie presste die Lippen zusammen und schickte stattdessen nur ein Wort: *Hilfe!* Sie steckte ihre ganze Kraft in diesen Hilferuf. *Zantu, hilf mir!* Wie sollte er sie finden? So weit abgetrieben von seinem Zuhause?

Das Wasser brannte in ihren Augen und ihrer Nase. Der Seetang wickelte sich wie eine Würgeschlange um ihren Körper. Erneut versuchte sie, sich aus ihren Fesseln zu befreien und fragte sich, ob sie nun doch das Zeitliche segnen würde.

7

Zantu fand Rubac liegend auf einem See aus Schwämmen, ein Neugeborenes schlafend auf seiner Brust. Sein Nest war traditioneller gehalten als Zantus und kam ohne die Annehmlichkeiten der Menschen aus, die er so gerne aufspürte. Das Einzige, was an die Landläufer erinnerte, waren Spielzeuge für Ebby. Das Meerkind war bereits hier, hinter einem Puppenhaus kauernd und Zantu anfunkelnd.

„Bruder?" Über einen abgeernteten Seegras-Garten näherte sich Zantu dem niedergeschlagenen Meermann.

Rubac öffnete seine limettengrünen Augen. „Du bist gekommen."

„Ebby kam zu mir und hat mir von dem neuen Baby erzählt."

„Didra meinte, sie würde zurückkommen." Seine Stimme wechselte in eine Tonart, die nichts Gutes verhieß. „Aber ich weiß, dass das nicht passieren wird."

Zantu wollte der Meerfrau mit dem goldenen Schwanz nachjagen und sie mit ihren gelben Haaren erwürgen. „Brauchst du Hilfe bei der Suche nach Milch?"

Rubac wedelte mit einer schweren Hand, an den Fingern mehrere Ringe und an seinem Handgelenk ein Schmuckstück, das er als sein Gebetsarmband bezeichnete. „Mach dir keine Mühe."

Zantu warf einen genaueren Blick auf das Baby: Schlaff hing der winzige Schwanz über der Brust seines Bruders. Pechschwarze Haare trieben in der Strömung. Doch Haut, die mit der Farbe von neuem Leben strahlen sollte, zeigte sich grau und leblos. „Das tut mir unendlich leid, Rubac."

„Kannst du dich um Ebby kümmern?"

Zantus Kehle schnürte sich zu. Meermänner waren von Natur aus hoffnungsvoll, wenn es darum ging, an die Rückkehr ihrer Gefährtinnen zu glauben. Anstatt an den Verlust zu denken und daran zu zergehen, richteten sie ihre gesamte Aufmerksamkeit auf den Nachwuchs. Bis das Herz genug hatte: Sobald das gebrochene Herz auch noch zersplitterte, war die Hoffnung für immer verloren. Zantu konnte nicht erlauben, dass sein Bruder aufgab. „Erinnerst du dich, wie Dad dir die Aufsicht gegeben hat, damit er auf die Suche nach einem Heilmittel für die Wunde an seinem Meermannschwanz schwimmen konnte? Diese allgegenwärtige Panik, dass er nicht zurückkehrte, weswegen wir versucht haben, ihn zu finden? Denkst du nicht, dass Ebby dasselbe tun würde?"

„Ich wusste, er würde zurückkommen. Ich wollte einfach nur ein Abenteuer erleben." Rubacs Mundwinkel zuckte, als würde er gerne lächeln.

Mit seiner Schwanzflosse kehrte Zantu den Boden, wirbelte kleine Muscheln und Schutt auf. „Ich meine es ernst. Erinnere dich, wie wir uns gefühlt haben. Willst du, dass es Ebby genauso ergeht?"

Rubacs Erwiderung war gezeichnet von Kummer und Qual. „Ich brauche deine Hilfe, damit ich die Seele des Babys anheben kann."

Zantus Kehle hatte sich bereits zugeschnürt angefühlt. Nach diesen Worten legte sich eine Faust um sein Herz. Zumeist fand er das Interesse seines Bruders an Mythen und Magie rund um die Meerleute amüsant. In diesem Fall könnte es tödlich enden. Der Mythos um die Anhebung einer Seele besagte, dass ein Blauwal dazu in der Lage war, die Seele eines Meermenschen aus dem Kreislauf des Meeres zu befreien. Doch Blauwale lebten nur in den Wilden Tiefen, weit entfernt von der Sicherheit des Seetang-Waldes. Zantu und sein Bruder hatten vor Ebbys Geburt einige Male den Mut gefunden, sich in diese Tiefen vorzuwagen. Dort hatte Zantu Schätze geborgen, während Rubac mit kleinen Walen und anderen Seekreaturen gesprochen hatte. Damals hatten sie nichts zu verlieren gehabt als sich selbst.

„Jetzt ist nicht der richtige Zeitpunkt, um Mythen nachzujagen." Er streckte die Hand nach dem schlaffen Körper auf Rubacs Brust aus. „Ich werde mich um das Baby kümmern, okay? Du bleibst bei Ebby.“

Rubacs Arm wickelte sich fester um das tote Kind. „Ich muss es versuchen.“

„Du hast ein lebendiges Kind, das dich braucht. Du kannst keine Risiken wie früher eingehen.“

„Deswegen möchte ich, dass du dich um Ebby kümmerst.“

„Ebby braucht *dich*, Bruder.“

„Du liebst Ebby, und du hast keine Gefäh –“

„Onkel Zantu hat jetzt eine Gefährtin“, ertönte Ebbys Gesang aus ihrem Versteck hinter dem Puppenhaus.

Durch das herzzerreißende Schauspiel mit Rubac hatte er Brianna kurzzeitig vergessen. Er hoffte, dass sie nicht zu viel Angst hatte. Obwohl er sichergestellt hatte, dass sich keine Raubtiere in der Nähe aufhielten, sagte ihm sein Bauchgefühl plötzlich, dass sie ihn brauchte. Doch auch sein Bruder brauchte ihn. Er war gefangen zwischen zwei Welten.

Rubac erhob sich von dem Berg aus Schwämmen und starrte Zantu an. „Du wurdest eingefangen? Wann?“

„Das ist eine lange Geschichte. Im Moment haben wir keine Zeit dafür. Ich kann Ebby nicht zu mir nehmen. Ich muss dich singen hören, dass du dein lebendiges Kind wegen eines Mythos nicht zurücklässt.“

„Sie ist ein Landläufer“, mischte sich Ebby ein und hob eine langbeinige, nackte Puppe in die Höhe. „Kein Schwanz.“

Rubac blinzelte, runzelte die Stirn. Seine Augen trafen auf Zantu, seine limettengrünen Tiefen mit Neugierde gezeichnet. „Ein Mensch?"

„Ich sagte es ja: eine lange Geschichte." Zantu war froh, dass sein Bruder wieder energiegeladener schien. „Sie wartet in meinem Nest auf mich."

„Sie wartet? Du hast Wahnvorstellungen." Rubac legte eine Hand auf Zantus Schulter. „Es tut mir so leid. Ich dachte wirklich, dass dir ein Bund erspart bleibt."

„Menschenfrauen sind anders."

„Du meinst es ernst." Rubac senkte sich auf die Schwämme. „Du hast dich mit einem Menschen verbunden."

„Habe ich."

„Erzähle mir alles."

Die Neugierde seines Bruders konnte Zantu zum Verhandeln nutzen. „Versprich mir, dass du Ebby nicht zurücklassen wirst, um in die Wilden Tiefen zu schwimmen. Wenn du das tust, werde ich in ein paar Tagen kommen und dir alles erzählen."

Rubac dachte kurz nach und nickte. „Ich werde Ebby nicht verlassen."

Zantu entließ Bläschen der Erleichterung. Sobald es ihm leichter fiel, Brianna im Nest allein zu lassen, konnte er zurückkommen, um sein eigenes Versprechen einzulösen. „Danke. Ich muss zu Brianna zurück. Sie war hier unten noch nie auf sich allein gestellt." Er schob den Vorhang aus Seetang beiseite. „Erinnere dich an dein Versprechen. Wir sehen uns in ein paar Tagen."

„Okay, Bruder. Viel Glück."

Zantu schlüpfte durch die Stängel, erleichtert, dass sein Bruder wieder zur Vernunft gefunden hatte. Zumindest hoffte er das und betete, dass er Ebby nicht für einen Mythos verließ. Im Moment hatte Zantu jedoch andere Verpflichtungen, die nichts mit seinem Bruder zu tun hatten.

Zantu schickte einen Gedanken, ohne zu wissen, wie weit die Verbindung reichte. Nicht weit vom Nest hatte er den Kontakt verloren.

Er erhielt keine Antwort. Nichts.

Der braun gefleckte Seeskorpion, den er ihr an die Seite gestellt hatte, um auf sie acht zu geben, sollte bei Problemen herangeeilt kommen. Nicht der beste Wachfisch, aber besser als die orangenen Garibaldi-Fische, die oftmals den Meerfrauen dienten.

Er schoss durch den Seetang, nutzte seine Echoortung, um ungehindert voranzukommen. Der Seetang-Wald verlor an Dichte, als er seinem Nest näherkam. Er nahm eine scharfe Kurve an den Felsen vorbei, direkt auf die Lichtung zu. Bisher hatte er noch keine Gefährtin gehabt, zu der er nach Hause schwimmen konnte. Fühlte sich nett an. Im Nest sah er sich um und sein Lächeln verblasste. *Brianna?* Sie war nirgendwo zu sehen. Er fügte einen Schallimpuls hinzu.

Verschwunden.

Sie hatte ihn verlassen. Natürlich hatte sie das. Typisch Frauen. Er hatte gehofft, ein Mensch wäre anders, aber na ja, es gehörte wohl zum Leben dazu, dass Erwartungen enttäuscht wurden. Warum hatte er geglaubt, dass sie anders wäre? Dennoch breitete sich Zweifel in ihm aus – Zweifel, der von seiner Seele Besitz ergriff. Sein Nest war weit entfernt vom Ufer. Glaubte sie wirklich, dass sie allein und ohne Hilfe das Land erreichen könnte? Es gab Raubtiere, Strömungen, Meerfrauen und viele weitere Gefahren. Ohne Flossen oder einen Schwanz war sie dem Temperament des Meeres ausgeliefert. Er musste sicherstellen, dass sie in Sicherheit war, ob sie ihn nun verlassen hatte oder nicht.

Er verließ das Nest und suchte nach dem Seeskorpion. Verschwunden, natürlich. Er kreierte ein Lied für die weniger intelligenten Kreaturen in der Gegend und fragte nach dem Aufenthalt des Menschen. Zusammen verwiesen sie ihn auf die Felswand. Ein orangener Garibaldi-Fisch kicherte und flüchtete, schwamm seinen Freunden nach.

Panik schlich sich in Zantus Verstand. Er folgte dem Garibaldi und rief mit seinen Gedanken und dem Sonar nach seiner Gefährtin.

In dieser Strömung sollte sie nicht sehr weit abgetrieben sein. Wo war sie?

Ein braun gefleckter Seeskorpion zeigte sich hinter einem Seefächer, und er erzählte ihm, wie sie versucht hatte, die Wasseroberfläche zu erreichen und der starken Strömung mit ihren Beinen etwas entgegenzusetzen. Seeskorpione waren zumeist am Grund zu finden und die Instinkte der Kreatur wogen höher als der Befehl, über Brianna zu wachen.

Zantu hätte es besser wissen sollen, als sein Vertrauen in einen Seeskorpion zu setzen. Feiglinge, allesamt.

Die Panik in ihm stieg stetig an. Ging das Gefühl von ihm aus oder von Brianna? Er rauschte an die Wasseroberfläche und rief laut und in Gedanken nach ihr: „Brianna!" *Brianna!*

Er wurde panischer und panischer. Mittlerweile war er sich sicher, dass diese Emotion nicht nur die seine war. Ein Wort wehte durch seinen Verstand: *Hilfe!*

Brianna! Wo bist du?

Schließlich erreichte er einen dichteren Abschnitt im Seetang-Wald und konnte sie deutlicher verstehen. *Ich kann nicht atmen! Gott, bitte beeil dich!*

Er rotierte um seine eigene Achse, ließ den Blick über den Wald schweifen. Er konnte nichts Verdächtiges erkennen. Die mentale Verbindung verriet ihm nicht, welche Richtung er einschlagen musste. *Kannst du für mich singen? Ruf mich!*

Nein! Irgendetwas ist hier. Ich habe Angst. Der Seetang – Ihre Gedanken waren trüb, doch ihre panische Angst war unmissverständlich.

Er beschwor ein Lied, tief aus seiner Brust, und sandte einen Befehl an jede Kreatur im Umkreis. „Beschützt meine Gefährtin!"

Das Wasser vibrierte mit unglaublicher Intensität, als alle die Nachricht weitergaben: Tiefe Nebelhorn-Rufe von einem schwarzen Judenfisch, hohes Summen von einem Schwarm aus Barschen und am Grund meldeten sich sogar die quietschenden Seefledermäuse. Dann hörte er das hohe Brüllen eines Seelöwens, eine Warnung, dass dies sein Territorium war. Zantu klinkte sich bei dem Ruf ein, schoss durch die Stängel, bis er das Gesicht des hiesigen Seelöwenmännchens entdeckte. Es handelte sich nicht um sein erstes Zusammentreffen mit dieser Kreatur. Normalerweise tolerierte es Zantu in seiner Domäne.

„Was ist los?"

Der Seelöwe umkreiste ihn mit ungewohnter Aggression und sandte die bekannte Note heraus, die Konkurrenz vertreiben sollte.

Zantu senkte den Kopf unterwürfig. „Du kennst mich, Kumpel. Ich werde dir oder deiner Familie nicht wehtun. Ich suche nach einem Menschen."

Das Biest umkreiste ihn, das Weiß in seinen Augen bildete einen starken Kontrast zu seinem glatten, braunen Fell. Er erzählte eine Geschichte von einer Meerfrau, die gerne Spielchen spielte und die Seetang als Falle benutzte, um den Nachwuchs seines Harems zu ertränken.

Zantus Magen drehte sich bei dem Gedanken daran und er spannte den Kiefer an. Eine Meerfrau hätte noch mehr Spaß daran, Brianna zu ärgern. „Zeig mir den Weg."

Das große Tier schlug einen Salto und schoss dann durch den Tang zu einem Bereich, der vollkommen kahl war. Er hob den Blick und betrachtete die schwebende Matte aus Vegetation. Dicke Seetang-Stängel trieben in dieser Kreation und wegen der Strömung löste sich hier und da das Grünzeug. In der Ferne vernahm er die Schreie der weiblichen Seelöwen, zusammen mit dem spottenden Lachen einer Meerfrau. Das Biest neben ihm brüllte und gewann an Tempo.

Zantu nahm Schwung auf und folgte ihm. Es dauerte nicht lange, bis ihm blasse Haut zwischen grünem Seetang ins Auge fiel. Ein nackter Fuß lugte hervor. Er richtete sich auf und bahnte sich einen Weg zu seiner Gefährtin, zerriss den Tang-Teppich, der sie von ihr fernhielt.

Ich bin hier, dachte er, als er auf der Suche nach ihrem lieblichen Gesicht panisch das Blattwerk und die Stängel entfernte.

Verschleiert wehten ihre Gedanken zu ihm. Beinahe nicht existent. Hinter dem nächsten Blatt traf er auf ihre Augen. Sie starrte an ihm vorbei, durch ihn hindurch. *Nein!* Sofort presste er seine Lippen auf ihre und entließ einen Strom aus Bläschen in ihren Mund. *Brianna, atme!*

Ihr Körper zuckte, der Seetang hielt sie jedoch gefangen. Sie durfte nicht sterben! Wieder küsste er sie und versuchte, sich daran zu erinnern, wie er ihr beim ersten Treffen die Gabe eingehaucht hatte, unter Wasser zu atmen. Es war eine Sache, sie zu verlieren, indem sie an die Wasseroberfläche flüchtete, zurück in ihr altes Leben. Verbunden wäre ein solcher Verlust mit der Gewissheit, dass sie lebte, dass sie ihr Leben weiterführen konnte. Doch wenn sie in seinen Armen starb, hätte er nichts, für das es sich zu leben lohnte. *Bitte, Brianna. Ich liebe dich.*

Hilf mir, mach mich los. Ich will das nicht mehr, dachte sie.

Sie wollte das nicht mehr … Schmerz verknotete seinen Magen, traf ihn tief und erinnerte ihn daran, dass sie das Nest verlassen hatte, um an die Wasseroberfläche zu schwimmen und ihm zu entkommen. Sogar jetzt wollte sie ihre Freiheit. Er wünschte, er könnte ihr Bedürfnis nach Freiheit imitieren. Jedoch hatte sich der Bund, den er zu Beginn brechen wollte, in den letzten Stunden intensiviert. Er saß in der Falle – genau wie sie.

Mit Gewalt und Entschlossenheit riss er an dem Blattwerk, näherte sich ihrer Freiheit. Er ließ seine Wut an dem leblosen Grünzeug aus, zerfetzte es, löste Stängel und fütterte mit ihnen die Strömung. *Du hättest mich nicht verlassen dürfen*, knurrte er. Seine Gedanken ähnelten einem kochenden Wirbel aus Emotionen, den sie wahrscheinlich nicht interpretieren konnte. Auch er war sich nicht sicher, was er gerade fühlte. Er wusste nur, dass es unglaublich schmerzte. Dafür wollte er sie bestrafen und doch wollte er sie in seine Arme ziehen.

In dem Moment, als er die letzte einschränkende Barriere entfernte, wickelte sie ihre Arme um ihn und vergrub ihr Gesicht an seinem Hals. *Oh, Gott, danke!*

Seine fieberhaften Emotionen lösten sich auf. Er umarmte sie, labte sich an ihrer Wärme, dem sonnengeküssten Duft ihrer Haut, der ihm seit der ersten Begegnung in den Bann zog. Wie war es ihr gelungen, ihn auf diese Weise einzufangen und zu kontrollieren? Das war egal. Er gehörte ihr – heute, morgen, bis in die Ewigkeit. Und sie lebte.

Du darfst mich nie wieder verlassen!, schickte sie ihm und schlang gleichzeitig Arme und Beine fester um ihn.

Spielte sie mit seinen Gefühlen? Sie benutzte ihn, wenn es notwendig war, nur um ihn danach zu verlassen. Sein Herz schmerzte. Es fühlte sich an, als würde die Verbindung das Leben aus ihm heraussaugen.

Er versuchte, ihre Gedanken zu lesen, doch seine eigenen waren zu wild, zu unberechenbar und zu laut. *Wolltest du nicht, dass ich dich ... gehen lasse?*

Ich wollte, dass du mich aus dem Seetang befreist. Dachtest du, dass ich von dir wegwollte?

Warum hättest du sonst versuchen sollen, die Wasseroberfläche zu erreichen?

Sie lehnte sich zurück, um ihm in die Augen zu sehen. *Das habe ich gar nicht. Du warst nur so lange weg und mir wurde langweilig. Dann sah ich, wie sich ein paar Fische gezankt haben. Ich war der Ansicht, dass ich diesen Streit auflösen könnte. Ich weiß, dass das dämlich war. Ich hätte auf der Lichtung bleiben sollen. Die Strömung hat mich davongetrieben. Ich konnte das Nest nicht mehr finden. Dann bin ich in die Fänge des Seetangs geraten und ... und –* Ihre Gedanken überschlugen sich, gezeichnet von Angst und Schrecken. *Ich dachte, ich müsste sterben ...*

Eine Welle der Erleichterung erfasste ihn. Und Schuldgefühle. Die Verbindung ihrer Gedanken log nicht. *Ich verspreche dir, dich nie wieder allein zu lassen.*

Mit seinem Meermannschwanz streichelte er die köstlichen Rundungen ihres Hinterns. Ihre Beine faszinierten ihn. Sie konnte sich mit Armen und Beinen um ihn wickeln. Vor allem während dem Liebe machen, raubte ihm diese Vorstellung den Verstand. Sie entließ einen zufriedenen Seufzer bei seinen Berührungen und spreizte die Schenkel noch weiter. Er konnte in ihr das Vertrauen erkennen, das sie ihm schenkte. Die Hingabe. Vielleicht sogar Liebe?

Sein Schaft zuckte und verlangte danach, befreit zu werden. Verlangte nach der Hitze ihres Geschlechts, doch er hielt sich zurück. Er wollte den Moment genießen, ihn abspeichern und nie wieder vergessen. Er wollte, dass sie ihn so verzweifelt begehrte, wie er sie begehrte. Er fuhr mit den Händen über ihre Hüften, seine Daumen strichen über ihre Hüftknochen und folgten dem Pfad zu den Löckchen zwischen ihren Schenkeln. So weich, so heiß. Ihre Pussy pulsierte, als er die Hand auf sie legte und zwei Finger in ihre Hitze eintauchten.

Indessen erkundete sie mit den Händen seine Arme, seine Schultern und verschränkte sie in seinem Nacken. Er senkte den Kopf und küsste sie, seine Finger ihre Schamlippen erkundend, verschaffte sich seine Zunge Zugang zu den obigen. Ihre Finger wanderten weiter, erreichten seine Rückenflosse, rieben auf beiden Seiten entlang nach unten bis zu seiner Taille. Seine Erektion sprang heraus. Dennoch ignorierte er seine harte Länge, verzaubert von den erotischen Rotationen ihrer Hüfte, der Art und Weise, wie sie ihr Geschlecht an seinen Fingern rieb.

So verließ er ihre Lippen und saugte einen Nippel in seinen Mund, knabberte sanft an der Knospe. Ihre Finger kratzten über seine Haut, ihr Verstand von Lust und Schmerz bevölkert. Er musste mit seinen scharfen Zähnen vorsichtig sein. Ihre Haut war so weich, so empfindlich. Weiter neckten seine Finger ihre Klitoris, als er sich mit dem Mund ihrer anderen Knospe zuwandte. Erst als auch dieser Nippel aufgerichtet war, wagte er es, sich mit zärtlichen Küssen zu ihrem Bauch aufzumachen.

Sie bebte unter ihm, streckte sich ihm entgegen. Er benutzte eine Hand, um ihren Arsch zu packen, und fand sich mit seinem

Kopf zwischen ihren Schenkeln ein. Jetzt war sein Mund dran. So himmlisch wie sie roch, schmeckte sie auch. Sie bäumte sich auf, ihre Gedanken mit dem Wunsch infiltriert, von ihm gefüllt zu werden.

Wie du wünschst, sandte er und füllte sie mit einem Finger. Die Wände ihres Geschlechts zogen sich um ihn zusammen. Er fügte einen zweiten hinzu und entdeckte, dass sie in einen ekstatischen Wirbel geriet, wenn er seine Finger in ihr anwinkelte. Die mentale Verbindung während ihres Orgasmus hätte beinahe dafür gesorgt, dass er seine Säfte in das umgebende Wasser ejakulierte.

Mit den Händen auf ihren Hüften fand er erneut ihren Mund. Ungeduldig und gierig vergrub er sich in ihr. Sie war so feucht, ihr Geschlecht wie für ihn gemacht. Er hörte ihr befriedigtes Seufzen und sie hob ihre Lippen wieder zu seinen.

Ich liebe dich, auf immer und ewig, dachte er, als er sein Sperma tief in sie schoss.

Wie ein Babyotter hatte es sich Brianna auf Zantus Brust bequem gemacht, während der Seetang-Teppich unter ihnen in einem harmlosen Muster in der Strömung trieb. Sie hob die Hand und brach durch die Wasseroberfläche. Die Tropfen auf ihren Fingerspitzen erzeugten im Licht der untergehenden Sonne winzige Regenbögen. Sie zog die Hand zurück in die Umarmung des Meeres und fuhr mit den Fingern über Zantus beeindruckende Bauchmuskeln. Der Gedanke, wieder zu seinem Nest abzutauchen, verängstigte sie. Sehr sogar. Als sich das Adrenalin zusammen mit der Nachwirkung des Orgasmus verflüchtigte, merkte sie, wie wütend sie war. *Wieso hast du mich so lange allein gelassen?*

Zantu festigte die Arme um sie, seine Schwanzflosse sanft schwingend. *Es tut mir le –*

Sie schob ihn von sich und er ließ sie los. Dann schlug sie mit ihren Fäusten gegen seine Brust. *Was, wenn du es nicht rechtzeitig zurückgeschafft hättest? Hast du gespürt, dass ich mit dem Atmen aufgehört habe?*

Ich habe einen Seeskorpion an deine Seite geste –

Einen Fisch? Du hast mich einem Fisch anvertraut?

Ein Fehler, das gebe ich zu. Er umfasste ihre Handgelenke; die kleinen Fäuste noch immer damit beschäftigt, seiner harten Brustmuskulatur Schaden zuzufügen. *Ich verstehe nicht, warum dir das Atmen so schwerfällt. Durch unseren Atem-Bund sollte die Fähigkeit, unter Wasser atmen zu können, eigentlich bis zum Neumond bestehen bleiben. Vielleicht hat diese Meerfrau etwas damit zu tun.*

Eine neue Angst nistete sich in ihr ein. *Atem-Bund? Ist das ein Zauber? Was, wenn es wieder versagt?*

Ich werde dich nicht noch einmal verlassen. Entschlossenheit zeichnete sich auf seinem Gesicht ab. *Jedenfalls nicht, bis ich weiß, wie ich dich beschützen kann.*

Durch seine ausweichende Antwort formte sich ihre Angst zu Misstrauen. *Das habe ich nicht gefragt.*

Solange ich in deiner Nähe bleibe, kann ich den Bund immer wieder erneuern.

Sie hob den Blick zum Himmel, der sich langsam verdunkelte. *Du kannst nicht garantieren, dass du jeden Moment eines jeden Tages an meiner Seite bist.*

Sein Verstand jonglierte mit den verschiedensten Ideen, bis er sich auf einen zaghaften Gedanken festlegte: *Mein Bruder ist an Magie interessiert. Vielleicht kann er uns helfen.*

Ihre Hand ballte sich in seiner zu einer Faust, bis sich die Nägel in ihre Handfläche bohrten. *Du darfst mich nicht nochmal zurücklassen.*

Nein, das werde ich auch nicht.

Wie lautet also dein Plan?, fragte sie in der Hoffnung, dass Meermänner auch aus der Entfernung in der Lage waren, Gedanken auszutauschen. Tief in ihrem Inneren wusste sie jedoch, dass dies nicht der Fall war. Schließlich hätte er dann schon beim letzten Mal auf diese Weise mit seinem Bruder kommunizieren können.

Du wirst mich begleiten. Trotz der Mauer, die er zwischen ihren Gedanken errichtete, bemächtigten sich erschreckende Bilder ihres Bewusstseins: Eine Gruppe Meermänner, die einen von ihnen in Stücke riss. Blut überall. Furchterregende Stille, als sie die Überreste den Fischen überließen.

Sie schnappte nach Luft, Salzwasser drang in ihre Lungen. *Wer waren diese Meermänner?*

Zantus Brust hob und senkte sich mit einem Seufzen. *Erinnerst du dich, dass ich zu dir meinte, es ist verboten, eine Gefährtin mit zu dem Nest eines anderen Meermannes zu bringen? Die Strafe ist der Tod.*

Ihr Herz schlug so schnell, dass sie befürchten musste, es würde jede Sekunde explodieren. *Auch wenn es dein Bruder ist?*

Ja, aber mein Bruder ist nicht wie andere Meermänner. Er wird mich anhören. Die gesendeten Worte klangen überzeugt, dennoch erkannte sie den Knacks in seinem Selbstbewusstsein.

Wieso ist die Strafe so brutal?, fragte sie.

Die meisten Meermänner sind Einzelgänger, die sowohl Meerfrauen als auch Meermänner aus dem Weg schwimmen. Seine Arme festigten sich um sie. *Unglücklicherweise ist es in der Vergangenheit vorgekommen, dass schwache Meermänner den Aufenthalt anderer Nester ihren Gefährtinnen verraten haben. Jeder Meermann ohne eine Gefährtin wäre beim Auffinden dazu gezwungen, mit ihr Sex zu haben – wie ein Sklave seiner Instinkte. Wer die Meerfrau ablehnt, muss ihren Zorn über sich ergehen lassen. Und das nicht nur gegenüber ihm, sondern auch gegenüber dem Nachwuchs. Ganze Familien wurden durch eine einzige Meerfrau vernichtet. Das Nest wird als Zuflucht angesehen. Ein sicherer Ort, versteckt in den Seetang-Wäldern, geschützt vor Raubtieren und Meerfrauen gleichermaßen. Ein Nest zu offenbaren, gilt als Todsünde. Eine Bestrafung auszuteilen, gehört zu den wenigen Momenten, in denen Meermänner in Gruppen anzutreffen sind.*

Sie schluckte schwer, unfähig die gewalttätigen Bilder aus ihrem Verstand zu vertreiben. *Ich will nicht, dass du verletzt wirst.*

Rubac und ich teilen eine besondere Verbindung. Wir sind uns sehr nah. Wir haben viele Jahre damit verbracht, die Wilden Tiefen nach Schätzen und Wissen zu erkunden. Als Didra ihn eingefangen hat, dachte ich, unsere Beziehung würde auf der Kippe stehen, aber er ist stark. Er vertraut mir mit seinem Nest und seinem Nachwuchs.

Könntest du mich nicht einfach an der Wasseroberfläche lassen? Sie klammerte sich an ihn und schmiegte ihre Wange an seine

Brust. *Dort könnte ich ausharren und mir würde bis zu deiner Rückkehr die Luft nicht ausgehen.*

Seine bereits dunklen Gedanken brausten auf wie das Meer bei einem Sturm. *Die Oberfläche ist nicht sicher. Raubtiere können dich von unten sehen, Wellen kommen von oben.* Und andere Menschen könnten dich finden und mitnehmen.

Den letzten Teil schickte er nicht, trotzdem schlängelte sich der Gedanke an der Barriere vorbei. Liebevoll streichelte sie über seine Rückenflosse. *Ich will dich nicht verlassen, Liebling.*

Ein Lustschauer ergriff von seinem Körper Besitz und sie konnte ein schlechtes Gewissen wahrnehmen. *Ich versuche, dir zu vertrauen. Ausgehend von meinen Erfahrungen und meiner Herkunft ist das nicht einfach.*

Was sie bisher von Meerfrauen gelernt hatte – und gesehen –, erklärte, dass es ihm schwerfiel, Vertrauen zu schenken. Sie wollte, dass er ihr vertraute. Sie glaubte zudem, dass er das mit der Zeit auch tun würde. Es hörte sich ohnehin nicht gerade spaßig an, Haie abzuwehren und gegen meterhohe Wellen anzukämpfen. Daher war es wahrscheinlicher, einen Ausflug zu Rubacs Nest zu überleben. Die Wasseroberfläche stand also außer Frage. *Was haben wir sonst noch für Optionen? Wo hat Rubac über Magie erfahren? Können wir diesen Ort besuchen?*

Bläschen strömten aus seiner Nase. *Die Wilden Tiefen wären noch gefährlicher für dich als Rubacs Nest. Ich denke, Rubac wird die besondere Situation verstehen, in der wir uns befinden. Insbesondere, da du bereits Ebby kennengelernt hast.*

Ihre Aufmerksamkeit kehrte zu dem Meerkind zurück und zu dem Grund, weswegen Zantu sie zurückgelassen hatte. *Geht es Ebby gut?*

Im Moment ja. Mein Bruder ist derjenige, der mir Sorgen bereitet. Zantu wirkte verunsichert.

Was meinst du damit?

Sein neues Baby ist tot. Wahrscheinlich eine Totgeburt. Er ist ...

Eine Totgeburt? Die mentale Verbindung zwischen Zantu und ihr schien zu zischen, wie bei einem Kurzschluss. Ein unerwarteter Tsunami, dem Erinnerungen folgten, prallte gegen sie: Das erste Mal, dass sie den Herzschlag ihres Babys gehört hatte. Der Geruch der frischen Farbe im Kinderzimmer. Was sie beim ersten Tritt gefühlt hatte. Und dann der Tag, an dem sie realisierte, dass es keine Tritte mehr geben würde. Der Schmerz der vergeblichen Wehen. Das darauffolgende Koma aufgrund des hohen Blutverlustes.

Und schließlich, wie Eric auf der Türschwelle des Krankenhauszimmers gestanden hatte und zu ihr meinte, dass er sich „darum gekümmert hatte". Für fünf Tage hatte sie im Koma gelegen. In der Zeit war die Asche bereits verstreut worden.

Das Brennen in ihrer Nase und in ihrer Kehle riss sie in die Gegenwart zurück. Wasser drückte von allen Seiten gegen sie und zwang sie dazu, einzuatmen. Sie erkannte, dass sie keuchte, ohne dass sie auf Sauerstoff hoffen konnte.

Zantu umfasste ihr Gesicht und sie fühlte seinen Mund auf ihrem. Sofort entspannten sich ihre Lungen. Sein Kuss war so zärtlich, so sanft. Anstatt von Lust, sprachen seine Lippen von Liebe. Ein Anker in einem zerstörerischen Sturm. Er neigte den Kopf und küsste entlang ihres Kiefers, seine Hände zeichneten tröstende Muster auf ihrem Rücken. *Ich denke, ich verstehe nun, warum du zu mir gekommen bist,* flüsterte sein Verstand ihr zu.

Sie konnte ihren Schmerz zwar nicht hinausschreien, doch ihre Gedanken mussten ihrem Leid genügend Ausdruck verleihen. *Er hat sie mir weggenommen. Ich durfte mich nicht verabschieden!*

Es tut mir so leid. Er zog sie enger an sich.

Vielleicht lag es an der Verbindung, die sie mit Zantu teilte, doch sein aufrichtiger Kummer fühlte sich tröstender an, als die kombinierten Beileidsbekundungen, die sie von Familie und Freunden erhalten hatte. Einschneidender als die von Eric, der nicht verstehen konnte, dass sie nicht glücklich darüber war, einer Beerdigung entkommen zu sein. An ihrem Gefährten brach sie zusammen und ließ ihrer Trauer freien Lauf. Sie weinte auf eine Weise, die sie sich bei Eric nie erlaubt hatte. Zantu hielt sie in seinen Armen, sagte nichts, denn das musste er nicht. Es reichte aus, dass er bei ihr war. Dass er sich aus ganzem Herzen wünschte, ihr den Schmerz abnehmen zu können.

Ihre Seele trauerte und der Ozean akzeptierte ihre Tränen als einen Teil von sich.

❦

NACHDEM ER SEIN Bestes getan hatte, Brianna zu trösten, trug er sie durch den nachtschwarzen Seetang. Ihre Gedanken gaben ihm einen Eindruck von der Trübnis in ihrem Herzen und doch hatte er auch das Gefühl, dass es ihr schon ein bisschen besser ging. Etwas in ihr hatte sich verändert, verschoben. Sie hatte viel durchgemacht, ja, das hatte sie. Er konnte sich so glücklich schätzen, eine Gefährtin zu haben, die nicht nur bei ihm bleiben wollte, sondern auch den Wunsch nach Kindern hegte. Kinder, die sie zusammen erziehen würden. Die Panik bei dem Gedanken, sich dem Nest seines Bruders zu nähern, wurde von dem Bedürfnis eingeholt, seine erfreulichen Nachrichten mit ihm zu teilen. Wer hätte gedacht, dass eine Menschenfrau eine dermaßen großartige Gefährtin abgeben würde?

Er pumpte mit der Schwanzflosse und schwamm zu Rubacs Nest. Hoffentlich würde die Nacht Briannas Anwesenheit verschleiern, während er sich mit seinem Bruder unterhielt. Er hoffte so, dass Rubac für immer im Dunkeln darüber blieb, dass er eine Frau mit in sein Nest gebracht hatte. Andererseits wünschte er sich nichts sehnlicher, als dass sein Bruder sie entdeckte, damit er die beiden bekanntmachen konnte. Er hatte sich immer gefragt, wie Meermänner so dumm sein konnten, ihre Gefährtinnen zu anderen Artgenossen zu bringen. Mittlerweile verstand er es. Auch in ihm war der Wunsch entfacht, stolz seine Gefährtin zu präsentieren.

Brianna krallte sich an seinen Schultern fest, ihr Verstand von Erschöpfung gezeichnet. Adrenalin sorgte dafür, dass er schneller und schneller schwamm. Er schickte eine Sonaranfrage. Ein Meermann war niemals blind, solange es bestimmte Punkte gab, die Schall zurückwarfen. Darin bestand auch die Gefahr der Wilden Tiefen. Überall Wasser und gefährliche Strömungen, ohne eine Stelle, an der man sich orientieren konnte. Zantu betete, dass sein Bruder über die Antworten verfügte, nach denen er sich sehnte. Ein Ausflug in die Wilden Tiefen wäre mit Brianna kein einfaches Unterfangen.

Er erreichte die dicke Wand aus Seetang, die Rubacs Nest umgab und löste Briannas Arme von seinem Nacken. Er führte sie zu einem rauen Felsen und dachte: *Bleib genau hier. Ich bin auf der anderen Seite des Tangs. Falls ich dich ins Nest holen muss, suche nicht nach Augenkontakt. Sprich ihn nicht an. Und am aller Wichtigsten: vermeide Körperkontakt. Du hast gesehen, wie Ebby reagiert hat. Gebe vor, dass du unsichtbar bist, okay?*

Sie nickte in die Dunkelheit, was er durch leichte Vibrationen im Wasser spürte.

Er streichelte über ihre Wange und gab ihr einen kleinen Kuss. Sie war zu wunderschön, um jemals als unsichtbar zu gelten. Selbst wenn sein Bruder sie zu Gesicht bekäme, so müsste er eigentlich immun gegen die Reize anderer Frauen sein – schließlich war er bereits einen Bund eingegangen. Immer wenn Zantu über die Attraktivität seiner Gefährtin sinnierte, entzündete sich ein Feuer in seinem Inneren und er musste seine Begierde zurückdrängen. Das war weder der richtige Zeitpunkt noch der richtige Ort dafür.

Er wandte sich von ihr ab und schob den dicken Seetang-Vorhang beiseite. Normalerweise meldete er sich an, bevor er reinschwamm, doch er wollte einen Schallimpuls von Rubac unterbinden. Auf der Lichtung würde ein kurzer Impuls hoffentlich Briannas Anwesenheit geheimhalten.

Durch den Tang erreichte er den Schwammhügel, auf dem Rubac stets ruhte. Er kannte die Anordnung von vorherigen Besuchen und bewegte sich selbstbewusst. „Rubac, ich bin's."

Keine Antwort. Nicht mal das kleine Rauschen von Wasser, wenn es gegen Rubacs und Ebbys Flossen schwappte.

„Rubac? Ebby?"

Die Lichtung blieb still. Er zwitscherte eine erneute Anfrage und interpretierte das Echo. Niemand war Zuhause. Er schickte eine lautere Anfrage, beurteilte die anderen Objekte im Nest. Ebbys Spielzeuge befanden sich, wo sie das Kind immer ablegte und der Schwammhaufen war in letzter Zeit unbenutzt geblieben. Nichts schien fehl am Platz.

Zantus Puls beschleunigte sich, bis sein Herz in seinen Ohren pochte. Etwas stimmte nicht. Er schwamm zu Brianna, erleichtert, sie zu finden, wo er sie zurückgelassen hatte. *Es ist niemand zuhause.*

Wo könnte er sein?

Er fuhr mit den Fingern durch seine Haare. Er konnte nur annehmen, dass Rubac den Körper des Babys zum Riff gebracht hatte, gleich an die Kante zu den Wilden Tiefen, um dort die Bestattung durchzuführen. Warum sein Bruder dies in der Abenddämmerung tat, war ihm ein Rätsel. *Wahrscheinlich ist er dabei, sein Baby zu beerdigen.*

Oh. Ihre Gedanken verdunkelten sich, ihr eigener Verlust ein niederdrückender und vernarbter Hintergrund. *Solltest du nicht bei ihm sein?*

Ihre Sorge um seinen Bruder, trotz ihres derzeitigen schweren Gemüts, berührte ihn tief. *Beerdigungen sind selten und werden in sehr privater Runde abgehalten. Die meisten Meerleute sterben im Verborgenen und sie werden oftmals erst entdeckt, wenn die Knochen bereits im Meer treiben. Wenn ein Verwandter den Körper findet, wird er zum Riff gebracht und in eine Ritze gelegt.*

Der Gedanke an Rubac an diesem Ort, wo der Seetang endete und die Wilden Tiefen begannen, machte Zantu nervös. Vor allem nachts, wenn die großen Raubtiere zum Jagen herauskamen. Ebby war nicht in der Lage, die Geschwindigkeit von Rubac zu erreichen. Das Kind musste sich hin und wieder ausruhen. Ein Nickerchen im offenen Meer war jedoch keine gute Idee, da die Strömung jeden in die Tiefen reißen würde.

Er schickte eine Langstreckenanfrage durch den Seetang. Eine Regung eines Mönchsfischs, sonst nichts. Der Wald fühlte sich zu ruhig an. Es missfiel ihm, das sichere Nest mit ihr zu verlassen. *Wir warten im Nest. Ich nehme an, dass er morgen zurückkommt.*

Wird er nicht wütend sein, wenn er uns hier findet?

Wahrscheinlich. Deine Sicherheit ist mir aber wichtiger. Ich werde es nicht riskieren, außerhalb eines Nestes zu schlafen. Er schob den Vorhang beiseite und zog sie mit sich. Die Strömung auf der Lichtung war weitaus schwächer und er wagte es, den Griff um ihre Taille zu lockern. *Willst du dich auf die Schwämme legen oder lieber im Wasser schweben?*

Ihre Finger festigten sich um seinen Arm. *Ich sehe nichts.*

Die Anstrengungen des Tages legten sich wie ein schweres Gewicht auf seine Brust. Er hätte das Plankton rufen können, um das Nest zu erhellen, doch es schien einfacher, ihr die Entscheidung abzunehmen. *Ich denke, wir werden es uns heute Nacht im Bett bequem machen.*

Dann trug er sie zu den Schwämmen und sie lehnte sich auf dem gepolsterten Untergrund zurück. Brianna drehte sich und presste sich an ihn. Ihre schläfrigen Gedanken waren mit Behaglichkeit gefüllt und so fand auch er langsam zur Ruhe.

Er summte ein Schlaflied an ihren Haaren: „Du bist wie ein versunkener Schatz für mich."

Sie seufzte und kuschelte sich enger an ihn. Die sanfte Bewegung des Wassers auf seiner Haut entspannte seine Muskeln, seine Gedanken und er schlief ein.

$\mathcal{B}$rianna öffnete ihre Augen in die Dunkelheit. Dieses Mal empfand sie keine Angst, keine Verwirrung. In der Ferne nahm sie die morgendliche Melodie eines Fischschwarms wahr, bei dem sie sich mit einem zufriedenen Seufzer an Zantus warmen Körper kuschelte. Entzückt spürte sie, wie sich seine Erektion gegen ihren Po presste. Sein Verstand war leer; er schlief noch, wodurch sich ihr die Möglichkeit bot, seinen Körper zu erkunden. Mit einer Hand griff sie hinter sich und fand den pulsierenden Schaft, der sie geweckt hatte.

Noch im Verborgenen rieb sie mit der Hand lockend über die Beule. Zuckend bewegte er seine Hüfte in ihre Richtung, wachte jedoch nicht auf. Sie versuchte, ihren Verstand von Gedanken freizuhalten, um ihn nicht zu wecken, als seine Erektion in ihre Hand fiel. Mit dem Daumen umkreiste sie seine Eichel. Sie stellte sich vor, ihn wieder in sich zu haben und ihr Geschlecht meldete sich gierig zu Wort. Ihre Finger wanderten tiefer, fanden und massierten den empfindlichen Hoden.

Zantu presste seine Mitte gegen sie und wickelte die Arme fester um sie. Nicht so fest, dass es wehtat, doch hart genug, dass sie nicht entkommen konnte. Ein ausgeprägtes Knurren kroch über seine Kehle und erreichte ihren Verstand: *Guten Morgen, mein kleiner Engelfisch. Oder sollte ich Teufelfisch sagen?*

Seine Worte lösten einen Schauer in ihr aus und fachten ihre Begierde an.

Er fand ihre Hand mit seiner, um seine harte Länge gewickelt, und nötigte sie dazu, seinen Schaft nach unten zu drücken. Die Spitze strich über ihren Hintern und sie setzte ihre Hüfte in Bewegung, um sich an ihm zu reiben. *Heilige Abgründe, Weib. Wir liegen auf dem Bett meines Bruders.*

Na und?

Er schob sie noch höher, bis er mit seiner Eichel durch ihre feuchte Spalte gleiten konnte. Dann fand er mit beiden Händen ihre Brüste, zwickte in ihre Nippel, bis sie sich für ihn aufrichteten.

Sie wölbte sich, streckte ihm ihren Hintern entgegen, damit er sie endlich nahm, doch er betörte sie lediglich, sein Schaft neckend an ihrem Eingang. Er schickte: *Ich will deine Lippen küssen.*

Sie versuchte, sich umzudrehen, jedoch hielt er sie in der Position.

Diese Lippen meine ich nicht. Er hob sie höher, seine Brust strich über ihren Rücken, Haut an Haut, starke Hände an ihren Hüften. Sein Kinn fuhr ihre Wirbelsäule entlang und sie erschauerte. Als er ihren Hintern erreichte, fühlte sie seine Zunge, die betörend den Anfang ihrer Pospalte erkundete. Seine Hände packten ihre Arschbacken und spreizten sie auseinander. Ein Daumen bahnte sich einen Weg zu ihrem Arschloch, umkreisten es, woraufhin es ihm betörend zuzwinkerte. Oh Gott, sie sehnte sich nach mehr.

Während sein Daumen sie in den Wahnsinn trieb, glitt er mit seinem Gesicht in südlichere Gefilde. Sie schnappte nach Luft, als er sie umdrehte und sein Kopf zwischen ihre Schenkel tauchte. Seine Zunge kostete ihre Schamlippen und fand schließlich ihre Klitoris. Der Druck seines Mundes schickte Lustschauer durch ihren Körper, von ihrem Bauch zu ihrem Geschlecht und zurück.

Nach einer Weile bemerkte sie, dass sie von den Schwämmen abhoben und nun im Wasser schwebten. Sie wedelte mit den Gliedmaßen, suchte nach Halt, als Zantu sich mit seiner Zunge und seinen Zähnen an ihrer Klitoris zu schaffen machte.

Berühre deine Brüste, befahl er. *Zwicke deine Nippel für mich.*

Sie packte ihr Fleisch, zwickte in ihre Knospen, bis die elektrisierenden Empfindungen seines Mundes auf ihre Nippel übergingen.

Sein Mund kostete von ihrer Pussy, seine Zunge umkreiste ihren Eingang. *Ich brauche dich*, dachte sie.

Dann fing er an, zu singen.

Die tiefen Vibrationen drangen in ihre Knochen vor, füllten sie so tief, als würde er sie ficken. Diese Empfindung schwoll so enorm an, dass sie nach einer sofortigen Erlösung verlangte. Gleichzeitig betete sie, dass sie diesen Moment niemals vergessen würde. Alles kribbelte, sie spannte sich an, unfähig, dem Lied zu entkommen. Der pulsierende, einnehmende Takt bearbeitete sie ausführlich, bis ihr Körper von einem ekstatischen Orgasmus mitgerissen wurde.

In einer geschmeidigen Bewegung riss Zantu sie nach unten, um seine harte Länge in ihr zu vergraben.

Seine Hände auf ihren Hüften hielten sie an Ort und Stelle, als er hart und erbarmungslos zur Sache ging. Sie spreizte die Beine weiter und wickelte sie um ihn, damit er tiefer in sie eintauchen konnte. Sie wollte, dass sein Schwanz ihre Seele berührte. Sie wollte, dass er so intensiv kam, dass er für immer mit ihr verschmolz.

Ein Keuchen entrang ihm; dann packte er sie fester und ergoss sich tief in ihrer Hitze.

ZANTU ERWACHTE zu dem morgendlichen rosafarbenen Sonnenlicht, das sich durch die Tang-Decke über ihnen wagte. Nachdem sie Liebe gemacht hatten, war er wieder ins Land der Träume abgedriftet, seine Gefährtin in seinen Armen wie eine wertvolle Perle. Langsam löste er sich von Brianna und rutschte aus dem Schwammbett. In der Nacht hatte sein Bruder sich wahrscheinlich einen Unterschlupf gesucht. Doch jetzt war der

Morgen angebrochen und er sollte bald ins Nest zurückkehren. Hoffentlich bekam sein Bruder nie heraus, dass er mit seiner Gefährtin in seinem Bett Sex hatte. Selbst wenn er es herausfände, wäre es das wert gewesen.

Der gewöhnliche Fischgesang streifte durchs Wasser. Nichts schien ungewöhnlich. Er wollte Rubac keine Anfrage schicken und riskieren, Brianna damit aus dem Schlaf zu reißen. Also entschied er, stattdessen die erste Mahlzeit zu besorgen. Die abgeernteten Seegras-Beete würden keine Mahlzeit bieten. Allerdings wollte Zantu nicht, dass sein Engelfisch den Tag hungrig begann.

Rubac benutzte keine Gegenstände von Menschen. Erst in Ebbys Sachen fand er eine wunderschöne kobaltblaue Schüssel. Mit dem Fund schwamm er zu den Beeten und suchte nach essbaren Blättern und Früchten, während er die neuen Sprösslinge unberührt ließ. Der Garten war in einem schlimmen Zustand. Wie lange hatte Rubac trauernd verbracht und Ebby sich selbst überlassen?

Er entschied, ums Nest zu schwimmen – einerseits, um nach Essen Ausschau zu halten, andererseits, um bei Bedrohung rechtzeitig reagieren zu können. Ein Garibaldi-Fisch nicht weit von ihm entließ eine Melodie, die nach Regen auf der Wasseroberfläche klang. Weiter draußen klickte eine Muräne mit ihren Zähnen, bevor sie sich wieder in ihre Felsspalte zurückzog. Zantu war erfolgreich und fand ein Beet mit Rotalgen, lehnte sich vor und erntete eine großzügige Menge.

Etwas strich über seine Rückenflosse. Er drehte sich und sah sich einem gelben Putzfisch gegenüber, sein winziges Maul gespitzt, so als würde er ihm gerne eine Nachricht übermitteln. „Was ist los, Kleiner?"

„Tut mir leid, Bruder", sagte der Winzling – Putzfische waren perfekt für Mitteilungen geeignet. „Es war Zeit für die Anhebung. Tut mir leid, Bruder. Es war Zeit für die Anhebung."

Mit weit aufgerissenen Augen starrte er auf den gelben Fisch. Sein Bruder war zu den Wilden Tiefen geschwommen? Was war mit Ebby? Heilige Abgründe, er musste das Meerkind mitgenommen haben! Den Boten hatte sein Bruder für ihn hinterlassen, falls Rubac nicht zurückkehrte. Er sah dem fliehenden Fisch hinterher, bis er im Seetang-Wald verschwand, sein Job erledigt.

Zantu glitt die Schüssel aus der Hand und er schwamm zurück ins Nest. Bei seiner Ankunft drehte sich Brianna auf den Schwämmen zu ihm, streckte sich auf eine Weise, für die er im Moment keine Zeit hatte, sie zu genießen. *Ich muss meinem Bruder folgen. Er hat Ebby zu den Wilden Tiefen mitgenommen.*

Sie setzte sich im Bett auf. *Warum?*

Unter den Meerleuten gibt es einen Mythos: Wenn eine Seele bereits in den Kreislauf des Ozeans eingetreten ist, kann diese durch ein altes Ritual befreit werden. Diese Anhebung, wie wir es nennen, ist nur in den Wilden Tiefen möglich, mithilfe eines uralten Blauwals. Er schwamm zu ihr und hob sie in seine Arme. Jetzt erkannte er, dass er ihr bisher noch nichts von den Wilden Tiefen erzählt hatte. Sein Ziel war es von Anfang an gewesen, sie vor diesem Ort zu bewahren. *Die Tiefen befinden sich hinter dem Seetang-Wald, wo sich Haie, Kalmare und viele andere Raubtiere tummeln. Dort gibt es keine Orientierungspunkte, um uns zu führen, lediglich die kraftvolle Strömung, die sogar für einen Meermann gefährlich ist. Ich kann dich dort nicht hinbringen. Und ich kann dich auch nicht hierlassen.*

Sie packte seine Oberarme und drückte sich von ihm weg. *Was willst du mir damit sagen?*

Es dämmerte ihm, dass er mit seinen Worten andeutete, sie gehen zu lassen. Sie in ihr Leben zurückzuschicken.

Oh nein, das wirst du nicht! Wir sind Gefährten, oder nicht? Was auch immer wir tun, tun wir gemeinsam. Außerdem befindet sich das Ufer in der entgegengesetzten Richtung. Dafür bleibt keine Zeit. Ich werde dich begleiten. Gib mir ein Messer oder etwas in der Art, so kann ich potenzielle Raubtiere abwehren.

Die Entschlossenheit in ihren Gedanken raubte ihm den Verstand. Die ganze Zeit hatte er glauben wollen, dass sie tatsächlich mit ihm zusammen sein wollte. Doch wenn er ehrlich war, hatte er nur darauf gewartet, dass sie ihn enttäuschte. Dass sie ihn, wie jede Meerfrau schon bald verlassen würde. Nun beobachtete er jedoch, wie sie durch Ebbys Spielzeuge pflügte, auf der Suche nach einer Waffe. Sie hatte wirklich und wahrhaftig vor, ihn auf einer Mission zu begleiten, die sie beide das Leben kosten könnte.

Jeder Vorbehalt, den er in seinem Herzen trug, wurde davongespült.

Dennoch eliminierte diese Erkenntnis nicht das offensichtliche Problem.

Auch er wühlte durch Rubacs Schätze und erspähte kleine Figuren, Schmuck und mythische Artefakte. Etwas Hilfreiches war jedoch nicht dabei. Er hob den Blick und sah, wie Brianna mit einer langen Stange herumfuchtelte, an der ein Netz angebracht war, das breiter als seine Schultern war. *Dieses Ding kann ich benutzen, um Kreaturen zu verscheuchen oder in dem Netz einzufangen.*

Trotz seiner aufkeimenden Panik musste er lächeln. *Mein erbitterter, kleiner Engelfisch.*

Zantu hielt Brianna fest an seine Brust gedrückt, als er den Seetang-Wald verließ. Seit Stunden waren sie unterwegs, auf dem Weg zum großen Abgrund, wo Raubtiere andere Raubtiere jagten, oftmals aus Spaß. Das fehlende Blattwerk, zusammen mit dem plötzlichen Fall ins absolute Nichts, wirkte sich jedes Mal auf seinen Magen aus. Seinen letzten Ausflug in die Wilden Tiefen hatte er gewagt, als bei einem Herbststurm Frachtcontainer über Bord gespült wurden. Beinahe hatte er an diesem Tag seine Freiheit verloren, denn er war einer dunkelhaarigen Verführerin begegnet. Nun riskierte er etwas weitaus Wertvolleres.

Er schickte einen Sonarimpuls, um die dunklen Tiefen zu überprüfen. Das Lied würde ihm nicht nur die Information garantieren, was sich vor ihm befand, sondern diente auch dazu, Kalmare zu verscheuchen. Haie und Wale stellten ein anderes Problem dar.

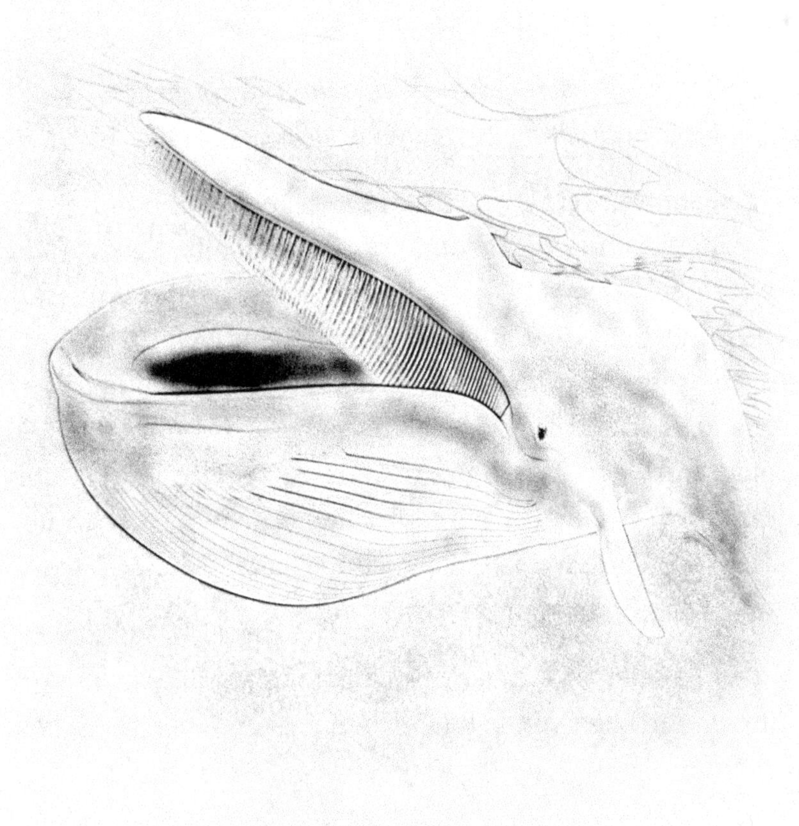

Es war schwieriger, sie zu verschrecken, doch darum würde er sich kümmern, wenn er auf einen traf.

Wie sollen wir die beiden finden?, fragte Brianna.

Er zeigte auf eine Krillwolke, die das ohnehin eingeschränkte Licht von oben weiter verschleierte. *Siehst du den Krill? Wale folgen dem Krill, und Rubac sucht nach Walen.*

Er entließ eine explosionsartige Note, auf der Suche nach den gigantischen Tieren. Nichts.

Ich kann rein gar nichts sehen. Das Zittern in ihren Gedanken gab seine eigene Nervosität wieder.

Es gibt auch nichts zu sehen. Wale haben den Schwarm noch nicht ausfindig gemacht. Wir werden weitersuchen.

Er gewann an Tempo, entfernte sich mehr und mehr von der Sicherheit des Tang-Waldes, weiter hinab in die unendlichen Tiefen des Ozeans. Die wahrhaftigen und einschüchternden Wilden Tiefen würden sie erst erreichen, wenn das Gewässer vom Norden hinzukam und sich mit der Strömung des Riffs verband. So tief war er das letzte Mal geschwommen, als er und Rubac das Nest ihres Vaters verlassen hatten. Dort hatten sie ihr erstes versunkenes Schiff gesehen. Auch hatte sich Rubac an diesem Tag mit weisen Walen unterhalten, die ihm von dem Mythos erzählten, dem er jetzt nachjagte.

„Versenkt seist du, Rubac", murmelte er in seinem Lied. Wäre Ebby in der Lage, die kalten Tiefen zu überleben? Was war mit Brianna?

Aus einer gewissen Entfernung erreichte ihn ein Trommelschlag, ein gewaltiges Stöhnen folgte.

Brianna krallte sich an seinen Schultern fest. *Was war das?*

Er drückte sie beschwichtigend an sich, sein eigener Puls laut in seinen Ohren. *Blauwale.*

Ein entmutigendes Dröhnen pulsierte durch das Wasser, als ein Wal ihre Anwesenheit bemerkte: „Spiel dein Spielchen in einem anderen Pool", kam die schwerfällige Warnung. „Für eine Nacht hast du genug Ärger angerichtet."

Zantu wurde langsamer. „Ich bin nicht hier, um Spielchen zu spielen. Ich suche meinen Bruder und sein Kind. Hast du sie gesehen?"

Eine dunkle Form schob sich zwischen sie und die Wasseroberfläche. Zantu wedelte mit der Flosse, um nicht mitgerissen zu werden.

„Ah, Meermann", krächzte der Wal, sein muschelbesetzter Körper schien endlos in die Dunkelheit zu reichen. „Ich hielt dich zunächst für eine weibliche Version eurer Sippschaft. Eure Weibchen finden Spaß daran, die Haie in der Nähe in einen Rausch zu versetzen."

Zantu widerstand dem Drang, eine Anfrage in die Umgebung zu schicken. Haie waren schon schlimm genug, und nun musste er auch noch nach Meerfrauen Ausschau halten. „Hast du einen anderen Meermann gesehen? Mit großer Wahrscheinlichkeit hätte er dich gebeten, bei einer Anhebung behilflich zu sein."

Der Trommelschlag war erneut zu vernehmen und ein großes Maul erschien, so groß, dass es das Paar verschlingen könnte. „Eine Anhebung? Merkwürdig." Das Maul trieb an ihnen vorbei, ein dunkles Auge folgte wie ein schwarzer Mond, der krasse Gegensatz zu der hellen Sonne, die sich über ihnen schwach andeutete.

Brianna blieb überraschend entspannt, wenn man die offensichtliche Musterung des Wales bedachte. Aufgeregt, aber nicht verängstigt, sogar verleitet, die Hand auszustrecken, um die narbenversehene Haut zu berühren. *Verstehst du, was er sagt?*

Mit dem Auge auf sie gerichtet, hallte ein Stöhnen durchs Wasser. „Was ist das? Ein Landläufer? Ein Mensch?"

Angespannt blähte Zantu seine Brust auf und ließ sein Lied an Lautstärke gewinnen. Er wollte, dass es keinen Zweifel daran gab, wie weit er gehen würde, um Brianna zu beschützen. „Meine Gefährtin."

Der Wal blinzelte und schien einen Seufzer zu entlassen. „Seit Jahrzehnten habe ich keine menschliche Gefährtin mehr gesehen. Du musst viel lernen. Aber für den Moment ..." Der Wal stimmte einen schweren Ton an, passend zu einer Beerdigung. „Ich denke, ich höre deinen Bruder."

Aus der Ferne traten schwach die vertrauten Melodien seines Bruders an seine Ohren. Der Wal antwortete mit einem Stöhnen, das den gesamten Ozean zum Beben brachte und trieb dann an ihnen vorbei, auf der Suche nach vielversprechenderen Jagdgründen.

„Rubac!", sang Zantu und schwamm ihm entgegen.

Du hast ihn gefunden? Brianna krallte sich mit einer Hand an ihm fest, während ihre rechte die Stange mit dem Netz umklammerte, um ihre Waffe in der Strömung nicht zu verlieren.

Nicht weit von uns, ja.

Zantu entließ eine Sonaranfrage nach der anderen, um Rubacs Aufenthaltsort aufzuspüren. Das Lied seines Bruders hatte mittlerweile aufgehört, nur die hohen, weitaus unsicheren Töne von Ebby erreichten ihn noch. „Onkel Zantu!"

Auf der Stelle schoss er los, angezogen von Ebbys Stimme. Schließlich entdeckte er Rubac.

Gleich neben der unverkennbaren Form einer Meerfrau.

Zantu hielt abrupt an. *Der Wal meinte, dass sich in der Nähe eine Meerfrau aufhält*, kommunizierte er zu Brianna.

Oh, Scheiße. Abwehrend positionierte Brianna ihre Waffe auf Brusthohe und sah sich hektisch um. *So nervig, dass ich nichts sehen kann.*

Ich kann Ebby nicht entdecken. Zu seiner Linken erklang ein Sonett, begleitet von den Noten einer Harfe. Er wirbelte herum und sah aus den Augenwinkeln einen türkisen Meerschwanz. *Heilige Abgründe, es ist mehr als eine.*

Er drehte sich zu Rubac, schwamm in der Hoffnung an seine Seite, als Team stärker zu sein. Die Meerfrau, die seinen Bruder neckte, hatte gelbe Haare und einen goldenen Schwanz. Didra.

„Oh, ihr seid zu unserer Party gekommen!" Aufgeregt klatschte sie in die Hände. „Rubac ist so ein Langweiler."

„Wo ist Ebby?", fragte Zantu. Zu seiner Erleichterung erschien das Kind aus dem mit Krill befüllten Wasser. Es blieb auf Abstand, ihr Blick auf ihren Vater gerichtet.

Ein Duett hinter ihm warnte ihn rechtzeitig, um Brianna aus der Reichweite einer schwarzhaarigen Meerfrau zu ziehen. Ihr dunkler Schwanz fing das wenige Licht ein und funkelte in einem Grün mit violetten Funken, als sie an dem Paar vorbeischwamm. Ein Teil ihres Meerfrauenschwanzes fehlte, eine alte zackige Narbe, die lange verheilt war. Sie sang verführerisch: „Ich habe von dir gehört, Zantu."

Die dritte Meerfrau im Bunde war ihm sehr wohl bekannt. „Loia." Sie spielte auf ihrer Harfe und lachte, während ihre kleinen Helferlein einen Schleier um sie formten und im Rhythmus ihres Instruments tanzten. „Ich habe dich gewarnt, dass ein Landläufer für einen Meermann nicht der richtige Partner ist. Vor allem nicht für einen großen und starken Mann wie dich. Niemals wird sie in der Lage sein, mit unseren Spielchen mitzuhalten."

Briannas Fingerknöchel an der Hand um ihre Stange waren weiß, so fest packte sie zu. Jeder Muskel in ihr war angespannt. *Was sagt sie?*

Sie droht uns. Hinter sich spürte er, wie sich Didra bewegte. Sein Bruder blieb ungewohnt still, seine Lider auf halbmast, seine Schwanzflosse unbeweglich. Und es gab kein Anzeichen auf sein totes Baby. „Rubac? Alles okay bei dir?"

Keine Antwort.

Dann kam die schwarzhaarige Meerfrau von unten, rieb mit ihren scharlachroten Nippeln über Zantus Haut. Brianna versuchte, von der Bedrohung zurückzuweichen, wodurch er den Halt an ihr verlor. Glücklicherweise reagierte er rechtzeitig und zog sie wieder eng an sich.

Eine Armlänge entfernt schlug die Meerfrau einen Rückwärtssalto und wandte sich ihnen erneut zu, woraufhin ihm ein winziger Pfeil zwischen ihren Fingern auffiel. Sofort wusste er, was mit Rubac los war. Liebesserum.

Die Stimme der Meerfrau war mit verspielter Täuschung unterlegt, ihre schillernde, vernarbte Flosse schwang hypnotisierend. „Was wohl passiert, wenn ich es an ihr verwende?"

Seine Brust blähte sich auf: „Ich werde dich umbringen, wenn du sie berührst."

Briannas Gedanken wirbelten herum wie Wasserhosen, ihre Augen sprangen von einer Meerfrau zur nächsten und wieder zurück. Mit dem Netz an der Stange hielt sie Loia auf Abstand. *Wir sind umzingelt.*

Fingerspitzen kitzelten über seine Rückenflosse, sandten einen Schauer durch sein Blut, als Loias sinnliche Melodien Begierde in ihm entfachten. „Oh ja, wir werden viel Spaß haben."

Er drehte sich, um eine Hand wegzuschlagen. Loias Armee aus Fischen hüllte sie ein. Mit einem Sonarstrahl verscheuchte er sie. Der Geruch nach Blut hing im Wasser. Briannas Blut. Er musste sie hier wegbringen. Genau wie Ebby. Und zwar schnell. Sein Bruder … sein Bruder musste für sich allein kämpfen. Er spannte die Muskeln in seinem Schwanz an und setzte sich in Bewegung. „Ebby, schwimm nach Hause!"

Etwas knabberte an seiner Flanke. Für einen Moment dachte er, es handelte sich um einen Fisch von Loia. Mit der Hand fand er die Stelle und musste rasch erkennen, dass der Pfeil in seiner Hüfte steckte. Verdammte Abgründe, sie hatten ihn mit dem Gift erwischt. Er riss den Pfeil heraus, nutzte sein Momentum und schwamm weiter. Ebby folgte ihm. Die Wirkung des Giftes machte sich bemerkbar, ein Nebel legte sich um sein Bewusstsein. Seine Muskeln schmerzten und er zwang sie, weiterhin seinen Befehlen zu gehorchen. Er musste seine Gefährtin in Sicherheit bringen. Sein Griff um Brianna wurde schwächer, ihr Körper rutschte herab. Gerade rechtzeitig riss er sie mit der Kraft, die er noch aufbringen konnte, wieder an sich.

Verzweifelt krallte sie sich an ihm fest, ein Arm um seinen Nacken, und ihre Beine paddelten, um ihm zu helfen. *Zantu, was ist los?*

Sie hat mich mit einem Liebesserum erwischt. Schon bald werde ich wie gelähmt sein. Er fand keine Lösung. Was sollte er tun? Sein Blick suchte die dunklen Tiefen ab. Nach einem Versteck für Brianna. Erneut lockerte sich sein Griff und er erkannte, dass er langsam den Kampf gegen die Strömung verlor.

„Onkel Zantu, was ist mit Dad?"

Verdammte Abgründe, Ebby war ebenfalls in Gefahr. Nicht durch Meerfrauen, denn Didra würde nicht erlauben, dass die anderen ihr eigen Fleisch und Blut verletzten. Allerdings würde sich auch nicht ihr Mutterinstinkt melden. Nein, es war ihr egal, ob es Ebby sicher ins Nest schaffte. Die Gefahr war groß, dass das Meerkind nicht überlebte. „Er wird es schaffen." Er betete, dass er gerade keine Lüge gesungen hatte. „Ich werde bald gelähmt sein, wie dein Vater. Du musst zurück zum Seetang-Wald. Und du musst Brianna mitnehmen."

„Ich kenne den Weg nicht."

Er öffnete seinen Mund, um dem Kind eine Beschreibung zu geben, aber seine Stimme war dem Gift bereits zum Opfer gefallen. Mittlerweile gab auch sein Arm auf, konnte Brianna nicht länger halten.

Zantu?

Du musst Ebby den Weg nach Hause zeigen. Wenigstens funktionierte noch ihre mentale Verbindung.

Wie? Ich kenne den Weg nicht, und selbst wenn, wie soll ich mit Ebby kommunizieren?

Folge der Strömung zu eurer Rechten. Halte dich von der kalten Schicht fern, sonst werdet ihr auf den Grund des Meeres gezogen. Wenn du die Kälte spürst, weiche aus und schwimme so schnell wie möglich nach oben. Ebby tauchte in seinem Blickfeld auf, türkise Augen verwirrt und verängstigt. Er betete, dass das Meerkind Brianna Vertrauen schenkte.

Das Lachen der Meerfrauen prallte gegen sie wie Hagel auf die Wasseroberfläche.

Küss mich, dachte er.

Was?

Du musst mich jetzt loslassen, und ich will dich nicht gehen lassen, ohne deinen Atem-Bund vorher aufgefrischt zu haben. Die Vorstellung, dass sie ertrinken könnte, war lähmender als das Gift in seinen Adern. Er konnte nur hoffen, dass sie die Wasseroberfläche erreichte, bevor die Magie nachließ.

Nein! Sie werden dich zerfetzen! Der Horror, der ihren Verstand vereinnahmte, klang verzweifelter als an dem Tag, an dem sie sich im Tang-Wald verheddert hatte.

Wenn du es nicht tust, werdet ihr, du und Ebby, sterben.

Briannas Blick fand das Meerkind und er beobachtete, wie das bezaubernde Gesicht seiner Gefährtin von Kummer eingenommen wurde. *Ich will dich nicht verlassen.*

Ich weiß. Er versuchte, seine Gedanken gelassen klingen zu lassen, wollte sie nicht noch mehr aufregen. *Du musst es tun. Du musst das Kind retten.*

Sie biss sich auf die Unterlippe und nickte. Ihre wunderschönen, grünen Augen waren gramerfüllt, gerötet von unvergossenen Tränen. Sie nahm sein Gesicht zwischen ihre Hände und presste ihre weichen Lippen gegen seine. *Ich liebe dich.*

Das Gift entriss ihm nur seiner Fähigkeit, sich zu bewegen. Fühlen konnte er noch, und dafür war er dankbar, denn diese Erinnerung würde er für immer in seinem Herzen tragen. *Ich liebe dich auch, Engelfisch. Und jetzt schwimm. Finde deinen Weg ans Ufer.*

Sie ließ ihn los und drehte sich zu dem Meerkind. Ebbys Schwanz schimmerte in alarmierenden Farben, bis es sich instinktiv für eine Tarnfarbe entschied. Die Aufmerksamkeit des Kindes wanderte zu Brianna und zurück zu Zantu. „Ich kümmere mich um sie, Onkel Zantu."

Ebby streckte eine winzige Hand nach Brianna aus. Zusammen, Hand in Hand, schwammen sie in die Finsternis des dunklen Wassers.

BRIANNA PACKTE Ebbys Hand und trat mit ihren Beinen, damit das Meerkind nicht die ganze Arbeit hatte. Die Lieder der Meerfrauen hallten in dem Versuch durchs Wasser, sie zurückzulocken. Sie fragte sich, ob auch Ebby diese Anziehungskraft spürte, oder ob Meerkinder – da sie keinem Geschlecht zuzuordnen waren – dagegen immun waren. Nun ergab der biologische Grund für die Geschlechtslosigkeit der Meerkinder Sinn.

Die Lieder verdoppelten ihren Widerwillen, Zantu zurückzulassen, und sie musste sich zwingen, weiter zu schwimmen. Gäbe es nicht das Kind, wäre sie bei ihrem Gefährten geblieben, um die abscheulichen Meerfrauen bis zum bitteren Ende zu bekämpfen – wahrscheinlich bis zu ihrem eigenen Tod. Sie betete, dass er eine Möglichkeit fand, zu fliehen. Dass er sie wiederfand. Sie hatte Hoffnung, denn er war der stärkste und entschlossenste Mann, den sie jemals kennengelernt hatte.

Das Kind zog sie hinter sich her, nutzte die Strömung zu seinem Vorteil. Bald würden sie dagegen ankämpfen, die Richtung wechseln müssen, um zu dem Seetang-Wald zu gelangen. Brianna machte auf sich aufmerksam, indem sie an Ebbys Hand riss. Mit ihrer freien Hand zeigte sie in die Ferne und achtete darauf, die Strömung, wie von Zantu instruiert, zu ihrer Rechten zu wissen.

Das Meerkind zog bei Briannas wortloser Weisung die Augenbrauen hoch. Es blinzelte zweimal, nickte dann und änderte die Richtung.

Brianna entließ einen Seufzer aus Bläschen, dankbar, dass das Kind nicht mit ihr diskutierte. Zantus letzter Wunsch war es gewesen, dass sie Ebby in Sicherheit brachte – und diesen würde sie erfüllen, koste es, was es wolle! Sie gab alles, mobilisierte ihre Beine, doch sie merkte bereits, dass eine nahende Erschöpfung drohte. Das Netz bot zu viel Widerstand, wahrscheinlich da sie jetzt gegen die Strömung schwammen. Die arme kleine Ebby kam nur unter großer Anstrengung voran.

Sie spürte einen Krampf in ihrer Wade, beugte sich vor, um die Stelle zu massieren, ohne ihre Waffe zu verlieren. Die winzigen Abdrücke der Fische, die die Meerfrau auf sie gehetzt hatten, bluteten noch immer.

Brianna schluckte schwer und sah sich in der Umgebung um. Hatte Zantu sie nicht vor Raubtieren gewarnt? Vor nicht allzu langer Zeit hatte sie eine Dokumentation über Kalmare gesehen. In dieser war ein schwarzgrünes Video gezeigt worden, in dem sich eine menschengroße Kreatur an der Maske des Tauchers festgesaugt hatte. Das kratzende Geräusch des Schnabels hallte in diesem Augenblick durch ihren Verstand. Zantu hatte gesungen, um nach Raubtieren Ausschau zu halten, während Ebby schweigend durchs Wasser glitt. Brianna hoffte, dass es sich dabei um einen weiteren Überlebenstrick handelte, genau wie die Geschlechtslosigkeit, die Meerkinder scheinbar vor den verlockenden Liedern der Meerfrauen schützte.

Über ihnen verlor die Sonne an Strahlkraft und der Ozean um sie herum war spürbar kühler an ihrer Haut. Sie orientierte sich an der Oberfläche und zielte mit ihrem Netz wie ein Profi. In ihrem Bein kündigte sich ein neuerlicher Krampf an, doch sie gab nicht auf, trat mit den Beinen, schwamm vorwärts, bis

Ebby ihr Problem auffiel und sich darauf einstellte. Die Zugkraft nach unten war noch entschlossener als die bisherige Strömung und es dauerte eine Ewigkeit, bis Brianna warmes Wasser spürte, das ihr wieder Antrieb verlieh. Mit der Sonne im Blick bewegte sie sich wie eine Verrückte auf das Zentralgestirn zu.

Plötzlich erstarrte Ebby, wirbelte herum. Ein Angstschauer übertrug sich auf Brianna und sie versuchte, in der Finsternis zu erkennen, was das Kind so erschreckt hatte. Schatten. Schatten, die sich bewegten. Hatten die Meerfrauen sie gefunden? Eine hocherhobene Rückenflosse schnitt durchs Wasser.

Haie.

Echt jetzt? Haie? Langsam hatte sie das Gefühl, in einem Horrorfilm gelandet zu sein. Und in keinem Guten. Sie packte ihre Waffe fester, obwohl sie sich im Klaren darüber war, wie nutzlos das Teil war.

Die Tiere schwammen geschmeidig auf sie zu, Mäuler mit Reihen aus scharfen Zähnen gefüllt. Der Größte übernahm die Führung. Als ein kleiner Hai es wagte, nach vorne zu schwimmen, wurde er von dem Großen durch einen Seitenhieb wieder in die zweite Reihe geschickt. Ein dritter Hai nutzte die Gunst der Stunde und schlängelte sich an den beiden Streithähnen vorbei, sein Fokus einzig und allein auf seiner Beute.

Zum ersten Mal entließ Ebby einen gedehnten Ton. Es kam nicht an die autoritäre Stimme von Zantu heran, doch es zeigte Wirkung. Die Haie wichen aus – alle, abgesehen von dem

Anführer. Das Monster schien froh darüber zu sein, dass die Konkurrenz aus dem Weg war.

Brianna gab Ebbys Hand frei, um dem Kind die Flucht zu ermöglichen. Doch damit war Ebby nicht einverstanden. Stattdessen packte das Meerkind Brianna fester und schüttelte den Kopf in ihre Richtung. Hatte Ebby eine Idee?

Das Maul des Haies öffnete sich zu einem ovalen Abgrund mit scharfen Zähnen. Brianna zielte mit dem Netz auf das Tier, hoffte, dass sie es dadurch zumindest auf Abstand halten konnte. Der Hai war beweglicher und intelligenter als erwartet, schob das Netz mit der Nase beiseite und glitt an der Stange entlang auf das verängstigte Paar zu. Im letzten Moment riss Ebby Brianna aus der Gefahrenzone. Die raue Haut des Biestes streifte Briannas Fuß und hinterließ ein Brennen.

Ebby drehte sich um, ihr kleiner Schwanz wühlte Wasser auf, während sie gleichzeitig eine neue Melodie sang. Der Hai schien wenig beeindruckt, machte kehrt und wagte einen neuen Angriff. Das Meerkind festigte ihren Halt um Brianna, doch sie spürte, wie sie vor Angst zitterte. Brianna wurde klar, dass Ebby gegen das Biest keine Chance hatte – egal, wie mutig es sich auch zeigte.

Entschlossen riss sie ihre Hand frei, nahm die Stange mit dem Netz in beide Hände und schwang die Konstruktion schwerfällig durch das Wasser, vor dem Hai hin und her. Wenn sie es schaffte, die Stange ins Maul des Haies zu stoßen, wäre Ebby vielleicht in der Lage, zu entkommen.

Ebby entließ einen gesungenen Schrei und der Hai zuckte nach rechts.

Genau in die Schlinge des Netzes.

Das Tier schoss nach vorne, verschlimmerte seine Situation.
Durch das Gezappel verhedderte sich auch seine Rückenflosse.
Brianna wurde mitgerissen, ihr Griff an der Stange rutschte.
Das Netz schien den Hai gleichermaßen zu verwirren und zu

verärgern. Er drehte sich um seine eigene Achse, versuchte, sich zu befreien. Brianna hielt sich fest – als zogen sie dem Teufel am Schwanz.

Ebby positionierte sich vor der Schnauze des Monsters und zog so die Aufmerksamkeit auf sich. Weiterhin wehrte sich das Tier entschlossen gegen die Einschränkung, sein Blick auf Ebby gerichtet, gebremst durch Brianna, die es an der Leine hatte. Zuerst vermutete sie, dass das Meerkind den Hai als Zugtier benutzen wollte, um schneller nach Hause zu kommen. Stattdessen näherte sich Ebby der Strömung, die zurück zu Zantu und den Meerfrauen führte.

Wirklich eine verteufelte Situation.

11

Zantu schloss die Augen und versuchte, die Wirkung von Loias Lied abzuwehren. Ihre Hände fuhren über seine Brust und seine Arme, ihre endlose Melodie erzählte von seinem Körper und von ungeahnter Lust. Eine Hand fand die Stelle, an der sich sein Schaft verbarg, um ihn herauszulocken.

Eine zweite Stimme leistete ihr Gesellschaft, ein Kampf um die Vorherrschaft. Er öffnete die Augen ein wenig. Die schwarzhaarige Meerfrau wog im gedämpften Licht, ihre Haut ein funkelnder Traum. Ihre scharlachroten Nippel waren so spitz wie der Pfeil, mit dem sie ihn getroffen hatte. Ihre Genitalspalte hatte sich geöffnet, entblößte verborgene Verlockung, und er fühlte, wie sich seine Erektion ohne seine Einwilligung regte.

Loia quietschte eine Beschwerde und setzte ihre Fischarmee auf den Neuankömmling an.

Die dunkle Meerfrau antwortete: „Mein Pfeil hat ihn niedergestreckt!"

Das Wasser wühlte sich auf, bildete Schaum, und tote Fischteile trieben an ihm vorbei, als sich die beiden auf einen körperlichen Kampf einließen. Die dunkel funkelnde Meerfrau wirbelte herum und schlug Loia mit ihrer vernarbten Schwanzflosse ins Gesicht. Blut strömte. Loias Hand flog zu ihrem Mund und sie zuckte zurück, wobei sie ihre Harfe fallen ließ.

Die Gewinnerin schwamm auf Zantu zu, ein raubtierartiges Grinsen auf ihren Lippen.

Loia erholte sich und schoss nach vorn, der Mund geöffnet, um ihre scharfen Zähne in die Schulter ihrer Konkurrentin zu schlagen.

Aus den Augenwinkeln sah er, wie sich etwas Goldenes näherte. Didra. Wenn sich zwei stritten, freute sich die Dritte, wie es schien. Sie presste ihre korallfarbenen Nippel gegen Zantus Brust. Das Lied, das sie ihm ins Ohr raunte, war leise, subtil und köstlich einladend.

Seine Erektion drückte sich gegen ihre Genitalspalte. Die Hilflosigkeit des Serums kratzte an seiner Seele. Brannte durch seine Adern. Wütete gegen die Ungerechtigkeit, wie übermächtig das weibliche Geschlecht war. Seine Fingernägel bohrten sich in seine Handflächen, als er jeden Muskel in seinem Körper anspannte und gegen das Versprechen auf Lust ankämpfte.

Der nächste wütende Ausruf und schon wurde Didra von ihm weggerissen. Das Aufblitzen von Indigoblau, Gold und funkelndem Schwarz kreierte einen berauschenden Tanz. Das tiefe Dunkel des Wassers wurde aufgewühlt, ein Nebel aus Fischüberresten und Blut. Erzürnte Meerlieder kollidierten miteinander, als alle drei versuchten, die beiden anderen auszustechen und zu übertreffen. Ihre Noten verschmolzen zu einer urtümlichen Melodie, einer Symphonie der Lust.

Das Blut rauschte in seinen Ohren und sein Herzschlag übertönte das tosende Gewässer. Er ballte seine Hände zu Fäusten, konzentrierte sich auf das Gefühl seiner Nägel, die sich in seine Handflächen bohrten. War es möglich, dass das Gift nachließ?

Wie aus dem Nichts prallte etwas in den Kampf der Meerfrauen. Geschockt stellte er fest, dass es sich um einen riesigen Hai handelte – geführt von einem Menschen …

Brianna?, entsandte er.

Es war zu chaotisch, um eine Antwort zu hören. Nun färbte sich das aufgewühlte Wasser rot. Und es war nicht länger reines Fischblut. Trotz allem zeichneten sich die Stimmen der Meerfrauen mit Verführung aus.

Brianna!, schickte er erneut. Er musste sie sich eingebildet haben. Wie wäre es ihr möglich, einen Hai zu kontrollieren? Selbst mit einem Meerlied wäre es niemals vorstellbar, die Kontrolle über eines dieser Biester zu erlangen. Bisher hatte es sich nur als erfolgreich erwiesen, die Tiere gegeneinander aufzuhetzen. Brianna konnte nicht mal singen.

Seine Schwanzflosse zuckte. Er sammelte seine übrigen Kräfte, um das verbliebene Gift zu bekämpfen und seine Mobilität zurückzugewinnen.

Eine Stimme erreichte ihn. Nicht durch das Wasser, sondern in seinem Verstand: *Zantu!*

Brianna? Wo bist du? Ich habe dir doch befohlen, wegzuschwimmen!

Aus dem blutigen Nebel tauchte ein Meerkind auf, gefolgt von einer tollpatschigen, wild umherwedelnden Menschenfrau. Ausgehend von den gefräßigen Lauten nahm er an, dass der Hai anderweitig beschäftigt war.

Briannas Gedanken hallten mit hitziger Energie durch seinen Verstand: *Wir sind hier, um dich zu retten!*

„Wo ist mein Dad?", schrie Ebby.

Mit jeder Minute gewann Zantu an Kraft und zeigte in die Richtung, wo er Rubac zurückgelassen hatte. Ebby schnappte sich seine Hand und zog ihn und Brianna in besagte Richtung. Als das Gift seinen Körper endgültig verlassen hatte, half er dem Kind bei der Suche.

Er schickte einen Sonarimpuls und wurde mit einer vertrauten, wenn auch schwachen Melodie belohnt. Ebby ließ von ihnen ab und beschleunigte. Zantu nutzte den Moment, um Brianna an sich zu ziehen. *Du hättest nicht zurückkommen sollen.*

Sie wickelte die Beine um seine Hüfte und vergrub ihr Gesicht an seinem Hals. *Ich dachte schon, ich hätte dich verloren.*

Heilige Abgründe, wie hast du es geschafft, den Hai zu kontrollieren?

Alles, was ich dazu beigetragen habe, war es, mich festzuhalten. Ebby ist der Kopf hinter der Aktion gewesen. Ihr bebender Körper sprach davon, dass mehr dahintersteckte.

Er umarmte sie fest, genoss den Duft ihrer Haut und ihrer Haare. Seine Vorstellungskraft folterte ihn mit vielfältigen Szenarien, die wahrscheinlicher gewesen wären. *Du hattest Glück.*

Rubac näherte sich durch das dreckige Wasser, seine Bewegungen noch immer von dem Gift beeinflusst. Ebby hielt seine Hand, führte ihren Vater.

Zantu sah über Briannas Kopf hinweg, um seinen Bruder zu begrüßen. „Was hast du dir nur gedacht, Rubac? Die Wilden Tiefen sind kein Ort für ein Kind."

„Du hast mir deine Hilfe verweigert." Niedergeschlagen senkte Rubac den Kopf. „Vater hat uns ständig mitgenommen. Ebby wollte mich begleiten."

„Ich wollte einen Wal sehen." Ebby betrachtete ihren Vater mit jugendlicher Naivität. „Leider haben wir das Baby verloren."

Ein Teil von Zantu hatte Mitleid mit seinem Bruder. „Was ist passiert?"

Rubac bedeckte sein Gesicht mit beiden Händen. Ebby reagierte und umarmte ihn. Das Kind antwortete für ihren Vater: „Didra hat es in die Tiefen geworfen."

Das Mitleid in Zantus Seele schien das Wasser in der Umgebung herunterzukühlen, doch jetzt konnten sie nichts mehr tun. „Das Baby ist nun wieder eins mit dem Meer. Das ist mehr, als wir für uns selbst erwarten können."

Seine Arme wickelten sich enger um Brianna, als er gemeinsam mit ihr und seinen Liebsten den Weg zum Seetang-Wald antrat.

ZANTU TRUG eine schlafende Brianna in sein Nest und legte sie auf das Schwammbett. Die Nacht verbrachte er damit, sie zu halten, sie zu streicheln, mit ihr Sex zu haben. Jeder Moment hatte sich in sein Gedächtnis gebrannt. Wenn ihm der heutige Tag etwas gelehrt hatte, dann, dass Brianna nicht in den Ozean gehörte. Sie konnte nicht singen. Sie konnte nicht mal die Reichweite der Melodien im Meer hören. Und selbst, wenn der Atem-Bund auf Dauer geschlossen werden könnte, verteidigen konnte sie sich auch nicht. Mit ihrer provisorischen Waffe hatte sie Glück gehabt und er bezweifelte, dass sie ein weiteres Mal so gesegnet wäre.

Sie gehörte an Land.

Wenn sie bei ihm bliebe, würde das für sie beide den Tod bedeuten. Sicher, er würde keine Sekunde zögern, würde sein Leben für sie opfern, doch der Gedanke, dass sie aufgrund seines egoistischen Bedürfnisses, sie bei sich haben zu wollen, sterben könnte, war nicht akzeptabel. Sie als Menschenfrau war nur an einem Ort sicher: an Land und unter ihresgleichen.

Er wusste, dass sie sich seiner Entscheidung widersetzen würde. Er konnte nicht glauben, dass er tatsächlich im Begriff war, sie loszulassen. Etwas, das er zu Beginn aus Selbstschutz hatte tun wollen.

Bei den ersten Noten zur Morgendämmerung hob er sie sanft in die Arme und trug sie aus dem Nest. Jeder von Korallen bedeckte Stein, den sie auf dem Weg zum Ufer passierten, fühlte sich wie zusätzliches Gewicht auf Zantus Seele an. Er durchbrach die Wasseroberfläche, als goldene Sonnenstrahlen auf den flachen Wellen der Bucht glitzerten, die er für sie ausgewählt hatte. Seine Kehle schnürte sich zu, was nicht nur an der ungewohnten Luft lag, die er einatmete. Nein, der Kummer war groß, und der Herzschmerz würde vernichtend sein. Er zwang sich, weiter Richtung Ufer zu schwimmen, mit dem Wissen, dass er nur so seine Gefährtin in Sicherheit bringen konnte. Leer lag der steinige Strand im Morgenlicht vor ihm. Nur ein kleines Boot ruhte am Ufer und nicht weit entfernt stand ein Haus auf einem Hügel, neben Bäumen, die der Wind zum Rascheln brachte.

Als seine Schwanzflosse gegen den Boden kratzte, erwachte sie. Ihre schläfrigen Gedanken streckten die Fühler nach ihm aus, suchten nach Trost.

Zantu? Wo sind wir?

Er stellte sie auf ihre Füße. *Du musst nach Hause gehen, mein Engelfisch.*

Sie packte ihn, Finger strichen über seine Schultern. *Was? Ich verstehe nicht …*

Er spannte den Kiefer an, tauchte in die Wellen und schwamm so schnell, wie er konnte, in die Tiefen der See zurück.

Verlass mich nicht! Zantu!

Ihre Schreie, ihre Schluchzer folgten ihm bis zum Abgrund in die Wilden Tiefen.

❧

Zantu bereiste die wässrige Schnittstelle, wo das kalte Nordgewässer auf die Strömung der Seetang-Wälder traf. Seit er Brianna ausgesetzt hatte, schienen die Wilden Tiefen nach seiner Seele zu rufen. Die letzten vier Monde hatte er damit verbracht, den Grund nach Schätzen abzusuchen. Sein Nest war angefüllt mit menschlichen Gegenständen, von vergoldeten Bilderrahmen bis hin zu nicht identifizierbaren Dingen aus Plastik.

Nichts davon konnte seine Sehnsucht stillen.

Er umkreiste den länglichen Frachtcontainer, der auf einer Felskante gelandet war. Der Container machte noch einen guten Eindruck. Die kalte Strömung breitete sich in Zantus Knochen aus, seine Finger waren taub, als er ein Stück Basaltgestein nahm, um das Schloss aufzuschlagen. Meerleute verfügten nicht über die Fettschicht, die Wale und auch andere Seekreaturen in den Nordgewässern warm hielt. Er war bereits zu lange hier unten. Doch sich auf die Suche nach den Schätzen der Menschen zu begeben, war das Einzige, was ihn interessierte, seit er sich von Brianna losgerissen hatte. Also machte er weiter.

Das rostige Schloss zerbrach unter der Einwirkung des Steins. Nachdem er es entfernt hatte, platzierte er seine Schulter unter der Stange, die die Türen sicherte und drückte nach oben. Der Riegel reagierte mit einem hohlen Grunzen, so wie auch die Scharniere, als er die Türen öffnete. Er verengte die Augen und schickte eine Sonaranfrage, um den Inhalt zu beurteilen.

Kisten gefüllt mit faulenden Stoffen.

Enttäuschung ließ ihn auf den Felsen sinken. Zerstört durch das Meer. So endeten die meisten Artefakte der Menschheit, wenn sie dem Meer längere Zeit ausgesetzt waren. Kaputt. Verfallen. Kein Überleben möglich.

Der vertraute Trommelschlag eines Wals erreichte ihn, und er erkannte, dass er bereits zu lange ruhte. Seine Muskeln fühlten sich steif an und sein Herz hatte seine Schläge verlangsamt. Schlafen schien eine gute Idee zu sein.

Der Wal glitt durchs Wasser, rief nach dem Krill, das er verschlingen wollte. Wale gehörten zu den wenigen Wesen, Fische oder Säugetiere, die Worte in ihren Liedern verwendeten. Auch deshalb schwor Rubac, dass sie die Hüter vieler Mythen waren. Noch immer trauerte sein Bruder der verpassten Gelegenheit der Anhebung nach.

Zantu erinnerte sich an seine letzte Begegnung mit einem der prächtigen Tiere, als Brianna noch an seiner Seite war. Der Wal hatte die Magie der Anhebung nicht abgestritten. Vielleicht steckte hinter diesem Mythos doch ein Funken Wahrheit.

Plötzlich erinnerte er sich auch noch an etwas anderes: *„Seit Jahrzehnten habe ich keine menschliche Gefährtin mehr gesehen. Du musst viel lernen",* hatte der Wal gesungen.

Zantu runzelte die Stirn, sein Blut pumpte schneller durch seine Adern. Was hatte er zu lernen? Gab es etwas, an das er nicht gedacht hatte? Er sammelte seine letzte Kraft zusammen, zwang seine kalten Muskeln, ihn nach oben zu führen, dem Lied des Wales entgegen.

Er fand ihn unter der Wasseroberfläche, sein massiger, vernarbter Körper legte alles unter ihm in den Schatten.

„Großer Wal", rief Zantu. Das kühle Wasser hatte ihn seiner Stimme beraubt, weshalb der Wal der winzigen Kreatur neben ihm keine Aufmerksamkeit schenkte. Stattdessen fuhr er damit fort, riesige Wolken aus Krill durch sein Maul zu filtern. Zantu versuchte es erneut: „Großer Wal, ich habe eine Frage."

Weiterhin wurde er von dem Wal ignoriert, gedämpfte Trommellaute übertönten jegliche Melodien des Ozeans.

Zantu presste ein Lied heraus: „Bitte, ich habe eine menschliche Gefährtin. Ich brauche deine Hilfe."

Das Trommeln stoppte, der massige Körper wurde langsamer. Ein schwarzes Auge fixierte Zantu. „Eine menschliche

Gefährtin?", polterte die Kreatur. „Wie konnte denn das passieren?"

Die Geschichte floss aus ihm wie Blut aus einer tödlichen Wunde. Wie er sie kennengelernt hatte, wie sie ihre Loyalität bewiesen hatte und wie er dazu gezwungen gewesen war, sie gehen zu lassen. Die Wiedergabe ließ Zantu mental erschöpft zurück.

Der Wal schwamm weiter durch den Krill. „Wenn sie nicht bei dir sein kann, warum gehst du nicht zu ihr?"

Zantus Verstand überschlug sich. „Zu ihr gehen? Wie?"

„Die Menschen und die Meerleute haben sich vor nicht allzu langer Zeit voneinander abgewandt. Du kannst Sauerstoff einatmen, oder nicht?"

Obwohl die Meerleute die Wasseroberfläche mieden, hatte Zantu immer mal wieder die Luft darüber eingeatmet. Er wusste also, dass es stimmte. „Ja, aber die Luft jenseits des Meeres atmen zu können, ist nur die Lösung für ein Problem. Sie lebt an Land. Mit Beinen."

Der Trommelschlag des Wales klang nach einem Lachen. „Haben die Meerleute denn wirklich das Wissen über ihre Magie vergessen? So wie du ihr das Geschenk geben kannst, unter dem Meer zu atmen, kann sie den Gefallen erwidern und dir das Geschenk des Landes geben."

Zantus Gehirn arbeitete. „Meinst du Beine?"

„Wahre Gefährten gehen Kompromisse ein, um zusammen sein zu können. Manchmal gibt einer mehr, manchmal der andere. So muss es sein, wenn die Verbindung Bestand haben soll."

„Ich kann an Land leben", sagte Zantu und kostete die Idee auf seiner Zunge.

„Kannst du", sang der Wal und schlug seine Schwanzflosse, um den Krill in die vorgesehene Richtung zu lenken.

„Warte! Wie soll das funktionieren?"

Doch der Wal hielt nicht an. In einem Echo hallte sein Lied zu ihm: „Wenn sie wahrhaftig deine Gefährtin ist, kennst du die Antwort bereits."

Zantu war sich nicht sicher, was die Kreatur damit sagen wollte. Doch er hatte vor, es herausfinden. Mit neuer Energie schwamm er zum Ufer. Hoffnung war sein Antrieb.

12

Der Geruch von verfaultem Seegras und Salz hing in der Luft. Schließlich erhob sich Brianna von einem feuchten Felsen und schloss den Deckel ihres Picknickkorbes, in dem sich ihr Mittag befunden hatte. Sie wandte sich dem Meer zu und klopfte sich Dreck von ihrer Caprihose. Wie immer flüsterte ihr der schiefergraue Ozean zu, mit Wellen, die das Ufer in einem Versprechen küssten, das niemals eingehalten wurde. Manchmal hinterließen sie Muscheln, die in der Sonne funkelten. Manchmal wurde Müll angespült. Heute blieb der Strand sauber.

Auch hatte sie es sich zur Gewohnheit gemacht, in ihren Gedanken nach ihrem Gefährten zu rufen, bevor sie die Bucht verließ: *Zantu!*

Es überraschte sie nicht länger, dass ihr nur die Stille antwortete.

Vielleicht hatte ihr Therapeut recht. Ihre Zeit im Meer musste einfach Einbildung gewesen sein. Ihr Gefährte war ein Mythos.

Als hätte das Baby etwas gegen ihre Gedanken, trat es um sich. Sie legte die Hand auf ihren kaum sichtbaren Schwangerschaftsbauch. „Keine Bange, Kleines. Ich weiß, dass ich nicht verrückt bin."

Nach ihrer unfreiwilligen Rückkehr ans Land war sie die Stufen zu dem kleinen Haus hinaufgestiegen. Das graue Gebäude aus Treibholz hatte offensichtlich lange keiner mehr bewohnt. Die Tür war nicht verschlossen und im Inneren hatte sie Kleidung gefunden. Von dort war sie über einen Schotterweg gelaufen und hatte schnell eine Straße erreicht, wo sie ein Auto heranwinkte und zurück in die Stadt fand.

Innerhalb einer Woche hatte Eric die Scheidungspapiere unterschrieben, ohne sie zu hinterfragen. Nur wenige Tage später erkannte sie, dass sie schwanger war. Der Gedanke, allein ein Baby großzuziehen, brach ihr das Herz, doch sie wusste mit absoluter Sicherheit, dass sie nie wieder einen anderen Mann in ihr Leben lassen würde. Zantu war ihr Gefährte und das würde er auch für alle Zeit bleiben.

Sie hatte das kleine Haus gekauft, das Zantus Strand überblickte und eine neue Stelle im Meeresforschungsinstitut nicht unweit von hier angenommen. Okay, sie war nur eine Buchhalterin, aber solange sie sich in der Nähe der Fische wie Zuhause fühlte, war es den Jobwechsel wert gewesen.

Und manchmal, da war sie sich sicher, konnte sie die Meeresbewohner singen hören.

Vorsichtig ging sie in ihren Sandalen über den steinigen Weg zurück zu ihrem Haus. Die Flut würde nicht mehr lange auf sich warten lassen, und obwohl sie des Öfteren davon träumte, sich in die Umarmung der Wellen zu werfen, wusste sie, dass sie auf keine zweite Rettung hoffen konnte. Zumal sie das Leben ihres Babys nicht riskieren wollte.

Die steife Brise schien ihren Namen zu rufen, die Kieselsteine unter ihren Schuhsohlen knirschten. *Brianna ...*

Sie hielt inne, legte den Kopf auf die Seite und schloss die Augen, um die Liebkosungen des Windes zu genießen. Tagträume, die hatte sie oft, ihr Name auf den Lippen ihres Liebhabers, die Empfindung des Wortes federte über ihre Haut.

Brianna ...

Ihre Augen schossen auf. Das war nicht der Wind. *Zantu?*

Ihr Baby machte einen Salto, tanzte in ihrem Bauch zu einer Melodie.

Brianna, ich brauche dich.

Sie wirbelte so plötzlich herum, dass sie beinahe ausgerutscht wäre. Eine silberne Schwanzflosse erschien in der Nähe des Kliffs.

„Zantu", flüsterte sie. Dann schrie sie so laut, wie sie konnte: „Zantu!"

Ungeachtet ihrer Schuhe, ihrer Kleidung, ihrer Schritte warf sie den Picknickkorb beiseite und rannte in die Wellen. „Zantu, ich bin hier!"

Ein Kopf durchbrach die Wasseroberfläche, näher als zuvor, silberne Haare verschmolzen mit dem blaugrauen Horizont, dann verschwand er wieder.

Als sie bis zur Hüfte im Ozean stand, kam sie rutschend zum Stehen. Wellen trafen sie und brachen. Hatte sie ihn sich nur eingebildet? Sie ließ den Blick über die unruhige Oberfläche des Meeres schweifen, jede Zelle rief ihn herbei. *Ich bin hier!*

Dann materialisierte sich eine Form im Wasser und Zantus glänzender Oberkörper tauchte auf.

„Oh, mein Gott!" Sie machte einen Schritt, rutschte aus und fiel direkt in seine Arme. Aufgeregt küsste sie sein Gesicht, schluckte Wasser, als sie beide untertauchten. Dann lag ihr Mund auf seinem.

Er schob sie von sich und durchbrach die Wasseroberfläche. *Nein.*

Er half ihr, damit sie wieder ihr Gleichgewicht fand. Anschließend wanderten seine Hände zu ihrem Hintern und er näherte sich dem Ufer. Er stolperte einmal, fing sich aber. Oh, mein Gott! Er lief!

Brianna hätte ihn bei dieser Erkenntnis beinahe losgelassen. „Was …"

Ich bin für dich hier, Engelfisch. Jetzt bist du an der Reihe, deine Magie mit mir zu teilen.

Wie ein Gott trat er aus den Wellen und trug sie an den Strand.

„Du bist ein Mensch!" Sie sprach die Worte, als sich der Gedanke in ihrem Kopf formte. Noch immer unter Schock senkte sie die

Füße auf den Boden, damit er anhielt. „Wirst du wirklich bleiben?"

„Ja." Er benutzte seine Stimme anstatt der mentalen Verbindung. Das Wort, obwohl ein Akzent deutlich zu hören war, klang tief und verdammt sexy.

Sie trat einen Schritt nach hinten, ließ die Augen über seine breiten Schultern zu seinen Bauchmuskeln wandern, und tiefer, wo sein Schaft halb hart war und von wenigen silbernen Löckchen eingerahmt wurde. Anstelle seines Meermannschwanzes fand sie nun perfekte, athletische Beine. Ihre Aufmerksamkeit kehrte zu seinem Schwanz zurück. „Du bist nackt! Und du bist ein Mann!"

Seine Erektion zuckte bei ihren Worten. „Ja, das bin ich."

So verlockend er auch war, zwang sie sich, ihm in die Augen zu sehen. Seine Tiefen waren so silbern wie in ihrer Erinnerung, seine Lippen sinnlich. Sie hob eine Hand, um mit den Fingerspitzen über seine weiche Haut zu fahren.

Die Stimme eines Kindes unten am Strand riss Brianna aus ihrem Lustnebel. Ihre kleine Bucht war recht abgelegen, aber bei weitem nicht privat. Später würde sie genug Zeit haben, Zantu zu erkunden. Sehr viel Zeit.

„Du wirst Kleidung brauchen." Sie zog sich ihren Windbreaker aus und wickelte die Jacke um seine Hüfte. Gleichermaßen belustigt und verdrießlich stellte sie fest, dass sie sich das auch hätte sparen können. Sie zupfte und drapierte das Material, bis die wichtigsten Körperteile bedeckt waren.

„Warum darfst du dich ausziehen, während ich mich anziehen muss?" Er riss an dem Knoten in den Ärmeln und sie schlug sanft seine Hände weg.

„Du musst noch eine Menge über Menschen lernen."

„Ich freue mich darauf."

Sie nahm seine Hand und führte ihn an den neugierigen Blicken zweier Kinder vorbei, die auf dem windigen Strand Drachen steigen ließen. *Na ja, du wirst von Grund auf alles neu lernen müssen ... Daddy.*

Sein Moment der Verwirrung wurde von einem Freudenschrei abgelöst, der von den Felsen abprallte und die Kinder zum Kichern brachte. Er hob Brianna in seine Arme und drehte sich mit ihr im Kreis. Auch sie konnte ein Kichern nicht unterdrücken. Ja, und warum sollte sie auch?

Zusammen stiegen sie die Stufen zu ihrem gemeinsamen Nest hinauf, von dem sie den Ozean überblicken konnte. Jetzt hatte sie ihren Gefährten gefunden. Ihre wahre Liebe. Den Vater ihrer Kinder.

Die Mission des Meermannes

1

Madison passte den Fokus ihres Fernglases an, konzentrierte sich auf die Wellen mit den weißen Hauben, die sich an den Riffen brachen, während sie auf dem Boot das Gleichgewicht zu halten versuchte. Seit drei Tagen folgte sie nun schon einem Delfinschwarm. Gestern war er plötzlich verschwunden, kurz bevor sie ihren Fund aufzeichnen konnte: Ein Hybrid aus einem kleinen Schwertwal und einem Großen Tümmler. In der Wildnis! Bisher gab es nur ein Geschöpf dieser Art, das in Gefangenschaft geboren wurde. Sie brauchte Beweise. Ein Foto wäre gut, aber noch besser wäre eine Gewebeprobe. Ein DNA-Beweis galt als unanfechtbar. Eine derartige Entdeckung wäre vielleicht in der Lage, ihrer befleckten Karriere zu helfen.

Das Motorboot wurde seitlich von einer Welle getroffen und sie richtete es neu aus, sodass der Rumpf erneut dem rollenden Wasser zugewandt war. Das Boot allein zu manövrieren und gleichzeitig ihre Forschungen zu betreiben, stellte eine Herausforderung dar. Nach dem, was letztes Jahr vorgefallen war, würde sie ihr Vertrauen nicht so schnell wieder in andere setzen. Von wegen Stellers Seekuh wurde wieder entdeckt. Seit über zweihundertfünfzig Jahren war die Spezies ausgestorben. Diese Gattung zu finden, wäre wie die Entdeckung einer Meerjungfrau. Dennoch hatte *sie* sich einfangen lassen, hatte für die „Daten", die ihre Studenten bereitgestellt hatten, ihren guten Ruf aufs Spiel gesetzt. Jetzt stand sie auf verlorenem Posten, bezahlte die Forschungsreise aus ihrem eigenen Geldbeutel, in der Hoffnung, ihr Ansehen wiederherzustellen. *Ich werde es ihnen allen zeigen!*

Sie warf einen Blick auf den Tiefenmesser: dreißig Meter. Dann setzte sie sich ihre polarisierte Sonnenbrille auf die Nase, um den Horizont abzusuchen. Wie sollte sie ein Dutzend wissenschaftlicher Mitarbeiter ersetzen und dennoch die Frist der Universität für Neuerscheinungen einhalten? Diese dämlichen Assistenten hatten zu ihr gemeint, dass es nur ein Scherz gewesen sei, der etwas aus dem Ruder gelaufen war. Jetzt war sie aber diejenige, die den Schaden ausbaden musste. Renommierte Kollegen hatten den Artikel gelesen, die Medien hatten ihren Fund durch den Dreck gezogen. Das hatte zur größten Blamage in ihrer Laufbahn geführt und ihre Karriere ruiniert. Sie hatte nicht nur ihre Anstellung an der Universität verloren, sondern ihre großzügigen Fördermittel waren ebenfalls gestrichen worden. Selbst ihr gelegentlicher Sexpartner – ein Tierarzt im Meeresforschungsinstitut – wollte nicht mehr mit ihr in Verbindung gebracht werden.

Mit einem Blick auf die GPS-Koordinaten lenkte sie das Boot zu einem Bereich, in dem der Ozean dunkler war, aufgrund eines Seetang-Teppichs, der knapp unter der Wasseroberfläche trieb. Das grüne Wasser klatschte gegen den Rumpf und katapultierte winzige Tropfen in ihre Richtung. Sie liebte das Meer. Liebte den Geruch, das schwankende Deck unter ihren Füßen, die beißende Kälte, wenn es ihre Haut berührte. Obwohl die Sonne heiß auf ihren Kopf schien, war an eine kleine Runde im Wasser nicht zu denken – dafür sorgte die Winterbrise. Sonst hätte sie sich zweifellos ihrer Kleidung entledigt, um sich von dem Geruch der letzten drei Tage auf See zu befreien.

Wo war der Delfinschwarm? Aufmerksam suchte sie nach den vertrauten raketenförmigen Umrissen im Wasser. Sie mussten einfach bald wieder auftauchen. Ihre beiden Pfeile zur Gewebsentnahme waren bereit. Sie musste nur nah genug herankommen. Das Equipment hatte einen Großteil ihrer Ersparnisse verschluckt, genau wie die Kosten für das Mietboot. Zudem lief ihr die Zeit davon.

Schließlich stellte sie den Motor aus und hoffte, dass der Schwarm Mitleid mit ihr haben würde. Diese Gruppe schien jedoch weitaus scheuer, als sie es von anderen gewohnt war. Sie besaßen nicht die normale Neugierde bei einem Boot. Stattdessen waren sie auf Abstand geblieben – außerhalb der Reichweite ihrer Pfeile. Als wüssten sie, wie nah sie ihnen sein musste, um einen Schuss abzugeben und zu treffen.

Am Heck vernahm sie ein Platschen. Sie drehte sich augenblicklich in die Richtung. Bei dem kleinen Deck benötigte sie nur drei Schritte, bis ihre Schenkel gegen die Motorverkleidung krachten. Dann ließ sie den Blick über die Wasseroberfläche schweifen. Obwohl sie ihre spezielle

Sonnenbrille trug, erschwerte ihr das blendende Wasser die Sicht.

Wieder hörte sie ein Platschen, dieses Mal auf der Steuerbordseite. Sofort bewegte sie ihren Kopf zur Quelle des Geräuschs und erblickte eine delfingroße, hellgrüne Rückenflosse. Grün?

Delfine definierten sich eher durch eine blaue, graue, weiße oder braune Färbung – niemals grün. War das Tier von Algen bedeckt? Ein Kadaver vielleicht, der an die Oberfläche gespült wurde. Nein, das ergab keinen Sinn. Schließlich hatte es sich bewegt.

Sie holte ihre Kamera heraus, positionierte ihren Finger bereits auf dem Auslöser, während sie nach einer Bewegung Ausschau hielt. Zehn Minuten vergingen. Zwanzig. Nichts.

Was auch immer es gewesen war, es kam nicht zurück.

RUBAC TAUCHTE zum Meeresgrund und ließ den Schatten des Bootes hinter sich. Das Auffinden einer menschlichen Frau wurde von der Beklemmung, die mit seiner Mission einherging, überschattet. Sein Herz raste und seine Muskeln waren so angespannt, dass er Schmerzen empfand. Er rieb den Perlmutt-Nippelpiercing, um wieder Herr seiner Sinne zu werden. Der prophetische Blick, den er durch den Ritt auf der Flosse des Wals gewonnen hatte, schien an Wirkungskraft zu verlieren.

Sein Bruder hatte Rubac für seine mystischen Träumereien, seinen Glauben an Seelenverwandte, seine Vorahnungen immer ausgelacht. Aber Rubac wusste, was er fühlte, was er sah, was er brauchte. Und er brauchte diese Frau. Sie würde zu seiner Erlösung führen und ihn von der Sklaverei seines Gefährten-Bundes befreien. Einen Bund, den er sich nicht ausgesucht hatte. Eine fatale Verbindung, da seine Gefährtin nun tot war.

Warum zögerte er dann noch?

In dem Versuch, der Strömung zu entgehen, ruhte er zwischen zwei riesigen Tiefseefächern und gab sich seinen Gedanken hin. Die eingetrichterte Angewohnheit, Frauen um alles in der Welt zu meiden, nagelte ihn an den Meeresboden. *Sie ist keine Meerfrau*, erinnerte er sich. *Du bist gekommen, um ihr das Leben zu nehmen, nicht andersrum.*

Als er die Vorahnung das erste Mal hatte, dachte er noch, dass es der schwierige Teil wäre, eine verletzliche Menschenfrau zu finden. Doch sofort am nächsten Tag hatte sich diese Chance geboten, wie eine Bestätigung seiner Fähigkeiten. Nun musste er es auch durchziehen. Der letzte Teil seiner Mission stellte für ihn kein Problem dar. Den Menschen zu töten, sobald er ihn ins Wasser gezogen hatte, wäre einfach. Sein Problem war der erste Teil: Er musste sie verführen. Keine leichte Aufgabe für einen gebundenen Meermann, tote Gefährtin hin oder her.

Im Gegensatz zu Meerfrauen, die es gewohnt waren, ihre Sexpartner nach dem Akt umzubringen, gingen Meermänner einen Bund für die Ewigkeit ein. Ein gebundener Meermann war dazu verdammt, ein elendiges Leben zu führen, da er wusste, dass seine Gefährtin immer und immer wieder fremdging. Allein musste er den Nachwuchs aufziehen, sie wie ein männliches Seepferdchen beschützen, bis ihn am Ende auch seine eigenen Kinder verließen. Die meisten Meermänner starben an einem gebrochenen Herzen. Rubac weigerte sich, langsam dahinzusiechen, sobald sein Kind sich für ein Geschlecht entschied und dem Nest den Rücken kehrte. Stattdessen wollte er einen schnellen Tod, in den Wilden Tiefen, wo er das Geheimnis seiner Freiheit entdeckt hatte.

Ein weiterer Punkt machte ihm Angst: Was, wenn er bei dem Akt versagen würde? Eine Meerfrau würde einen Partner zur Strafe in Stücke reißen. Waren Menschenfrauen genauso brutal und gnadenlos?

Die Sonnenstrahlen, die es auf den Grund schafften, verschwanden, als das Boot über seinen Kopf hinwegfuhr. Sie jagte ihn, war auf der Suche nach ihm. Die Ironie entging ihm nicht.

Eine einsame Menschenfrau auf dem Meer war eine Seltenheit. Wahrscheinlich wäre sie seine einzige Chance. Nur wenn er seine Mission erfüllte, könnte er den Bund zu seiner Gefährtin brechen, der ihn schon bald in einen totbringenden Wirbel ziehen würde.

Er nahm die kleine Harfe zur Hand, die er an einem Band um seinen Hals trug – eine Kopie jenes Instrumentes, welches seine Gefährtin benutzt hatte, um ihn in sein Verderben zu locken. Direkt in ein Leben als Sklave seiner Begierden. Lange, blasse Sprossen erhoben sich von diesem runden Instrument, das einmal ein Seeschwamm gewesen war. Er hatte in die Wilden Tiefen vordringen müssen, um die verletzliche Kreatur zu ernten. Das zerbrechliche Exoskelett konnte verwendet werden, um eine unwiderstehliche Melodie ertönen zu lassen. Vielleicht würde ein Lied nicht nur dazu führen, die Landläuferin zu verführen, sondern auch seine Libido zu entfachen.

Der Anflug eines schlechten Gewissens buhlte um seine Aufmerksamkeit. Er hatte die andere Seite dieser Art von Magie gespürt. Hatte die Hilflosigkeit am eigenen Leib erleben müssen. Wusste genau, wie es sich anfühlte. Lieder aus der Unterwasserwelt brachten die primitivsten Begierden eines jeden an die Oberfläche. Diese Magie machten sich Meerfrauen zunutze, um Seemänner zu verführen. Die Menschenfrau wäre ihm völlig ausgeliefert.

Tue es oder stirb. So oder so war er verdammt. Dann konnte er doch alles geben, was ihm noch blieb, oder? Er strich mit den Fingerspitzen über die Saiten und näherte sich der Wasseroberfläche.

Madison steckte ihre Kamera zurück und duckte sich unter das Bootsverdeck, um den Motor wieder in Gang zu bringen. Was auch immer sie gesehen hatte – wahrscheinlich eine Einbildung –, war lange verschwunden. Sie hatte Wichtigeres zu tun: Sie musste den Delfinschwarm ausfindig machen. Noch heute, ansonsten müsste sie mehr Geld auftreiben, um einen weiteren Tag das Mietboot zu bezahlen. Der Motor hustete zum Leben und würgte wieder ab. Mit einem genervten Schnauben stellte Madison alles aus und inspizierte die Technik unter der Motorverkleidung. *Scheiß Boot.* Wenn sie an Land anrufen müsste, um abgeschleppt zu werden, würde sie aus dem Fluchen nicht mehr herauskommen.

Ein hoher, lieblicher Ton drang an ihr Ohr, ähnlich dem Lachen eines Kindes. War das möglich? Sie hob den Kopf und ließ den Blick über die ruhige See schweifen. Die Melodie wechselte, klang jetzt viel mehr nach einer Oboe oder einem Saxofon. Eine gedehnte Note folgte, die von einem zwanghaften Rhythmus wie bei einem Herzschlag, begleitet wurde. Befand sich ein weiteres Boot in der Nähe? Sie konnte keines sehen.

Sie schloss die Augen, atmete die salzige Luft ein, bevor sie ihre Lider wieder öffnete, um nach der Quelle des Liedes Ausschau zu halten. Die Sonne glitzerte auf der Oberfläche wie Diamanten, blendete sie, weswegen sie die Augen zusammenkneifen musste. War dort ein Mann, der auf sie … zuschwamm?

Er tauchte unter und das Lied brachte das Deck unter ihren Füßen zum Vibrieren. Ein Beben, das sich einen Weg über ihre Beine bahnte; köstliche Schauer, die sich auf ihr Geschlecht auswirkten. *Gott, das fühlt sich gut an.* Eine Sekunde später stand sie am Seitendeck.

Ein dunkelhaariger Mann brach sechs Meter von ihr entfernt durch die Wasseroberfläche, von seinem getrimmten Bart tropfte Wasser. Er hatte die breiten Schultern und den geschmeidigen Oberkörper eines Schwimmers. Ein spiralförmiger Muschelohrring bohrte sich durch ein Ohrläppchen, und ein perlmuttfarbener Piercing funkelte an seinem linken Nippel, der seine beeindruckenden Brustmuskeln perfekt in Szene setzte. Er spielte eine hypnotisierende Melodie auf einem weiß gezinkten Objekt, das an einem Band um seinen Hals hing. Offenbar interessierte es ihn nicht im Geringsten, dass er mitten im Meer trieb. Vollkommen zogen sie jedoch die limettengrünen Augen in den Bann. Ein Schwindelgefühl schien sie zu übermannen und sie hatte das Bedürfnis, das schwankende Boot zu verlassen. Um ihre Fassung zurückzuerlangen, lehnte sie sich gegen das Geländer und atmete mehrmals tief ein.

„Hallo? Brauchst du Hilfe?" Sie wusste nicht, was sie sonst fragen sollte. Sie befanden sich so weit draußen, dass er unmöglich vom Ufer gekommen sein konnte.

Er öffnete den Mund und die schockierend greifbare Melodie, die sie auf diese Seite des Bootes gelockt hatte, gewann an Lautstärke.

Die Wände ihres Geschlechts zogen sich mit überraschender Intensität zusammen; sie näherte sich einem Höhepunkt. Die Wissenschaftlerin in ihr fragte sich, ob ein Orgasmus durch akustische Stimulation überhaupt möglich war. Dann hörte sie mit der Analyse auf und erlaubte, dass die Empfindung über sie hinwegschwappte, und sie mit sich trug. Ihre Nippel pressten sich gegen ihre Bluse und Wärme bildete sich in ihrem Bauch. Mit beiden Händen packte sie das Geländer, ihre Beine bebten.

Der Mann tauchte und entblößte dabei eine hellgrüne, transparente Rückenflosse. Dann folgte eine smaragdgrüne Schwanzflosse, die sie mit Wasser bespritzte. Sie blinzelte, und schaffte es, ihre wissenschaftliche Neugierde wieder hervorzuholen. *War das eine ...? Nein, unmöglich.* Das Lied änderte seinen Rhythmus, tief traf es sie, vom Deck kroch es ihre Beine hoch und hämmerte gegen ihre Klitoris, als würde ein Mann sie hart nehmen.

Sie sog scharf den Atem ein, warf den Kopf in den Nacken, verloren in ungekannter Ekstase. Die lustvolle Welle riss ihre Logik mit sich. Jeder Millimeter ihrer Haut bebte vor elektrisierender Begierde und sie sehnte sich danach, berührt zu werden. Sofort.

Ihre Hand wanderte zu ihrer Brust, zwickte in ihren Nippel. Sie brauchte mehr. Sie brauchte diesen Mann, der es schaffte, ihre niedersten Triebe hervorzulocken. Mit einer Hand an ihrer Brust lehnte sie sich über die Reling und blickte ins Wasser. *Wo ist er hin?*

Direkt unter ihr erschien sein Gesicht, kam näher und näher. Ein Paar aus limettengrünen Augen bohrte sich in ihre – ein Blick, der nicht einnehmender sein konnte und von einer wilden Melodie begleitet wurde, die bis in ihre Seele vordrang. Sie streckte sich ihm entgegen und folgte dem Ruf.

Er durchbrach die Wasseroberfläche und fand ihre Lippen für einen Kuss. Dieser unvermeidbare Kontakt trieb sie in einen vernichtenden Orgasmus. So lockerte sich der Griff und sie fiel kopfüber in die eisige Umarmung des Ozeans …

DIE LIPPEN des Menschen landeten mit elektrisierender Wirkung auf Rubacs Mund.

Geschockt tauchte er zurück ins Wasser, seine Gedanken verhielten sich wie Treibgut in einer Sturzflut. Sein Schaft zuckte, flehte nach seiner Freiheit, als würde er aus einem Traum erwachen.

Was sollte das? Gehörte es zur Mission? Der Kontakt mit der

Menschenfrau entsprach so gar nicht seinen Erwartungen. Als die Meerfrau ihn eingefangen und mit ihm eine Verbindung einging, hatte es sich wie ein schweres Gewicht auf seiner Brust angefühlt, wie Seetang, der sich um seinen Körper wickelte und alles abschnürte. Ein Band war erschienen, das ihn für immer an seine Gefährtin gefesselt hatte. Was er aber gerade mit dem

Menschen erlebt hatte, fühlte sich eher wie der aufregende Ritt auf einem Speerfisch an.

Dann musste er beobachten, wie ihr lebloser Körper an ihm vorbei sank. Ein winziges Rinnsal aus Blut folgte ihrem Fortschritt zum Meeresgrund.

Sofort reagierte er und fing sie ein, trug sie zurück an die Wasseroberfläche. Bei dem Fall musste sie sich den Kopf angestoßen haben. Sollte er sie zu seinem Nest bringen und die Sache beenden? Es schien falsch, die Situation ihrer Bewusstlosigkeit auszunutzen. Doppelt falsch, da er sie mit einem Lied betört hatte.

Er wickelte einen Arm um ihre Taille und hob sie auf die Plattform am Heck des Bootes, direkt neben dem Motor. Gleich darauf fand auch er seinen Weg aufs Deck. Er presste sie an seine Brust, rutschte mittiger. Sie lag auf ihm, ihre Schulter an der Harfe zwischen ihnen, wodurch sie die zarten Saiten ruinierte.

Sein gesamter Körper spannte sich an. Ohne die Harfe würde seine Aufgabe schwieriger werden. Vielleicht sogar unmöglich. Auf alle Fälle gefährlicher.

Er rollte unter ihr hervor, stützte sich auf einen Ellbogen und betrachtete sie. Zwar fehlte es ihr an dem exotischen Flair einer Meerfrau, dennoch wirkte sie recht attraktiv. Die Umrisse ihrer Brüste pressten sich gegen das Material ihrer Bluse, ohne das geringste Anzeichen einer weiteren Barriere, und ihre Hüften waren erfreulich gerundet.

Ihre derzeitige Position schien auf dem harten Grund nicht die bequemste. Wie ertrugen es die Menschen nur, immer so niedergedrückt zu werden? Er legte eine Hand auf ihr Herz, um sicherzugehen, dass ihr Körper noch von ihrer Lebensaura beherbergt wurde. Da war sie, ein gelbes Glühen, zusammen mit einem dunklen Braun und einem blassen Orange. Diese Mischung machte ihn neugierig. Sie war wissbegierig, so wie er.

Er zog die Hand zurück und erschauerte. Er sollte beenden, was er angefangen hatte, oder flüchten, bevor sie die Augen öffnete. Seine Neugierde war jedoch nicht zu stoppen und er wollte sie ein wenig länger mustern. Bisher war er einem Menschen nur einmal so nah gekommen. Eine rasche Interaktion, da sein Bruder in die Gefährten-Falle mit einer Menschenfrau geraten war. Gelegentlich spionierte er die beiden aus. Aus der Ferne, vom Wasser, während sein Bruder über den Strand lief. Mit Beinen! Niemals näherte er sich dem Paar.

Nun erlaubte er sich die Inspektion ihrer Haut. Er mochte ihre kurzen Haare, vom Wind aufgewühlt. Ihre Lippen waren voll und samtweich, ihre Nase flach. Auf einem Nasenflügel funkelte ein goldener Stecker, der ihre braune Haut komplementierte. Das nasse Material ihrer Bluse schmiegte sich an ihre Brüste, ihre harten, kleinen Nippel bettelten um seine Aufmerksamkeit. Ihr flacher Bauch verlief zu dem V zwischen ihren Schenkeln, und er war neugierig, was er dort wohl finden würde. Wäre es so anders als die Genitalspalte einer Meerfrau?

Sie rührte sich und er zwang sich, seinen Blick zu ihrem Gesicht zu heben. Große, braune Augen blinzelten zu ihm auf, und mit der verschwundenen Barriere in der Form einer

Sonnenbrille fiel er in die Tiefen ihrer Seele. Ein warmes und wohliges Gefühl machte sich in ihm breit. Als hätte er nach einer einsamen Ewigkeit eine Gleichgesinnte gefunden.

„Wer bist du?" Ihre Aura färbte sich mit Verwirrung und reicherte sich mit den pinken Fäden purer Anziehung an.

Ohne nachzudenken, senkte er sein Gesicht und küsste sie.

3

Die Lippen des Fremden bewegten sich so talentiert, dass Madison nicht denken konnte. Stattdessen schloss sie einfach die Augen und erwiderte den Kuss. Mit der Hand packte sie seinen Oberarm, seine Muskeln tanzten unter ihren Fingern, als er sich über sie schob, seine Haut warm und vom Meerwasser feucht. Die verharrende Hitze ihres Orgasmus flammte erneut auf. Sein Körper presste sich gegen ihren und sie realisierte schnell, dass sie sich ihm entgegenstreckte, ihn zu sich zog.

Er reagierte, indem er eine Hand in ihren Nacken gleiten ließ, in ihre Haare, um ihren Kopf nach seinen Wünschen auszurichten. Er vertiefte den Kuss. Sein Mund schmeckte nach Salz und einem Hauch von Ingwer, als er seine Zunge zwischen ihre Lippen stieß.

Sie spürte den Beweis ihrer Erregung in ihr Höschen tropfen. Sie sog scharf den Atem ein, geschockt über die Reaktion ihres

Körpers. Dieser Mann war ihr vollkommen fremd, und es war ihr egal. Noch nie war sie so geküsst worden. Er ließ sie brennen. Sie wollte, dass es niemals aufhörte. Sie wollte nicht zur Logik zurückkehren, die normalerweise ihren Alltag beherrschte. Zum ersten Mal in ihrem Leben fühlte sie sich frei, unbeschwert und wild.

Sie wanderte mit der Hand zu seinen Rippen, kam auf seiner Hüfte zum Liegen. Seine Erektion verlangte zwischen ihnen nach Aufmerksamkeit und sie wollte ihn so verzweifelt, wie zuvor noch keinen. Sie hob ihr Becken, presste es gegen seines, erfreut über das Stöhnen, das von seinen Lippen zu ihren wehte. Seine Hand verließ ihren Nacken und packte ihre Pobacke, knetete ihr Fleisch, bis er nach oben fuhr und ihre Brust fand. Ihr Nippel kribbelte, als hätte die Knospe nur auf seine Berührungen gewartet. Berauschende Empfindungen pulsierten durch ihre Adern und bündelten sich in ihrer Mitte.

Ihre Hand wanderte tiefer und rieb über seine Eichel, überrascht darüber, dass er schon nackt und bereit war. Der pulsierende Schaft in ihrer Hand löste den Wunsch in ihr aus, ihn ausführlich zu betrachten. Sie wollte ihn mit jedem Sinnesorgan erleben. So öffnete sie die Augen und fand sich unnatürlich limettengrünen Tiefen gegenüber. In einem Gesicht, das einem griechischen Gott gerecht kam, mit perfekt geformten Augenbrauen und einem kurzen, dunklen Bart.

Er zog sich zurück, entriss ihr seine Lippen und starrte auf sie hinab. Die Logik bemächtigte sich wieder ihres Verstandes: *Wo war dieser Mann hergekommen?*

Sie legte die Hand auf seine Wange und sein Ausdruck sprach von Schock. Mit beiden Händen schob er sich von ihr weg.

Eine kalte Brise zwängte sich zwischen sie wie die kalte Klinge eines Messers. Dann rollte er um seine eigene Achse, packte die Reling und verschwand vom Boot. Sie blieb zurück, verwirrt blinzelnd, denn … war das gerade eine grüne Schwanzflosse?

Sie sprang auf ihre Füße, marschierte an die Reling und blickte ins Wasser. *Fischschwanz?* Aber sie hatte einen Mann geküsst. Diese zwei Bilder passten so gar nicht zusammen. Meermänner existierten nicht!

Ihre kribbelnden Lippen, der Beweis seiner Küsse, widerlegten dies.

RUBAC schoss wie die Harpune eines Jägers durch das Wasser, auf der Flucht vor seiner eigenen Begierde. Es sollte keine Rolle spielen, dass sie wusste, was er war. Sein einziges Ziel bestand darin, sie zu töten. Wenn er sich von dem Bund mit der Meerfrau befreien wollte, musste er den zweiten Teil der Mission erfüllen. Durch die Frage in den Augen des Menschen und ihre veränderte Aura hatte er es geschafft, seine Lust zurückzudrängen. Nur deswegen hatte er sich erinnert, wer er war.

Was die Landläuferin von ihm dachte, kümmerte ihn. Er wollte nicht als Monster gesehen werden. Würde er aber nicht genau dazu werden, wenn er sie tötete?

Wie war es möglich, dass sein gesamtes Sein nach einer Frau hungerte, die nicht seine Gefährtin war? Und nicht nur das, nein, sie war ein Mensch. Empfanden Meerfrauen diese unberechenbare Begierde die ganze Zeit? War dies der Grund, dass sie immer und immer wieder neue Liebhaber brauchten, obwohl sie einen treuen Mann zu Hause hatten? Doch er wollte keine andere. Keinen anderen Menschen. Er wollte nur sie, die Frau auf dem Boot. Er stoppte auf seinem Weg in die Tiefe und rieb den Finger über sein Gebetsarmband, auf der Suche nach innerer Ruhe. Nach Führung. Durch die brodelnde Begierde in ihm fühlte er sich wie ein Tier. So sollte seine Mission nicht ausfallen! Nein, es sollte eine kurzweilige Kraftanstrengung sein! Schnell erledigt und schnell vergessen. Stattdessen schwamm er unter dem Boot, seine Erektion hinter der beschützenden Barriere wild pochend.

Beruhig dich. Es muss daran liegen, dass du schon seit Längerem nicht mehr in der Nähe einer Frau warst.

Wie hatten Meerfrauen aus dieser Verführungssache eine Regelmäßigkeit gemacht? Ein wütender Ton löste sich aus seiner Kehle, was einen Garibaldi-Schwarm in die Flucht jagte. Er war einem Zusammenbruch nahe. Er wollte diese Frau mehr, als er jemals zuvor jemanden gewollt hatte. Heilige Abgründe, aus welchem Grund sehnte er sich so verzweifelt nach ihr? Sicher war es die Schuld dieses verdammten Harfenlieds. Es hatte ihn genauso eingefangen wie die Menschenfrau. Doch das Lied war vorbei, die Harfe zerbrochen. Die Wirkung sollte aufgehoben sein. Warum war das nicht der Fall?

Unter dem Boot schwamm er eng gezogene Kreise und kämpfte gegen den Drang an, die Wasseroberfläche zu durchbrechen. Er wollte ihre wunderschönen, perfekten Brüste streicheln und ihre einladende braune Haut küssen, wollte sich tief in ihrer Hitze vergraben. Sein Körper summte mit unerfüllter Begierde. *Wenn du so weiter machst, wirst du früher sterben als geplant,* dachte er. Sie hatte ihn gesehen. Wartete wahrscheinlich mit einer Waffe auf ihn. Ihre Art war gefährlich. Sie waren Raubtiere, allesamt. Schon seit der Spaltung von Atlantis jagten sie das Meervolk. Im Gegenzug jagten Meerfrauen die Menschenmänner. Es herrschte keine Liebe zwischen den Meerleuten und den Landläufern. Warum fühlte er sich dann so stark zu ihr hingezogen? Es hatte den Eindruck, als hätte sie die Harfe an ihm benutzt.

Eine schlechte Vorahnung machte sich in ihm breit. War das möglich? War es möglich, dass er sich durch diese Aktion eine weitere Gefährtin angelacht hatte, anstatt sich von der ersten zu befreien? Unmöglich. Meermänner banden sich für die Ewigkeit! Nein, es musste die Wirkung der Harfe sein, die er tief in seinem Inneren spürte. Das war alles. Er würde sich ihr erneut nähern, dieses Mal ohne die Hilfe von Magie, und dann würde er seine Mission beenden. Es blieb ihm nichts anderes übrig, sonst lief er Gefahr dem Wahnsinn zu verfallen, bei dem der Tod erst nach einem langen Leidensweg Erlösung versprach.

Die Menschenfrau ohne Magie zu verführen, könnte sich als schwierig herausstellen. Einfach wieder zu ihr zu schwimmen und sie sich zu nehmen, war keine sichere Option. Besser wäre es, ihre anderen Interessen gegen sie zu verwenden. Er hoffte nur, dass sie keine Waffe hatte. Von den Farben ihrer Aura wusste er, dass sie nach Wissen strebte. Sie würde Fragen über ihn und seine Art haben. Vielleicht wäre es ihm möglich, sie damit in sein Netz zu locken. Nah genug, um sie ins Meer zu ziehen …

Nein. Er rieb den Zeigefinger über seinen Nippel-Piercing, ein magisches Schmuckstück, das Vorahnungen in ihm auslöste. Sie ins Wasser zu zerren, das würde sie verängstigen! Von Vergewaltigung hielt er nichts. Er wollte sie verführen. Sie sollte sich bei ihm wohl fühlen. Er musste sich in ihre Welt einschleusen. Ihr erlauben, ihn zu sehen, ihn zu berühren.

Er musste sie verführen, indem er sich selbst als Beute anbot.

Madison gelang es nicht, ihren Schock zu überwinden. Wie erstarrt blickte sie auf den Punkt, an dem dieses perfekte Wesen eingetaucht war. Eine wahrgewordene Fantasie mit einem Waschbrettbauch, Schultern wie ein Schwimmer und einem … Fischschwanz.

Schwindel beherrschte ihren Kopf, ihre Beine bebten. War das gerade wirklich passiert? Sie hob eine Hand an ihre Stirn, spürte eine Beule. Sie hatte schon schlimmere Verletzungen gehabt. Allerdings fragte sie sich, ob die kleine Wunde zu Halluzinationen führen konnte, die wiederum physiologische Reaktionen auslösten. Ihre Fingerspitzen wanderten zu ihrem Mund. Sie zeichnete die geschwollenen Lippen nach, während sie das Blut auf ihrer anderen Handfläche musterte, das aus drei winzigen Löchern quoll. Seine Flosse war spitz gewesen. Und hatte sich sehr echt angefühlt.

Eine kalte Brise löste Gänsehaut auf ihrer nassen Haut aus. Ihre Kleidung klebte an ihrem Körper. Auf wackeligen Beinen erhob sie sich und lief in den windgeschützten Bereich der Steuerkabine. Bevor sie sich aus ihren Klamotten schälte, ließ sie den Blick über die Wasseroberfläche schweifen, doch das Meer weigerte sich, seine Geheimnisse preiszugeben. Sie erschauerte und wurde daran erinnert, dass sie sich dringend aufwärmen musste.

Sie riss sich die Hose herunter und setzte sich nur in ihrem Höschen auf den Drehstuhl, um das Salzwasser aus ihrer Kleidung zu wringen. Zweifel bahnten sich einen Weg in ihr Bewusstsein. Meermänner existierten nicht. Die Wissenschaftlerin in ihr lehnt es ab, diese Möglichkeit anzuerkennen, obwohl ihre Lippen kribbelten und ihre Hand blutete. Seufzend legte sie ihre Kleidung zum Trocknen über die Stuhllehne. Hatte sie ihn nur geträumt? Wenn ja, dann war es der realistischste Traum aller Zeiten gewesen. Sie sehnte sich erneut danach, seinen Körper an ihrem zu spüren und zu beenden, was sie begonnen hatten.

Unter Deck zog sie sich neue Kleidung an, ihre Haut klebrig vom Salzwasser. Sie war auf jeden Fall ins Meer gefallen und irgendwie schien sie es wieder an Bord geschafft zu haben. Dafür gab es aber keine Erklärung. Was genau war also passiert? Warum hatte der Fremde sie geküsst und sie heiß gemacht, nur um dann zu fliehen?

Zurück auf dem Deck lief sie zu der Seite, an der der Mann, oder was auch immer ihr einen Besuch abgestattet hatte, abgetaucht war. Die Wellen zeigten kein Anzeichen von irgendetwas, weder Mensch noch Meermann. Ein Mensch hätte von irgendwoher kommen müssen – irgendwohin gehen müssen. Doch das Ufer war weit entfernt, keine anderen Boote waren in Sicht. Eine Unterwasserbehausung? Ein U-Boot vielleicht?

Sie lehnte sich weit über die Reling hinaus. Ein ihr vertrautes Gesicht mit Bart und beunruhigend grünen Augen hob sich aus den Tiefen ihres Bewusstseins und sie schreckte japsend zurück. Sie erinnerte sich an das pulsierende Lied, das sich einen Weg direkt zu ihrer Pussy gesucht hatte. Vor allem aber erinnerte sie sich daran, wie sie der lustvollen Melodie gehorcht hatte.

Schließlich richtete sie sich auf, fuhr mit den Fingern durch ihre nassen Haare und blickte glasig drein. „Ich verhalte mich schlimmer als eine Studentin auf ihrer ersten Party", murmelte sie und schüttelte den Kopf.

Sie dachte an das schwere Gewicht seines Schwanzes an ihrer Hüfte, die samtweiche Überraschung seiner Nacktheit unter ihren Fingern. Natürlich war er nackt. Meermänner trugen keine Klamotten.

Bei dem Gedanken leckte sie sich über ihre Lippen. Sie konnte es nicht leugnen: Definitiv hatte sie einen Meermann geküsst. Sie sah sich auf dem Boot um, auf der Suche nach einem ihrer Assistenten, der hervorspringen und „reingelegt!" schreien würde. Doch sie war allein. Diese Entdeckung gehörte allein ihr. Und sie war echt.

Ihr Herz hämmerte gegen ihren Brustkorb. Ein Hybrid-Delfin würde gegen die Dokumentation eines Meermannes wahrlich abstinken. Auf der anderen Seite würde die Entdeckung eines

Meermannes sie noch mehr zu einer Witzfigur machen, wenn sie es nicht schaffte, hieb- und stichfestes Beweismaterial heranzuschaffen. Sie nahm sich einen Moment und tippte ihre Koordinaten ins GPS. Würde er zurückkommen? Warum hatte er sich ihr überhaupt genähert? Bestimmt nicht nur, um ihr einen Kuss zu stehlen. Irgendetwas wollte er. Die Frage war nur, was?

Sicher, sie hatte von Meerjungfrauen gehört – von Sirenen, die Männer in ein nasses Grab lockten. Ihr Meermann hatte dies nicht getan. Um genau zu sein, hatte er sie aus dem Meer gezogen und ihr aufs Boot geholfen. Ohne ihn wäre sie ertrunken. Nein, sie glaubte nicht, dass er ihr wehtun würde. Er wollte lediglich …

Die Wände ihres Geschlechts zuckten, als sie an seine Absichten dachte. Oder war das nur, was sie wollte? Immerhin war er geflüchtet, ohne zu vollenden, was sie begonnen hatten. Warum? Ihre Nippel kribbelten bei der Erinnerung an seine magischen Küsse, an den berauschenden Griff in ihrem Nacken, auf ihrem Hintern, ihrer Brust. Mein Gott, wenn sie so weitermachte, müsste sie gleich selbst Hand anlegen.

Nachforschung. Sie musste sich auf ihre Nachforschungen konzentrieren. Einen Beweis für Meermänner aufzutreiben, wäre die Entdeckung des Jahrhunderts. Sie musste sich zusammenreißen und ihre gierige Pussy ignorieren. Sie brauchte eine Strategie. Auf keinen Fall durfte sie darüber in Gedanken schwelgen, wie es sich anfühlen würde, ihre Beine um seine Hüfte zu wickeln, ihre Brüste an seinen definierten Körper zu pressen …

Aufhören! Entschlossen schnappte sie sich ihr Gewebsentnahme-Instrument und schob es in ihren Hosenbund. Ihre kleine Kamera steckte sie in die Brusttasche ihrer Bluse. Sie musste auf alles vorbereitet sein. Ihre Daten mussten stichfest sein. Gewebeproben. DNA. Vielleicht könnte sie einen Plan ausklügeln, um diese Kreatur bei einer Rückkehr einzufangen. Ein Netz, das …

Sie erstarrte. Was waren das für Gedanken? War er eine Kreatur oder ein Mann? Ein Teil von ihm konnte auf jeden Fall einem Mann zugeordnet werden. Ob sie der erste Mensch war, dem er jemals begegnet war?

Vielleicht sollte ich ihn ficken. Das würde bei ihm einen bleibenden Eindruck von den Menschen hinterlassen. Ihre Pussy pulsierte zustimmend.

Aber mal ehrlich: Käme er zurück, würde sie die Unterhaltung filmen. Die erste Kontaktaufnahme. Na ja, die zweite, aber das wusste ja niemand, richtig?

So nahm sie sich einen Klappstuhl, machte es sich bequem und wartete auf ihren märchenhaften Liebhaber.

5

Madison wusste nicht, wie das möglich war, doch sie starrte genau auf die Stelle, an der er nach einiger Zeit auftauchte. Geräuschlos zeigte er sich ihr, näherte sich aus fünfzig Meter Entfernung. Mit Vorsicht, dem Licht der Nachmittagssonne in seinem Rücken. Das Wasser glitzerte wie tausend Diamanten. Sie schluckte schwer, zog ihre Kamera aus der Tasche, richtete sie aus und filmte. Dann stand sie von ihrem Stuhl auf und ging auf das Seitendeck zu.

Wieder schluckte sie schwer. „Hallo?" Ihre Stimme schwankte. Sprach er ihre Sprache? Konnte er überhaupt sprechen? Er war atemberaubend: breite Schultern, glitzernde, goldbraune Haut. Von hier konnte sie jedoch seinen Meermannschwanz nicht sehen. Kein Anzeichen darauf, dass er mehr als ein gewöhnlicher Mann war.

Zehn Meter entfernt stoppte er. „Ich grüße dich."

Seine tiefe Stimme rollte über den Ozean wie die Ankündigung auf einen Sturm.

Gott sei Dank, er kann reden! Sie prüfte die Kamera, um sicherzustellen, dass sie alles aufnahm. „Ich heiße Madison. Und du?"

„Rubac."

„Bist du … Was bist du?"

Durch die untergehende Sonne hatte der Wind aufgefrischt, und sein Körper hob und senkte sich in der rollenden See, ohne jemals zu offenbaren, was sich unter der Wasseroberfläche verbarg. „Deine Art bezeichnet mich als Meermann."

Lautstark brachen die Wellen an dem Boot. Sie betete, dass die Tonqualität nicht darunter litt. „Darf ich … Darf ich dich sehen?"

Er lächelte und setzte zum Sprung an. Eine spitze Rückenflosse schoss durch die Luft, gefolgt von einem smaragdgrünen Schwanz. Sie packte die Reling, denn ihre Beine drohten nachzugeben. Das schwankende Deck hatte sich noch nie so unsicher angefühlt. „Du bist real."

Unaufhörlich näherte er sich und sagte: „Jetzt du."

Sie runzelte die Stirn. „Jetzt ich? Was meinst du?"

„Ich will dich sehen", verlangte er. Die kühle Brise wies sie darauf hin, wie feucht ihr Höschen war. Ein neuer Schwall gesellte sich dazu, als er befahl: „Zieh dein Oberteil aus."

Gerade wurde ihr zum ersten Mal klar, dass dieser Mann böse Absichten haben könnte. Schließlich war sie hier draußen vollkommen allein. Ihr Magen drehte sich und ihre freie Hand legte sich um ihre Kehle. „Bist du …" Sie schluckte lautstark. „Warum?"

Er senkte den Blick, als wäre er schüchtern, und tauchte unter, bis nur noch sein Kopf zu sehen war. „Auch ich bin neugierig."

Sie leckte sich über die Lippen, ihre Augen auf ihn fixiert. Auch er war neugierig. Okay, das war nur fair. Warum nicht. Sie hatte kein Problem mit ihrem Körper. Sie trug selten einen BH, nur wenn sie das musste. Daher hatte sie auch heute keinen an. Sie konnte das Video später noch bearbeiten. Niemand musste erfahren, was sie gerade im Begriff war, zu tun. Außerdem wollte sie seine Augen auf sich spüren. Wenn sie ehrlich war, wollte sie noch viel mehr von ihm spüren.

Sie stellte die laufende Kamera aufs Seitendeck, wickelte das Band um einen Angelrutenhalter und richtete sich wieder auf. Der Abendwind erinnerte sie daran, wie erhitzt ihre Haut bereits war, als sie ihre Bluse langsam über ihren Kopf hob. Sein hungriger Blick sandte winzige Stromschläge durch ihren Körper, die sich alle in ihrer Mitte bündelten.

Zu ihrer Freude wagte er sich aus dem Wasser, zeigte mehr von sich. Rinnsale flossen über seine Arme, seine Brustmuskeln, bis hin zu seinem Waschbrettbauch. Seine Nippel waren hart, perfekte, kleine Kreise auf seiner Brust. Verdammt, kein normaler Mann konnte mit diesem Körper mithalten!

Verführerisch ließ sie die Bluse über ihre Arme gleiten, dann landete das Kleidungsstück neben ihr auf dem Deck. Sein glänzender Meermannschwanz trieb mit ungeahnter Sinnlichkeit im Wasser, die Schwanzflosse ein breiter Fächer. Trotz ihrer Faszination für ihn, war es doch der mittlere Teil, auf den sie ihr Augenmerk richtete. Sie konnte den Übergang von seinem Bauch zu seinem Meermannschwanz bewundern. Und dann fiel ihr Blick auf seine Erektion, die durch ihr offensichtliches Interesse zuckte. Eine Hand rieb er über seine Länge und sie erschauerte.

Sie zwang sich, ihm ins Gesicht zu sehen. Ihre Pussy reagierte auf seine primitive Darbietung. Ihre Atmung beschleunigte sich. *Konzentriere dich, Madison. Du bist eine Wissenschaftlerin, kein hormongesteuerter Teenager.* Sie versuchte, sich von dem Lustnebel zu befreien, der ihre Sinne zu kontrollieren suchte und erinnerte sich an ihre Kamera. Sie justierte das Objektiv und zog den Knoten des Bandes fester. Dann richtete sie ihren Blick wieder auf die prachtvolle Kreatur im Wasser. Waschbrettbauch und glitzernde Brust in der untergehenden Sonne, nicht zu vergessen, ein muskeldurchzogener Meermannschwanz.

In dem Moment realisierte sie, dass es egal war, wie spektakulär die Aufnahmen wären. Niemals würde ihr jemand ohne die zugehörigen Gewebeproben Glauben schenken. Fotos konnten manipuliert werden. Sie brauchte stichfeste Beweise. DNA. Blutproben. Ihr Instrument zur Gewebsentnahme steckte noch immer in ihrem Hosenbund. *Wenn du es herausziehst, wird er verschwinden.* Vielleicht könnte sie ihn dazu überreden, an Deck zu kommen. Vielleicht würde er ihr freiwillig Gewebe überlassen. *Brich das Eis, stelle ihm Fragen, beschäftige ihn.*

„Also, Rubac, bist du oft hier?" Großartig. Wirklich super. Sie hatte sich auf billige Anmachsprüche reduziert.

Er trieb näher, bis er direkt neben dem Boot war. „Ich bin von meinem Zuhause weit entfernt."

„Wo bist du normalerweise zu finden?" Besser. Wissenschaftlicher. Das Problem war nur, dass seine Erektion wirklich eine Ablenkung darstellte.

„Das Meervolk ist überall im Ozean zu finden."

„Mein ganzes Leben verbringe ich schon auf dem Meer." Sie verschränkte die Arme vor der Brust. „Und doch habe ich noch nie jemanden wie dich gesehen."

Er zuckte mit den Achseln. „Wir entscheiden, wem wir uns offenbaren und wem nicht."

„Okay, warum offenbarst du dich dann mir?", fragte sie misstrauisch. Ein ungutes Gefühl machte sich in ihr bemerkbar. „Und woher kennst du meine Sprache?"

„Wir singen viele Lieder unter dem Wasser, kommunizieren auf vielfältige Weise." Sein Meermannschwanz spannte sich an; er schlug einen Salto und tauchte unter. Schnell wie der Blitz erschien er ihr wieder. „Was möchtest du noch wissen?"

Ihr Herzschlag verstärkte sich zu einem Donnern. „Würdest du … würdest du an Bord kommen und mich deinen Meermannschwanz begutachten lassen?"

Sein Mund verzog sich zu einem Grinsen. „Zieh deine Hose aus. Ich möchte dich zuerst ansehen."

Ein Schauer schoss durch ihren Körper. Er wollte spielen? Na gut, sie würde sich darauf einlassen. Sie legte ihre Hände auf ihren Bauch, in der Hoffnung, dass sie sexy auf ihn wirkte, und glitt langsam zu dem Knopf am Bund ihrer Hose. Seine limettengrünen Augen klebten wie gebannt auf ihren Fingern. Sie öffnete den Reißverschluss und schob eine Hand in die Öffnung, berührte sich selbst und entließ ein wohlüberlegtes Wimmern, als sie mit ihrer pulsierenden Klitoris in Berührung kam.

Seine Lippen teilten sich, seine Zunge hatte ihren Auftritt. Allein die Vorstellung, diese Zunge an ihrer Klitoris zu spüren, führte dazu, dass ihr Geschlecht zuckte. Dann sah er sie fordernd an. „Ausziehen", befahl er.

Sie riss die Hose über ihre Hüften, plötzlich verlegen bei dem Gedanken an ihr simples Baumwollhöschen. Würde einem Meermann das Fehlen von sexy Unterwäsche auffallen? Ihr Höschen rauschte zu ihren Füßen und sein glühender Blick schweifte über sie hinweg. *Anscheinend nicht.* Sie blinzelte und sagte: „Okay, ich habe meinen Teil erfüllt. Du meintest, dann würdest du an Bord kommen."

Er schwamm zum Heck des Bootes, zu der Plattform. Während sie ihn beobachtete, erinnerte sie sich daran, dass sie den Moment festhalten sollte. Sie schnappte sich die Kamera und richtete sie auf den hinteren Teil des Mietbootes aus. Das Boot geriet ins Schwanken, als er sich mit überraschender Leichtigkeit auf die Plattform hievte. Das Heck tauchte zum Teil unter und brachte eine plötzliche Wasserwoge mit sich.

Das Deck war nicht besonders geräumig und sie stand nah an der Kante, um eine gute Aufnahme zu gewährleisten. Er wedelte mit der Schwanzflosse in ihre Richtung und spritzte sie mit Seewasser voll. Das Schlimme an der Sache? Ihr rutschte die Kamera aus der Hand und sie fiel über die Reling direkt ins offene Meer. „Nein!", schrie sie und machte einen Satz. Doch zu spät, die Kamera und alle ihre Aufzeichnungen waren nicht mehr zu retten.

Gleich darauf wandte sie sich ihm zu. Er saß nah an der Kante, als hätte er vor, wieder ins Wasser einzutauchen, seine Oberarme waren angespannt und sein beeindruckender Meermannschwanz lag flach auf dem Deck. Seine limettengrünen Augen bohrten sich mit einer erschütternden Intensität in ihre.

Sie zwang sich zu einem Lächeln und hob beide Hände, um ihn zu beruhigen. Natürlich war sie alles andere als gelassen. Zwar hatte sie keine Aufnahme mehr von ihm, doch schließlich saß er nun direkt vor ihr. Dadurch bot sich ihr die Gelegenheit, mehr zu bekommen als einen bloßen Videobeweis. *Verschrecke ihn nicht.* „Meine Schuld. Ich hätte wissen müssen, dass du Bewegungsfreiheit brauchst, um an Bord zu kommen."

Daraufhin entspannte er sich sichtlich und lehnte sich gegen das Boot. Sein smaragdgrüner Schwanz streckte sich in ihre Richtung, die Schwanzflosse nur wenige Zentimeter von ihr entfernt. Aus der Nähe wirkte der Farbton beinahe wie eine Täuschung. Ihr Blick wanderte von der Flosse zu seinem Schoß. Sein Penis hatte sich wieder verborgen, doch eine Beule wies auf den genauen Ort hin. Sie bemerkte, dass sie diese Stelle zu lange angestarrt hatte, und ihre Augen schossen zu seinem Gesicht, wo ein belustigter Ausdruck auf sie wartete.

„Du kannst mich berühren, wenn du willst."

Mit geröteten Wangen kniete sie sich hin und ließ die Fingerspitzen über seine Schwanzflosse gleiten. Sie zuckte, als sich die Flosse ihren Berührungen entgegen hob. Ihre Haut kribbelte, wo Kontakt entstand, so harmlos und dennoch verführerisch. „Ich kann nicht glauben, dass ich einen echten Meermann berühre."

„Und ich kann nicht fassen, dass ich von einem echten Menschen berührt werde."

Der tiefe Klang seiner Stimme liebkoste ihr Inneres, entfachte eine primitive Reaktion, die sie genauso wenig kontrollieren konnte wie ihren Herzschlag. Erst jetzt wurde sie sich ihrer

Nacktheit vollends bewusst. Ihrer Brüste, der Hitze zwischen ihren Schenkeln, dem Bedürfnis, gefüllt zu werden. Wie ein Seemann, der zu viel Zeit auf dem Meer verbracht hatte, war sie bereit. Und feucht. Sie sehnte sich danach, von ihm genommen zu werden. Und dieser Meermann war so … männlich. Diese breite Brust, der Waschbrettbauch und diese verdammten Augen, die sie immer weiter in den Bann zogen.

Sie fand sich auf ihren Händen und Knien wieder, wie sie sich rittlings auf ihn setzte, über seinen Meermannschwanz zu ihm rutschte. *Ich will sehen, wo der Fisch zum Mann wird*, erkannte sie. Ohne den Blick von seinen Augen zu nehmen, näherte sie sich ihm, bis ihre Brüste nur wenige Millimeter von seinem Oberkörper entfernt waren.

Dann strich sie mit den Fingern über den Piercing in seinem Nippel.

Der Meermann sog scharf den Atem ein, packte sie an den Oberarmen und riss sie an sich, um ihr erneut einen Kuss aufzudrücken, der sie alles um sich vergessen ließ.

6

In dem Moment, als der Mensch seine Schwanzflosse berührt hatte, wusste Rubac, dass er sie am Haken hatte. Ihre Aura strahlte seit seiner Ankunft mit pinkem Interesse und jetzt mit blinder Begierde in einem leuchtenden Rot, das sogar das Gold ihrer Neugierde überstrahlte. Er hatte nicht mal ein Lied anstimmen müssen. Sie wollte ihn.

Und er wollte sie.

Als sie das Schmuckstück an seinem Nippel berührte, das Vorahnungen bei ihm auszulösen vermochte, schoss seine Begierde in ungeahnte Höhen. Wie ein Sommersturm, so unerwartet und gewaltig. Jede Kontrolle, die er geglaubt hatte zu besitzen, löste sich in Nichts auf. Er packte ihr Gesicht mit beiden Händen und schob seine Zunge zwischen ihre Lippen. Sie schmeckte nach süßem Kombu und einem Hauch Kokos – eine Erinnerung aus seinen Tagen als lediger Meermann, als er

184

es gewagt hatte, zu den Vulkaninseln nahe dem Äquator zu schwimmen.

Sie senkte ihr Gewicht auf seinen Schoß, ihre Hitze erreichte seinen bedeckten Schaft. Daraufhin lehnte sie sich ihm entgegen und erwiderte den Kuss mit der gleichen Intensität. Seine Hände landeten auf ihren Hüften, kneteten ihr Fleisch. Das Gefühl ihrer Schenkel um ihn berauschte ihn, machte ihn wahnsinnig vor Lust. Mit einer Hand stützte er sich auf dem Deck ab, drehte sich mit ihr in den Armen, um sie endlich unter sich zu spüren. Auf beiden Seiten ihrer Schultern platzierte er seine Handflächen. Ihre Brüste streiften dabei seinen massigen Oberkörper, während sich ihre Fersen in seinen Rücken bohrten. Das spornte vor allem seinen Schaft an, sich zu zeigen und die Hitze zwischen ihren Schenkeln zu finden.

Ohne den Kuss zu unterbrechen, rieb er mit dem Daumen über einen ihrer Nippel, zwickte hinein. Stöhnend wölbte sie sich ihm entgegen, bettelte nach mehr. Seine Hand wanderte tiefer, über ihre Rippen zu ihren ausladenden Hüften, von denen er nicht genug bekam. Schon bald erreichte er das Dreieck zwischen ihren Beinen und musste erkennen, dass eine Barriere zwischen ihm und der ersehnten Hitze lag. Daher bedeckte er ihr Geschlecht zunächst mit seiner Hand und zeichnete ihre Spalte durch das Material hindurch nach: Sie war feucht und bereit für ihn, ihre Klitoris geschwollen und pulsierend. Er umkreiste das Nervenbündel einmal, zweimal, bevor er ihren Eingang fand, Nässe sammelte, um damit ihre Klitoris weiterhin zu betören.

Während seine Erektion an ihrer Hüfte pulsierte, machten sich ihre Lippen an seinen zu schaffen. Gleichzeitig schob sie ihr

Höschen herunter und kickte es schließlich von sich. Ihre einnehmende Aura brannte in sinnlichen Rottönen.

Selbst, wenn er aufhören wollte, so war ihm das jetzt, in dieser Situation, unmöglich! Ihr sexueller Hunger, ihr Verlangen nach ihm kontrollierte sein gesamtes Sein. In seinen Visionen hatte er seinen Erfolg gesehen, doch erneut war er zu einem Sklaven mutiert. Sein Schaft war bereit, ihre Beine hielten ihn gefangen, zogen ihn näher. So kam seine Eichel alsbald in erregenden Kontakt mit ihrer feuchten Öffnung. Ihre Lippen in den südlicheren Gefilden begrüßten seine Länge mit einem Kuss, ein Versprechen auf baldige Ekstase, die er nur in ihren Tiefen finden würde. Die weichen Löckchen auf ihrem Venushügel, ein krasser Kontrast zu den geschmeidigen Genitalspalten der Meerfrauen, schworen eine zusätzliche Empfindung in ihm hervor. Er wusste, dass er von einem Orgasmus nicht mehr weit entfernt war.

Sie umfasste sein Gesicht, lenkte seinen Kopf zu ihren Brüsten. Ihre dunklen Nippel waren hart und bettelten um Aufmerksamkeit. Und er war gerne bereit, ihr diese zu schenken. Er leckte ihr Fleisch. Seine Belohnung waren ihre lustvollen Laute, wie sie ihren Rücken wölbte, sich ihm gierig entgegen hob. Erst nahm er eine Knospe zwischen die Lippen, dann die andere, knabberte mit Vorsicht, immer darauf bedacht, sie nicht mit seinen scharfen Zähnen zu verletzen. Sie erschauerte und der Beweis ihrer Erregung tropfte aus ihrer Spalte.

„Ich will dich", stöhnte sie.

Er entließ ihren Nippel und berührte mit der Eichel ihren Eingang, folterte sie damit. Ihre Augen fanden die seinen, die braune Regenbogenhaut fast vollkommen von der schwarzen Pupille eingenommen. Sie nickte und presste ihre Fersen in seinen Rücken, um ihm klarzumachen, wie willig sie war.

Hart stieß er zu. Die Ekstase der Zusammenkunft erhob sich wie ein Tsunami in seinen Adern – nicht sichtbar, aber mit einer unausweichlichen Macht. Tief vergrub er sich in dieser Frau, in diesem Menschen, zog sich zurück, nur um erneut in sie einzudringen. Der Druck in ihm baute sich auf und lenkte ihn auf direktem Weg zum Gipfel.

Bei jedem Stoß kam sie ihm mit dem Becken entgegen. Ihre Aura wandelte sich auf dem Weg zum Höhepunkt von einem Scharlachrot über ein Violett zu einem strahlenden Weiß. Beide schienen sie dieselbe Welle zu reiten, Hand in Hand, in Erwartung auf die vernichtende Erlösung.

Die Wände ihres Geschlechts pulsierten um seine Länge, bettelten nach seinem Sperma. Und genau das gab er ihr; stöhnend ergoss er sich in ihr. Er brach zusammen, landete auf seinen Ellbogen, seine erhitzte Haut an ihrer. Ihre Atemzüge so hektisch wie seine, ein Zeichen von der gerade erlebten Leidenschaft.

Er lehnte seine Stirn gegen ihre, sein Verstand war verhangen von einem Lustnebel. „Wunderschön", sang er das Wort in seiner Sprache. Der Wunsch kam in ihm auf, sie in den Ozean zu ziehen, um dieses Feuer erneut zu entfachen. Dieses Mal aber mit der Strömung im Rücken, die sein Blut stets in Wallungen versetzte. Er wollte ihr sein Nest zeigen und es mit Schätzen füllen, die ihr Freude bereiten würden. Er wollte ihr Geschichten von der Unterwasserwelt vorsingen, um sie zu unterhalten. Wie war es nur möglich, dass sie ihn bereits jetzt vergessen ließ, wie sehr sein Herz bei dem Verlust seiner Gefährtin geschmerzt hatte? Einer Gefährtin, die er niemals geliebt hatte. Mit der er ein Baby gezeugt hatte, das er niemals wiedersehen würde. Er wollte sie vor Gefahren beschützen und sie glücklich machen. Dieser Mensch löste in ihm das Bedürfnis aus, wieder leben zu wollen, genau wie ihm seine Vorahnung das prophezeit hatte.

Dann erinnerte er sich an seine Mission: Nun, da er sie verführt hatte, musste er die Sache zu Ende bringen. Ihr warmer Duft füllte seine Sinne, während sich seine Hände auf dem Deck zu Fäusten ballten. Hilflos. Er fühlte sich hilflos. Das ergab keinen Sinn! Sie zu töten, sollte doch den einfachen Teil seiner Mission darstellen!

Er bebte, zwang sich, auf Abstand zu gehen, und verfluchte das Gewicht seines eigenen Körpers. Nun starrte sie ihn an, eine Sorgenfalte hatte sich zwischen ihren sanft geschwungenen Augenbrauen gebildet. „Was ist los?"

So konnte er sich ihr nicht stellen. Wie hätte er sie auch ansehen sollen, wenn er doch wusste, dass er jeden Moment ihr Vertrauen erschüttern würde. Durcheinander, mit Nerven, die nicht zur Ruhe kamen, streckte er die Hand nach der Reling aus, hievte sich darüber hinweg und tauchte in das Wasser.

7

Madison drehte sich auf den Bauch. Sie versuchte aufzustehen. Ohne ihn war es plötzlich so kalt. Verschwunden. Geflüchtet. Wie jeder andere Mann. Ein One-Night-Stand. War das alles, was er von ihr gewollt hatte? Ihr Herz brach.

Wissenschaftliche Nachforschungen, Madison, wirklich? Ihre Aufnahmen waren nicht mehr zu retten, versenkt im Meer. Und auch Gewebe- oder Blutproben hatte sie nicht sichern können. Was lief nur falsch bei ihr?

Ihre Hose lag neben der Motorverkleidung. Sie wurde rot, als sie sich an den Moment erinnerte, in dem sie sich der Jeans entledigt hatte, um ihn zu verführen. Der Wind verursachte Gänsehaut auf ihren Beinen. *Reiß dich zusammen,* tadelte sie sich selbst. *Zieh dich an, Weib.* Erst dann konnte sie ihren Verstand wieder benutzen.

Sie hob ihre Hose auf. Der klatschnasse Jeansstoff würde sich wahrlich unangenehm auf ihrer Haut anfühlen. Seufzend ging sie in die Kabine, wo sie die letzten Tage geschlafen hatte, und suchte sich ein frisches Höschen heraus. Sie hatte es bereits zu ihren Knien gezogen, als sie plötzlich innehielt.

Sicher, sie hatte keine Gewebeproben entnehmen können.

Allerdings gab es eine Probe, zu der sie sehr wohl Zugang hatte.

Eine Probe, die gerade aus ihr heraustropfte.

Ihre Kehle schnürte sich zu, als sie ihre Sachen nach einem sterilen Abstrichstäbchen durchsuchte. Wie konnte sie nur so dämlich sein? Ungeschützter Sex? Wer konnte schon ahnen, mit welchen Krankheiten Meermänner daherkamen. Ganz zu schweigen von einer Schwangerschaft! Oder war es nicht möglich, von einem Meermann geschwängert zu werden? Ihre Gedanken fuhren Achterbahn und eine Frage folgte der nächsten – Fragen, auf die sie keine Antworten wusste.

Sie öffnete die Plastikfolie mit dem Wattestäbchen und zögerte dann. Sie konnte es sich nicht erklären, aber es fühlte sich nicht richtig an, diese Probe zu entnehmen. Als würde sie ihn der Vergewaltigung bezichtigen, obwohl der Sex einvernehmlich gewesen war. Und wie würde sie diese spezielle Probe begründen? *Oh, na ja, ihr wisst schon, ich habe einen Meermann verführt, um an sein Sperma zu gelangen.* Damit würde sie sich zum Gespött der Leute machen.

Trotzdem wäre die Probe legitim, ob er nun ein Mann oder ein Fisch war. Zur Hölle, wahrscheinlich würde sie niemals an einen anderen Beweis für seine Existenz kommen.

Sie entnahm die Probe und steckte das Wattestäbchen in den Kunststoffbehälter mit der implementierten Trägerlösung, bevor sie alles gut verstaute. Bei dem Gedanken, ihr Sexleben für wissenschaftliche Zwecke zu missbrauchen, wurde ihr übel. Vielleicht kehrte er zurück. Nein, das war dämlich. Als würde sie am Tag nach einem Date auf einen Anruf warten! Gleichwohl erhob sich Hoffnung in ihrem Inneren. Noch nie in ihrem Leben hatte sie eine derartige Verbindung zu einem Mann gespürt, und sie hatte das Gefühl, dass es Rubac genauso ergangen war.

Sie hatte das Boot nur noch bis morgen. Sollte sie ein wenig länger ausharren? Auf ihn warten? Sie verhielt sich wirklich wie ein Teenager. Der wissenschaftliche Teil ihres Gehirns befahl ihr, zu verschwinden. Jetzt und auf der Stelle. Ihr Herz jedoch wollte warten, wollte ihm bis morgen Zeit geben. Niemand hatte bewusstseinserweiternden Sex und schaffte es, danach so weiterzumachen wie zuvor, oder?

Rubac musste einfach wiederkommen.

᚛᚛᚛

DAS MEER KÜHLTE Rubacs erhitzte Haut und das rauschende Blut in seinen Adern verlangsamte sich. Wie sollte er sie jetzt noch umbringen? *Deswegen wird es Mission genannt*, sagte er sich selbst. *Eine Mission ist niemals einfach.*

Wenn er sie tötete, wäre er nicht besser als die Meerfrauen, die er abgrundtief verachtete.

Er konnte den Gedanken nicht ertragen, das Blut des Menschen – Madisons Blut – an seinen Fingern kleben zu haben. Sie war kein gefährliches Raubtier. Sie war auf der Suche nach Wissen, genau wie er. Sie war ein Gast in seinem Meer. Und ihre Aura war so anziehend wie die Spalte zwischen ihren Schenkeln.

So trieb er dahin, ohne Ziel, und erlaubte seinen Gedanken, mit ihm zu treiben. Seine Zeit an der Luft hatte seine Haut ausgetrocknet und jeder Millimeter an ihm kribbelte. Er hob seine Arme und schwamm träge durch das blaue Meer, wirbelte herum und drehte Saltos. Das Gewicht seiner Aura hatte sich seit Jahren nicht so leicht angefühlt. Nicht mehr, seit er von einer Meerfrau eingefangen wurde. Endlich hatte er das Gefühl, den Ozean wieder genießen zu können.

Er filterte erfrischendes Wasser durch seine Kiemen und jagte durch einen Fischschwarm, umkreiste ihn, bis sie einen silbernen Ball formten. Als Nächstes tauchte er zu dem steinigen Grund, neckte eine Flunder, bis sie ihr Versteck im Sand aufgab. Nach einer scharfen Kurve kitzelte er den Bauch eines Seebarschs, der sich sogleich umdrehte und nach mehr Streicheleinheiten verlangte.

Noch nie hatte sich Rubac derart lebendig gefühlt.

Er drehte sich auf den Rücken und blickte zu dem dunklen Fleck, der ihm die Position des Bootes verriet. In seinem Inneren begab er sich auf die Suche nach jener Sehnsucht, die er eigentlich für seine verstorbene Gefährtin fühlen musste, und fand nichts. Leere. Seine Aura war befreit davon. Musste er wirklich die Menschenfrau umbringen, um den Gefährten-Bund zu brechen? Oder war Intimität die Lösung zu seinem Problem gewesen?

Er schmeckte Freiheit. Also musste es wahr sein. Der Gedanke zauberte ein Lächeln auf sein Gesicht und er beschleunigte auf dem Weg zu den Nistplätzen. Es bestand die Möglichkeit, dass das Walorakel ihn absichtlich in die Irre geführt hatte. Wenn die Mission von Anfang an nur die Verführung vorgesehen hatte, wäre Rubac niemals darauf eingegangen. Die Verführung eines Menschen zu einem Meilenstein zu machen, hatte ihm ein Ziel gegeben und ihm erlaubt, die Aufgabe zu vollenden.

Eine Aufgabe, die sich nicht so schwer gestaltet hatte, wie zunächst vermutet. Sein Schaft zuckte bei der Erinnerung an Madisons weiche Kurven und ihre einladenden braunen Augen. Er überlegte sogar, sie erneut aufzusuchen. Dann hielt er an und starrte auf einen dunklen Felsen, der aus dem Meeresgrund ragte.

Trotz seiner Depression, die ihn jedes Mal befallen hatte, wenn seine Gefährtin ihn verließ, hatte er sich nie auf ein Wiedersehen gefreut. Sex mit ihr, obwohl es zufriedenstellend gewesen war, hatte sich immer wie eine Zumutung angefühlt. Der Akt hatte ihn ausgesaugt, seine Seele geschwächt und zerbrechlich zurückgelassen. Nach ihren gelegentlichen Besuchen hatte er stets Tage gebraucht, um sich zu erholen. Meermänner glaubten, dass die Kraftlosigkeit nach dem Koitus auf Einsamkeit zurückzuführen war, auf die Leere, welche die Gefährtinnen in den Seelen ihrer männlichen Partner hinterließen. Könnte es etwas anderes sein? War es möglich, dass seine Gefährtin ein Stück seiner Seele mit sich genommen hatte, um ihre eigene zu nähren? Hatte sie ihm bei jedem Besuch Lebenskraft geraubt, bis er nicht länger in der Lage war, ohne sie zu überleben? Und im Umkehrschluss: Hatte nun diese Menschenfrau seine Lebenskräfte mit neuer Energie gefüllt?

Er hob seine Hand und analysierte seine Aura: Das gewohnte goldorangene Glühen breitete sich auf seiner Haut aus, durchzogen von violetten, lebenserhaltenden Wirbeln. Noch nie hatte er seine eigenen Farben so hell leuchten sehen! Er entließ eine fröhliche Melodie, womit er einen Fischschwarm in Angst und Schrecken versetzte. Tatsächlich hatte er es geschafft! Er hatte den Bund durchbrochen!

Ihm kam noch ein Gedanke: Diese wiedergewonnene Kraft musste von irgendwoher gekommen sein. Er hatte seine Seele nicht ohne Hilfe wiederhergestellt. War es möglich, dass er die Lebenskraft von Madison gestohlen und sie damit so leer und verletzlich zurückgelassen hatte, wie er es zuvor gewesen war?

War es das, was der Wal gemeint hatte, als er sagte, dass Rubac einen Menschen opfern müsste?

Die Freude, die er bei der Erkenntnis empfunden hatte, Madison doch nicht umbringen zu müssen, schwand dahin. Wenn seine Vermutung der Wahrheit entsprach, war er nicht besser als die verachtungswürdigen Meerfrauen. Auch er hätte dann einen Liebhaber gebrochen.

Der Schatten des Bootes war nicht mehr zu sehen, da sich der strahlend blaue Himmel verdunkelt hatte. Rubac rief sich Madisons atemberaubende Farben ihrer Aura in Erinnerung: Das leuchtende Gelborange stach darunter besonders hervor; es hatte ihm sofort verraten, dass sie so wissbegierig war wie er. Panik machte sich in ihm breit und ein ungeahnter Beschützerinstinkt meldete sich, den er sonst nur bei seinem Nachwuchs verspürte. Er wollte nicht wie seine tote Gefährtin sein. Er wollte nicht wie die anderen Meerfrauen sein, die ihren Sexpartnern jeglicher Lebenskraft entzogen.

Er entließ einen Schwall aus Bläschen und schwamm zur Wasseroberfläche, den wogenden Wellen entgegen. Seine Schwanzflosse bewegte sich so schnell, wie es seine Muskeln erlaubten. Er musste sichergehen, dass es Madison gut ging.

8

Madison stellte den Funk ein und setzte dann den Anker. *Verdammter Bootsverleih.* Indem sie das Boot eine weitere Nacht behielt, würde ihre Kaution flöten gehen. Was zu der Frage führte, wie sie nächsten Monat ihre Miete bezahlen sollte. Das war mit absoluter Sicherheit das Dämlichste, was sie jemals getan hatte – sogar noch dämlicher, als an Stellersche Seekühe zu glauben. Doch ihr Herz konnte eine erneute Niederlage nicht ertragen.

Sie zog ihren Schlafsack heraus, schlüpfte aus den Schuhen und positionierte den Klappstuhl so, um den Ozean im Blick zu haben. Dann gönnte sie sich einen Proteinriegel und trank einen Energiedrink. Sie mochte den Geschmack nicht, musste jedoch wach bleiben. Die Sonne sank ins Wasser und zauberte Neonfarben über den Horizont. Gut, dass heute ein Halbmond war. Ohne ihre Kamera musste sie auf ihr Handy vertrauen. Es bot nicht die beste Qualität, aber sie hoffte, trotzdem ein paar gute Bilder herauszuschlagen.

Noch hatte sie nicht entschieden, was sie tun sollte, falls der Meermann zurückkehren würde. Auf jeden Fall wäre sie bereit; in dem Punkt hätte sie sich also nichts vorzuwerfen. Ein Pfeil zur Gewebsentnahme lag in ihrem Schoß und ihr Handy hing an einem Band um ihren Hals. Schließlich durfte sie nicht auch noch dieses Gerät in den Wellen verlieren. Eingekuschelt im Schlafsack, um der eisigen Kälte der Nacht entgegenzusetzen, machte sie es sich auf dem Stuhl bequem.

Ihre Stirn pochte an der Stelle, an der sie beim Sturz ins Wasser gegen die Reling geknallt war. Um sich zu beschäftigen, lud und entlud sie wiederholt das Instrument zur Gewebsentnahme. Dann machte sie ein Selfie. Immerhin musste sie sicherstellen, dass ihr Handy fehlerfrei funktionierte. Sie löschte das Bild, schaltete den Blitz ab und aktivierte den Nachtmodus. Sie zog am Reißverschluss des Schlafsacks. Rauf, runter, rauf, runter.

Der Ozean glühte schwarz unter den Millionen Sternen über ihr, in Erwartung auf den Mond, der sich bisher im Verborgenen hielt. Heute war ein langer Tag gewesen. Beizeiten war sie aufgestanden, um den Delfinen nachzujagen. Danach war das Erlebnis mit dem Meermann gefolgt. Was wohl aus den Delfinen geworden war? Ob der Meermann den Schwarm verschreckt hatte? Von was ernährte er sich?

Der Gedanke brachte eine sexy Alternative mit sich, und sie stellte sich vor, wie sich sein Mund an ihrer Pussy anfühlen würde. Ihr gesamter Körper erhitzte sich. Verdammt, sie wollte ihn. Nochmal. Sie leckte sich über ihre trockenen Lippen, während ihr Geschlecht gierig zuckte. Dies würde eine lange Nacht werden.

Ein lautes Platschen ließ sie aufspringen. Ihr Herzschlag beschleunigte sich, als etwas gegen das Boot krachte. *Er ist zurück.* Hektisch atmend trat sie einen Schritt nach hinten,

richtete ihr Handy aus und stolperte sogleich über ihren Schlafsack. Sie verlor das Gleichgewicht und landete hart auf dem Deck. Das Instrument fiel ihr aus der Hand, doch wenigstens wurde das Handy durch das Band um ihren Hals vor einem Bruch bewahrt.

Der tiefe Mond am Horizont zeigte den Umriss eines Mannes, den Kopf und seine Schultern, wie er seitlich ins Boot spähte.

Sie verfluchte sich für ihre eigene Dummheit, den Blitz ausgeschaltet zu haben. Sie hatte nicht so schnell mit seiner erneuten Anwesenheit gerechnet und fummelte nun hektisch an ihrem Handy herum.

Eine Bariton-Stimme schnitt durch die Nacht: „Deine Aura ist erblasst. Dafür entschuldige ich mich."

Ihr Finger schwebte über dem Auslöser. „Für was entschuldigst du dich?"

„Dass ich von dir genommen habe."

Sie senkte ihr Handy, schließlich wollte sie ihn mit dem Blitz nicht erschrecken. Wenn sie jetzt ein Bild machte, würde sie sowieso nur seine menschliche Hälfte ablichten. „Was hast du mir genommen?"

„Fühlst du es nicht?"

Sie schüttelte den Kopf. „Was soll ich fühlen?"

„Deine Aura ist blasser geworden. Ich wollte dich nicht gebrochen zurücklassen."

Aura? Wovon zum Teufel redete er bitte? Sie öffnete den Schlafsack und befreite sich daraus, ohne den Blick von ihm zu nehmen. Sein Kopf senkte sich, als wäre er im Begriff zu verschwinden. Sie streckte ihre Hand aus. „Bitte geh nicht!"

Er zeigte sich abermals und brachte das Boot ins Schwanken.

Auf ihren Knien krabbelte sie zu ihm. *Bringe ihn zum Reden.* „Wie viele gibt es von eurer Art?"

„Wenige." Je näher sie ihm kam, desto heiserer hörte sich seine Stimme an. Es erinnerte sie an ihr früheres Zusammentreffen und sofort spürte sie das Verlangen erneut in ihr aufkeimen.

„Wirst du wieder zu mir aufs Boot kommen?"

Er zögerte, sein schattiger Umriss bewegungslos. Dann plötzlich hob er sich über die Reling und brachte mit sich eine Dusche aus Salzwasser.

Sie bekam kaum Luft. Ihre Hand schloss sich fester um ihr Handy, bewegen konnte sie sich jedoch nicht. *Er ist nur zwei Meter von dir entfernt, verdammt. Schieß das Foto!* Dennoch regte sie sich nicht. Bei dem Gedanken, dass sie ihn in die Flucht jagen könnte, machte sich diese unheimliche Leere in ihr bemerkbar.

„Warum bist du zu mir gekommen?" Langsam näherte sie sich ihm, ihre Atmung war flach.

Rhythmisch prallten die Wellen gegen das Boot, während er zu überlegen schien, was er ihr sagen sollte. Seine Stimme kam nach einer Zeit so tief über seine Lippen, dass das Deck unter ihren Füßen vibrierte. „Ich brauchte ein Heilmittel." Er streckte die Hand nach ihrer Brust aus, stoppte sich wenige Millimeter vor ihrer Haut. Für einen kurzen Augenblick glaubte sie, gesehen zu haben, dass er violett aufleuchtete. Seine Hand senkte sich. „Ich werde nicht erneut von dir nehmen, Madison."

Er drehte sich und legte seine Hände auf die Reling.

Mit der Befürchtung, dass sie ihre Chance auf ewig verwirken würde, sprang sie auf ihn zu. Ihre Arme wickelten sich um seinen Körper und sie schaffte es, ihn zurückzuziehen, wodurch sie beide hart auf dem Deck landeten. Bevor er sich von dem Sturz erholen konnte, fixierte sie seine Hände neben seinem Kopf. „Unser Gespräch ist noch nicht vorbei."

Er spannte die Muskeln an, hob sie mit Leichtigkeit hoch – der Beweis, dass sie machtlos gegen ihn war. Dann entspannte er sich, lag bewegungslos unter ihr. Der Mond stand hoch am Himmel und warf sein silbriges Licht aufs Deck. Seine Augen leuchteten in jenem limettengrünen Farbton, während seine Haut von diesem merkwürdigen Violettnebel umgeben war. Sie war sich plötzlich bewusst, dass ihre Pussy auf seinem Waschbrettbauch ruhte.

Ein schiefes Grinsen zeigte sich bei ihm und sie beobachtete, wie er sich über seine Lippen leckte. Verdammt, dieser Mann war das sexuellste Geschöpf, das sie jemals kennengelernt hatte. Sie atmete zittrig aus. Er hob das Kinn, blähte die Nasenflügel, als würde er eine frische Brise genießen. Seine Stimme folgte, so köstlich klingend, dass sie eine direkte Wirkung auf ihre Pussy hatte. „Du bist sehr verwirrend, Frau."

Der Griff an seinen Armen lockerte sich, ihre Knochen verwandelten sich scheinbar zu Wackelpudding. „Und du bist ein faszinierender Mann. Versprich mir bitte, dass du nicht einfach verschwindest."

„Wie es aussieht, stehe ich unter deinem Kommando." Belustigt zog er eine Augenbraue hoch.

Sie ließ ihn los, erhob sich aber nicht von seinem Bauch.

Er wand sich unter ihr und legte seine Hände auf ihre Hüften, seine Daumen zeichneten erregende Muster auf ihre Haut. Feurige Empfindungen schossen durch ihren Leib. *Lass dich nicht schon wieder von deinen Hormonen aus der Fassung bringen!* Er war wirklich hinterlistig. Und ständig antwortete er in Rätseln, erzählte ihr von Auren und anderem Blödsinn. Sie musste ihr Herz aus der Sache heraushalten. Ihr Blick fiel auf das Instrument zur Gewebsentnahme, das sie hatte fallenlassen. Es lag unweit des Klappstuhls.

„Deine Aura verändert die Farbe so oft wie ein Tintenfisch." Er schien sie äußerst amüsant zu finden. „Sag mir, nach was du gerade suchst, Madison."

Mit einem schuldigen Ausdruck fand sie seine Augen. Sie schluckte schwer und entschied, ihm die Wahrheit zu sagen. „Ich möchte die Entdeckung von dir dokumentieren."

„Was meinst du damit?"

„Ich möchte einen Artikel über dich schreiben." Sie überlegte, wie sie ihn taktvoll nach einer Gewebeprobe fragen sollte.

„Ah." Er nickte beeindruckt. „Du bist eine Wächterin von Mythen."

Ihr Blut rauschte in den Ohren. „Nicht von Mythen, nein, von der Wissenschaft. Der Wahrheit." Wenn sie belegen konnte, dass Meerleute existierten, würde sie einen Mythos zerschlagen. Bei ihrem Ruf würde es jeder wagen, sie als

Lügnerin zu deklarieren. Dabei spielte es auch keine Rolle, wie aussagekräftig ihre Daten wären, es gab immer jemanden, der alles hinterfragen würde. Trotzdem musste sie es versuchen. Wie konnte sie das nicht, wenn sie einen Meermann vor sich hatte? Zwischen ihren Beinen … Sie schüttelte den Kopf, um den Lustnebel zu vertreiben. „Wenn ich Gewebeproben nehmen darf, kann ich beweisen, dass du kein Mythos bist."

Seine Hände spannten sich an ihren Hüften an. „Du willst, dass die Menschen wieder auf die Jagd nach uns gehen."

Entsetzt legte sie ihre Hände auf seine. „Nein! Niemals!"

„Ich kann nicht erlauben, dass du etwas über mich schreibst." Schneller, als sie antworten konnte, drehte er sie auf den Rücken und schob sich über sie, sein Gesicht nur wenige Zentimeter von ihrem. Nun fixierte er ihre Hände auf dem Deck.

Aus welchem Grund auch immer hatte sie keine Angst vor ihm. Wenn er sie wirklich umbringen wollte, hätte er das schon lange erledigen können. Seine Nähe schürte das Feuer in ihr und ihre Nippel kribbelten. Sie unterdrückte das Bedürfnis, ihre Beine um ihn zu schlingen. „Was hast du mit mir vor?"

Ein Knurren löste sich aus seiner Kehle. „Ich möchte dich nicht verletzen."

„Dann hilf mir", flehte sie ihn an.

„Ich kann dir nicht geben, nach was du verlangst."

Sie verzog das Gesicht und spürte, dass ihr die Tränen kamen. „Ich muss mit Beweisen zurückkommen. Ich möchte nicht mehr das Gespött aller sein."

Sein Griff wurde sanfter. „Du warst nicht hier draußen, um mich zu finden. Vielleicht kann ich dir mit der Sache helfen, für die du gekommen bist."

„Nur, wenn du weißt, wo ich einen Hybrid-Delfin finde."

„Du meinst K'kee'ei." Der Name klang wie die perfekte Kopie eines Delfinlauts. „Du bist auf der Jagd nach Delfinen."

Obwohl er sein Gewicht nicht vollkommen auf sie herunterließ, fiel es ihr mit einem Mal schwer, Luft in ihre Lungen zu bekommen. „Ich möchte dem Delfin nicht wehtun. Ich möchte nur die Abstammung dokumentieren."

„Genealogie?"

„Etwas in der Art, ja."

„Du wirst ihr keine Schmerzen zufügen?"

„Nein. Ich möchte nur Fotos und sie ausmessen." Ein Silberstreifen am Horizont. Es wäre einfacher, ihre Kollegen von einem neuen Hybrid in der Natur zu überzeugen. Vielleicht war es ihr mit Rubacs Hilfe sogar möglich, an DNA zu kommen. „Und eine Gewebeprobe. Das könnte piksen, aber es wird keine langfristigen Schäden verursachen."

Für einen Moment beobachtete er sie, musterte sie. „Deine Aura sagt mir, dass du die Wahrheit sagst." Er rollte von ihr herunter, blieb ihr nah, aber hielt sie nicht länger davon ab, sich zu bewegen. „Wenn du mir versprichst, niemandem etwas von mir zu erzählen, können wir uns bei Sonnenaufgang auf die Suche nach K'kee'ei begeben."

9

Ein Lächeln erhellte Madisons Gesicht, woraufhin sich Rubacs Zweifel, ihr zu helfen, auflösten. Sie streckte die Hand aus und legte sie auf seine Brust, warm und einladend direkt über sein Herz. Ihre Stimme war vor Aufregung ganz heiser, als sie sagte: „Wirklich? Vielen, vielen Dank!"

Ihre Berührung brachte sein Blut zum Kochen und lockte Instinkte an die Oberfläche, die er sich nicht erlauben durfte. Noch immer hatte er panische Angst davor, ihre Aura zu zerstören, ihre Lebensgeister auszulöschen. Und dann musste sie natürlich ein atemloses Stöhnen entlassen. Ihr Blick wanderte zu seinen Lippen, weiter nach unten … Die Lust, die er für sie hegte, verwandelte sich in unbändiges Verlangen. Seine Triebe konnte er nicht bestreiten. Nicht, wenn seine Haut bei ihrem Kontakt kribbelte und ihn das Bedürfnis vereinnahmte, mehr von ihr zu bekommen.

Er legte seine Hand in ihren Nacken, küsste sie und erkundete ihre Lippen mit seinen. Seine andere Hand fand ihre Brust, das Baumwollmaterial grob. Er riss es zur Seite, um ihre nackte Haut zu spüren. Jetzt brauchte er noch mehr. Seine Finger glitten um ihren Brustkorb zu ihrem Rücken, hinein in ihre Hose, bis er ihren Hintern packen konnte. Sie stöhnte in seinen Mund.

Tief in seinem Inneren befürchtete er, dass dies ein großer Fehler war. Dass er von ihr nahm, von ihr stahl. Mehr, als er ihr im Gegenzug geben konnte. Er presste sie mit dem Rücken aufs Deck, streckte sich über ihr aus. Sie schlang ihre Arme und Beine um ihn, womit sie ihm erlaubte, seinen Schaft in Position zu bringen. Sie wollte ihn genauso verzweifelt wie er sie. Zudem würde sie liegend nicht merken, dass er sie anzapfte.

Er löste seine Lippen von ihren, küsste einen Pfad über ihren Kiefer bis zu ihrem Ohr. An dem empfindlichen Ohrläppchen knabberte er sanft und wurde mit einem Lustschauer ihrerseits belohnt. Nun stimmte er ein tiefes Summen an, erreichte ihre Aura mit den Vibrationen seiner Stimme und spürte, wie ein erneuter Lustschauer durch ihren Körper jagte. Seine Hand wanderte zu ihrem bedeckten Geschlecht und ergötzte sich daran, wie feucht das Material war.

Sein Schaft zuckte, eifersüchtig auf seine Finger. Er wollte sich in ihr verlieren. Dennoch wusste er, dass er etwas runterfahren sollte, denn er wollte es zumindest versuchen, einen gleichwertigen Austausch zwischen ihnen zu gewährleisten. Das wäre der Schlüssel zu diesem Akt. Er wollte, dass der Sex ein energiegeladenes Geben und Nehmen war – ein niemals endender Kreislauf der Leidenschaft zwischen ihr und ihm.

Wieder wanderte seine Hand in ihren Bund, dieses Mal auf der Vorderseite. Behutsam schob er den Schritt ihres Höschens beiseite. Sie war so feucht, so bereit für ihn und hob ihm gierig ihr Becken entgegen. Er umkreiste ihre Öffnung und ertastete eine Hitze, die ihm ein ungeduldiges Knurren entlockte. Zwei Finger stieß er in sie und sie schnappte nach Luft.

Ihre Hände fanden ihre Hose, öffneten sie und entfernten das einschränkende Material nach unten über ihre Beine. Er rollte auf die Seite, um sie bei ihren verzweifelten Bemühungen zu beobachten. Sogleich mischte sich zu seiner Erregung ein Hauch von Belustigung.

Prachtvoll in ihrer Nacktheit drehte sie sich zu ihm, ihr feuchtes Geschlecht für seine Augen entblößt. Ihr Blick wanderte zu seiner Erektion, die sich befreit hatte und auf sie wartete. Zunächst wollte er jedoch ihre Befriedigung sicherstellen. „Noch nicht. Ich will, dass du vorher einmal kommst", sagte er.

Sie fand seine Augen, setzte zum Protest an. Bevor auch nur ein Ton über ihre Lippen kam, küsste er sie und brachte sie erfolgreich zum Schweigen. Seine Hand fand abermals ihre Pussy und ihre feuchte Spalte. Tief drang er mit seinen Fingern ein, erkundete ihre Höhle. Er bekam einfach nicht genug davon, wie ihr Körper auf seine Berührungen reagierte, wie sich die Wände ihres Geschlechts um seine zwei Finger zusammenzogen. So fügte er schließlich einen dritten hinzu und stieß in ihre Hitze, bis der Nektar ihrer Begierde seine Hand tränkte. Ihre Atmung beschleunigte sich, ihre Brüste bebten und bei jedem Atemzug pressten sich ihre süßen Nippel gegen das dünne Oberteil. Rein und raus glitt er, veränderte immer wieder das Tempo und den Winkel seiner Stöße und trieb sie damit näher an die Klippe.

Jedes Mal, wenn sie bebte und ihre Atmung stockte, hielt er inne, um ihren Höhepunkt hinauszuzögern. Er wollte, dass sie flog, wenn sie kam. Von weit oben direkt in den Abgrund. Ihre Aura leuchtete auf, purpurfarben wie das Licht der untergehenden Sonne, als sich ihr Orgasmus unaufhaltsam näherte und sie ungeahnte Höhen erreichte.

Ihr Becken passte sich seinen Bewegungen an und sie flehte: „Rubac, bitte!“

Doch er wollte sie noch höher treiben. Er ersetzte seine Finger durch seine Zunge. Sie schmeckte süß und so natürlich, ihre Falten mit ihren eigenen Säften behangen. Nun packte er beide Pobacken und küsste ihre unteren Lippen, so leidenschaftlich und tief, wie er das auch mit ihrem Mund tun würde. Ihre glitzernden kurzen Löckchen kitzelten seine Nase und hüllten ihn in ihren köstlichen Duft. In diesem Moment konzentrierte er sich einzig und allein auf ihre Befriedigung, sein Blick dabei stets auf ihre pulsierende Aura gerichtet.

„Sag, dass du mir gehörst“, knurrte er an ihrem Geschlecht, bevor er den Kopf von links nach rechts drehte, um den Rhythmus seiner Stimulation zu erhöhen.

„Ja, was auch immer du willst! Ja!“ Sie bebte unter ihm, wölbte sich ihm entgegen. Daraufhin packte er sie fester am Hintern, um es ihr zu erleichtern, sich auf seiner Zunge Befriedigung zu verschaffen.

Erneut summte er, der Laut kroch seine Kehle hinauf und er genoss den Lustschauer, den er damit bei ihr auszulösen vermochte. Sie war perfekt. So perfekt. Er erlaubte es, dass die Vibrationen auf ihre Schamlippen übergingen, und sie schrie: „Oh, ja, genau da, genau da!"

Er leckte sie, tauchte immer wieder tief in ihre Pussy und spürte schon bald die Veränderungen. Sie war nicht mehr weit von einem Orgasmus entfernt. Und er wollte ihr Gesellschaft leisten. Daher zog er seine Zunge aus ihrer köstlichen Hitze und bahnte sich einen Weg ihren Körper hinauf, zu ihrem Gesicht, bis er ihr direkt in die Augen sah. In ihre wunderschönen, einnehmenden Augen, die ihm jedes Mal den Atem raubten.

Abermals wickelte sie ihre Beine um ihn und wölbte sich ihm einladend entgegen. Er nahm diese Einladung an, drang in sie ein und verlor sich in ihrer Hitze. Bei der Invasion schnappte sie nach Luft. Ohne den Augenkontakt zu unterbrechen, verabschiedete er sich aus ihrer Höhle, nur um sich erneut in ihr zu vergraben. Langsam und gedehnt. Tief und auf ein Ziel hinarbeitend. Rein und raus bewegte er sich, seine Hüften vor und zurück, in einem gleichmäßigen Tempo in ihre pulsierende Pussy hämmernd.

Ihre Aura glühte in einem blendenden Weiß, als sie abhob. Sein Schaft reagierte auf ihren vernichtenden Höhepunkt, indem er anschwoll, härter wurde, und damit das genaue Gegenteil zu ihrem Geschlecht bot. Tiefer und tiefer vergrub er sich in ihr und beobachtete, wie sie ihren Kopf in den Nacken warf, sich der Ekstase vollkommen hingab, bis seine eigene Erlösung auf ihre folgte. Er explodierte und verlor die Fassung, die Kontrolle. Sein Sperma schoss in sie. Am ganzen Körper bebte

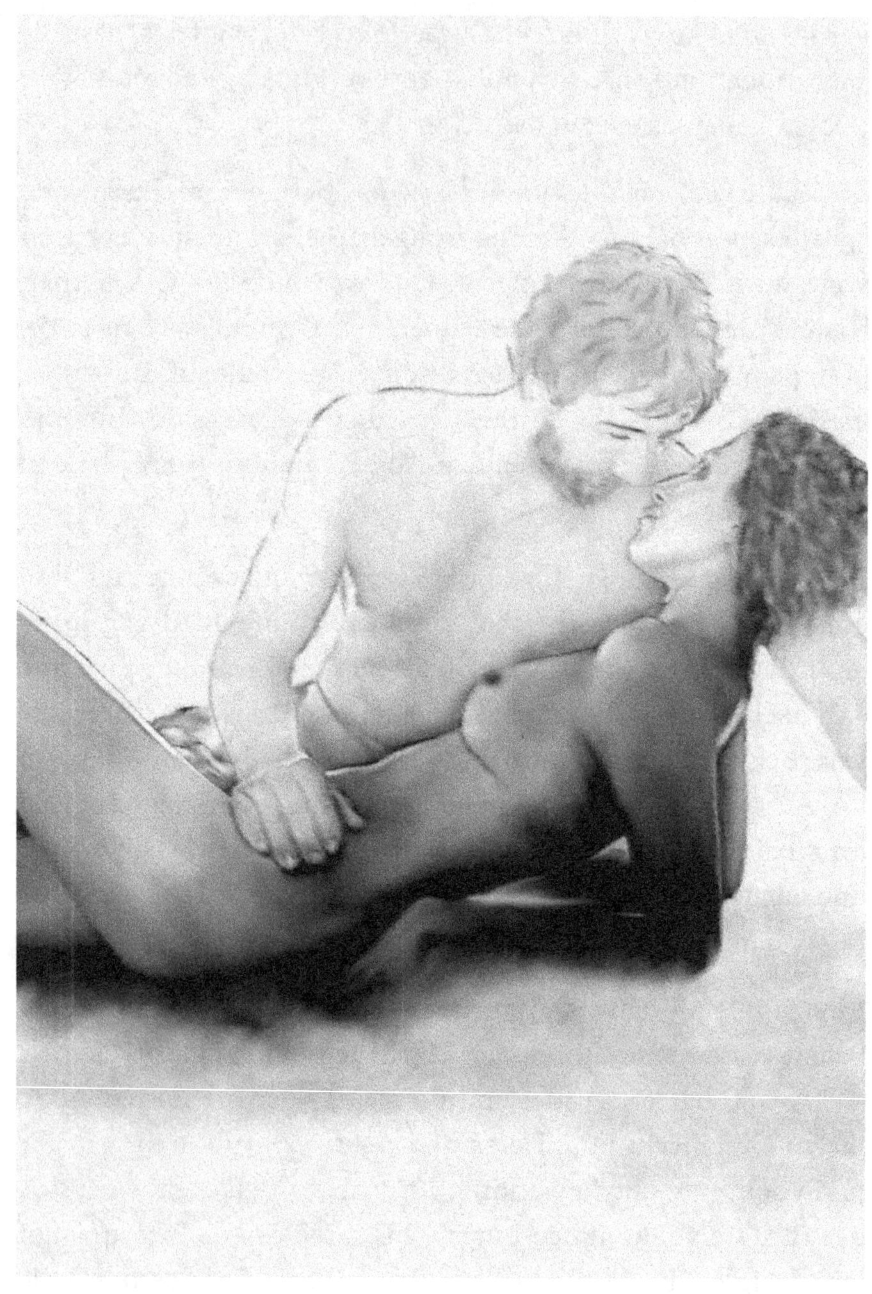

er, bis er sich nicht länger aufrecht halten konnte und auf ihr zusammenbrach.

Ein Seufzen von ihr kitzelte seinen Bart und wehte über seine Schläfe. Träge rieb sie über seine Arme und seine Rippen. Berührungen, die ihm klar machten, wie glücklich er gerade war, glücklich und so zufrieden wie noch nie zuvor in seinem Leben. Er öffnete die Augen und küsste ihren Hals. Ihre Haut war schweißnass. Sein Mund fand ihre Lippen, knabberte an ihnen, schmeckte Salz. Ihre Aura glühte in einem gesunden Gold, während das Purpur zu einem befriedigten Pink verblasste.

Er hob den Kopf und blickte ihr tief in die Augen. Sie grinste zu ihm auf und wickelte die Arme fest um seine Mitte. Seine Welt beschränkte sich auf diesen einen Moment und er realisierte, dass er wahrhaftig frei war. Er hatte die Freiheit, zu tun, was auch immer er wollte. Jetzt konnte er wieder seine eigenen Entscheidungen treffen. Er konnte er selbst sein. Trotz allem wollte er nur eines.

„Ich wähle dich", sagte er, bevor er die Lippen erneut zu einem Kuss auf ihre senkte.

EPILOG

In den zwei Monaten, seit sie Rubac kannte, hatte Madison ihre Wohnung aufgegeben und entschieden, niemals die Entdeckung des Jahrhunderts preiszugeben. Noch nie war sie glücklicher gewesen. Mit Rubacs Hilfe hatte sie eine imposante und überaus erfolgreiche Dokumentation über K'kee'ei und ihren zugehörigen Delfinschwarm gedreht. Sie hatte ein Boot gekauft und lebte nun auf dem Meer. Und sie hatte einen Partner, der das Wasser noch mehr liebte als sie. Besser konnte das Leben nicht sein.

Sie richtete ihr Fernglas auf die Stelle, an der Rubac eingetaucht war und kaute besorgt an ihrer Unterlippe herum. Heute befanden sie sich in dem Jagdgebiet von Haien – na ja, Rubac tat das. Immerhin war sie an Deck in Sicherheit. Er hatte ihr zwar gesagt, dass er auf sich aufpassen konnte, dennoch waren ihr die Abschürfungen und blauen Flecken nicht entgangen, die er nach den letzten Tauchgängen mitgebracht hatte. Ja, er konnte sich den verschiedenen Seebewohnern auf eine Weise nähern, wie das ein menschlicher Taucher nie und nimmer schaffen würde, und schließlich hatte sie die Rechte an einem zweiten Film bereits verkauft.

Ihre Karriere als Dokumentarfilmerin hatte das Stigma, das ihr nach dem Forschungsartikel an ihrer Universität angehaftet hatte, vollkommen ausgelöscht. Nicht, dass es sie noch interessierte, was diese aufgeblasenen Leute über sie dachten. Niemals hätte sie geahnt, dass ihre größte Entdeckung dieses Wesen sein würde – ein Mann so besonders, dass sie ihn um nichts in der Welt mit jemandem teilen wollte. Nun verbrachte sie ihre ganze Zeit auf dem Meer, ging ihren zwei Leidenschaften nach: Dokumentarfilme und mit Rubac Liebe machen.

Ein dunkler Schopf tauchte hundert Meter entfernt auf. Wie ein Delfin verkürzte er den Abstand zum Boot, sprang in die Luft und drehte Saltos.

„Vorsicht, bitte denke an mein Equipment!", rief sie. Jedes Mal, wenn er eintauchte, verzog sie das Gesicht zu einer Grimasse. Wasserfest bedeutete nicht, dass die Gerätschaften unzerbrechlich waren. Und für Reparaturen müsste sie Zeit an Land verbringen.

Er erreichte sie und hielt ihr die Kamera hin. Sie nahm das Gerät entgegen, bevor er geschmeidig an Bord kam. „Sie haben sich heute einen Scherz daraus gemacht, mich immer wieder abzuhängen."

Sie stellte die Kamera weg und suchte seinen Oberkörper nach Wunden ab. „Es gefällt mir nicht, wenn du Risiken eingehst."

Dann umfasste er ihre Hand und presste ihren Handrücken gegen seine Lippen. „Risiken einzugehen, beweist, dass man frei ist und lebt."

Sie lehnte sich an ihn und rieb mit der Hand über seinen Bart. Ihre Nippel kribbelten, wenn sie ihm so nah war. Sie konnte nicht anders, als sich rittlings auf ihn zu setzen. Er hatte ihr erzählt, dass sein Bruder durch seinen Gefährten-Bund mit einem Menschen Beine bekommen hatte. Sie wusste jedoch, dass dies bei Rubac ausgeschlossen war. Beine für Meermänner waren die magische Folge eines Bundes und Rubacs eigentliche Gefährtin war lange tot. Doch all das störte Madison keinesfalls. Ihre Liebe war echt. Er hatte sie gewählt – auch ohne den Einfluss von Magie.

Beine oder Fischschwanz … das alles spielte keine Rolle. Noch nie hatte sie einen Mann gehabt, der so genau wusste, wie er sie zu befriedigen hatte.

Grinsend rollte er sie auf den Rücken und öffnete ihren durchnässten Sarong. Sein Blick schweifte über ihren nackten Bauch und verharrte auf dem Dreieck zwischen ihren Schenkeln. Langsam spreizte sie die Beine, um mehr von sich zu zeigen, sich ihm zu öffnen. Belohnt wurde sie, als sich seine limettengrünen Augen verdunkelten. Er glitt mit den Händen über ihre Flanken und schob sich über ihren Körper. Dann packte er ihre Pobacken und drang mit einem Stoß tief in ihre willige Hitze.

Bei der plötzlichen Völle schnappte sie nach Luft und bäumte sich auf, während die Wände ihres Geschlechts seine Härte willkommen hießen. Sie festigte die Schenkel an seinen Hüften und zog ihn tiefer.

Rubac schloss die Lider und presste die Zähne bei der überwältigenden Ekstase zusammen. „Was du mit mir anstellst, kleine Menschenfrau."

Er rollte die Hüften, rieb bei jedem Stoß gegen ihre Klitoris. Es dauerte nicht lange, bis der Lustnebel sie vollkommen überwältigt hatte. Sie ließ es sich nicht nehmen, ihn zu küssen. Natürlich erwiderte er den Kuss, stieß mit der Zunge im gleichen Rhythmus zwischen ihre Lippen, so wie das sein Schaft in den südlicheren Gefilden tat. Mit bedächtigen, langgezogenen Stößen liebte er sie.

Sie stöhnte, wusste, dass sie direkt auf einen Orgasmus zusteuerte. So schnell brachte er sie an diesen Punkt, jedes Mal. Sie fühlte sich unter seinen Händen wie ein Instrument, auf dem er schon seit Jahren spielte, sein Talent unverkennbar. Er küsste und nahm sie, hämmerte in sie, rein und raus, und die Intensität verstärkte sich, bis die Explosion in Madison nicht mehr aufzuhalten war.

Ihr Höhepunkt erhellte den Nachthimmel wie ein Blitz und rollte grollend durch ihren Körper. Die Welt rückte in den Hintergrund und es zählte nur noch dieser Moment. Er ließ nicht nach, stieß weiterhin in sie, seine Muskeln angespannt, als sie unter ihm Erlösung fand.

Dann erstarrte er, schnappte nach Luft. Abgestützt auf seinen Ellbogen, sein Gesicht dem ihren so nah, dass sie seinen Atem auf ihren Lippen spürte. Sie öffnete die Augen, von denen sie nicht wusste, wann sie diese geschlossen hatte, und fand sich einem betörenden Limettengrün gegenüber, das tief in ihre Seele vordrang.

„Ich werde dich bis in alle Ewigkeit lieben, Madison."

Ein zufriedenes Lächeln zeigte sich bei ihr. „Ich liebe dich auch, Rubac. Für immer und ewig."

IM MONDLICHT ERGOSS sich vom Boot ein langer Schatten über das Wasser. Rubac trieb daneben und starrte zu seinem Bruder, der auf dem Deck stand. Mit Beinen. Für Rubac war dieser Anblick noch immer erstaunlich.

Aus der Kabine des Bootes drang das Lachen eines Kleinkindes, gefolgt von sanftem, weiblichem Gelächter. Brianna und Madison veranstalteten etwas, das sie Mädelszeit nannten. Eine Zeit, die sie damit verbrachten, Zantus Nachwuchs anzubeten. Ein weiblicher Nachwuchs. Etwas, was bei den Meerleuten nicht vorkam, bei denen Kinder bis zur Pubertät geschlechtslos blieben.

Rubac konnte nicht fassen, dass er sich gerade mit seinem Bruder unterhielt. Madison hatte Brianna und Zantu bei einem ihrer seltenen Trips ans Ufer aufgesucht und war mit Überraschungsgästen zurückgekehrt. Wieder einmal bewies sie, dass Menschenfrauen rein gar nichts mit Meerfrauen gemein hatten. Die beiden Frauen schienen sich angefreundet zu haben, lachten miteinander und boten einen Anblick, der im starken Kontrast zu den promiskuitiven Zirkeln der Meerfrauen stand.

Zantu trat aus seinen Shorts und warf sie auf die gepolsterte Bank. „Ebby besucht mich gelegentlich." Seine Stimme klang an der Luft noch tiefer, rauer, weniger melodisch, als das unter

Wasser der Fall gewesen war. „Schon, bevor sie sich für ein Geschlecht entschieden hat."

„Heilige Abgründe nochmal! Und du dachtest nicht, dass es mich interessieren würde, ob mein Kind heimlich, still und leise das Nest verlässt?" Rubac platzierte eine Hand auf den Rumpf des Bootes, um von einer näherkommenden Welle nicht mitgerissen zu werden.

Zantu warf ihm einen eindeutigen Blick zu, seine silbernen Augen funkelten genervt im Mondlicht. „Seit ich mir eine Gefährtin genommen habe, warst du nicht gerade der beste Gesprächspartner."

Gewissensbisse meldeten sich bei Rubac und er wurde rot. Obwohl er ihn seit der Verbindung immer wieder ausspioniert hatte, war er nie Richtung Ufer geschwommen, da er einfach nicht sicher sein konnte, ob Menschenfrauen tatsächlich so harmlos waren, wie Zantu es immer behauptet hatte. Durch seine Beziehung mit Madison musste er jedoch zugeben, dass Zantu recht behalten hatte. Madison war loyal und freundlich und gab Rubac etwas, von dem er nicht einmal im Traum gedacht hätte, es zu brauchen. Er nahm an, dass Zantu bei Brianna ähnlich empfand.

Ein bezauberndes Lachen erreichte ihn und wenige Sekunden später hörte er winzige Füße übers Deck huschen. Zantu fing die Kleine kurz vor der Reling ein. „Camilla, eigentlich ist es höchste Zeit für dein Nickerchen."

„Wimmen!" Camilla streckte eine ebenso winzige Faust zum Meer, in dem Rubac trieb.

„Dafür ist es zu spät. Morgen gehen wir schwimmen, versprochen." Obwohl Zantu beliebig zwischen Beinen und seinem Meermannschwanz wechseln konnte, meinte er, dass das Kind noch keine Anzeichen für eine Schwanzflosse zeigte.

Camilla quengelte und vergrub ihr Gesicht an Zantus Schulter.

Gleich darauf rannte Madison aus der Kabine. „Tut mir leid! Sie ist schneller, als ich erwartet habe."

Brianna folgte ihr und nahm das Kind von ihrem Gefährten entgegen. „Ich habe sie."

Meerfrauen verfügten nicht gerade über Mutterinstinkte und ließen ihren Nachwuchs kurz nach der Geburt bei den Vätern zurück. Brianna jedoch tröstete ihr Kind mit Leichtigkeit. Rubacs Blick wanderte zu Madison und er fragte sich, ob auch sie diese Warmherzigkeit zeigen würde. Ob er das jemals herausfinden würde?

Madison blickte mit offensichtlichem Unbehagen auf Zantus nackten Körper und lief schnell zur Reling, um sich mit Rubac zu beschäftigen. „Wolltet ihr nicht verschwinden und mit Schweinswalen schwimmen?"

Noch immer empfand er es als merkwürdig, eine Frau an seiner Seite zu wissen, die keinerlei Interesse an anderen Männern zeigte. Eine Tatsache, die ihn erfreute. „Wir haben über Ebby gesprochen", antwortete er.

Eine schläfrige Camilla hob bei der Erwähnung des ihr bekannten Namens das Köpfchen. Aufgeregt drehte sie den Kopf, auf der Suche nach Rubacs Nachwuchs. „Ebby?"

„Sie ist nicht hier, meine Süße." Zantu streichelte über ihre Haare, bis sie sich wieder an die Schulter ihrer Mutter schmiegte.

Madison zog die Augenbrauen zusammen. „Ebby? Deine Tochter?"

Tochter. Ein ungewohntes Wort für ihn, da Meerkinder bis zur Pubertät geschlechtslos waren. Und doch, ja, er nahm an, dass Ebby jetzt seine ... Tochter war. „Wie es scheint, treibt sie sich ab und zu in der Nähe meines Bruders herum."

Brianna schüttelte den Kopf. „So würde ich das nicht nennen. Sie ist immer höflich und zuvorkommend."

„Du hast sie gut erzogen, Bruder", fügte Zantu hinzu.

Madison nagelte ihn mit einem ungläubigen Blick fest. „Meintest du nicht, dass Ebby ein Monster ist? Wie kann es dann sein, dass sie Zantu besucht?"

„Meerfrauen *sind* Monster." Rubac runzelte die Stirn und sagte zu seinem Bruder: „Du verhältst dich unvorsichtig. Es wäre besser, dein Nest zu verlegen."

Zantu zuckte mit den Achseln. „Nach meiner Unterhaltung mit Ebby denke ich nicht länger, dass alle Meerfrauen zu Monstern werden. Ebby zeigt bemerkenswerte Zurückhaltung."

Madison riss sich das T-Shirt über den Kopf, das sie über ihrem Badeanzug getragen hatte, sprang ins Wasser und kam zu ihm geschwommen. „Könnte es sein, dass du dich irrst? Sie würde doch nicht ihren eigenen Onkel oder den Vater verletzen, der sie all die Jahre allein aufgezogen hat, oder?"

„Du verstehst nicht." Rubac wickelte einen Arm um Madisons Taille und zog sie zu sich. „Ebby ist kein Mensch. Kein Kind mehr. Sie ist eine Meerfrau. Sie kommen gegen ihre natürliche Grausamkeit nicht an – nicht einmal in der Nähe ihrer eigenen männlichen Verwandten."

Es schmerzte, wenn er an die vielen Jahre mit Ebby zurückdachte. Er war immer so stolz auf sie gewesen. Stets, wenn seine Gefährtin ihn auf der Suche nach neuen Meermännern verlassen hatte, war Ebby sein Fels gewesen, hatte ihm Trost gespendet. Schon immer war sie so viel stärker gewesen als er. Auch ein Grund, warum es ihn nicht überrascht hatte, als sie die Entscheidung getroffen hatte, den Rest ihres Lebens als Meerfrau zu verbringen.

Madison schlang einen Arm um seinen Hals. „Unabhängig von dem Geschlecht, für das sie sich entschieden hat, bleibt sie noch dein Kind. Ich bin mir sicher, dass sie dich lieb hat und dich furchtbar vermisst."

Madison machte ihm Hoffnung. Trotz seines unumstößlichen Glaubens, dass er Ebby für alle Zeiten verloren hatte. Dieses Talent schätzte er wirklich an ihr. Er lächelte sie an und schenkte ihr einen Kuss. „Vielleicht. Eine Meerfrau mit Herz wäre mal was Neues."

„Na ja, Bruder." Zantu sprang anmutig ins Wasser und er konnte beobachten, wie sich seine Beine in einen schimmernden, silbernen Meermannschwanz verwandelten. „Wir sollten unser Abenteuer starten, bevor die Sonne die Haie weckt. Ich brauche keine weiteren Zusammenstöße mit ihnen."

Madison küsste ihn zum Abschied auf die Wange und schwamm zur Plattform. „Viel Spaß. Komm bald zu mir zurück."

„Immer", erwiderte Rubac, dem Ebby nicht aus dem Kopf gehen wollte. Er hatte es geschafft, den Fluch, der auf ihm gelastet hatte, zu brechen und Liebe zu finden. War es dann vielleicht möglich, dass auch Ebby ihrem unvermeidlichen Schicksal ein Schnippchen schlagen konnte?

Er schüttelte den Kopf. Im Moment wollte er daran nicht denken. Zantu war bei ihm und er wollte die Zeit mit seinem Bruder in vollen Zügen genießen. Er gewann an Tempo und jagte den Bläschen hinterher, die Zantu auf dem Weg zum Algenwald hinterlassen hatte.

Eine Meerjungfrau mit Herz

1

Cruz beobachtete seinen Freund Jake, wie er mit dem Finger über den Arm einer sonnengebräunten Blondine glitt und etwas sagte, das sie zum Kichern brachte. Das Partyboot war mit vielen alkoholisierten Gästen gefüllt und es machte den Anschein, als würde Jake jeden einzelnen Weiblichen vögeln wollen. Im Gegensatz dazu hatte sich Cruz auf einen Tauchurlaub gefreut. Erst am Morgen hatte Jake ihm gesagt, dass sie heute schnorcheln gehen würden, doch welch Überraschung: Bisher hatte keiner von beiden auch nur den Zeh ins Wasser gesteckt.

Cruz fand den Blick seines Freundes und kommunizierte per Gebärdensprache: „Willst du eine Runde schwimmen?"

Das sündhafte Grinsen auf Jakes Lippen verriet ihm, dass daran kein Interesse bestand. Wie es üblich für seinen Freund war, riss er einen seiner furchtbaren Witze, um das Eis bei seiner Eroberung zu brechen.

Seufzend blickte Cruz über das glitzernde Meer und stellte sich die Laute vor, die Wellen machten, wenn sie gegen den Rumpf des Bootes krachten, oder die Schreie der Möwen in der Ferne. Seit seinem siebten Lebensjahr war er taub. Nur vage erinnerte er sich an eben diese Geräusche, zumeist aus TV-Shows, die er in dem Alter geschaut hatte. Auch erinnerte er sich daran, dass seine Stimme nicht besonders verlockend klang, weshalb er sich oft dafür entschied, einfach den Mund zu halten.

Der Duft von Kokosnussöl trat an seine Nase und er wandte sich wieder den Gesprächen zu. Wahrscheinlich lachte er bei Jakes Pointe ein wenig zu spät, ein wenig zu laut.

Die Rothaarige zog die Augenbrauen zusammen und er beobachtete, wie ihre von der Sangria befeuchteten Lippen Worte bildeten: „Was geht denn mit ihm?"

Mit dem Wissen, dass Jake nun die Gehörlosen-Karte ziehen würde – schließlich liebten Frauen einen Mann mit einem tauben Kumpel fast so sehr wie einen Kerl mit einem Welpen –, entschied Cruz sich für ein freundliches Lächeln und formte mit den Händen: „Ich gehe Hummertauchen."

Jake nickte ihm zu und wandte sich wieder der Blondine zu.

Cruz lief zum Heck des Bootes und schnappte sich eine Schnorchelmaske. Schnell tauchte er ins wundervolle, kühle Wasser und schwamm zum Riff. Er liebte das Tauchen. Unter der Wasseroberfläche spielte seine Gehörlosigkeit keine Rolle. Eigentlich bevorzugte er die volle Taucherausrüstung, doch auch Freitauchen konnte Spaß machen. Er hatte ein gutes Auge für Langusten auf sandigem Boden. Einen Sommer lang hatte er damit sogar genug für seine Miete verdienen können, indem er seinen Fang im lokalen Supermarkt verkauft hatte.

Innerhalb weniger Minuten entdeckte er einen blaugrünen Krebs. Er richtete sich aus, um das Tier an seinem Panzer zu packen, und bereitete sich darauf vor, wieder an die Wasseroberfläche zu schwimmen. In dem Moment erblickte er hinter einem grünen Seefächer einen weiblichen Partygast. Wenigstens eine Person war seinem Beispiel gefolgt, ein bisschen das kühle Nass zu genießen. Ihre langen, dunklen Haare trieben um ihr Gesicht und ihr roter Lippenstift büßte auch unter Wasser nichts an seiner Leuchtkraft ein.

Okay. Er war überrascht, dass eine von den Frauen an Bord entschieden hatte, sich nass zu machen. Mit Wasser. Seine Lunge schmerzte und meldete, dass er Sauerstoff brauchte. Dennoch hob er den Krebs zur Begrüßung und formte das Zeichen für Essen. „Abendessen?"

Die Frau öffnete den Mund, als würde sie etwas sagen wollen, und winkte ihn mit einer Hand zu sich.

Ist sie interessiert? Sie schien seine Leidenschaft fürs Schwimmen zu teilen. Vielleicht war das mit dem Partyboot doch keine schlechte Idee gewesen.

Grinsend zeigte Cruz mit dem Zeigefinger nach oben und setzte sich sogleich in Bewegung, seine Augen weiterhin auf der Frau.

Ein Blitz aus blasser Haut, schwarzen Haaren und roten … Beinen schoss auf ihn zu.

Überrascht hielt er mit dem Strampeln inne. Von hinten näherte sich plötzlich eine Frau mit langen, violetten Haaren, die mit ihren Brüsten seinen Arm streifte. Sie zog sein Gesicht zu sich und bedeckte seine Lippen mit ihren. *Ein bisschen schnell, sogar für eine feuchtfröhliche Kreuzfahrt.* Ihr Haar hüllte ihn wie violetter Nebel ein und blockierte sein Sichtfeld. Der Krebs rutschte ihm aus den Fingern. Er umfasste ihre Handgelenke und versuchte, sie von sich wegzuschieben, aber verdammt, die Frau war stark. Und scheiße, seine Lungen brannten.

Die Frau stieß nicht nur ihre Zunge in seinen Mund, sondern presste auch ihre Brüste und ihre Hüften an ihn. Anscheinend wollte sie nicht länger warten und sofort zur Sache kommen.

Was zum Teufel? Unfähig, sich zu befreien, entschied er, mit den Beinen zu strampeln. Mit ihr im Schlepptau stieg er auf.

Ein zweiter deutlich identifizierbarer Frauenkörper schmiegte sich an seinen Rücken, womit sein Fortschritt zur Wasseroberfläche gebremst wurde. Alsbald riss ihm jemand die Schnorchelmaske vom Kopf, während zwei Hände gierig über seine Haut fuhren.

Er wehrte sich, Bläschen lösten sich aus seinem Mund, seiner Nase. *Wie schaffen sie es, so lange den Atem anzuhalten?*

Von hinten griff eine Hand um ihn herum, fand ihren Weg in seine Schwimmshorts und packte seinen Schwanz.

Auch die restliche Luft verabschiedete sich aus seinem Mund. *Heilige Scheiße!*

Er widerstand dem Drang, den verhängnisvollen Atemzug zu nehmen, der nur Wasser mit sich bringen würde. Das konnte nicht echt sein. Von wunderschönen Frauen im azurblauen Ozean zu Tode begrabscht zu werden, konnte einfach nicht echt sein. Sein Kopf fühlte sich benebelt an, seine Verzweiflung nach Sauerstoff war groß. Er schloss die Augen in dem Glauben, dass dies ein Traum sein musste.

Ein Traum. Er musste einfach träumen. Es gab keine andere Erklärung – oder war er bereits tot?

Er saugte Wasser in seine Lungen.

Mehr Wasser.

Seine Augen öffneten sich und er fand sich den sommersprossigen Wangen der Frau mit den violetten Haaren gegenüber, die ihn weiterhin mit Küssen lockte. Indessen rieb sie ihren schlanken Körper an ihm, ihre Nippel strichen durch die feinen Härchen auf seiner Brust.

Wenn dies ein Traum ist, kann ich mich auch darauf einlassen.

Er legte seine Hände auf ihre Hüften und bemerkte sofort, dass sie kein Bikinihöschen trug. Dies war der realistischste Traum aller Zeiten. Er könnte schwören, dass der Duft nach Sex von ihrer Haut zu ihm schwappte. Dann wickelte er beide Arme um ihren Rücken und presste seine Erektion gegen ihren Bauch.

Sie rieb sich an ihm, offensichtlich höchst zufrieden mit seiner Reaktion und unterbrach ihren Kuss, um an seinem Kiefer zu knabbern. Während sie sich einen Weg zu seinem Hals und seinem Oberkörper bahnte, lehnte sich die Frau hinter ihm von oben über seinen Kopf, um seine Lippen für sich zu beanspruchen. Bevor ihre Haare seine Sicht blockierten, bildete er sich ein, einen riesigen, violetten Fischschwanz gesehen zu haben …

Seine Schwimmshorts wurde ihm über die Beine gerissen.

So sehr er das Meer auch liebte, in seine Sexträume hatte es sein Lieblingsort bisher noch nie geschafft. *Einfach Wahnsinn. Wahnsinnig gut.* Durch seine Adern strömte unaufhaltsam die Begierde.

Eine Zunge liebkoste seine Eichel. Seine Hüfte zuckte nach vorne und ein tiefes Stöhnen kroch seine Kehle hinauf. Er wusste nicht, wo er seine Hände platzieren sollte – auf die Frau, die mit seinem Schwanz beschäftigt war, oder die Violetthaarige, die ihre Zunge zwischen seine Lippen stieß. Er entschied sich für einen Kompromiss, schließlich hatte er zwei Hände. Mit einer packte er die Haare von der Dame, die ihn küsste und verstärkte damit ihre Bemühungen. Dann fiel sein Blick auf ihre Nippel, die so rot wie Maraschino-Kirschen waren.

Wie Kirschen auf zwei Sahnehäubchen, dachte er, und musste daraufhin feststellen, dass er das Gefühl hatte, einen über den Durst getrunken zu haben. Ein weiterer Gedanke kam ihm. Sollte er? Warum nicht? Es war immerhin sein Traum. Hier konnte er tun, was er wollte. Seine Hand wanderte zu ihrer Brust, um den verführerischen Nippel zu seinen Lippen zu führen, als plötzlich ein drittes Paar Hände die Hügel umfasste. Goldbraune, feingliedrige Finger zwickten die Nippel und neckten sie.

Er beendete den Kuss und versuchte, einen besseren Blick auf seine Partner zu werfen, doch er wurde schnell von Fingern mit unnatürlich langen Nägeln zurückgeholt. Tief in seinem Unterbewusstsein wunderte er sich über die forsche Handhabung in seinem eigenen Traum. Er hatte kein Problem mit einer Frau, die einen gesunden Appetit pflegte, doch generell bevorzugte er es, die Zügel in der Hand zu haben. Momentan fühlte er sich eher wie ein Spielzeug.

Drei Paar Hände und drei Münder küssten und liebkosten seine Haut, seine Lippen und seinen Schwanz. Er ließ sich nicht davon abhalten, sie gleichermaßen zu berühren. Rasch fand er straffe Brüste und harte Nippel, einen schlanken Hals und seidenweiche Haare. Aber jedes Mal, wenn er den Versuch unternahm, den verlockenden Bereich zwischen den Schenkeln aufzusuchen, wichen sie ihm aus.

Dann packte eine von ihnen seine Hüften, presste sich an ihn. Die vertraute Wärme einer Pussy hätte ihn beinahe vorzeitig zum Höhepunkt geführt. *Heilige Mutter Gottes, kein Kondom.* Gut, dass dies ein Traum war. Sie nahm ihn hart und er wickelte die Arme um sie, wollte ihren Hintern packen, woraufhin sie unerwartet auf Abstand ging.

Dunkle Haare füllten sein Sichtfeld. Scharfe, weiße Zähne funkelten zwischen blutroten Lippen. Er blinzelte und erkannte, dass die dunkelhäutige Frau mit den goldenen Haaren anstelle von Beinen einen Fischschwanz in derselben Farbe zu haben schien.

Was zum Teufel? Er wusste, dass es Menschen gab, die sich als Meerjungfrauen verkleideten, aber diese Wesen waren verdammt nochmal echt.

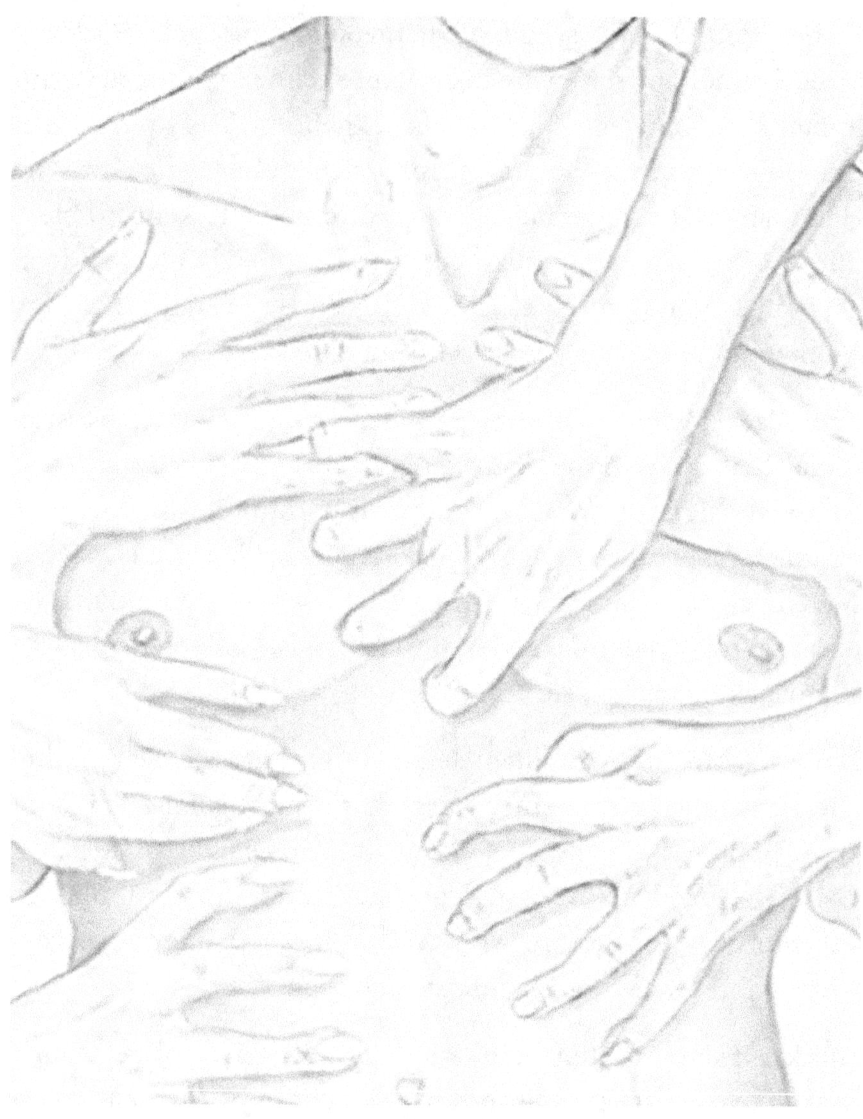

Er wollte zurückweichen, presste sich gegen die blassen Schultern der Frau, deren blutrote Lippen noch immer nichts an Intensität verloren hatten. Zwischen ihren nackten Brüsten schwang ein Anhänger, der die Form eines Truthahngabelbeins hatte. Nicht weit unter ihrem Bauchnabel ging ihre blasse Haut zu der Farbe ihrer Lippen über – zu einem Fischschwanz inklusive einer Schwanzflosse.

Ein Fischschwanz.

Die Erkenntnis traf ihn wie der erste Atemzug nach einem langen Tauchgang. Er verstärkte seine Bemühungen, den drei unheilvollen Wesen zu entkommen, und bewerkstelligte es irgendwie, sein Sichtfeld zu vergrößern. Die Felsen und das Riff waren nicht mehr zu sehen, genauso wenig wie das Boot. Stattdessen befanden sie sich in einem dicht bewachsenen Seetangwald, in dem das Sonnenlicht alles einen trüben, grünen Anstrich verlieh. Trotz seines schwindenden Interesses zeigten seine drei Partner keine Ermüdungserscheinungen: Weiterhin packten und kratzten und grabschten sie nach ihm, während sie es zu frustrieren schien, dass er ihnen keinerlei Aufmerksamkeit schenkte.

Mechanisch erwiderte er ihre Berührungen und gab ihnen, was sie verlangten. Er befürchtete Schlimmes, wenn er das nicht täte. Dies war kein Traum, und dies waren keine normalen Frauen.

Er befand sich unter Wasser.

Er atmete.

Und er war von Meerjungfrauen umzingelt.

Ebby lugte zwischen den Seefächern hervor, ihr Blick auf der Orgie, zu der drei Meerfrauen auf einer Lichtung geladen hatten. Sie teilten sich einen tief gebräunten Mann, seine muskulöse Statur zeichnete sich durch eine überraschende Flexibilität aus. Seine Hände massierten die Brüste einer Meerfrau, zogen die nächste in eine intime Umarmung, was verhinderte, dass die Orgie zu einem gewalttätigen, wetteifernden Blutrausch zwischen den Meerfrauen avancierte. In der Strömung trieb der Geruch von Sex und das verstärkte das ungute Gefühl in ihrem Bauch.

Macht schon. Beendet es.

Vor zwei Jahren hatte sie entschieden, das weibliche Geschlecht anzunehmen. Nicht aufgrund eines biologischen Triebs, sondern weil Meerfrauen offensichtlich zu mehr innerer Stärke neigten. Meermänner wie ihr Vater waren zum Tode verurteilt, sobald sie mit einer Meerfrau einen Bund eingingen. Denn es dauerte nicht lange, bis die Gefährtinnen untreu wurden und die Männer mit gebrochenem Herzen zurückließen. Trotz allem weigerte sich Ebby, wie ihre Mutter zu werden. Sie wollte keine Menschen töten oder Meermänner in eine unweigerliche Depression schicken.

Mit dem Verhalten, das ihre Mutter stets an den Tag gelegt hatte, war es Ebby gelungen, eine wahre *Meerjungfrau* zu bleiben – ein selten existierender Kraftakt unter ihresgleichen. Deshalb hatte sie an Orgien dieser Art immer nur aus der Ferne teilgenommen. Sie wartete geduldig, bis der unwissende Mann benutzt und zum Sterben zurückgelassen wurde. Erst dann näherte sie sich und brachte ihn ans sichere Ufer. Leider starben die meisten bereits während der Orgie. Die Männer, die sie lebendig vorfand, erlagen dann auf dem Weg zum Ufer ihren Verletzungen.

Das hielt Ebby jedoch nicht davon ab, es wenigstens zu versuchen.

Gerade wurde sie Zeuge von einem Mann, der sich außerordentlich gut hielt. Zudem konnte sie die Anzeichen erkennen, dass die Meerfrauen ihr Interesse verloren. Wenn sie es schaffte, zumindest eine Seele vor ihrem Untergang zu retten, wäre das ihre selbstauferlegte Enthaltsamkeit wert gewesen.

Die verführerische Melodie der Meerfrauen jagte wellenartig durch das Meer. Urokotoris blutrote Krallen strichen über die zwei Saiten der Harfe, die sie um ihren Hals trug. Sie rieben ihre Körper an dem Menschenmann und entfachten damit gleichermaßen Ebbys niedere Instinkte, so wie auch die des Menschen. Sie rieb mit einer Hand über eine blasse Brust und zwickte in ihren korallfarbenen Nippel. Lustvolle Empfindungen schwappten durch ihren Körper und sammelten sich in ihrer Mitte.

Jetzt zwickte sie noch härter zu und bahnte sich mit der anderen Hand einen Weg zu den geschwollenen Schamlippen ihrer Genitalspalte. Ihr Meerfrauenschwanz zuckte bei der Berührung, ihr Blut kochte, als sie beobachtete, wie die Länge des Mannes sich immer und immer wieder in einer der Meerfrauen vergrub. Einem Höhepunkt herannahend, fiel ihr auf, dass sich die Gruppe ihrem Versteck näherte. Urokotori hatte sie entdeckt. *Oh nein ...*

„Komm, Ebby." Die zweite Meerfrau im Bunde packte sie am Arm und zog sie hinter den Seefächern hervor.

Hinter ihr, noch halb vergraben im Meeresboden, hörte Ebby ihr Haustier Kato, ein Fangschreckenkrebs, der sich bei jeglicher Bedrohung im Sand einbuddelte. Regelmäßig wurde sie für ihr nutzloses Haustier von ihren Artgenossen belächelt, aber Kato war von sich aus auf Ebby zugekommen und nicht, weil sie das Tier mit einem Lied dazu verführt hatte. Ebby liebte den kleinen Kerl.

„Wir waren alle schon dran." Urokotori schubste Ebby in die Arme des Mannes. „Er kann dein Erster sein."

Die beiden anderen Meerfrauen ließen ihre Lieder verstummen, ihre scharfen Zähne blendend weiß zwischen ihren von Küssen geschwollenen Lippen. Lutana wickelte sich um den Oberkörper des Mannes und strich mit ihrer goldenen Schwanzflosse über seinen Rücken. „Die Menschenmänner sind immer so schön willig."

„Sein Stehvermögen ist beeindruckend", erwähnte Selachii, ihre amethystblauen Augen von einem Lustnebel verschleiert. Ihr Lakai, ein Drückerfisch, schwamm in der Nähe ihrer grotesk vernarbten Schwanzflosse.

Der Blick des Mannes fand Ebby. Ihr stockte der Atem. Die Farbe seiner Augen erinnerte sie an einen Gezeitentümpel. Sah sie in seinen blau-grünen Tiefen einen Anflug von Panik? Während der Orgie hatte er sich derart willig und selbstbewusst gegeben, ohne jemals Anzeichen von Angst oder Ermüdung zu zeigen.

Die drei Meerfrauen umkreisten Ebby und den Mann. Seine langen, durchtrainierten Beine rieben gegen ihren Meerjungfrauenschwanz, die Eichel seiner Erektion hinterließ einen heißen Pfad auf ihrer Haut. Noch nie zuvor war sie einem erregten Mann so nah gekommen.

Urokotori befahl: „Sing, Ebby. Sing."

Sie konnte nicht anders, ließ den Blick über seine muskulöse Brust zu seinen beeindruckenden Bauchmuskeln schweifen. Feine Haare ebneten den Weg zu seinem pulsierenden Schaft. Nur ein paar wenige Kratzer verunstalteten seine makellose, bronzene Haut, wo sich fahrlässige und grobe Meerfrauen an ihm zu schaffen gemacht hatten.

Ebby leckte sich über die Lippen, während ihr Geschlecht trotz ihres Entschlusses heiß pulsierte. Wie sollte sie dieser Situation nur entkommen? Gegenüber ihren weiblichen Artgenossen waren Meerfrauen genauso grausam wie bei Männern. Auch wollte sie keine Schwangerschaft riskieren! Meerfrauen waren furchtbare Mütter. Deswegen hatte Ebby sich geschworen, niemals ein Baby in diese Welt zu setzen, wenn es nur Todesangst und Einsamkeit erfahren würde – so wie sie das hatte erleben müssen.

„Er ist bereit", sagte Lutana. „Du brauchst noch nicht mal singen. Nimm ihn dir und bringe es endlich hinter dich."

Urokotori platzierte ihre Hände auf Ebbys Rücken, schubste sie und sorgte dafür, dass ihre geschwollenen Brüste über die harten Brustmuskeln des Mannes streiften. „Heilige Abgründe, wieso bist du nur so langweilig!"

Der Mensch legte eine Hand auf ihre Hüfte, ein Instinkt, durch den er sie weder von sich wegschob noch an sich heranzog.

Langweilig. Das würde ihren Fluchtweg ebnen. Man konnte der Aufmerksamkeit einer Meerfrau nur entkommen, wenn man sie langweilte. Oder indem man ihnen eine bessere Unterhaltung anderswo bot. Sie entschied, dass ein langer, liebevoller Kuss langweilig genug wäre, ohne ihren Zorn dabei heraufzubeschwören. Sie betete nur, dass sie in der Lage wäre, ihre eigenen Instinkte zu kontrollieren.

Dummerweise hatte sie mit dem Küssen nicht viel Erfahrung. Ihr einziger Kuss bisher hatte mit Lutana stattgefunden. Die Meerfrau mit dem goldenen Schwanz mochte Männer und Frauen gleichermaßen. Ebby hatte ihre Berührungen als lustvoll empfunden, aber nicht so erregend, dass sie um mehr gebeten hätte.

Die Hände des Mannes jedoch fühlten sich anders an, schwielig und so viel größer und mächtiger als die einer Meerfrau. Die Empfindungen, die er mit seinen Handflächen auslöste, ließ sie nach mehr gieren. Wie würden sich seine langen Finger anfühlen, wenn er damit tief zwischen ihre Schamlippen stieß?

Nein, Ebby, tadelte sie sich. *Nur ein Kuss, mehr nicht.*

Entschlossen legte sie ihre Hände auf seine Schultern und presste dann ihre Lippen unwiderruflich auf seine.

CRUZ HATTE EINMAL VERSUCHT, den unersättlichen Frauen zu entkommen – und hatte den Preis zahlen müssen: An seiner Hüfte hatte die Meerjungfrau mit den roten Fingernägeln ihre Krallen in ihn geschlagen und ihn wieder zu sich gezogen. Die Wunde brannte. Diese Frauen waren stark, stärker als Menschen, und zudem schnell. Sie verzehrten sich nicht nur nach Sex – sie wollten Blut.

Zu seiner Erleichterung schien sich der Rausch dem Ende zu nähern. Indessen war sein Gehirn mit der Frage beschäftigt, was nun passieren würde.

In dem Moment zog das Wesen mit dem roten Fischschwanz eine vierte Meerjungfrau aus dem Seetangwald. Ihre Haut war so blass, dass sie ein Geist hätte sein können. Um ihren Kopf wirbelten ihre feuerroten Haare in der Strömung und ihre apricotfarbenen Nippel bettelten auf ihren kleinen, aber hinreißenden Brüsten um Aufmerksamkeit. Zwar hatte sie Hüften, doch wo sie Beine haben sollte, erkannte er einen zu den Nippeln passenden, makellosen Fischschwanz. Wie auch bei ihren Artgenossen zeigte sich das Geschlecht an der Vorderseite, offen und bereit für ihn, eine Einladung.

Etwas an ihren pulsierenden Schamlippen war anders. Züchtiger. Als würde sie sich bedecken, wenn sie könnte.

Das Interesse der Meerjungfrauen wurde von der vierten Frau im Bunde wieder angefacht. Trotz seiner Erschöpfung reagierte sein Schaft. Während das Trio ihn ungezähmt und hungrig anstarrte, sah er in den Augen der blassen Schönheit … Angst? Auf jeden Fall zögerte sie. Sie wollte das nicht. Sie wurde von ihren Artgenossen wie ein Student auf seiner ersten Uniparty zu etwas gezwungen, was sie nicht wollte. Merkwürdigerweise erhob sich sein Beschützerinstinkt und er wollte sie vor den erfahrenen Verführerinnen beschützen.

Sie wurde in seine Arme geschubst. Die anderen Meerjungfrauen, oder wohl eher Meerfrauen, drängten sie. Seine Hände landeten auf ihrer Hüfte, auf ihrer Haut, so kühl und samtweich.

Unerwartet küsste sie ihn, presste ihre Lippen auf seine. Es handelte sich nicht um einen aggressiven, sondern um einen unerfahrenen und zögerlichen Kuss, ohne dass sie ihre Zunge ins Spiel brachte.

Es fühlte sich gezwungen an.

Oh, zur Hölle nochmal, nein! Er war kein Vergewaltiger. Diese Frauen hatten ihn bereits ohne seinen Willen genommen. Auf keinen Fall würde er sich jetzt als Instrument benutzen lassen, um eine Unschuldige zu verletzen.

Ihre Hände legten sich um seinen Nacken, ihre Nippel rieben über seine Brustbehaarung. Sein Schwanz zuckte, erhob Einwände gegen seinen Entschluss. Er krallte sich an ihren

Hüften fest und atmete durch seine Nase, um die Kontrolle nicht zu verlieren.

An der Empfindung hielt er fest. Tief atmete er ein. Das hier war kein Traum, dennoch war es ihm möglich, unter Wasser zu atmen. Wie lange würde diese Fähigkeit anhalten? Was würde passieren, sobald die Meerfrauen verschwunden waren? Er blickte zur Wasseroberfläche, schätzte ein, wie weit der Weg war und ob er es nach oben schaffen würde, ohne vorher zu ertrinken. Verdammt, er steckte wirklich in der Klemme – selbst wenn die Meerfrauen nicht entschieden, ihn nach dem Akt zu verspeisen.

Eine der drei brutalen Wesen schien zu sehen, dass seine Gedanken wanderten und sie kratzte ihm über seine Schultern.

Die Schönheit in seinen Armen zog ihn an sich, presste den Mund härter auf seinen, sein Schaft zwischen ihnen eingeklemmt. Er konnte sich des Eindrucks nicht verwehren, dass sie all das tat, um ihn zu beschützen, nicht um ihn zu verführen. Sie rieb sich nicht an ihm und ihre Nervosität war offensichtlich, denn sie bebte in seinen Armen, während beide von dem Trio umkreist wurden. Obwohl er ihr pulsierendes Geschlecht an seinem Bauch spürte, blieb ihr Mund bewegungslos unter seinen Lippen.

Er zog sie enger an sich und nahm aus den Augenwinkeln vorbeiziehende Schwanzflossen wahr. Jedes Mal, wenn eine der Meerfrauen ihn berührte, gegen seine Haut streifte, schüttelte es ihn. Wie sollte er – und diese apricotfarbene Schönheit – aus dieser Sache herauskommen?

Während er grübelte, packte eine von ihnen ein Bündel seiner Haare und riss seinen Kopf zurück. Die rote Meerfrau sah ihm in die Augen, wandte sich ruckartig ab und zerrte ihn dann mit sich. Die anderen beiden folgten ihr. Seine Hände fielen von der unschuldigen Meerjungfrau, die ihm mit weitaufgerissenen Augen nachschaute.

Ebby brauchte einen Moment, um ihre Fassung zurückzugewinnen. Dann folgte auch sie Urokotoris blutroter Schwanzflosse. Sie wusste genau, was ihr Ziel war. Während die meisten Meerfrauen Fischschwärme oder Aale abrichteten, hatte sich Urokotori für einen Kraken entschieden, den sie in einer Höhle hielt. Die Meerfrauen genossen es, das Tier zu füttern, seine acht Arme zu beobachten und den Schnabel, der regelmäßig ein Opfer in Stücke riss – immer, wenn es noch am Leben war.

„Wartet!", schrie Ebby, als sie aus dem Algenwald und auf die Felswand zuschoss. Aus der Ferne erblickte sie einen riesigen, grauen Arm, der sich in die Höhle zurückzog.

In der Nähe des Eingangs schwebte Urokotori und schob sich mit einem zufriedenen Ausdruck ihre schwarzen Haare aus dem Gesicht. „Das wird ihn für eine Weile beschäftigen."

Kein Blut war zu sehen, dennoch war der Mensch verschwunden. Ein wütendes Krakenauge lugte hervor. Sicher hatte die Kreatur ihn nicht so schnell verschlingen können, oder? „Was hast du getan?"

Selachii streckte die Arme geschmeidig über den Kopf und erlaubte es einem Drückerfisch, sich ihr zu nähern, sein mächtiger Mund schnappend. „Ruf nach mir, wenn es Zeit zum Spielen wird. Ich werde ein Schönheitsschläfchen halten."

Winzige Bläschen lösten sich aus Urokotoris Mund und sie rollte die Augen. „Als würde das etwas bringen."

Lutana kicherte. Selachiis sommersprossiges Gesicht verdunkelte sich und ihre amethystblauen Haare schienen sich wie Seeschlangen auf ihre Schwester zu richten.

Ebby schwamm auf Abstand, sicher, dass es gleich ein Blutbad geben würde.

Urokotori entließ ein sanftes Trällern und griff nach ihrer Harfe. Ein grauer Arm schoss aus der Höhle. „Du willst dich nicht mit mir anlegen, Schwester."

Angriffslustig hob Selachii ihr Kinn, zog sich jedoch in den Algenwald zurück.

Mit einem schiefen Grinsen wandte sich Urokotori Ebby zu. „Timuri hat die Erlaubnis, den Menschen zu fressen, wenn er abhauen will. Denke nicht mal dran, ihn in meiner Abwesenheit zum Spielen herauszuholen."

Ebby musterte die Höhle und nickte. Sie wusste es besser, als sich mit dem Haustier einer Meerfrau anzulegen.

Ein Schlag ihrer Flosse und Urokotori verschwand nach oben, schwamm über den Felsen hinweg, um woanders Unheil anzurichten.

Lutana betrachtete Ebby, ihre goldenen Augen bösartig. „Wie frustrierend für dich." Sie wölbte ihren Rücken, kam näher und glitt mit einem Finger über Ebbys linke Brust, umkreiste ihren Nippel. „Ich kann dir behilflich sein, um ein wenig Druck abzulassen."

Ebby umfasste das Handgelenk der Meerfrau und unterband somit weitere Annäherungsversuche. Von allen Meerfrauen war Lutana die harmloseste. „Das ist nicht nötig."

Auf einem Felsvorsprung unter dem Höhleneingang krabbelte Kato unbemerkt über den Sand auf sie zu. Der Behausung des Kraken so nah zu kommen, war gefährlich und sie wünschte, ihr kleiner Freund wäre auf Abstand geblieben. Ebby ließ Lutanas Arm los und positionierte sich, um Kato zu blockieren, während er sich neben ihr einbuddelte. Noch hatte sie die Mission, den Menschenmann zu retten, nicht aufgegeben. Leider hatte sie keine Ahnung, was sie als Nächstes tun sollte.

„Einmal hat Urokotori einen Mann für einen Monat in der Höhle gelassen." Lutana drehte ihren Schwanz seitwärts und nahm gegenüber von ihr Platz. „Blöderweise hatte sie vergessen, seinen Atem zu erneuern."

„Oh." Es war schlimm genug, einen Mann zu benutzen, aber ihn auch noch einzusperren und ihn immer und immer wieder zu foltern, bis er ertrank? Einfach abscheulich.

„Menschenmänner sind erstaunlich, da sie mehrere Frauen gleichzeitig befriedigen können." Lutanas hübsche Lippen formten sich zu einem Schmollmund. „Nur leider sind sie furchtbar fragil."

Ebby starrte auf den dunklen Höhleneingang. „Wir müssen ihn rausholen."

„Auf keinen Fall lege ich mich mit Urokotori an." Lutana breitete ihre Schwanzflosse aus und wirbelte den Sand auf. „Du hast doch gesehen, was sie mit Selachiis Meerfrauenschwanz angestellt hat, um an die Harfe zu kommen."

Ebby erschauerte bei der Erinnerung. Das war ein brutaler Kampf gewesen. „Vielleicht kann ich ihr im Austausch etwas anbieten?"

Sie verbrachte nicht besonders viel Zeit mit anderen Meerfrauen, sodass sie nicht wusste, welche Schätze ihnen gefielen. Ihre Mutter hatte den Schmuck ihres Vaters stets gemocht. Sie spielte mit ihrem Schneckenhorn-Armband. Sie spielte mit ihrem Schneckenhorn-Armband. Ihr Vater hatte es vor ihrer Pubertät angefertigt – ein Glücksbringer, damit sie bei der Wahl ihres Geschlechts die richtige Entscheidung traf. Natürlich hatte er immer gehofft, dass sie zum Meermann werden wollte.

Als ihr schließlich Brüste gewachsen waren, war er so enttäuscht gewesen. Bei der Erinnerung an seinen geschockten Gesichtsausdruck schnürte sich ihr die Kehle zu.

Wie hypnotisiert folgte Lutana den Drehungen ihres Armbandes. „Was willst du anbieten?"

Plötzliches Unbehagen nahm von Ebby Besitz und sie zuckte mit den Achseln. „Um das Schiffswrack liegen einige Schätze vergraben."

„Eklig." Lutana schreckte bei der Vorstellung zusammen. „Erwartest du, dass ich mit dir im Dreck wühle? Vergiss es. Und vergiss ihn. Er ist doch nur ein jämmerliches, kleines Menschlein." Mit geschmeidigen Bewegungen rollte sie sich auf den Rücken und stieß sich ab, ihr Ziel der Seetangwald. „Wenn du schon Interesse an einem Mann hast, dann such dir einen Meermann. Er kann zumindest ein Nest bieten."

Nachdem die glitzernde Schwanzflosse der Meerfrau aus dem Sichtfeld verschwunden war, erhob sich Ebby vom Sand. Es gab nur eine Person, die sie um Rat fragen konnte: Onkel Zantu. Ihm war es gelungen, Meerfrauen zu besiegen.

„Komm, Kato." Sie platzierte seinen krustigen Körper auf ihrer Schulter und er machte es sich in den Haaren in ihrem Nacken bequem, bereitete sich auf die Reise zum Ufer vor.

Mit einem letzten Blick auf die Höhle schwamm sie entschlossen an die Wasseroberfläche und betete, dass Onkel Zantu eine Idee hatte, wie sie den Menschenmann retten konnte, bevor ihm der Atem ausging.

⚶

CRUZ STARRTE auf den grau gefleckten Kraken, der ihm den Weg in die Freiheit versperrte. Seine vier Armpaare waren länger als sein eigentlicher Körper. Licht schaffte es nicht an ihm vorbei. War dies wirklich der einzige Ausgang? Warum hatten die Meerfrauen ihn hier gelassen? Er seufzte. Die Attraktion, mit Meerjungfrauen zu schwimmen, hatte er in der Broschüre des Partyboots wohl überlesen.

Mit einem Auge auf dem Kraken stieg er auf, die Arme nach oben ausgestreckt, auf der Suche nach der Decke. Er fand hartes Gestein unter seinen Fingerspitzen, die Kanten glatt vom Wasser. Hier und da ertastete er Sauerstofftaschen, direkt am Felsen. Wie lange er wohl noch über die Fähigkeit verfügte, unter Wasser zu atmen? Das Verschwinden der Meerfrauen schien nichts damit zu tun zu haben. Er wagte zu behaupten, vor einiger Zeit mal eine Geschichte gelesen zu haben, in der Meerjungfrauen mit der Gabe gesegnet waren, Menschen unter Wasser atmen zu lassen. Diese Beschreibung traf auf seine Verführerinnen voll ins Schwarze: vom Aussehen bis hin zu ihrer unersättlichen Sexualität.

Er tastete sich an der Höhlenwand entlang, bis er den sandigen Boden erreichte. Die Höhle war nicht klein, aber auch nicht riesig – ungefähr in der Größe eines Schlafzimmers. Er blinzelte und bemerkte, dass er sich langsam an die Dunkelheit gewöhnte. Sein Blick fiel auf die Wand, wo er türkisfarbene Handabdrücke erkannte. Wo auch immer er seine Hände auflegte, leuchtete die Wand.

Phytoplankton.

Gezielt rieb er die Finger über das Gestein, um die Höhle in einem Blaugrün erleuchten zu lassen. Er drehte sich um seine eigene Achse und sah sich um: Abgesehen von dem Ausgang, der von der Kreatur bewacht wurde, boten die Wände keinen anderen Fluchtweg. Der Sandboden war von leeren Krusten und Fischgräten bedeckt. Er nahm den Kraken ins Visier.

Jemand vom Boot musste mittlerweile bemerkt haben, dass er nicht wieder aufgetaucht war. Sicher würden sie Taucher auf die Suche nach ihm schicken! Würden sie aber auch auf die Idee kommen, ihn in dieser Höhle zu suchen? Er musste einen Weg finden, um auf sich aufmerksam zu machen. Widerstrebend näherte er sich dem einzigen Ausgang und betete, dass die Kreatur so viel Angst vor ihm hatte, wie er vor ihr.

Ein grauer Arm schoss auf ihn zu und traf sein Ziel.

Er krachte mit dem Rücken gegen die Felswand. Bläschen traten aus seinem Mund und seine Brust fühlte sich an, als wäre ein Feuer entflammt. Grünes Licht erhellte die Höhle – oder waren es die Sterne, die durch den Aufprall vor seinen Augen erschienen? Für einen kurzen Moment befürchtete er, dass er durch den Schlag seine Fähigkeit unter Wasser zu atmen verloren hatte. Dann erschauerte er und seine Lungen füllten sich. *Fuck, das hat wehgetan.*

Er fuhr mit den Fingerspitzen über die runden Abdrücke auf seiner Brust und funkelte wütend den pulsierenden Krakenkopf an. Die Kreatur musterte ihn aus intelligenten Augen. Könnte genauso gut sein, dass das Tier gerade kein Interesse an einem Snack hatte. Mitternachtssnacks waren ja bekanntlich das Beste. Schliefen Kraken? Cruz war sich nicht sicher, doch er wagte sich zu erinnern, dass sie bei Nacht jagten.

Mit dem Rücken an der Wand, die am weitesten vom Eingang entfernt lag, trat Cruz die Schalen von ausgelutschten Krustentieren weg und nahm auf dem Sandboden Platz. Die Strapazen in Verbindung mit den Meerfrauen hatten ihn ausgelaugt und er wusste nicht, wann sie zurückkehrten. Ob sie überhaupt zurückkehrten.

Zurzeit hoffte er nur, dass er nach Sonnenuntergang nicht zu einer Mahlzeit wurde.

253

Zurzeit hoffte er nur, dass er nach Sonnenuntergang nicht zu einer Mahlzeit wurde.

4

Ebby hievte sich in der Nähe des Ufers auf einen Felsen und hob den Kopf zu der menschlichen Behausung auf dem Hügel. Das Mondlicht glitzerte auf den Wellen und verlieh den Felsen und den Baumspitzen ein gespenstisches Silber. Noch nie war sie mitten in der Nacht zu ihrem Onkel geschwommen. Die Finsternis machte sie nervös.

Mit ihrer Schwanzflosse in den Wellen nahm sie tief Luft und stimmte ein Lied an. Die Luft, die vom Ufer zu ihr wehte, roch in der Nacht fremd: blumig, nach Vegetation, mit einem Hauch von Verwesung.

Ihre Melodie, ein Ruf, breitete sich über die Wellen aus. Es handelte sich um eine Bitte, keine Forderung. Ebby sang niemals, solange es nicht absolut notwendig war. Anderen ihren Willen aufzuzwingen, gefiel ihr nicht. Nicht, dass es ihr möglich wäre, Onkel Zantu zu irgendetwas zu zwingen. Seit er

seine Gefährtin gefunden hatte, war er gegen den Gesang der Meerfrauen immun.

Schon bald erschien er auf dem Pfad, der vom Hügel zum Ufer führte, ein Mann mit breiten Schultern, begleitet von einer kleinen Person, die vorneweg rannte. „Ebby!"

Onkel Zantu rief: „Camilla, halt an!"

„Es ist Ebby, Daddy! Ich habe es dir doch gesagt!"

Ebby lächelte, als ihre Cousine einen Kopfsprung ins Wasser machte. Das Mädchen trug ein dünnes Nachthemd mit Rüschen am Saum, wodurch es einem Meerfrauenschwanz ähnelte. Wirklich verstand Ebby nicht, dass ein Kind ein festgelegtes Geschlecht haben konnte, aber Camilla war eindeutig weiblich. Dies war auch der Grund, warum ihr Vater sie in die Nähe des Wassers ließ. Menschenfrauen waren vor Meerfrauen tendenziell sicher.

Als sich Camilla auf den Felsen neben Ebby hob, streichelte sie der Kleinen über den Kopf. „Dein Papa hat recht. Ich hätte gefährlich sein können."

„Ich wusste doch aber, dass du es bist. Du hast eine wunderschöne Stimme."

Onkel Zantu stand am Ufer, die Wellen erreichten nicht seine Zehen. Mit den Händen in die Hüften gestemmt, fragte er: „Ist alles okay, Ebby?"

Er trug ein weites T-Shirt, seine Beine streckten sich unter knielangen Shorts hervor. Seine breiten Schultern und seine schmale Taille, so typisch für einen Meermann, waren nicht zu leugnen – genau wie seine durchdringenden silberfarbenen Augen, die im Mondlicht glitzerten. Seine Gefährtin Brianna erschien wie aus dem Nichts, duckte sich unter seinem rechten Arm hindurch und presste sich an ihn. Für Ebby war es immer noch merkwürdig, ihren Onkel mit Beinen zu sehen, doch sie verstand sehr gut, wie sich Brianna in ihn verlieben konnte.

„Habe ich euch aus dem Nest geholt?", fragte Ebby.

„Wir wollten Camilla gerade ins Bett bringen", antwortete Brianna grinsend, ihr Blick auf ihrer durchtränkten Tochter, die Kato auf dem Schoß hatte.

Eifersucht meldete sich bei Ebby. Ihre Mutter hatte sie nie so angesehen. Sie glitt ins Wasser zurück, nur ihr Kopf noch sichtbar. „Ich brauche deinen Rat, Onkel Zantu."

Ihr Onkel lief zu einem Felsen und lehnte sich dagegen. „Muss etwas Wichtiges sein, wenn du mich nach Sonnenuntergang aufsuchst. Erzähl mal."

Sie krallte sich an dem glitschigen Felsen fest, als sie den Dreien von dem Menschenmann, den Meerfrauen und dem Kraken in der Höhle erzählte. Mit jedem Satz ballte ihr Onkel die Hände stärker zu Fäusten.

Nachdem Ebby fertig war, trat Brianna ins Wasser, als würde sie schwimmen gehen wollen. „Du musst ihn retten!"

„Das will ich ja, aber ich weiß nicht, wie ich das anstellen soll", sagte Ebby. Ihr Blick landete hilfesuchend auf ihrem Onkel. „Ich dachte daran, Urokotori ein Tauschgeschäft anzubieten. Ein Schmuckstück aus Vaters Sammlung für den Menschen."

„Damit wäre ich vorsichtig." Zantu schüttelte den Kopf. „Wenn du ihn zu wertvoll erscheinen lässt, wird Urokotori ihn niemals gehen lassen."

„Was soll ich sonst machen?"

Zantu zuckte mit den Achseln und rieb sich das Kinn. „Warten, bis sie sich mit ihm langweilen."

Brianna funkelte ihren Ehemann wütend an. „Sie kann doch nicht einfach Däumchen drehen und darauf warten, dass sie ihn gehen lassen. Was passiert, wenn sein Atem-Zauber nachlässt?"

„Oder wenn Urokotori ihn aus Spaß tötet", fügte Ebby hinzu.

„Ich habe eine Idee!", erhob Camilla das Wort. „Kannst du nicht einen Hai in die Höhle schicken, um den Kraken loszuwerden? So habt Mami und du doch auch die bösen Meerfrauen besiegt, stimmt's?"

Seit diesem Tag mied Ebby Haie wie die Pest. „Meerfrauen können Haie nicht besonders gut kontrollieren."

Zantu stieß sich vom Felsen ab und lief ein Stück. „Die Grundidee ist jedoch nicht schlecht. Warum kommandierst du nicht einen Fischschwarm, sich vor der Höhle zu positionieren? Auf diese Weise lockst du den Kraken vielleicht lange genug heraus, um den Menschenmann befreien zu können."

Ebby sog die wohlriechende Nachtluft tief ein und versuchte so, ihre Gedanken zu ordnen. „Es gefällt mir nicht, andere herumzukommandieren, nur weil ich eine Meerfrau bin. Ich will nicht wie meine Artgenossen sein."

„Glaube mir, das bist du nicht", sagten Zantu und Brianna im gleichen Atemzug.

„Oh, ihr habt schon wieder das Gleiche gesagt!" Camilla klatschte fröhlich in die Hände. „Jetzt schuldet ihr mir eine Cola!"

Ihre Eltern lachten und Zantu legte den Arm um seine Frau, um sie enger an sich zu ziehen.

Ebby tauchte unter und rieb sich mit den Händen über ihr Gesicht. Wie wäre ihr Leben verlaufen, wenn sie in einer Familie wie dieser aufgewachsen wäre? *Ich wünschte, ich könnte mit meinem Vater reden.* Aber ihr Vater war verschwunden, wahrscheinlich tot. Die meisten Meermänner starben an einem gebrochenen Herzen, nachdem ihre Gefährten und ihr Nachwuchs sie verlassen hatten. Ihre Kehle schnürte sich zu. Sie durchbrach wieder die Wasseroberfläche und sagte: „Ich bezweifle, dass Timuri seinen Posten verlassen wird. Er wartet auf die Gelegenheit, den Gefangenen verspeisen zu können." Kato quietschte und rollte sich zu einem Ball zusammen. Dann kam Ebby ein weiterer Gedanke: „Und was ist mit dem armen Mann? Er könnte ertrinken oder verhungern, bevor Urokotori die Langeweile packt."

„Dann solltest du ihn besser füttern", schlug Zantu vor.

Was würde der Mensch tun, wenn Ebby ihm etwas zum Essen brachte? Kontrollieren konnte sie den Kraken nicht, aber sie könnte ihn besänftigen und sich auf diese Weise an ihm vorbeischleichen.

Camilla sprang vom Felsen. Das Platschen weckte Ebbys Aufmerksamkeit und schickte Kato in die tosende See. Das

Mädchen erschien vor ihr, ihre kurzen Beine wild strampelnd. „Kato und ich können Seegras für dich sammeln."

„Danke, Camilla." Ebby eskortierte sie zurück ans Ufer. „Aber ich denke, das bekomme ich hin."

Zantu hob seine Tochter aus dem Wasser. „Es ist zu dunkel für kleine Würmchen wie dich."

„Na komm, kleines Würmchen." Brianne nahm Camilla in die Arme, positionierte sie auf ihrer Hüfte. „Es ist spät; du gehörst ins Bettchen. Ebby und Daddy haben einiges zu besprechen."

„Aber ich will bleiben."

„Deine Cousine wird dich bald wieder besuchen kommen." Zantu küsste seine Tochter auf den Kopf, gefolgt von einem Kuss auf die Lippen seiner Frau, bevor er sich seiner Nichte zuwandte. „Am Tag, richtig, Ebby?"

„Natürlich." Schon vor ihrer Geschlechterwahl war Ebby immer wieder zu Besuch in die Bucht gekommen. Sie war sich sicher gewesen, dass ihr Onkel wie auch ihr Vater sie verstoßen würden, zu groß war die Panik vor der Boshaftigkeit der Meerfrauen. Aber nein, das hatte Onkel Zantu nicht getan. Allerdings war er vorsichtiger geworden, wenn es um Ebbys Umgang mit Camilla ging. Sie sah ihm an, dass er sich entspannte, als seine kleine Familie den dunklen Pfad hinaufstieg.

Sie lehnte sich an den Felsen, der aus dem Wasser ragte, ihre Schwanzflosse strich über den sandigen Boden. Sie könnte den Menschenmann füttern und ihn dadurch am Leben halten. Aber was sollte sie in Bezug auf den Atem-Zauber machen? Die Dauer dieses Zaubers konnte zwischen einigen Stunden und Wochen anhalten, abhängig von seiner Aktivität bis hin zu der Wassertiefe, in der er verweilte. Nur für den Fall sollte sie stets in seiner Nähe bleiben. Im Notfall müsste sie ihn küssen. „Der Gedanke, den Atem-Zauber erneuern zu müssen, macht mir Angst."

„Warum?" Noch immer bekleidet trat Zantu in die Wellen, bis das Wasser seine Brust erreichte. Er hatte mal zu ihr gesagt, dass er seinen Meermannschwanz nicht vermisste, dennoch liebte er das Meer. Es war seine Heimat.

„Was ist, wenn ich … die Kontrolle verliere?" Die Erinnerung an den Mann und wie er die drei Meerfrauen befriedigt hatte, sandte einen Lustschauer durch ihren Leib. Dann dachte sie an seine Hand auf ihrer Hüfte, wie er sie berührt und gehalten hatte. An die berauschende Hitze seiner Erektion an ihrem Bauch.

„Ich glaube nicht, dass du, nur weil du Brüste hast, gewalttätig sein musst." Zantu blickte zum Mond. „Wir können selbst entscheiden, wie wir handeln. Ich denke, wenn du deiner Natur als Meerfrau wirklich Herr werden willst, dann wird es dir auch gelingen."

„Wie soll jemand gegen seine Natur ankommen? Ist das nicht unmöglich?"

Zantu senkte sein Kinn ins Wasser, seine silbernen Augen funkelten, als er sie anschaute. Dann erhob er sich, seine Menschenkleidung klebte an seinem definierten Körper. Er war ihr Onkel, dennoch konnte sie zugeben, dass er ein ansehnlicher Mann war. Wer das nicht bemerkte, war ein Vollidiot.

Sie errötete und richtete ihren Blick gezielt zum Himmel.

Er entließ einen befriedigten Laut und schwamm zurück ans Ufer. „Seit zwei Jahren besuchst du mich und nicht einmal hat deine … Natur zu einem Problem geführt." Auf einer Sandbank hielt er an und sah über seine Schulter. „Die meisten Meerfrauen verwenden ihre Natur als Ausrede, um zu tun, nach was ihnen der Kopf steht. Auf diese Weise müssen sie sich später nicht mit ihrem Gewissen auseinandersetzen. So bist du nicht. Ich habe Vertrauen in dich." Er lief über das Ufer und sprach laut genug, sodass sie ihn über die rauschenden Wellen hinweg hören konnte: „Jetzt schwimm und gib alles, um den Menschen zu retten. Und dich selbst."

Ebby wollte ihn fragen, was er damit meinte, aber er war bereits verschwunden.

5

Der Autogurt bohrte sich in Cruz' Kinderbrust. Der Airbag nagelte ihn fest, raubte ihm den Atem. Metall knirschte und Glas klirrte. Der Schrei seiner Mutter …

Dann wachte er auf.

Die vertraute Panik, die seine Träume heimsuchte, seit er sieben Jahre alt war, wurde durch Orientierungslosigkeit einer anderen Art ersetzt. Seine Arme und Beine fanden in der Dunkelheit keinen festen Boden. *Wo zur Hölle bin ich?* Sein Herz raste, als die Erinnerung zurückkehrte: die Höhle. Die Orgie. Die Meerfrauen … War das alles wirklich passiert?

Er atmete tief ein. Wasser, überall. Ja, er befand sich noch in der Höhle. Demnach mussten auch die Meerfrauen echt sein. Er stellte seine nackten Füße auf den sandigen Untergrund und suchte nach einem Spalt Licht vom Eingang, um sich zu orientieren. Dann schwebte er nach oben, berührte die Decke. Das Phytoplankton erleuchtete.

In der Hoffnung, dass der Krake vielleicht seine Stellung aufgegeben hatte, bewegte er sich auf den Ausgang zu.

Die Kreatur mit den acht Armen lauerte an der Öffnung, seine gefleckte Haut angepasst an die Farbe des Gesteins. Die Kiemen flatterten rhythmisch im Wasser, während sich ein riesiges Auge in Cruz' Richtung drehte.

Da er es dieses Mal besser wusste, stoppte er, um nicht wieder einen Schlag einkassieren zu müssen. Wenn er lebend aus dieser Sache herauskam, würden seine Albträume um den Autounfall Gesellschaft bekommen.

Ein Schatten blockierte das Licht. Einmal. Zweimal. Cruz schluckte schwer und wunderte sich, was ihm nun bevorstand. Er tastete den Boden nach einer Waffe ab. Was er fand, war alles zu klein, um ihm in einem Kampf von Nutzen zu sein.

Der Krake rollte sich zusammen, seine Farbe verwandelte sich von Grau in ein dunkles Rot. Cruz erstarrte, ziemlich sicher, dass ein Angriff folgen würde. Stattdessen rückte die Kreatur zur Seite und eine Meerfrau schwamm herein.

Es fühlte sich an, als würde sich der Druck des Wassers auf seine Brust verstärken und Cruz zwang sich, tief einzuatmen, sich seiner Nacktheit extrem bewusst. Was würde sie von ihm erwarten?

Die Höhlenwände leuchteten gleichzeitig auf und tauchten alles in ein grünes Licht. Es war die Meerjungfrau mit dem apricotfarbenen Fischschwanz. Sie schwebte nicht weit von ihm, in der Hand eine große Muschel.

Sie näherte sich, musterte ihn mit weit aufgerissenen Augen. Er nutzte den Moment, um sie zu betrachten. Schließlich wurde er nun nicht von einer brutalen Orgie abgelenkt. Straffe Brüste mit dunklen Nippeln akzentuierten ihre schlanke Figur. Sie trug keine Klamotten, jedoch sah er um ihr Handgelenk ein Armband und etwas, das wie ein Knochen aussah, bohrte sich durch ein Ohrläppchen. Ihre anmutige Schwanzflosse erinnerte ihn an Kleider von Frauen, vom Wind zum Tanz aufgefordert. Seine Augen glitten tiefer, zu der Stelle, an der ihr Geschlecht sein müsste. Heute fand er lediglich einen diskreten Schlitz in ihrem schuppenlosen, apricotfarbenen Schwanz.

Als wäre ihr seine Prüfung unangenehm, streckte sie ihm ruckartig die Muschel entgegen.

Er hatte noch nie den Reiz für rohe Meeresfrüchte verstanden, doch es wäre sicher unhöflich, ein Geschenk auszuschlagen. Es könnte als Beleidigung gesehen werden. Wenn er hier rauskommen wollte, musste er gewissenhaft vorgehen. Mit ausgestreckter Hand näherte er sich ihr schwerfällig.

Panisch zuckte sie zurück und ließ die Muschel fallen, bevor er sie an sich nehmen konnte. Sie schwebte zu Boden, die beiden Hälften teilten sich. Seegras fiel heraus und wirbelte langsam nach unten.

Er blinzelte verwirrt. Warum hatte sie ihm eine Muschel gefüllt mit Seegras gebracht?

Sie blickte auf den verschütteten Inhalt, dann zu ihm. Mit angespannten Gesichtszügen sank sie auf den Höhlenboden und sammelte alles ein.

Okay, das Seegras schien ihr wichtig zu sein. Er tat es ihr gleich, kniete sich hin und half ihr beim Aufsammeln, legte die Halme in die Muschel. Danach bot sie ihm die Muschel wieder an, dieses Mal geöffnet, wodurch sie wie ein Teller erschien.

Ratlos schüttelte er den Kopf und kommunizierte mit den Händen: „Was soll ich damit machen?" Er war es gewohnt, die Gebärdensprache zu benutzen – ob die Leute um ihn herum ihn nun verstanden oder nicht.

Ein unsicheres Lächeln zeigte sich auf ihren Lippen. Zwischen ihren wilden, roten Locken erschienen zwei Antennen, gefolgt von einem aliengleichen Gesicht, das zu einem Fangschreckenkrebs gehörte. Die Antennen wackelten und Cruz konnte schwören, dass die Kreatur ihn direkt anstarrte. Die Meerfrau nahm Seegras vom Muschelteller und schob es sich in den Mund, kaute und schluckte. Anschließend streckte sie die Muschel wieder in seine Richtung.

Sollte er das Grünzeug essen? *Kann auch nicht schlimmer sein als rohe Meeresfrüchte.* Er wählte einen Halm, steckte ihn sich in den Mund und kaute. Eigentlich war er kein großer Salatfreund, aber das Seegras schmeckte okay – salzig, frisch und … na ja, etwas gummiartig.

Die Meerjungfrau strahlte ihn nickend an und bewegte sich zum Ausgang.

Er packte ihr Handgelenk und kommunizierte: „Bleib. Bitte."

Die Meerjungfrau erstarrte und riss ihre Augen weit auf. Sie öffnete den Mund, ihre Kehle bebte mit Worten, die er nicht hörte. Interessanterweise konnte er die Vibrationen durch die körperliche Verbindung spüren. Er konnte es sich nicht erklären, doch dadurch regte sich etwas in ihm. Er schüttelte das Gefühl ab. Gerade hatte er wirklich andere Probleme.

Auf keinen Fall würde er sie loslassen; sie war seine einzige Hoffnung, an diesem Ungeheuer vorbeizukommen.

Das grüne Licht in der Höhle flackerte als Antwort auf ihren Gesang. Es erinnerte ihn an seinen ersten Besuch auf einem Rockkonzert, auf das Jake ihn mitgenommen hatte. Dort hatte er erkannt, dass er den Beat fühlen konnte, obwohl er die Musik nicht hörte. Seither war er ein großer Fan von Rockkonzerten.

Sie schloss den Mund und starrte auf die Stelle, wo er sie festhielt, dann zu seinem Gesicht.

Cruz wies auf sich selbst, anschließend auf den Ausgang. „Kann ich gehen?"

Die sanft geschwungenen Augenbrauen der Schönheit zogen sich zusammen. Sie neigte den Kopf und bewegte erneut ihre Lippen.

Er tippte sich gegen sein Ohr und formte mit der Hand: „Ich bin taub."

Sie blinzelte, ihre Augen folgten seinen Bewegungen. Hoffungsvoll wies er auf den Ausgang.

Ihre Züge sprachen von Reue und sie schüttelte den Kopf. Sie wies auf den Kraken, dann auf ihn und machte eine Schnappbewegung mit der Hand.

Okay, das verstand er. Der Krake würde ihn nicht gehen lassen. Aber sie schien eine gewisse Kontrolle über die Kreatur zu haben. Warum konnte sie dem Tier nicht befehlen, ihn vorbeizulassen? Er machte das Zeichen für Krake, deutete auf sie und formte dann das Zeichen für Schwimmen. „Kannst du mir helfen?"

Sie lächelte, wodurch ihre scharfen Zähne zum Vorschein kamen. Der Anblick war alarmierend, doch ihr Lächeln war nicht boshaft. Sie wies auf sich, auf den Höhleneingang und nickte. Dann zeigte sie auf ihn und schüttelte den Kopf.

Sie also kam an der Kreatur vorbei – er nicht.

Die Gebärdensprache stellte offenbar kein großes Hindernis dar, sodass er die Frage wagte: „Warum nicht?"

Ihre einzige Antwort darauf war, wieder den Kopf zu schütteln. War es möglich, dass es mit den anderen Meerfrauen zu tun hatte? Woran auch immer es lag, sie würde – konnte – ihm nicht helfen. Jedenfalls noch nicht. Sie riss sich aus seinem Griff und ging, wie es schien, widerwillig auf Abstand.

Er hatte gehört, dass es bei Gefangenschaft nützlich war, sich mit dem Entführer anzufreunden. Galt das auch bei mythischen Kreaturen? *Heiße, mythische Kreatur.* Jake würde ihn wahrscheinlich dazu drängen, sich ihren Namen und ihre Handynummer zu besorgen. Vielleicht sollte er sie nicht wie seine Gefängniswache behandeln, sondern wie eine … Frau.

Nachdem er auf seine Brust gezeigt hatte, folgte er mit seinem Spitznamen in Gebärdensprache: Er formte seine Hände zu einer Schüssel und fuhr damit wie bei einem Cruise-Schiff durchs Wasser. Sich selbst Cruise zu nennen, war einfacher, als den Namen Cruz mit den Händen zu buchstabieren. Zumal es oftmals zu einem Lacher führte.

Wie erstarrt beobachtete sie seine Ausführung.

Er wiederholte die Bewegung ein paar Mal und zeigte dann auf sie. „Dein Name?"

Ihre Mimik sprach von Verständnis. Sie dachte kurz nach und bewegte ihre Hände, um Ebbe darzustellen. Bezaubernd. Das gefiel ihm. Er war einfach nur froh, ihr einen Namen geben zu können. Es fühlte sich persönlicher an. Er wiederholte ihre Bewegung und kommunizierte dann: „Es freut mich, dich kennenzulernen, Ebby."

Errötete sie? Sein Herz machte einen Salto. Er musste sie davon überzeugen, ihm hier rauszuhelfen, bevor ihre Freundinnen zurückkamen. Diese Meerfrauen waren schnell heiß geworden. Würde auch bei dieser Schönheit körperlicher Kontakt helfen, um seine Freiheit schnellstmöglich zurückzugewinnen?

Er näherte sich ihr, leckte sich über die Lippen, strich mit den Fingerspitzen über ihren Arm.

Die Augen der Meerfrau weiteten sich. Ruckartig wirbelte sie herum und flüchtete aus der Höhle, ließ nur aufgewirbelten Sand zurück. Und ihn.

6

Ebby schwamm so schnell, wie ihre Flossen sie trugen, vorbei an Timuri und direkt in den Algenwald. Cruz war gegen ihr Lied immun, jedoch hatte sie gegen ihre eigene Begierde keine Chance. Wie er sich über die Lippen geleckt, sich auf sie zubewegt hatte … *Heilige Abgründe*, sofort war ihr heiß geworden, ihre Nippel kribbelten, in ihrem Bauch flatterte es und tiefer, oh, tiefer …

Außerdem war er charmant, sprach mit seinen Händen zu ihr. Meerfrauenmagie verlieh ihr ein großes Verständnis für Sprachen, wenn auch nicht unmittelbar. Sie würde mehr als eine Interaktion brauchen, um in dieser neuen Kommunikationsart fließend zu sprechen. In der Zwischenzeit würde sie es genießen, den Menschen besser kennenzulernen.

Sie schüttelte den Kopf und beschleunigte, schlängelte sich durch die schwebenden Fächer hindurch, als wäre ihr ein

Killerwal auf der Spur. Die Nähe des Menschenmannes zu suchen, könnte für beide gefährlich werden.

Nach einigen Runden durch die Strömung hielt sie an, das Blut rauschte in ihren Ohren. Kato wagte sich aus ihren Haaren hervor und machte einen sanften Ticklaut, rieb mit einer Antenne über ihre Wange. „Danke, Kato. Es geht mir gut."

Was hatte dieser Mensch nur an sich, dass sie sofort in Panik geriet, wenn er sie berührte? Bisher hatte sie kein anderer Mann, dem sie versucht hatte, zur Hilfe zu eilen, derart beeinflusst. Er bewegte sich mit einer Anmut, die ihr neu war. Sinnlich und erotisch. Sie erinnerte sich daran, wie er die Meerfrauen befriedigt hatte und ihr Geschlecht zuckte. Zum ersten Mal konnte sie nachvollziehen, warum ihre Schwestern die Menschenmänner benutzten. Es war schwer, einen normalen Gedanken zu formen, wenn ihr Geschlecht nach Erlösung bettelte.

Sie fuhr mit einer Hand von ihrer Brust zu ihrem Bauch, als könnte diese Berührung die körperlichen Empfindungen kontrollieren, die sie zu überwältigen suchten. Wenn sie sich nicht bald fing, würde der Mensch sterben. Sicher, es wäre nicht ihre Schuld, jedoch gab es so viele Gefahren, die er sich derzeit aussetzte. Die Menschen waren für ein Leben unter Wasser nicht geschaffen.

„Wenn wir uns nur Timuri entledigen könnten", sagte sie gedankenverloren.

Kato streckte eine Schere aus und zog an ihrem Ohrring. Dabei handelte es sich um ein Geschenk von Lutana. Ebby hatte es bekommen, als sie das erste Mal den anderen Meerfrauen

vorgestellt worden war. Das Schmuckstück war eigentlich ein Pfeil, der das Gift einer Seeschlange innehatte. „Jede Meerfrau braucht einen Plan B", hatte Lutana zu ihr gesagt.

Das Haustier einer Meerfrau zu töten, galt jedoch als tabu und das würde Ebbys Todesurteil bedeuten. Sie machte den Ohrring ab und starrte auf das Schmuckstück. „Du weißt, dass wir das nicht tun können."

Der Fangschreckenkrebs seufzte enttäuscht und sackte auf ihrer Schulter zusammen.

Ein Garibaldi-Fischschwarm schoss an ihnen vorbei und erregte ihre Aufmerksamkeit. Sie folgte der abgehackten Choreographie, lauschte dem Zwitschern, mit dem sie sich unterhielten. In dem Moment dachte sie an Onkel Zantus Vorschlag.

Nur weil sie einen Schwarm an Timuri vorbeilenkte, bedeutete das nicht, dass sie alle ihr Ende finden würden, richtig? Der Schwarm wäre aber vielleicht in der Lage, ihn lange genug von seinem Posten wegzulocken, um Cruz zu befreien. „Denkst du, sie kommen gegen Timuri an?"

Kato schnurrte und vergrub sich am Nacken in ihren Haaren, bereit für die Rückkehr zur Höhle.

Ebby seufzte und nickte, denn sie hatte einfach keine anderen Ideen. Nach einer Runde um die Felswand mit den palmengroßen Korallen, kehrte sie zu den Fischen zurück und führte sie zur Höhle.

Am Algenwaldrand zögerte der Schwarm. Sie wollten ihr sicheres Versteck nicht verlassen, denn nicht weit entfernt lauerte Timuri am Höhleneingang, seine Haut verschmolz regelrecht mit der Felswand. Seefächer und Korallen gaben dem Gestein ein einzigartiges Muster. Trotz allem wussten die Unterwasserbewohner, dass es nicht klug wäre, sich der Höhle und damit den vier Armpaaren des Kraken zu nähern. Ebby schluckte schwer, als sie erkannte, dass sie die Fische zwingen musste, diese Richtung einzuschlagen. *Es ist ein Notfall.* Dennoch empfand sie es als unfair, ihre Magie an diesen unschuldigen Kreaturen anzuwenden.

Etwas Rotes erregte ihre Aufmerksamkeit und sie duckte sich in den Wald zurück. Gerade rechtzeitig, denn Urokotori näherte sich von oben ihrem abgerichteten Haustier.

Die rotschwänzige Meerfrau drehte Saltos, schüttelte ihre Haare und entließ eine kommandierende Melodie. Urokotori hatte keine Bedenken damit, ihre magischen Kräfte an anderen Wesen zu benutzen.

Der riesige Krake gab den Weg frei, seine acht Arme wedelnd, sein Schnabel klickend. Kato bebte verängstigt in ihrem Nacken.

Urokotori sang, die Noten wandelten sich von befehlend zu verführend.

Nach wenigen Momenten erschien Cruz' sonnengebräuntes Gesicht. Unbeweglich beobachtete er Urokotori, die sich sinnlich zu ihrem eigenen Lied bewegte, ihre roten Flossen ein Anzeichen ihrer lustvollen Natur. War er wirklich immun? Das Lied war hypnotisch. Beinahe stark genug, um auch Ebby einzufangen. Sie packte einen glitschigen Seetangstängel und kämpfte gegen die Empfindung an.

Der Mensch blieb im Eingangsbereich, die Meerfrau musternd. Ebby verstand noch immer nicht, wie das möglich war, aber es war offensichtlich, dass Urokotoris Gesang keine Wirkung auf ihn hatte.

Auch die rote Meerfrau schien zu merken, dass etwas nicht stimmte. Ebbys Magen drehte sich. Wenn sie herausfand, dass Cruz immun war, würde sie ihn sofort töten.

Ebby schoss nach vorne und umkreiste Urokotori, um sie abzulenken. „Ich habe auf dich gewartet", sagte sie lebhaft.

Die schwarzen Augenbrauen der anderen Meerfrau zogen sich zusammen und sie spitzte ihre roten Lippen. „Du bist noch hier? Geh weg. Du hattest deine Chance."

„Du meintest, du würdest ihn mit mir teilen. Dass ich zurückkommen sollte, wenn ich spielen will." Ebby hielt an, blockierte das Sichtfeld ihrer älteren Schwester auf den Höhleneingang. Cruz wäre nicht schnell genug, um schwimmend zu fliehen. Momentan hatte Ebby nur ein Ziel: Sie wollte verhindern, dass Urokotori herausfand, dass ihr Lied keinen Einfluss auf ihn hatte. Sie sah über ihre Schulter auf die Höhle, entließ eine bebende Note der Verführung und wies ihn an, näherzukommen. Bisher hatte sie dieses Lied noch nie gesungen und jede Zelle in ihr lehnte sich dagegen auf. *Er ist immun. Es wird ihn nicht stören,* erinnerte sie sich.

Misstrauisch wechselte sein Blick zwischen ihr und Urokotori, bevor er einen Schritt in die Strömung nahm.

Urokotori schubste Ebby gegen eine Koralle. Die raue Kante schnitt in Ebbys Hand und Blut füllte das Wasser. *Großartig.* Jedes Raubtier in der Nähe würde nun auftauchen.

Timuri spannte alle acht Arme an und klapperte mit dem Schnabel.

Ebby ging etwas auf Abstand. „Wann hast du dein Haustier das letzte Mal gefüttert?"

Urokotori zuckte mit den Achseln und zeigte auf Cruz, der ein paar Meter abgetrieben war. „Er wird nicht mehr lange auf eine Mahlzeit warten müssen."

Der Krake musste ihre Worte als Einladung gesehen haben, denn ein Arm schoss nach vorn und wickelte sich um Cruz' Knöchel.

Instinktiv entließ Ebby einen schrillen, kommandierenden Ton. Zu ihrer Überraschung stoppte die Kreatur. Kontrolle über die Handlungen eines fremden Haustieres zu nehmen, war nicht nur schwierig, sondern auch verboten.

„Was erlaubst du dir!" Urokotori schien an Größe zu gewinnen, ihre Haare bewegten sich auf ihrem Kopf wie Seeschlangen.

Ebby blieb standhaft. „Wenn du den Menschen tötest, dann sei wenigstens barmherzig und tu es schnell. Das hat er sich nun wirklich verdient." Offensichtlich wollte sie Cruz nicht sterben sehen, aber ein schneller Tod wäre besser, als bei lebendigem Leib gefressen zu werden.

Urokotori fauchte, ihre Zähne schärfer als in Ebbys Erinnerung. „Oh, Ebby, sieht ganz so aus, als würdest du ihn mögen. Hast du ohne mich mit meinem Spielzeug gespielt?"

Ebby leckte sich über die Lippen, ihr Herz pochte schmerzhaft gegen ihren Brustkorb. Onkel Zantu hatte sie gewarnt, Urokotori nicht über ihre wahren Gefühle gegenüber dem Menschenmann aufzuklären. Wurde Cruz jedoch als wertlos angesehen, würde er sofort als Krakenfutter enden. Was hatte sie schon für eine Wahl? Sie entfernte das Armband von ihrem Handgelenk. „Lass ihn leben und es gehört dir."

Urokotori streckte die Hand nach dem Muschelarmband aus.

Ebby zog es außer Reichweite. „Versprich es mir."

Die Augen der anderen Meerfrau verengten sich, ihre blutroten Lippen verzogen sich zu einem boshaften Grinsen. „Einen Tag mehr kannst du dir mit dem Schmuckstück erkaufen. Morgen gehört er Timuri. Es sei denn, du bringst mir ein weiteres Geschenk."

Sie reichte das Armband Urokotori. „Mal sehen", antwortete Ebby und gab alles, um ein zufriedenes Grinsen zurückzuhalten. Hätte sie geahnt, wie einfach die Sache werden würde, dann hätte sie ihr Armband viel eher angeboten. Ihr Vater, das wusste sie, hätte dasselbe getan. Schon Morgen wäre Cruz wieder an Land und damit in Sicherheit. Sie wedelte gleichgültig mit der Hand. „Wenn er mich zufriedenstellt, bringe ich dir weitere Schätze."

Urokotori lachte, schob das Armband über ihre Hand und verschränkte die Arme. Sie musterte Cruz lüstern. „Na ja, auch ich bin für eine zweite Runde zurückgekommen. Ich denke, er hat es sich verdient, dein Erster zu sein. Timuri, zurück in die Höhle mit ihm."

Ebby erstarrte. „Du meintest doch, dass er jetzt mir gehört."

Urokotori zog eine Augenbraue hoch. „Nein, ich meinte, dass er einen weiteren Tag leben darf. Das Wo kam dabei nicht zur Sprache.“

„Dafür habe ich nicht mein Armband –“

Wieder schien die rote Meerfrau an Größe zu gewinnen, ihre übermächtige Kraft war förmlich greifbar. „Genau dafür hast du es eingetauscht. Wenn dir das nicht passt, komme nicht zurück.“

Ebby konnte nur zusehen, wie sich der Krake erneut am Höhleneingang positionierte.

Mit Katos Scheren, die sich in ihren Nacken bohrten, schwebte Ebby vor der Höhle, zu wütend und verwirrt, um reinzuschwimmen. Urokotori hatte sie ausgetrickst und sie um ihr Armband gebracht.

„Du kannst reinschwimmen, Süße“, sang die Meerfrau. „Viel Platz ist nicht, aber ich bin mir sicher, es wird reichen.“

Während die rotschwänzige Meerfrau einen Garibaldischwarm herbeirief, fantasierte Ebby, die Harfe ihrer Mutter zu benutzen. Es würde nicht viel brauchen, um jedes Raubtier in der Nähe mit einer Melodie anzulocken und die selbstsichere Meerfrau und ihr Haustier in Stücke zu reißen. Nicht, dass sie jemals gelernt hatte, wie man das Instrument spielte. Stattdessen lag es schon seit einer halben Ewigkeit in der Truhe mit Vaters Schätzen, in der Hoffnung gesammelt, eine mögliche Gefährtin zu beeindrucken.

Zumindest fütterte Urokotori ihr Haustier, klatschte aufgeregt in die Hände, als sich der Krake einen orangenen Fisch aus der

Strömung schnappte und ihn mithilfe seines Schnabels entzweiriss.

Ebby erschauerte. Es wäre unmöglich, einen gefütterten Timuri wegzulocken. Und Urokotori würde wahrscheinlich bei Sonnenaufgang den nächsten Schatz verlangen. Bis Ebby ein besserer Plan einfiel, musste sie bezahlen.

Sie drehte herum und raste in den Algenwald. Der Stand der Sonne verriet ihr, dass die Nacht bevorstand. Schlängelnd bewegte sie sich durch den Wald, um sicherzustellen, dass ihr niemand folgte. Meerfrauen bauten keine Nester, jedoch versuchte sie, das von ihrem Vater zu pflegen, zusammen mit seiner Schatzkiste. Im dumpfen Licht schob sie Seefächer beiseite und kämpfte sich an dicht gewachsenen Stängeln vorbei, um auf die Lichtung zu gelangen.

Kato ließ sofort von ihr ab, machte sich mit seinen Scheren an die Arbeit und schnitt die Seeschwämme, die einst als Ruhelager für ihren Vater gedient hatten. Eine graue Schicht bedeckte die gesamte Lichtung, und auch den großen Spiegel, den ihr Vater durch Steine an Ort und Stelle fixierte. Bald müsste sie zurückkommen und ein wenig aufräumen, sonst gäbe es bald kein Nest mehr, zu dem sie zurückkehren konnte.

Sie hob die kleine Truhe vom Boden und stellte sie auf den Felsen zwischen den Sitzmöglichkeiten. Dann öffnete sie den Deckel. Jedenfalls hatte sie das vor, doch der Deckel wehrte sich. Die Sonnenstrahlen waren nicht mehr stark genug, um den Meeresgrund zu erreichen, dennoch begutachtete sie die Scharniere. Rost und Seepocken hatten die Truhe in Mitleidenschaft gezogen.

Ebby machte es sich auf den Schwämmen bequem und hob den Blick zu dem violett leuchtenden Wasser über ihr. „Wie soll ich Urokotori mehr Schätze bringen, wenn ich nicht mal diese Kiste aufbekomme?"

Kato wischte mit seinem fächerförmigen Schwanz den grauen Sand vom Tisch, glücklich darüber, etwas zu tun zu haben.

Ebby seufzte. Würde Cruz wissen, wie man diese Truhe öffnete? Allerdings wollte sie die Kiste nicht durch den Ozean schleppen. Wenn Urokotori sah, wie viele Schmuckstücke sie hatte, würde sie den Preis erhöhen. Zudem befand sich darin die Harfe ihrer Mutter. Sie musste die Kiste aufbekommen. Nur so hätte sie Urokotori etwas anzubieten.

So wie sie Urokotori kannte, würde sie wahrscheinlich sagen, dass ihre Abmachung bei Sonnenaufgang aufgefrischt werden musste. Und so klemmte sie sich die Kiste unter den Arm und sagte zu Kato: „Kommst du?"

Der Fangschreckenkrebs seufzte dramatisch, wischte ein letztes Mal über den Tisch und kam schließlich zu ihr. Ebby raste zur Höhle zurück, wich einem Schwarm aus Mönchsfischen aus, die stets nachts jagten und sandte immer wieder eine Schallwarnung aus, um größere Raubtiere in der Nähe auf Abstand zu halten.

Als sie bei der Höhle ankam, war die Nacht vollkommen über die Unterwasserwelt eingebrochen. Wo war Urokotori? Eine schnelle Schallanfrage zeigte nur Wasser. Ein schmerzhafter Knoten bildete sich in Ebbys Magen. Die andere Meerfrau hatte nur versprochen, dass er einen weiteren Tag bekäme, nicht aber, dass sie ihn in Ruhe lassen würde. War sie gerade bei Cruz?

Timuris neugierigen Blick ignorierend presste sich Ebby an ihm vorbei und sang, um das Phytoplankton an den Wänden zum Leuchten zu bringen. Zu ihrer Erleichterung war Cruz am Leben. Und allein.

Dann erkannte sie, was das bedeutete.

Sie war mit einem attraktiven, nackten Mann allein.

Onkel Zantus Worte spielten sich in ihrem Verstand ab: *Ich habe Vertrauen in dich.*

Sie musste es schaffen, ihre eigene Natur niederzuringen.

7

In nahezu absoluter Dunkelheit kratzte Cruz die Kante der Muschel über die Höhlenwand. Ab und zu pausierte er, um die Schärfe zu testen. Er hoffte, damit an eine Art Waffe zu gelangen. Nach dem teuflischen Grinsen auf den Lippen der rotschwänzigen Meerfrau, ein Grinsen mit gefährlich spitzen Zähnen, musste er davon ausgehen, dass sie sicher mehr als eine weitere Orgie geplant hatte. Wenn er sich aus der Situation nicht durch Verführung befreien könnte, müsste er sich an dem Kraken vorbeikämpfen und flüchten. Falls jedoch Ebby wieder auftauchen sollte …

Er wusste nicht, was er von der apricotfarbenen Schönheit halten sollte. Sein erster Instinkt war es gewesen, sie zu beschützen. Na ja, nicht der erste Instinkt. Die Erinnerung an ihre Lippen auf seinen führte zu einem Flattern in seinem Bauch. Er unterdrückte die Empfindung.

Sie schien ihn beschützen zu wollen. Sie hatte ihm Nahrung gebracht. Hatte ihm ihren Namen verraten. Zudem hatte sie die bösartige Meerfrau von ihm abgelenkt. Er wusste nicht, was sie mit ihm vorgehabt hatte, doch Ebby hatte ihr Vorhaben unterbunden.

Er hielt in seiner Arbeit inne, starrte auf das leuchtende Phytoplankton, das er von der Wand gerieben hatte und jetzt wie winzige türkisfarbene Diamanten im Wasser trieb. Er kannte Ebby kaum, aber das Gefühl, das sie in ihm auszulösen vermochte, war ungleich allem, was er bisher erfahren hatte. Er durfte in ihrer Nähe nicht die Kontrolle verlieren, wenn er dieser Situation lebend entkommen wollte.

Die Höhle füllte sich plötzlich mit Licht und er drehte sich zum Eingang, die Muschel in der Hand, bereit für einen Kampf. Ebby schwebte nicht weit von ihm. Unter ihrem Arm klemmte eine kleine Kiste. Sein Herz raste. Er war sich nicht sicher, was er nun tun sollte. Ein Teil von ihm war die Waffe peinlich und er wollte sie vor ihr verstecken.

Sie schien seinen inneren Tumult nicht zu bemerken und stellte die Kiste auf dem Grund ab. Der Fangschreckenkrebs, der sich immer in ihren Haaren versteckte, krabbelte ihren Arm herunter und setzte sich wie ein winziger Wachhund auf die Box. Trotz seiner Unsicherheit zuckte sein Mundwinkel. Warum überraschte es ihn nicht, dass Ebby einen Krebs als Haustier hatte?

Sie verblieb nahe dem Eingang. An ihrem blassen Arm fehlte das Armband. Für was hatte sie es eingetauscht? Offensichtlich nicht für seine Freiheit, sonst hätte der Krake ihn nicht wieder in die Höhle geworfen. Gehörte er nun Ebby? Für eine Weile betrachteten sie sich gegenseitig. *Anscheinend muss ich den ersten Schritt machen.* Die Frage war jedoch, welchen Schritt. Seine jämmerliche Waffe zu benutzen, wäre sicher keine gute Idee. Er legte sie neben sich in den Sand.

Als er den Blick hob, zeigte sie auf die Muschel und kommunizierte mit den Händen: „Mehr?"

Hitze stieg in seine Wangen und er blickte in die Ecke, wo er das Seegras hingeworfen hatte. Sie nahm an, dass er die Muschel versteckte, damit sie nicht dachte, dass er mehr Nahrung brauchte. Er schüttelte den Kopf. „Was ist vorhin mit der rotschwänzigen Meerfrau passiert?"

Mit einer niedlichen Sorgenfalte zwischen den Augenbrauen beobachtete sie aufmerksam seine wedelnden Hände. „Essen?"

Ah, zur Hölle. Für einen Moment ließ sie ihn vergessen, dass sie Gebärdensprache nicht verstand. Bei ‚Essen' und ‚mehr' handelte es sich um Anfängerwörter, die sogar Kleinkinder formen konnten.

Er seufzte und legte seine Finger um das Handgelenk des anderen Arms, um ihr Schmuckstück zu imitieren, dann zeigte er auf sie. „Du hast es eingetauscht", formte er mit den Händen. „Warum?"

Unsicher sah sie ihn an, nickte schließlich und wiederholte sein Armband-Zeichen. „Armband."

Die meisten Menschen machten sich nicht die Mühe, die Gebärdensprache zu probieren. Oftmals wurde einfach erwartet, dass er von den Lippen ablas. Diese mythische Schönheit jedoch gab ihr Bestes und das wärmte ihm das Herz.

Er formte erneut das Zeichen für das Wort Austausch und zeigte auf sich selbst. „Für mich eingetauscht?"

Sie nickte und kommunizierte mit den Händen: „Ich habe mein Armband für dich eingetauscht."

Verdammt, sie schafft bereits Sätze. Sie lernte schnell. Er deutete auf den Ausgang. „Darf ich gehen?"

Traurig sah sie ihn an und schüttelte den Kopf. „Ich habe mein Armband eingetauscht", wiederholte sie. „Einen Tag habe ich dafür rausholen können."

Dieses Flattern in seinem Magen war zurück. Ihm war nun klar, dass sie mehr wollte, als lediglich auf Dinge zu zeigen. Sie wollte einen Dialog! Er konnte sich nicht erinnern, wann er das letzte Mal so viel Interaktion mit einer Frau hatte. Er versuchte, seine Freude darüber herunterzufahren. *Konzentriere dich auf dein Ziel: Flucht.*

Die andere Meerfrau schien das Sagen zu haben, dennoch hatte ihm Ebby einen weiteren Tag verschafft. Er musste annehmen, dass es sich dabei um eine Galgenfrist handelte. Um sicherzugehen … „Was passiert nach dem Tag?"

Ebby schüttelte den Kopf, ihr Ausdruck plötzlich entschlossen. Anstatt ihm zu antworten, zeigte sie auf die mitgebrachte Box. „Öffnen."

Die Kiste war von Seepocken bedeckt, das Holz aufgequollen, doch er erkannte nun, was genau er vor sich hatte: ein Schmuckkästchen. Er streckte die Hände danach aus.

Der Krebs auf der Box nahm eine Angriffshaltung ein, Schwanz hoch und die Scheren nach vorn. Cruz wusste, dass

Fangschreckenkrebse heftig austeilen konnten, wenn sie sich bedroht fühlten. Noch nie hatte er von einem gehört, der einen Menschen angriff, aber mittlerweile glaubte er, dass alles möglich war. Auf keinen Fall würde er ein Missverständnis riskieren. Er hielt inne und drehte sich zu Ebby. „Du willst, dass ich die Kiste öffne, richtig?"

Sie nickte und verscheuchte ihr überfürsorgliches Haustier. Es krabbelte zur hinteren Wand und buddelte sich dort in den Sand.

Neben der Kiste kniete er sich hin, aus den Augenwinkeln immer Ebby im Blick. Nervös spielte sie mit den Händen, ihre Augenbrauen zusammengezogen. Der Deckel gab nicht nach. Er hob die Augen zu ihr und formte mit den Händen: „Zugeschlossen."

Sie biss sich auf die Unterlippe. „Kannst du sie nicht öffnen?"

Er runzelte die Stirn. Wie war es möglich, dass sie plötzlich so viele Gebärden kannte? Misstrauisch betrachtete er sie. Es war eine Sache, ein paar Wörter aneinanderzureihen, aber ihr Wortschatz wuchs mit jedem Austausch. „Kennst du Gebärdensprache?"

Sie zuckte mit den Achseln und zeigte auf ihn. „Ich lerne schnell."

Er blinzelte. Verstand er das richtig? „Du lernst von mir? Aber wie? Wir haben uns doch kaum unterhalten."

Verlegen sah sie ihn an. „Die Magie der Meerfrauen."

Seine Augen folgten der Bewegung ihrer Hand, die auf Hüfthöhe wellenartig durchs Wasser trieb, um eine Meerfrau darzustellen. Als er ihr wieder ins Gesicht sah, waren ihre Wangen gerötet. *Verdammt, sie ist faszinierend.* Und dabei war das Thema Magie nicht mal das Interessanteste an ihr. Wie ein erstes Date fühlte es sich an, eine Unterhaltung beim Abendessen. Er hatte so viele Fragen und wusste nicht, wo er anfangen sollte.

„Kannst du die Kiste bitte öffnen?", fragte sie erneut.

Er verspürte den starken Drang, sie zufriedenzustellen, weshalb er das Schloss genauer unter die Lupe nahm. Bei seinen zahlreichen Jobs war er für eine Weile auch bei einem Schlüsseldienst angestellt gewesen. Doch hier ging es nicht darum, ein Schloss aufzubrechen. Seepocken klebten in den Fugen und die Scharniere waren mit Rost behaftet. Er drehte das Kästchen auf die Seite, rieb mit den Fingern über die Kante. „Ich könnte es zerbrechen."

Ihr trauriger Ausdruck ließ ihn umdenken. Die Kiste bedeutete ihr offensichtlich eine Menge. Er sah sich in der Höhle um und sein Blick landete auf der Muschel, die er geschärft hatte. Vielleicht war sie widerstandsfähig genug, um den Deckel mit minimalem Schaden aufzubekommen.

Er nahm die Box in die linke Hand und schob die Muschel in die Fuge einer Ecke. Das aufgequollene Holz gab nach, doch als er Druck ausübte, brach ein Stück der Muschel ab. *Ah, verdammt.* Damit war auch seine Waffe hin.

Mit einer anderen Seite der Muschel kratzte er die Seepocken ab und wagte sich erneut daran, die Kiste aufzuhebeln. Nach einer Weile hatte er eine fingerbreite Lücke geschaffen und schon bald krächzten die Scharniere.

Ebby strahlte heller als die Schätze in der Box. Das Flattern in seinem Bauch schaffte es zu Cruz' Gehirn. Er erwiderte ihr Lächeln, bevor er sich stoppen konnte. *Hierbei muss es sich um das Stockholm-Syndrom handeln.* Komischerweise war es ihm egal.

Um Fassung ringend konzentrierte er sich wieder auf den Inhalt der Kiste. Lose Muscheln, Perlen und glänzendes Seeglas vermischten sich mit Schmuckstücken aus der Menschenwelt: Ein Teardrop-Ohrring mit einem funkelnden Diamanten, ein dünnes Silberarmband und eine dicke Goldkette. „Was hast du damit vor?"

Ihr Lächeln wankte. „Ich will es eintauschen. Für dich."

Er kannte Ebbys Motive nicht, dennoch war er ihr dankbar. Es musste sich um einen Wert im Zehntausenderbereich handeln, den er vor sich hatte. In einer Ecke der Box lag etwas, das in Seide eingewickelt war, nicht größer als ein Handy. Er nahm es heraus, faltete den Stoff auseinander und blickte auf eine weiße Muschel mit langen, fragilen Zacken, die Spitzen in Gold. Eine Tiara? Er platzierte das Objekt auf seinem Kopf und zwinkerte ihr in der Hoffnung zu, sie zum Lachen zu bringen. „Woher hast du das?"

Bei dem geplagten Ausdruck nahm er es sofort vom Kopf und wickelte es wieder ein. „Tut mir leid. Ich wollte nicht respektlos sein."

Ein zaghaftes Lächeln zeigte sich und sie kommunizierte mit den Händen: „Von meiner Mutter."

Oh, verdammt. Sie tauschte Familienjuwelen für ihn ein? Jetzt hatte er wirklich ein schlechtes Gewissen.

„In Schiffswracks finde ich auch viel." Sie nahm die Tiara und enthüllte sie erneut. Dann bot sie ihm den Seidenstoff an, mit einem Verweis auf seinen Intimbereich. Ihre Wangen erröteten, als sie formte: „Menschen bevorzugen es, sich zu bedecken, richtig?"

Er akzeptierte das Material und wickelte es wie einen Kilt um seine Hüfte.

„Gebärdensprache ist neu für mich", ließ sie ihn wissen. „Ist es eine Sprache, die viele beherrschen?"

Der Komfort, der zwischen ihnen entstanden war, bröckelte. Warum musste es immer um seine Behinderung gehen? „Gebärdensprache ist für gehörlose Menschen."

„Gehörlos?" Sie wiederholte seine Bewegung, ihr Ausdruck von Neugierde erfüllt. „Das bedeutet, dass du nicht hören kannst."

Er nickte und drückte seine Schultern durch. Zumeist folgte von Frauen auf diese Erkenntnis eine von zwei Reaktionen: Mitleid oder Abscheu.

Doch Ebby schien … außer sich vor Freude. „Du kannst dich glücklich schätzen, taub zu sein."

Er lachte. Glücklich? Warum zur Hölle würde sie das sagen? „Ich glaube nicht, dass ‚glücklich' das richtige Wort ist."

Ihre Wimpern flatterten, als sie seine Worte überdachte. „Begünstigt?"

Er schüttelte den Kopf. „Auch nicht."

Sie spitzte die Lippen. „Ich denke, dass du dadurch einen Vorteil hast."

Auch er spitzte die Lippen. Sie hatte wirklich ‚glücklich' sagen wollen. „Warum denkst du, dass ich daraus einen Vorteil ziehe?"

„Weil du dadurch nicht von den Liedern der Meerfrauen kontrolliert werden kannst." Sie sah über ihre Schulter zu dem dunklen Höhlenausgang. „Jedoch musst du vorgeben, dass du beeinflussbar bist, wenn die Meerfrau mit dem roten Meerfrauenschwanz singt." Verlegen sah sie ihm in die Augen. „Ich weiß nicht, wie ich ihren Namen mit den Händen formen soll."

Doch er wusste, wen sie meinte. Die Mythen entsprachen also der Wahrheit. Sie waren in der Lage, Männer durch Gesang zu kontrollieren. Zu was wollten sie ihn noch bringen, was er nicht bereits getan hatte? In den Geschichten hieß es immer, dass Meerfrauen Seemänner in den Tod reißen. War das hier auch der Fall? „Was will sie von mir?"

Ihre Hände ballten sich zu Fäusten. „Lieder zwingen Menschen dazu, zu spielen."

Seine Augen weiteten sich. „Spielen?" Auf einmal erkannte er, was sie damit andeutete. Die erste Orgie war nur der Anfang gewesen. „Du meinst Sex?"

Hitze stieg in ihre Wangen und sie drehte sich zum Ausgang. „Richtig. Aber auch andere Dinge."

Ihre Schamesröte wärmte sein eigenes Blut. „Andere Dinge … Was soll das bedeuten?"

Sie zeigte auf den Kraken. „Unterwasserjagd. Folter. All das gilt als Unterhaltung."

Im Bruchteil einer Sekunde kühlte sein Blut ab. Nachdem er wieder in die Höhle gezerrt worden war, kam ein Fischschwarm vorbeigeschwommen, kontrolliert von der roten Meerfrau. Der Krake hatte wie von einem Buffet gefressen, hatte das Wasser um sich herum in Blut getaucht, während die

Meerfrau vergnügt in die Hände geklatscht hatte. „Sie will mich an den Kraken verfüttern?“

Ebbys Schultern sackten und sie nickte. „Wahrscheinlich.“

Das hatte er erwartet, doch bei der Bestätigung setzte sein Herz aus. Er musste hier verschwinden. Je früher, desto besser.

8

Ebby beobachtete eine Emotion nach der anderen auf Cruz' Gesicht. Eine neue Sprache zu lernen, bedeutete auch Körpersprachen deuten zu können, und sie fand Cruz' Mimik faszinierend. Sein markanter Kiefer hatte sich durch die Stoppeln verdunkelt und sein kurzes, dunkles Haar wies kleine Löckchen auf. Seine blau-grünen Augen redeten mit ihr, selbst als seine Hände stillhielten. Und sein Mund …

Sie errötete und senkte den Blick. Der Kuss hatte ihre Lippen gebrandmarkt und sie sehnte sich nach einem zweiten. Neptun sei Dank hatte sie den Seidenstoff gefunden, damit er seinen Intimbereich bedecken konnte. Der Gedanke daran, was sich dahinter verbarg, brachte ihr Geschlecht zum Kribbeln.

Seine Hand näherte sich ihr und sie wich ihm aus. „Du darfst mich nicht berühren."

293

Er ließ den Arm fallen und wandte sich stattdessen dem Inhalt ihrer Kiste zu. Nach einer Weile kommunizierte er: „Warum hilfst du mir?"

Sie leckte sich über die Lippen. Die Frage war komplexer, als er es sich vorstellen konnte. Wie einfach es doch wäre, sich ihrer Natur, ihren Instinkten hinzugeben und ihn zu nehmen. Ihn zu benutzen. Aber es gab einen Teil in ihr, der sich an die Erinnerung ihres Vaters klammerte und ihre damit verbundene Entschlossenheit, niemals wie ihre Eltern zu enden. Sie rieb sich über ihren Arm, fühlte sich nackt ohne das Armband, das ihr immer geholfen hatte, ihren Schwur zu halten. „Ich bin nicht wie andere Meerfrauen."

Er lächelte, seine Zähne blendend in dem biolumineszierenden Glühen der Höhle. „Ich weiß."

Sein Vertrauen in sie wärmte ihr das Herz und ihre Augen füllten sich mit Tränen. Eine fröhliche Melodie erhob sich in ihr, was dazu führte, dass das Phytoplankton flackerte.

Cruz sah sich um, seine Lippen leicht geteilt, als er die lebhafte Beleuchtung beobachtete, die sich wie eine Welle über die Wand hinzog. Die Vorführung schien ihm zu gefallen, weshalb sie die Noten verstärkte und die kleinen Kreaturen in erheiternden Mustern durch den begrenzten Bereich schickte.

Als sie fertig war, wandte sich Cruz ihr wieder zu, seine Augen strahlten entzückt. „Warst du das?"

Sie nickte.

Ein schiefes Lächeln zierte sein Gesicht. „Viel besser als die … Unterhaltung der roten Meerfrau."

Erneut errötete sie. *Heilige Abgründe*, wie schaffte er es nur, diese Reaktionen in ihr auszulösen? Sie drehte sich weg und musterte die Wand, als wäre es das Faszinierendste, was sie jemals gesehen hatte. Ein Laut in der Höhle ließ sie aufschrecken. Sie wirbelte herum und hoffte, dass sich Urokotori nicht unbemerkt angeschlichen hatte.

Nur Cruz war hier. Mit den Händen formte er: „Wie ist es möglich, dass ich unter Wasser atmen kann?"

„Meerfrauen-Magie." Sie schwamm zum Ausgang und lunzte. Niemand zu sehen. Sie kehrte zu Cruz zurück und fragte: „Hast du etwas gehört?"

Cruz' Wangen verfärbten sich rot. Dann zeigte er auf sich selbst und sagte: „Hey." Mit den Händen fuhr er fort: „Ich wollte deine Aufmerksamkeit erregen und du meintest, dass ich dich nicht berühren darf."

Ihre Kinnlade klappte herunter. Hatte er sie angelogen? Warum? „Du meintest doch, dass du taub bist!"

Er schüttelte den Kopf. „Taub zu sein, bedeutet lediglich, dass ich nicht hören kann. Sprechen kann ich, nur nicht besonders gut."

Sie näherte sich ihm. „Wie ist es passiert?"

Seine Gesichtszüge spannten sich an; jetzt konnte sie ihn nur noch vage lesen. Jedoch sah sie, wie er schluckte. Was auch immer er ihr nun erzählen würde, war nicht einfach für ihn. „Ich habe mein Gehör im Alter von sieben Jahren verloren. Davor habe ich meine Stimme sehr wohl benutzt."

„Verloren? Kannst du es wiederfinden?"

Ein Lächeln huschte über seine Lippen, doch die Traurigkeit in seinen Augen war es, die ihr das Herz brach. „Nein. Kaputt ist vielleicht das bessere Wort. Zerstört. Ich werde nie wieder hören können." Seine Hände bewegten sich ruckartig und er drückte seine Schultern durch, als würde er dieses Thema gerne abhaken. „Also, dieser Zauber macht mich … zu was? Einem Meermann?"

Lachend schüttelte sie den Kopf. „Es wird dir keine Schwanzflosse wachsen. Diese Magie geht über die Kräfte einer Meerfrau hinaus."

„Aber ich werde von nun an für alle Zeiten die Fähigkeit haben, unter Wasser zu atmen?"

Oh, okay. Natürlich interessierte ihn das. Sie presste die Lippen zusammen und schüttelte erneut ihren Kopf. „Der Zauber muss regelmäßig erneuert werden."

Die Farbe wich aus seinem Gesicht. „Was passiert, wenn der Zauber nachlässt?"

„Bevor das passiert, werde ich dich hier rausholen." Ihr Blick wanderte zur Kiste, nur eine Frage wirbelte ihr im Kopf herum: Wie viel würde Urokotori von ihr verlangen, damit sie ihn nicht umbrachte?

Die Gegenstände in der Box hatten alle einen sentimentalen Wert, doch keiner war ihr so wichtig gewesen wie das Armband, das sie bereits weggegeben hatte. Na ja, dann gab es noch die Harfe. Das Einzige, was Urokotori niemals in die Hände bekommen durfte! Sie beugte sich vor und nahm das Instrument in die Hand. Sofort wurde sie von Erinnerungen mitgerissen.

Ihr Vater hatte keine Ahnung, dass sie nach Mutters Tod auf die Suche nach dem Instrument gegangen war. Mit den Melodien der Harfe hatte ihre Mutter vielen Meermännern ihren Willen aufgedrückt. Ihr Vater hatte immer gescherzt, dass die Magie dieses Instruments sogar eine Schildkröte aus ihrem Panzer locken könnte. Das zerbrechliche Stück war aus einem seltenen Seeschwamm gefertigt, der nur in den tiefsten Regionen des Ozeans zu finden war. Obwohl eine Saite abgebrochen war, als Ebby die Harfe in den Wilden Tiefen geborgen hatte, waren selbst die neun verbliebenen goldspitzigen Zinken machtvoller als Urokotoris winzige Harfe.

Ebby hatte noch nie ein Instrument benutzt. Sie verabscheute es. Schließlich half es den Meerfrauen, ihre abartigen Neigungen auszuleben.

„Die anderen Meerfrauen dürfen diese Harfe niemals in die Finger bekommen."

„Eine Harfe, natürlich! Wie spielst du sie? Wie eine Maultrommel?"

„Nein, es ist eine Fischharfe." Vorsichtig berührte sie die Saiten, um ja keinen Ton hervorzulocken. „Sehr selten, sogar unter Meerfrauen. Sie ist in der Lage, unsere Kräfte um das Hundertfache zu verstärken. Je mehr Zinken, desto mächtiger ist ihre Wirkung. Es gibt keinen Grund dafür, Meerfrauen noch stärker zu machen, als sie ohnehin schon sind."

Sie sah sich in der Höhle um und schwamm zu der Ecke, wo sich Kato im Sand vergraben hatte, und buddelte ein Loch direkt neben ihm. Die Augen des Krebses waren das Einzige, was zu sehen war, und er beobachtete jede ihrer Bewegungen.

Behutsam legte sie die Harfe in die Mulde und bedeckte sie mit Sand. „Bewache das Instrument mit deinem Leben, Kato."

Das würde der Fangschreckenkrebs auch tun. Wenn jedoch eine der Meerfrauen herausfand, was sie hier versteckt hatte, würde sie nicht zögern, ihren kleinen Freund zu töten – auch wenn er ganz offiziell den Status als Ebbys Haustier genoss. Kato stimmte mit einem Wackeln seiner Antennen zu, sein Gedanke immer bei dem Kraken.

Ebby schwamm zu ihrer Kiste zurück und nahm ein paar andere Objekte heraus. Alles sah in dem türkisfarbenen Licht sehr farblos aus. Ihre Schultern sackten, als sie überlegte, welche Stücke Urokotori gefallen könnten.

Sie hob eine dünne Kette in die Höhe und erinnerte sich, dass sie im Sonnenlicht roségold gewesen war. Nun ähnelte die Farbe eher dem Netz eines Seemanns.

Starke Finger kamen in Kontakt mit ihren, als Cruz die Kette berührte. Ihr Magen sprang in ihre Kehle und sie entließ das Schmuckstück.

Im Bruchteil einer Sekunde hatte er den Verschluss geöffnet und fragte: „Darf ich?"

Die Kette schien in seiner Hand an Glanz zu gewinnen und sie nickte.

So griff er um sie herum, nur wenige Zentimeter davon entfernt, sie zu berühren, und legte ihr das Schmuckstück um den Hals. So nah war er ihr, dass sie nur ihren Kopf drehen müsste, um seine Schulter zu küssen. Sie widerstand dem Bedürfnis, widerstand dem Flattern in ihrem Bauch. Sein erfrischender Kräutergeruch breitete sich im Wasser aus und brachte ihre Haut zum Kribbeln. Wie sollte sie ihn an die Wasseroberfläche tragen, sobald sie ihn gerettet hatte, wenn sie in seiner Nähe regelmäßig den Verstand verlor?

Er richtete die Kette aus, sodass sie im Tal zwischen ihren Brüsten zum Liegen kam, dann ging er ein wenig auf Abstand. Seine Augen jedoch dachten nicht an Abstand! Gemächlich folgten sie der Länge des Schmuckstücks, von ihrem Schlüsselbein nach unten zu ihren Brüsten. Dann formte er mit den Händen: „Wunderschön."

Zuvor war sie nervös gewesen, nun fühlte sie sich regelrecht außer Kontrolle. Hitze füllte ihre Wangen, ihren ganzen Körper. Sie schaffte es nicht, den Blick von ihm zu nehmen. Nichts in diesem Ozean war faszinierender als dieser Menschenmann, dieser Landläufer. Sie schwamm rückwärts, unsicher in ihren Taten und kommunizierte hilflos: „Bitte nicht."

„Habe ich dich berührt?" Er hob beide Hände. „Ich war extra vorsichtig."

Sie biss sich auf die Lippe und schüttelte den Kopf. Ja, er war vorsichtig gewesen. Mit der Erinnerung an das Vertrauen, das ihr Onkel in sie hatte, entspannte sie sich. Bevor Urokotori zurückkam, musste sich Ebby an die Nähe des Menschen gewöhnen und lernen, sich zu kontrollieren. Doch der Gedanke, dass sie ihre Arme um ihn legen müsste, wenn sie an die Oberfläche schwammen, beschleunigte ihren Herzschlag.

Reiß dich zusammen, dachte sie. Sie atmete tief ein und nahm im Sand, so weit entfernt von ihm wie möglich, Platz. „Kannst du mir von den Menschen erzählen?"

Die ganze Nacht unterhielten sie sich, lernten sich kennen, und als der Tag anbrach, war sie schon recht gewandt in der Gebärdensprache. Ihre Augen schmerzten von der schlaflosen Nacht, doch ihr Herz drehte einen Salto nach dem anderen. Sie fühlte sich lebendig. Am späten Morgen hatte sich Urokotori immer noch nicht gezeigt und Ebbys Magen knurrte. Auch Cruz schien Hunger zu haben. Es war gut möglich, dass die Meerfrau niemals auftauchte. Ebby würde es wagen, die Höhle zu verlassen, um sich auf Nahrungssuche zu begeben.

Sie nahm sich ein Silberarmband aus ihrer Kiste, reinigte es sanft und schwamm zu Timuri. Der Krake war auf seine Art intelligent und wäre in der Lage, Urokotori eine Nachricht zukommen zu lassen. Ebby wünschte, sie könnte das Tier bestechen, um den Menschen aus dieser Situation zu befreien. Leider würde sich ein Haustier niemals gegen den Befehl seiner Herrin stellen, selbst wenn sein eigenes Leben in Gefahr war. Sie hielt das Armband hoch. „Richte Urokotori aus, dass ich mir mit diesem Schmuckstück einen weiteren Tag erkaufen will."

Timuri streckte einen Arm aus und Ebby schob das silberne Band über die Spitze. Schon zog er den Arm zurück und versteckte das Schmuckstück unter seinem Körper.

Ebby blickte über ihre Schulter zu Cruz. „Ich werde mit Nahrung zurückkommen."

„Nimm mich mit." Er schwamm auf sie zu.

„Das geht nicht." Sie hatte überlegt, wie sie dem Befehl der Meerfrau umgehen könnte, doch sie war deutlich gewesen: *Der*

Mensch darf die Höhle nicht verlassen. „Bis ich zurückkehre, bist du hier sicher."

Sie setzte sich in Bewegung und hoffte, dass ihre Worte der Wahrheit entsprachen.

CRUZ schwamm von einer Wand zur anderen, drückte sich immer wieder mit den Händen ab und hinterließ dabei glühende Abdrücke. Wenn er hier nicht bald herauskam, würde er noch wahnsinnig werden. Dann bräuchte es keine Meerfrauen mehr, die Spaß am Foltern hatten. Ebby meinte, dass sie nicht lange brauchen würde, aber das konnte viel heißen.

Er beendete seine gefühlt zweihundertste Runde durch die Höhle, als ein Schatten das Licht von draußen blockierte. Endlich!

In Erwartung von Ebby wirbelte er herum und fand sich einem bekannten, sommersprossigen Gesicht und violetten Haaren gegenüber. Sie sang, betrachtete ihn anzüglich und wies ihn mit dem Finger an, sich ihm zu nähern.

Cruz biss sich auf die Unterlippe, erinnerte sich an die Warnung von Ebby. Er durfte sie nicht erkennen lassen, dass ihr Lied keine Wirkung auf ihn hatte. Allerdings hatte er das Gefühl, den Kopf in das Maul eines Hais zu stecken, wenn er sich ihr freiwillig näherte. Er hatte keine andere Wahl, das wusste er. Bedachtsam kam er auf sie zu, spielte den unbeholfenen Schwimmer, um Zeit zu schinden. Obwohl sie lächelte, lag sein Blick einzig und allein auf diesen scharfen

Zähnen, die in dem biolumineszierenden Licht der Höhle weiß leuchteten. Die ihm sehr bekannte Genitalspalte pulsierte. Sein Herz stockte, als er versuchte, ihre Absichten zu lesen. War sie auf Sex aus? Oder hatte sie eine andere Art der Unterhaltung im Sinn?

Beide Optionen klangen wenig ansprechend.

Sobald er in Reichweite war, schob die Meerfrau seinen provisorischen Kilt beiseite und packte seinen Schwanz. Nicht sehr sanft wohl bemerkt.

Sie riss ihn an sich und krachte mit dem Mund gegen seinen, die scharfen Zähne kratzten über seine Lippen. Damit sie ihm nicht unnötig wehtat, kam er ihr entgegen, öffnete den Mund und erwiderte den Kuss, schob seine Zunge an ihren bedrohlichen Zähnen vorbei. Er hob die Hand und zwickte in einen Nippel, rief sich in Erinnerung, wie er eine normale Frau befriedigen würde. Jeder Kontakt ekelte ihn an, von ihren hungrigen Lippen auf seinen bis zu der Hand um seinen Schwanz, die mehr forderte, als er zu geben bereit war.

Sie rieb sich an ihm, ihre Hand fest um seine Länge. Zwar zeigte sich langsam eine Erektion, doch hart genug, um sie zu nehmen, war er nicht. Er nahm an, dass sie aus diesem Grund nach einer Weile brutaler vorging.

Vergeblich. Als ihr dies bewusst wurde, schob sie ihn angeekelt von sich, ihr Gesicht zu einer Grimasse verzogen. Sie fletschte die Zähne und öffnete dann weit den Mund. Das Phytoplankton erstrahlte in blendenden Farben und das Wasser um ihn blubberte.

Er leckte sich über die Lippen, schmeckte Blut. Da er keine Ahnung hatte, wie ihr Befehl lautete, bewegte er sich wieder auf sie zu.

Auf Sex hatte sie es anscheinend nicht abgesehen, denn sie schubste ihn gewaltsam von sich. Er kollidierte mit der Wand, so hart, dass ihm die Luft wegblieb.

Die Meerfrau wirbelte herum und verschwand erbost aus der Höhle.

Cruz drückte sich von der Wand ab und schluckte Wasser. Seine Lungen verkrampften sich panisch.

Ganz ruhig. Seine jahrelange Erfahrung als Taucher kam ihm nun zugute. Er öffnete den Mund und versuchte, erneut Atem zu holen – so wie er das auch mit einem Atemregler tun würde. Leider mit demselben Ausgang: Wasser rauschte an seinen Zähnen vorbei und er schmeckte Salz.

Der Atem-Zauber hatte seine Wirkung verloren.

9

Ebby legte gerade das letzte saftige Bündel Seegras in eine Muschelschüssel, als sie aus den Augenwinkeln einen violetten Schatten wahrnahm. Selachii kam zu ihr, das sommersprossige Gesicht von Abscheu gezeichnet. „Ich kann nicht glauben, dass du für den Menschen dein Armband hergegeben hast. Er ist vollkommen nutzlos."

Die Vorstellung, dass sich ihre Schwester an ihm gerieben hatte, ließ Galle in ihrer Kehle aufsteigen. Woher wusste Selachii von der Abmachung? *Heilige Abgründe!* War Urokotori in ihrer Abwesenheit zur Höhle zurückgekehrt? War sie noch bei ihm? Sie packte die Schüssel fester und fragte: „Ist Urokotori bei ihm?"

„Nicht, als ich weg bin. Aber ich verstehe, warum sie ihm fernbleibt." Selachii schob eine violette Locke aus ihrem Gesicht und fuhr mit der Hand dann über ihre Flanke, als würde sie unsichtbaren Sand entfernen. Ihr Drückerfisch kam

305

herbei und säuberte die Stelle. „Er hat keinen hochbekommen." Die Meerfrau gluckste. „Deine langweilige Persönlichkeit muss auf ihn abgefärbt haben."

Ebby drehte sich weg. „Mir doch egal. Wieso suchst du dir nicht ein paar Seelöwen, die du foltern kannst und lässt mich in Ruhe?"

„Gute Idee." Selachii klatschte begeistert in die Hände. „Du solltest mitkommen."

Obwohl ihr das Herz bis zum Hals schlug, antwortete sie nicht und konzentrierte sich ganz aufs Ernten.

„So öde." Bei ihrem Abgang beförderte Selachii mit ihrer Flosse kleine Steine in Ebbys Richtung.

Als ihre violette Schwanzflosse nicht mehr zu sehen war, ließ Ebby die Muschel mit dem Seegras fallen und raste zur Höhle. War sie bereits zu spät? Sie schoss an einem verwirrten Timuri vorbei und fand Cruz vor, der mit dem Gesicht nach oben an der Decke der Höhle schwebte. Sie entließ eine Melodie, ließ das Plankton glänzen.

Cruz fand ihren Blick.

Erleichtert sank sie auf den Sandboden. Er lebte. Sie kümmerte es nicht mal, dass er und Selachii … Sie war einfach nur froh, dass er nicht verletzt war.

Mit den Händen ließ er sie wissen: „Bekomme keine Luft."

Sie sah die Bläschen, die aus seiner Nase traten, und riss die Augen weit auf. Nun fiel ihr auf, dass er an der Decke hing, um die Sauerstofftaschen in der Steinwand zu nutzen. Lange würde er so nicht durchhalten.

Sie musste den Zauber erneuern.

Sie erschauerte. Die kleinste Berührung von ihm machte sie nervös. Wie sollte sie die Intimität eines Kusses überstehen? Würden ihre natürlichen Instinkte sie überwältigen?

Es spielte keine Rolle. Sie durfte keine Zeit verlieren.

Bevor sie zu viel nachdenken konnte, riss sie ihn von der Decke, zog sein Gesicht zu sich und presste einen zaghaften Kuss auf seine Lippen. Eine Sekunde später ließ sie ihn wieder los und ging auf Abstand.

Er würgte und drückte sich erneut an die Decke.

Bisher hatte sie noch nie einen Atem-Zauber angewendet. Sie war sich nicht sicher, wie es funktionierte. Nur die Lippen aufeinanderzupressen, schien nicht der richtige Weg zu sein.

Heilige Abgründe.

Mental bereitete sie sich vor, dann packte sie ihn ein zweites Mal und zog ihn in eine Umarmung, legte ihre Lippen auf seine. Seine Arme wickelten sich verzweifelt um ihre Schultern, als könnte er mit dem Kuss den Sauerstoff aus ihren Lungen saugen. Vielleicht war genau das die Lösung. So teilte sie die Lippen und entließ einen Schwall aus Bläschen in seinen Mund.

Seine Brust blähte sich an ihrer auf. Eine seiner Hände fuhr von ihrer Schulter über ihren Rücken, drückte sie an sich. Die Stoppeln über seiner Lippe kitzelten sie und auf einmal wurde sie sich darüber bewusst, wie perfekt ihre Körper zusammenpassten. Seine harten Bauchmuskeln an ihrer

Weichheit. Sein nackter Oberkörper an ihren Brüsten, wo seine feine Behaarung ihre Nippel neckte. Er atmete wieder und schien sie dennoch nicht loslassen zu wollen.

Plötzlich spürte sie seine Zunge an ihrer. Der Kontakt erstreckte sich auf ihren Körper und es fühlte sich an, als würde er sie ganz woanders berühren. Die Hand auf ihrem Rücken glitt über ihre Wirbelsäule nach oben, vergrub sich in ihren Haaren und richtete anschließend ihren Kopf aus, um den Kuss zu vertiefen.

Unbeschreibliche Lust schoss wie eine Droge durch ihr Nervensystem. Ein Stöhnen entrang ihr und sie saugte an seiner Zunge. Er erschauerte, festigte seinen Arm um sie und presste sie eng an seinen harten Körper.

Mit einer Hand streichelte sie über seinen stoppeligen Kiefer, an seinem Ohr vorbei und fand seinen sehnigen Nacken. Bei Neptun, niemals hätte sie erwartet, dass ein einziger Kuss sie dermaßen mitreißen, sie so vollkommen in Besitz nehmen konnte. War diese Empfindung eine Nebenwirkung des Zaubers? Ihre andere Hand erkundete ihn, strich über seine Rippen und hoch zu seinen breiten Schultern.

Seine Lippen glitten über ihre, kosteten von ihr, während seine Arme nicht daran dachten, sie loszulassen. Sie hatte ihn nicht mit einem Lied so weit gebracht, hatte ihn nicht mit ihrer Stimme verführt, und selbst wenn sie dies versucht hätte, war er immun gegen diese Technik. Trotz allem wollte er sie.

Oh ja, er wollte sie.

Seine Erektion zuckte zwischen ihnen. Zaghaft rieb sie ihren Bauch an seiner Länge und entlockte ihm ein Stöhnen. Das Einzige, was ihn noch von ihrem Geschlecht trennte, war der Seidenstoff, den er um seine Hüfte trug. Wie einfach es doch wäre, das Material aus dem Weg zu räumen. Ihn und seinen harten Schaft in sich aufzunehmen.

Seine Hände landeten tiefer auf ihrer Rückseite und er rieb sich an ihr, sein Schaft so nah an ihrem Eingang. Ihr Geschlecht pulsierte erwartungsvoll. Wie würde er sich in ihr anfühlen? Tief in ihr. Wenn er sie immer und immer wieder ausfüllte. Noch nie hatte sie mehr nach jemandem gegiert. Doch … zuerst wollte sie ihn besser kennenlernen.

Ich muss die Sache beenden, bevor wir zu weit gehen.

Widerwillig löste sie sich aus seinem Griff und vermisste bereits seine Berührungen, seine unwiderstehliche Nähe.

Seine Pupillen waren geweitet, seine Finger glitten mit Sehnsucht über ihre Haut, dann ließ auch er von ihr. Er blinzelte einmal und formte dann mit den Händen: „Danke."

Ebby leckte sich über ihre geschwollenen Lippen und nickte. „Es tut mir leid."

„Was tut dir leid?"

„Niemals hätte ich gedacht, dass Selachii zu einem Problem werden könnte."

„Selachii ist die Meerfrau mit der violetten Schwanzflosse?"

Sie nickte. Ihn erneut allein zu lassen, war also keine Option – sonst müsste sie alle drei bezahlen, und dafür hatte sie nicht genügend Schmuckstücke. Zumal es sich nur um eine zeitlich begrenzte Lösung handeln würde. Sie brauchte einen Plan, um ihn an Timuri vorbei zu bekommen.

Ihre Hand wanderte zu dem Pfeil, der als Ohrring getarnt war. Nein, diese Idee hatte sie bereits verworfen. Timuri umzubringen, wäre unverzeihlich. Könnte sie ihn vielleicht befehligen? Meerfrauen waren selten dazu fähig, die Haustiere anderer Meerfrauen zu kontrollieren, aber Ebby hatte etwas in ihrem Besitz, was Urokotori nicht hatte – die Harfe ihrer Mutter. Wenn sie das machtvolle Instrument benutzte, könnte sie damit vielleicht Urokotoris Zauber aufheben.

Kato nahm ihre Ratlosigkeit wahr, schüttelte den Sand von seinem Panzer und krabbelte zur Stelle, wo sie die Harfe vergraben hatte. Sie setzte sich neben ihn, hob ihn auf ihre Handfläche und hielt ihn auf Augenhöhe. „Mach dir keine Sorgen, mein kleiner Freund. Ich will kein neues Haustier."

Seine Antennen winkten als Ausdruck seines inneren Aufruhrs.

Sie ließ ihn runter und nahm behutsam die zerbrechliche Harfe an sich. Timuri zu befehligen, würde starke Magie brauchen, und sie rechnete damit, am Anfang Fehler zu machen. Obwohl das Instrument recht klein war, lag es schwer in ihrer Hand, als sie sich zum Ausgang aufmachte.

Cruz' Augen wanderten von ihrem Gesicht zu ihrer Hand und wieder zurück. „Meintest du nicht, dass sie das Instrument niemals in die Finger bekommen darf?"

„Es ist nicht für sie." Ebby schluckte schwer. „Ich werde die Harfe benutzen."

„Kann ich dir irgendwie helfen?"

In dem Moment erkannte sie, dass sie Timuri nah sein musste. Schließlich wollte sie ihn lange genug kontrollieren, sodass Cruz' Flucht erfolgreich endete. Der Menschenmann müsste es also allein an die Wasseroberfläche schaffen. Sie entfernte ihren Ohrring und reichte ihn an Cruz weiter. Nachdem er den Pfeil genommen hatte, kommunizierte sie unbeholfen mit einer Hand: „Das Ding ist in der Lage, eine Meerfrau zu töten. Benutze es nur im Notfall. Bis zur Wasseroberfläche ist es weit und es gibt mehr Meerfrauen, als du denkst." Dann erzählte sie ihm den Rest ihres Plans. „Sobald du einen gewissen Abstand von der Höhle hast, werde ich aufholen und dich ans Ufer begleiten. Schwimme so schnell, wie du kannst."

Er legte den Ohrring beiseite und streckte die Hand nach der Harfe aus. Sie riss das Instrument außer Reichweite, woraufhin er mit den Händen formte: „Ich kann es an deiner Kette befestigen, damit du es nicht verlierst."

Die Kette, richtig, die hatte sie vollkommen vergessen. Sie gab nach und erlaubte ihm, dass er den Verschluss öffnete. Dabei strichen seine Finger über ihre Haut und sie erschauerte. Innerhalb weniger Sekunden fädelte er die goldene Kette durch eins der vielen winzigen Löcher im Harfenrücken und schloss dann wieder den Verschluss. Das kleine Instrument war federleicht, trotzdem hatte sie das Gefühl, das Gewicht der ganzen Welt um ihren Hals zu tragen.

„Bereit?", fragte sie.

Er nickte.

Entschlossen schwamm sie zum Ausgang, gerade als dieser von einem roten Schatten blockiert wurde.

Urokotori stemmte die Hände in die Hüften und ließ den Blick über Cruz schweifen. „Selachii, du meintest doch, dass der Mensch tot sei."

Ebby bedeckte die Harfe mit einer Hand. Urokotori hatte in einem Kampf um die weniger mächtige Harfe, Selachii beinahe getötet. Was würde sie wohl tun, um an das einflussreichere Instrument zu kommen?

Selachiis Stimme trieb durch das Wasser. Wie es schien, befand sie sich gleich hinter Urokotori. „Er ist nicht tot?"

„Unsere kleine Garnele hat wohl entschieden, ihn zu retten." Urokotoris Fingerspitzen trommelten gegen ihre Hüften. „Gefickt scheinst du ihn immer noch nicht zu haben. Was fasziniert dich also an ihm, Ebby?"

„Ich verstehe es auch nicht." Selachiis Gesicht erschien über Urokotoris Schulter, ihre violetten Augenbrauen verwirrt zusammengezogen.

Ebby positionierte sich vor Cruz. „Ich will seine Freiheit erkaufen. Dieses Mal ohne irgendwelche Tricks. Er soll lebendig ans Ufer zurückkehren dürfen."

Urokotori schüttelte den Kopf, ihr Gesicht getrübt von Enttäuschung. „Du hättest dich niemals für das weibliche Geschlecht entscheiden sollen, Ebby. Diese Verantwortung ist zu viel für dich."

„Was stört es dich, ob ich eine Meerfrau bin oder nicht?"

Sie nahm die Hände von den Hüften und deutete mit einem ihrer langen, krallenartigen Fingernägel in die Höhle. Ihre Haare wirbelten wie Seegras um ihr Gesicht. „Dieses Spiel langweilt mich immer mehr, kleine Schwester. Heute werde ich dich zu einer wahren Meerfrau machen."

Ebbys Blut rauschte in ihren Ohren. „Du kannst mich nicht zwingen."

Ein teuflisches Grinsen bildete sich auf Urokotoris blutroten Lippen. „Denkst du, ja? Das klingt doch mal nach einer interessanten Herausforderung." Sie legte den Kopf auf die Seite. „Ich mache dir einen Vorschlag: Verführe ihn vor Sonnenuntergang und ich lasse ihn aus der Höhle."

„Falls er überhaupt verführbar ist", fügte Selachii hinzu. „Als ich vorhin bei ihm war, hat er sich als nutzlos erwiesen."

Urokotoris Lache prallte von den Höhlenwänden ab. „Dann ist es wirklich eine Herausforderung für unsere kleine Schwester. Versagst du, wird der Mensch die nächste Mahlzeit von Timuri."

„Nein!" Ebby wickelte die Hand so fest um die Harfe, dass sich die Saiten in ihre Brust bohrten. Wenn Meerfrauenlieder doch nur eine Wirkung auf ihre Artgenossen hätten! Sie hätte kein Problem damit, die beiden aufeinanderzuhetzen. Mord durfte jedoch nicht die Antwort sein. Aber Verführung? Wäre es so schlimm, ihre Jungfräulichkeit für das Leben von Cruz herzugeben? *Was, wenn du dann wie Urokotori wirst? Oder deine Mutter?* Sie erschauerte bei diesem furchtbaren Gedanken.

„Fick ihn endlich", summte Urokotori. „Ich tue das in deinem Interesse." Sie hob ihre Harfe mit den zwei Zinken, die zwischen ihren Brüsten baumelte und zupfte an einer Saite. Eine einzige Note bebte durchs Wasser. „Verdiene dir seine Freiheit."

Ihre beiden Schwestern gingen auf Abstand und stimmten ein Lied an.

CRUZ HATTE KEINEN SCHIMMER, was Ebby mit den anderen Meerfrauen besprach, aber er konnte sich gut vorstellen, dass es nichts Gutes war. Als die rote Meerfrau das Truthahngabelbein in die Hand nahm, erkannte er das Objekt für das, was es war: eine kleinere Version von Ebbys Harfe. Er sah zu Ebby, erwartete, dass sie ihr eigenes Instrument zur Hand nehmen würde, um ihre Artgenossen zu vertreiben, doch sie regte keinen Muskel. Mit einer Hand packte sie die Harfe an ihrer Kette so fest, dass er befürchtete, sie würde das Instrument zu Staub zermahlen.

Die rote Meerfrau öffnete den Mund. Er nahm an, dass sie sang, während sie mit ihren gruseligen Fingern an der Harfe zupfte.

Dennoch blieb Ebby unbeweglich.

Benutzte die Meerfrau einen Zauber, um Ebby zu lähmen? Noch war er in Besitz des Pfeils, doch er sah sich zwei Meerfrauen und einem Kraken gegenüber. Er entschied, Ebbys Handgelenk zu umfassen und sie sanft zu sich zu drehen.

Ihre Augen waren weit aufgerissen, ihre Unterlippe zwischen ihren Zähnen gefangen. Sie kommunizierte: „Sie singen ein Verführungslied. Sie wollen, dass ich ... dass wir ..."

Nicht gelähmt, jedenfalls nicht durch Magie. Er konnte ihr ansehen, wie verängstigt sie war. Aus den Augenwinkeln wagte er einen Blick zum Ausgang. „Kannst du mit deiner Harfe dem Lied der beiden etwas entgegensetzen? Schließlich ist dein Instrument machtvoller."

„Harfen haben keine Wirkung auf Meerfrauen. Ihr Lied soll dich beeinflussen."

Ihre Worte zogen ihn nach unten wie Gewichte beim Tauchen. So oft hatte sie ihn davor gewarnt, sie zu berühren, und nun sollte sie mit ihm Sex haben? Nicht, dass er etwas dagegen hätte, aber …

Sie nahm seine freie Hand und legte sie auf ihre linke Brust. Der Nippel richtete sich an seiner Handfläche auf, doch er wusste, dass die Reaktion des Körpers nicht immer bedeutete, dass jemand auch Sex haben wollte. Er zog seine Hand zurück. „Können wir den Pfeil benutzen?"

Ein niedergeschlagenes Lächeln zeigte sich bei ihr und sie schüttelte den Kopf. „Es würde nicht reichen. Sie meinten, sie würden dich freilassen, wenn ich dich verführe."

Trotz seiner Bedenken wurde er bei ihren Worten hart. Der Kuss, den sie geteilt hatten, um den Atem-Zauber zu erneuern, war dermaßen erotisch gewesen, dass er mehr wollte. Ihre Lippen hatten nach Sonne und Salz geschmeckt, wodurch er sich an den Ozean bei Sonnenuntergang erinnert fühlte. So warm hatte sie sich an seiner Haut angefühlt.

Sie griff wieder nach seiner Hand und legte diese auf ihre Brust zurück, schwebte näher, bis sich ihre Lippen nur wenige Millimeter von seinen befanden. Seine Hand auf ihrem Busen war nun zwischen ihren Körpern gefangen. Sein Schwanz richtete sich zur vollen Größe auf. Möglich, dass er gegen Meerfrauenlieder immun war, doch gegen Ebby hatte er keine Chance.

Er riss die Kontrolle an sich und küsste sie. Er wollte es. Er wollte sie. Gefangenschaft hin oder her, er verzehrte sich verzweifelt nach ihr. Eine Verzweiflung, die er so noch nie erfahren hatte. Wenn er danach seinen Tod fand, würde er wenigstens mit einem Lächeln auf den Lippen sterben.

Sie öffnete die Lippen, wölbte sich ihm zaghaft entgegen und erwiderte den Kuss. Ihre Zunge strich über seine Unterlippe und ihr Nippel richtete sich unter seiner Handfläche auf.

Besorgt, sie aus Versehen mit dem Pfeil zu erwischen, ließ er ihn los und legte die Hand auf ihren samtweichen Rücken. Sie war so warm und empfänglich. Dann fand er ihre Venusgrübchen, was ihn zum Stöhnen brachte und seine Erektion zum Zucken. Jeden Millimeter ihres Körpers wollte er erkunden. Er riss sie enger an sich und vertiefte den Kuss.

Ihre Zunge ließ sich auf einen Tanz mit seiner ein, während sich ihre Finger in seine Haare gruben. Wenn der Atem-Kuss magisch gewesen war, so hatte er mit diesem das Nirwana erreicht. Und Ebby war seine Göttin.

10

Ebby war immer davon ausgegangen, dass die Meerfrauen die Verführung übernahmen, doch auch Cruz machte sich gut. Seine Hände kneteten ihre Rückseite, pressten sie gegen die Hitze, die von seiner Erektion ausging. Gleichzeitig stieß er seine Zunge tief in ihren Mund, wodurch er sie an den Akt erinnerte, der bald folgen würde. Eine große Hand fuhr ihren Rücken hoch und packte ein Bündel ihrer Haare. Er riss ihren Kopf zurück und saugte an der empfindlichen Haut ihres Halses, was elektrisierende Empfindungen in ihr auslöste.

Ihre Hände wanderten über seinen Oberkörper, wie magisch angezogen von den Brusthaaren. Menschen hatten so viele Haare! Seine kleinen Brustwarzen richteten sich unter ihrer Berührung auf und die definierten Muskeln zuckten, als er seinen Griff um ihre Taille festigte. *Heilige Abgründe*, er war ein hinreißender Mann. Plötzlich hatte sie das starke

Bedürfnis, alles von ihm sehen zu wollen. Alles und aus nächster Nähe.

Sanft fuhr sie mit den Händen zu seinem Intimbereich, während sie sich auf den Boden senkte, um auf Augenhöhe mit seiner pulsierenden Erektion zu sein. Seine Finger kämmten durch ihre Haare und seine muskulösen Beine spreizten sich weit, um im Wasser nicht den Halt zu verlieren. Sie ging auf Erkundungstour, glitt mit den Händen über seine Schenkel, genoss das Gefühl seiner rauen Härchen, als sie den Seidenstoff aus dem Weg schob. Sie erblickte seinen Hoden, umfasste und massierte ihn. Die fragile Weichheit stand im starken Kontrast zu dem harten Schaft, der unter ihren Berührungen immer wieder zuckte.

Sie ergriff seine imposante Größe mit ihrer Hand, rieb über seine Länge, bis sich an der Spitze ein Tropfen löste. Bei seiner Reaktion schoss ein Lustschauer durch ihren Leib. Noch nie war sie einem Mann so nah gewesen. Jedoch hatte sie oft beobachten können, wie ihre Körper reagierten. Für die Reaktion selbst verantwortlich zu sein, fühlte sich besser an, als sie sich vorgestellt hatte.

Sein typischer Duft nach Kräutern erfüllte das Wasser um sie herum, als sie mit der Zunge über seine Eichel leckte. Dann nahm sie ihn tief in ihrem Mund auf. Sie entdeckte mit ihrer Zunge Adern und eine Hitze, die ungeahnte Empfindungen in ihr auslöste. Sie wollte mehr davon. Um ihn nicht zu verletzen, schob sie die Lippen über ihre Zähne, und saugte ihn schließlich so tief, dass ihr Kiefer schmerzte.

Er streichelte über ihren Kopf und feuerte sie an, sich dem Rhythmus seiner Hüften anzupassen. Mit den Händen packte sie seinen Hintern. Sie wanderte nach unten, fand die Stelle, an der seine Beine begannen. Das schien ihm zu gefallen, also erkundete sie mit ihren Fingerspitzen, während ihr Mund seine Länge eroberte. Schon bald bebte er, spannte seine Pobacken an, seine Schenkel waren steinhart. Sie saugte härter an ihm. Anstatt zu explodieren, wie sie das von ihm erwartet hätte, erschauerte er und schob sie dann von sich.

War er fertig? Enttäuschung erfüllte sie. Das hatte sie nun wirklich nicht erwartet.

Sie hob den Kopf. In seinen blau-grünen Augen erkannte sie dunkle Begierde, seine Brust hievte. Lächelnd formte er mit den Händen: „Langsamer."

Neptun sei Dank, er war noch nicht fertig. In dem Moment erinnerte sie sich daran, dass sie von zwei Meerfrauen beobachtet wurden. Sie drehte den Kopf zu ihnen. Noch sangen sie, die Mimik der beiden zeigte, dass sie sich wahrscheinlich genauso verzweifelt nach einem Orgasmus sehnten wie Ebby.

Cruz kniete sich hin und senkte seinen Kopf auf ihre Brust, umgab sie abermals mit seiner Präsenz. Die Stoppeln an seinem Kinn hinterließen eine Markierung auf ihrem Herzen. Als seine Zunge einen ihrer Nippel umkreiste, fühlte es sich an, als hätte ein Blitz gleich neben ihr eingeschlagen. Keuchend wölbte sie sich ihm entgegen. *Ah, Neptun, was für eine ekstatische Folter!*

Ihre Finger fanden seine Haare. Mit sicherem Halt wölbte sie sich erneut, bot ihm ihre Brüste an. Er knabberte und saugte und neckte, bis sie sich fragen musste, wie sie auch nur eine weitere Sekunde überleben sollte. Hitze erhob sich in ihrer

Mitte. Ihr Urtrieb meldete sich und verlangte nur eine Sache, eine harte, dicke Sache.

Entschlossen machte sich ihre Hand auf den Weg zu seiner Erektion. Doch Cruz rutschte nach unten, küssend und leckend fand er ihre pulsierende Spalte, wodurch sein Schaft außer Reichweite geriet. Sie wimmerte, frustriert und dennoch erfreut über die neue Empfindung. Mit den Händen massierte er ihr Hinterteil, zog sie näher zu sich, direkt zu seinem Mund. Dann spürte sie seine Zunge an ihrem Geschlecht, wie sie in ihre Höhle eintauchte. Dieser kurzweilige Kontakt schickte eine Welle der Ekstase durch sie und sie spannte sich an, verzweifelt auf mehr hoffend.

Er erfüllte ihren unausgesprochenen Wunsch, schnellte über die Perle ihrer Leidenschaft. *Heilige Abgründe!* Sie hatte sich so oft selbst berührt, doch noch nie hatte es sich so gut angefühlt. Er saugte und leckte, dann drang er erneut mit der Zunge in sie ein, raubte ihr regelrecht den Verstand. Sie rieb sich an seinen Lippen, während eine Lustwelle nach der anderen von ihrem Schopf zu ihrer Schwanzflosse jagte.

Nach einer Weile bemerkte sie, dass sie mit dem Rücken an der Wand lehnte; der Kontakt ließ das Türkis aufleuchten. Das raue Gestein an ihrer Haut erhöhte ihre Erregung und sie riss ihn zu sich, näher und näher … Schließlich wurde seine talentierte Zunge von seinen Fingern ersetzt, sie fanden ihre Öffnung und schoben sich an ihren Schamlippen vorbei.

Sie explodierte bei dem Gefühl seiner schwieligen Finger in ihrer Hitze. Sicher, sie hatte bereits Orgasmen erlebt, durch ihre eigene Hand, doch durch die Berührung einer anderen

Person konnte die Erfahrung nur als bewusstseinserweiternd beschrieben werden.

Er fuhr unermüdlich fort, berührte und leckte sie, bis auch ihre Nachbeben nachließen. Langsam zog er sich zurück, schob sich behutsam über ihren Körper, seine Haut rieb sanft über ihre – ein Kontakt, der neue Level der Begierde freischaltete. Sein Mund hatte sich fabelhaft angefühlt, seine Finger köstlich erregend und sie wollte mehr. Sie wollte alles von ihm.

Eine Hand streckte sie aus, umfasste seinen Schaft und führte ihn so zu ihrem Eingang. Er löste seinen Mund von ihrem und lehnte sich nach hinten, um ihr in die Augen zu sehen. *Ich will dich*, dachte sie und versuchte, diesen Gedanken an ihn weiterzuleiten.

Und er schien sie zu verstehen. Er stieß zu, vergrub sich tief in ihr. Dehnte sie, füllte sie.

Wieder und wieder drang er in sie, trieb sie mit jedem Stoß gegen die Wand der Höhle und setzte damit winzige Leuchtpartikel frei. Die Hitze seines Körpers verschmolz mit ihrer. Dieser Akt schien so weit mehr zu sein als nur körperlich. Mehr als ein triebgesteuerter Instinkt: Es fühlte sich spirituell an, einzigartig, und zum ersten Mal verstand sie, warum ihre Schwestern nicht genug von diesem Gefühl bekamen.

Es fühlte sich an, als würde er sie kennen. Als hätte er Zugang zu ihren dunkelsten Geheimnissen und ihren wahnwitzigsten Wünschen.

Niemals durfte es enden. Niemals wollte sie getrennt von ihm sein. Sie packte ihn und wurde von einem zweiten, noch zerstörerischen Orgasmus mitgerissen.

Nur wenige Sekunden später vergrub er sich ein letztes Mal in ihr. Sie fühlte, wie sein Sperma in sie schoss, und sie erschauerte bei der Empfindung.

Während ihrer Nachbeben hielt er sie sicher in den Armen, seine Wärme ging auf sie über, füllte sie, nahm sie in Besitz. Ihr Kopf drehte sich. Sie wusste nicht genau, wo sie aufhörte und Cruz begann. Bilder erschienen vor ihrem inneren Auge: Lichter, Gesichter, Dinge, die sie nicht verstand. Dann, unerwartet, trat aus dem Nebel ein Satz hervor: *Was für ein Orgasmus. Wie kann ein Fisch nur so verdammt heiß sein?*

Innerlich lachte sie. *Ich bin kein Fisch.* Niemals würde sie sich selbst als Fisch bezeichnen. Plötzlich wurde ihr klar, was gerade passierte und die Befriedigung in ihrem Herzen löste sich auf. Es kam vor, dass ein Meermann und eine Meerfrau einen Bund eingingen, der so stark war, sodass sie die Gedanken des jeweils anderen hörten. Verbindungen dieser Art wurden von Meerfrauen als wertvoll angesehen, da sie auf diese Weise in der Lage waren, eine vernichtende Kontrolle auf den hilflosen Gefährten auszuüben. Noch vernichtender. Sie hatte nicht gewusst, dass dies auch mit Menschenmännern möglich war.

Seine Gedanken sprachen von höchster Zufriedenheit. Glückseligkeit. Seine Hände wanderten über ihren Rücken nach unten, packten ihr Hinterteil. *Kein Fisch. Eine mythologische Kreatur. Eine Frau.* Er zog sie eng an sich. *Meine mythologische Frau.*

Trotz des Entsetzens, dass er nun unter ihrer Kontrolle stand, entlockten ihr seine Gedanken ein Lachen. Er war in ihrem Verstand genauso erfrischend, wie er das in Gebärdensprache war. Vielleicht sogar ein wenig mehr. Nur wünschte sie, dass die Verbindung nicht einseitig wäre. Sie glitt mit den Fingerspitzen über seine stoppelige Wange. *Ich wünschte, du könntest mich hören, Cruz.*

Seine Wimpern flatterten und er fand ihren Blick, seine Pupillen noch immer von der eben erlebten Ekstase geweitet. *Reiß dich zusammen, Cruz, du kannst ihre Gedanken nicht hören.*

Sie runzelte die Stirn, ihr Wunsch wandelte sich zu Bestürzung. Hatte er gerade gemeint, dass er sie hören konnte?

Seine Augen fielen auf ihren Mund. *Was passiert hier? Ich könnte schwören, dass sie mit mir spricht. Kann die Magie der Meerfrauen das Gehör wiederherstellen?*

Unbändige Panik ergriff von Ebby und sie schob ihn von sich. Sie konnte ihn hören, was bereits selten genug war. Doch er konnte sie auch hören und das bedeutete … das bedeutete … Gefährten-Bund. Nein, das durfte nicht sein! Sie war eine Meerfrau. Sie sollte gegen diesen Bund immun sein. Mit Bedacht schickte sie den nächsten Gedanken: *Cruz, kannst du mich hören?*

Er blinzelte, einmal, zweimal, runzelte die Stirn und nickte dann. *Meerfrauen-Magie?*

Es fehlte nicht viel und die Emotionen, die durch sie strömten, würden zu einer Ohnmacht führen. Sie erinnerte sich an die Ausflüge zu den Wilden Tiefen mit ihrem Vater, wo sie die uralten Blauwale über wahre Gefährten und verlorene Magie hatte singen hören. *Etwas Mächtigeres. Nur wahre Gefährten können die Gedanken des jeweils anderen wahrnehmen.*

Wahre Gefährten? Fragend neigte er den Kopf, zog beide Augenbrauen in die Höhe. Er schien mit dem Kopf-Reden kein Problem zu haben.

Ganz im Gegensatz zu Ebby. Sie hatte sich für das weibliche Geschlecht entschieden, um nicht Opfer dieses Bundes zu werden. Ein Gefährten-Bund sorgte nur für Herzschmerz und ein langsames, trostloses Dasein. Ihr Vater war der beste Beweis dafür. Das konnte nicht sein. Das durfte nicht sein! Voller Entsetzen wich sie von ihm zurück, ihre Hände abwehrend vor ihrem Körper positioniert.

Besorgt streckte Cruz die Hand nach ihr aus. *Ebby?*

Auf keinen Fall durfte er sie erneut berühren, sonst würde er wieder ihre Begierde entfachen. Er verstand nicht das Ausmaß. Das Wort *verdammt* hallte als Echo durch ihren Kopf. Ebby wirbelte herum und schwamm aus der Höhle, vorbei an den anderen Meerfrauen, während sie Cruz ihren Namen schreien hörte.

Gelächter filterte durchs Wasser, was Cruz' Stimme übertönte.

„Wir wussten, dass du bald ein Einsehen haben würdest, Schwester!" Urokotoris Worte waren in der Lage, Ebby aus ihrer Verwirrung herauszuziehen. Stattdessen verspürte sie nun Zorn.

Sie drehte sich um und fand sich Selachii gegenüber. Blitzschnell riss die Meerfrau mit dem violetten Schwanz Ebby die Kette vom Hals und nahm die Harfe an sich.

Ebby reagierte sofort, wollte sich ihr Eigentum zurückergattern, doch der Drückerfisch schnappte mit seinem kräftigen Kiefer nach ihren Fingern. Eine andere Art der Bestürzung erhob sich in Ebbys Brust. „Gib es mir zurück!"

Selachii glitt über die Saiten, entlockte dem Instrument eine berauschende Melodie, die Ebby in eine Erinnerung an ihre Mutter schleuderte. Die Harfe hatte immer die Ankunft ihrer Mutter angekündigt, woraufhin sich Ebby für den Zeitraum ein Versteck gesucht hatte.

„Wo hast du die Harfe her, Schwesterchen?" Selachii summte im Einklang mit dem Instrument.

Siegreich umkreiste der Drückerfisch Selachiis Taille.

„Sie gehörte meiner Mutter", presste Ebby heraus. Wie dämlich sie doch war. Warum hatte sie dieses wertvolle Stück aus der Höhle geschafft?

Urokotori kam neben ihrer violetten Artgenossin an. „Lass mich das sehen."

Selachii fletschte die Zähne. „Denke nicht mal daran, mir die Harfe wie beim letzten Mal zu entreißen." Ihr Blick fiel auf das Instrument um Urokotoris Hals. „Diese verfügt über neun Zinken."

„Die Größe des Instruments spielt keine Rolle." Urokotori schob sich ihre Haare aus dem Gesicht und hob trotzig das Kinn, ohne den Blick jemals von den Zinken zu nehmen, die auf groteske Weise zwischen Selachiis beharrlichem Griff herausragten. „Sondern wie du es handhabst. Du wirst viel Übung brauchen."

Selachii entließ einen genervten Schrei, ihre lilafarbenen Haare blähten sich um ihren Kopf auf wie ein Kugelfisch. Für einen

Moment zögerte sie, schließlich schwamm sie zum Algenwald und verschwand darin mit ihrem Haustier.

„Warte!", kreischte Ebby und spannte ihre Muskeln an, um ihr zu folgen.

Die starken, unnachgiebigen Krallen Urokotoris packten ihr Handgelenk und rissen sie zurück an ihre Seite. „Oh nein, das wirst du nicht. Es wird Zeit, dass wir deinem kindischen Widerstand ein für alle Mal ein Ende setzen."

Die größere Meerfrau schwamm in die entgegengesetzte Richtung des Algenwaldes, in den Selachii verschwunden war, ihr Griff an Ebbys Arm unerbittlich.

Ebby ballte ihre andere Hand zu einer Faust und jagte diese in Urokotoris Niere. Die Meerfrau grunzte und ihr Halt lockerte sich. Ebby konnte sich losreißen und raste zur Höhle.

Urokotori zupfte an einem Zinken ihrer Harfe und ein ganzer Schwarm aus Gelbbauch-Seeschlangen tauchte hinter dem Felsen auf. Erfolgreich stoppten sie Ebby, wickelten sich eng um ihren Hals und ihre Arme. Ein giftiges Biest sah ihr direkt in die Augen, das Maul bedrohlich aufgerissen.

Ebby erstarrte und ließ sich von der Strömung zu Urokotori zurücktreiben. Generell galten Seeschlagen nicht als aggressiv, doch unter dem Einfluss einer Meerfrau wurden sie zu den tödlichsten Kreaturen im gesamten Ozean.

Urokotori kämmte mit den Fingern durch Ebbys Haare, als wären sie die besten Freunde. Dann packte sie gewaltsam ihren Arm. „Du bist jämmerlich. Mit dieser Harfe hättest du die mächtigste Meerfrau aller Zeiten werden können. Nun hat sich diese Idiotin Selachii das Instrument unter den Nagel gerissen. Was für eine Verschwendung."

Ebby hakte sich mit ihrer Schwanzflosse an einem Felsen ein, um Urokotoris Fortschritt zu bremsen. „Du wirst ihr nicht erlauben, es zu behalten, oder?"

„Natürlich nicht." Urokotori riss sie mit sich. „Sobald ich mich um dich gekümmert habe, werde ich sie suchen."

„Um mich kümmern? Was soll das bedeuten?"

„Wirst du schon sehen."

Nicht weit entfernt ragte der Mast des Sklavenschiffs in die Höhe, beleuchtet von vereinzelten Sonnenstrahlen, die es auf den Grund schafften. Ebbys Magen drehte sich. Vor Jahren war Ebby mit ihrem Vater auf Erkundungstour gegangen und die menschlichen Knochen bereiteten ihr auch heute noch Albträume. Ihr Vater war an dem furchtbaren Anblick vorbeigeschwommen, den schweren Eisenfesseln, die um die Handgelenke und Fußknöchel der Sklaven befestigt waren, auf der Suche nach den Mannschaftskajüten.

Vom Bug des Schiffs zerrte Urokotori sie zum Eingang.

„Lass mich los. Wir haben Wichtigeres zu tun. Wir müssen die Harfe finden, bevor Selachii herausfindet, wie sie funktioniert." Ebby wollte auch vermeiden, dass Urokotori das Instrument in die Finger bekam. Was also tun? „Du willst doch nicht, dass sie stärker wird als du, oder?"

Die rote Meerfrau schien sie vollkommen zu ignorieren, schubste sie durch einen Flur, tiefer in das dunkle Schiff. Hier unten gab es kein Sonnenlicht, doch Ebby konnte, wie jede

Meerfrau, im Dunkeln sehen und was sie sah, war aufs Neue erschreckend: ein Skelett, dann noch eines und schon wieder, überall. Eine feine Schicht aus Sand bedeckte die Überreste, der Horror nur allzu deutlich zu erkennen. Eine Reihe des Todes folgte der Nächsten, mit Menschen, die auf qualvolle Weise ertrunken waren, angekettet am Holzboden und ohne die Aussicht auf ein Entkommen.

Die Seeschlangen wurden immer ungeduldiger, festigten ihre Körper um Ebbys Hals. Eine ruckartige Bewegung – und das wär's. Ein Summen bildete sich in ihrer Kehle. Ihr Instinkt riet ihr, zumindest den Versuch zu unternehmen, dem Einfluss der Meerfrau auf die Seekreaturen entgegenzuwirken. Ohne die

Harfe war ihre Chance minimal, jedoch könnte ihr die Nähe zu den Schlangen zum Vorteil reichen. Sie öffnete den Mund, um eine Anweisung loszuwerden, als sich plötzlich ein kaltes Gewicht um ihr linkes Handgelenk legte.

„Sehr schön", sagte Urokotori. „Das wollte ich schon die ganze Zeit machen."

Die Eisenfessel kratzte über Ebbys Haut, führte an einer langen Kette zum Holzboden.

Urokotori schnalzte mit der Zunge, womit sie die Schlangen von ihren gedanklichen Fesseln befreite. Sie ließen los und schwammen davon. Erfolglos riss Ebby an der Kette, das Metall klirrte und rasselte. „Was soll das werden? Hast du einen Schlüssel dafür?"

Urokotori wedelte unbekümmert mit der Hand. „Irgendwo sicher. Sobald du deine Lektion gelernt hast, werde ich ihn ausfindig machen."

„Welche Lektion?" Ebby erinnerte sich an die Ausflüge mit ihrem Vater, an das Geröll im Schiff. Hier einen Schlüssel zu finden, war so gut wie unmöglich.

„Mach dir keine Sorgen. Ich komme bald zurück und bringe dir deinen dämlichen Menschenmann mit." Urokotori schwamm zum Ausgang in der Decke.

Ebby riss erneut an ihrer Fessel, das unnachgiebige Metall bohrte sich in ihre Haut. „Nein! Du hast gesagt, du würdest ihn freilassen!"

Urokotori drehte sich zu ihr, eine dunkle Silhouette in den Schatten ihres Gefängnisses. „Ich meinte nur, dass ich ihn aus der Höhle lasse. Was findest du nur an diesem Landläufer?“ Ohne Ebby Gelegenheit zu geben, die Frage zu beantworten, wirbelte sie herum und verließ das Innere des Schiffs. Vom Korridor trat ihre Stimme an Ebbys Ohren. „Nicht, dass es eine Rolle spielt. Bald wirst du erfahren, wie zerbrechlich Menschen sind.“

„Komm zurück! Du kannst mich nicht hier zurücklassen!“

Als Antwort erhielt sie nur das gelegentliche Knacken des Schiffs, das in der Strömung wankte.

11

Cruz schwamm in der Höhle im sicheren Abstand zum Kraken von einer Wand zur anderen, vor und zurück. Seine Verwirrung zerriss ihn innerlich. Immerhin war Ebbys Stimme in seinem Kopf das Intimste, was er jemals erlebt hatte. Auf eine gewisse Art und Weise sogar befriedigender als Sex. Dass sie plötzlich davongeschwommen war, hatte ihn tief getroffen. Ob er in ihrem Verstand genauso unbeholfen klang, so wie er das tat, wenn er normal sprach? Menschen konnten gemein sein, hatten sich so oft in seinem Leben über seine Beeinträchtigung lustig gemacht. Er glaubte jedoch nicht, dass er mit seiner Stimme jemals jemanden in die Flucht getrieben hatte.

Die ganze Situation war einfach daneben. Warum war Ebby geflüchtet? Sie schien zu denken, dass er ihr wahrer Gefährte war. Natürlich hatte er keinen Schimmer, was das bedeutete. Dafür wusste er nicht genug über Meerfrauen und ihre Motive.

Schließlich bestand die Möglichkeit, dass sie schon seit ihrem ersten Treffen, seine Gedanken lesen konnte. Hatte sie so die Gebärdensprache in Höchstgeschwindigkeit erlernen können? *Scheiße.* Hatte sie ihn die gesamte Zeit angelogen? So hatte es sich nicht angefühlt. Oder waren ihre Befürchtungen wahrgeworden: Hatte sie sich nach dem Verlust ihrer Jungfräulichkeit wie die anderen in ein Monster verwandelt? In einem Punkt war er sich sicher: Eher würde sie flüchten, als ihn zu verletzen.

Also doch kein Monster?

Er schüttelte den Kopf und tätschelte den Pfeil, immer mit Vorsicht, um sich an der Spitze nicht zu verletzen. Mit der Hilfe von Ebbys Krebs hatte er den elfenbeinfarbenen Splitter bergen können. War das Gift stark genug, um einen Kraken zu töten? Aus den Augenwinkeln sah er zum Höhlenausgang. Für einen Versuch müsste er dem Tier näherkommen.

Langsam tat er genau das, den Pfeil sicher in der rechten Hand. Er nahm wahr, wie ihn der Krake beobachtete, und rief sich den harten Schlag in Erinnerung, den er sich das letzte Mal eingefangen hatte, als er etwas Derartiges versucht hatte. Was, wenn die Kreatur ihn nun umbrachte? *Fuck.* Niemals würde es ihm gelingen, das Tier rechtzeitig auszuschalten. Er befestigte den Pfeil am Saum seines Seidenkilts. Nutzlose Waffe. Er konnte nur bangen, wer zuerst zu ihm zurückkam: Ebby oder eine ihrer Artgenossinnen.

Als schließlich die Silhouette einer Meerfrau vor der Höhle zu sehen war, zwang sich Cruz, die Finger von dem Pfeil zu lassen. Wenn es Ebby war, wollte er sie nicht versehentlich verletzen, und wenn es eine von den Anderen war, wäre der beste Plan, zunächst aus der Höhle zu fliehen, da er sich sonst mit einer sterbenden Meerfrau einschließen würde.

Blau gefiltertes Sonnenlicht erleuchtete den Meerfrauenschwanz. Es erinnerte ihn an violettes Krepppapier. Nun wusste er, wer draußen lauerte: Die Meerfrau, die ihm den Atem gestohlen hatte. Sein Puls nahm Tempo auf, als sie gefolgt von einem riesigen Drückerfisch in die Höhle schwamm. Sang sie, um Kontrolle über ihn zu gewinnen? Davon musste er ausgehen.

Er gab vor, unter dem Einfluss ihres Liedes zu stehen, näherte sich, bis er ihre Gesichtszüge besser erkennen konnte. Ihre amethystblauen Augen musterten ihn, ihre Lippen provokativ geteilt. Dann hob sie ihre Hände und er sah die Harfe mit den neun goldenen Zinken. *Die gehört Ebby!* Grauen erfüllte ihn. Ebby hatte deutlich zum Ausdruck gebracht, dass die anderen das Instrument nicht in die Finger bekommen durften. Da nun diese Meerfrau die Harfe im Besitz hatte, musste Ebby in Gefahr schweben.

Oder war sie tot? Er schüttelte den Gedanken ab, weigerte sich, dieses Szenario zu glauben. Zu akzeptieren.

Die violette Meerfrau zupfte an den Saiten, die Höhlenwände antworteten mit einem Aufleuchten. Obwohl er nichts hörte, waren die Vibrationen jedoch so stark, dass sich etwas in seiner Mitte regte. Ebby hatte erwähnt, dass die Harfe dazu fähig war, die Kräfte einer Meerfrau zu verstärken. Hier hatte er den Beweis. Trotz seiner Gehörlosigkeit reagierte sein Körper auf sie.

Er schluckte schwer und schwamm in Reichweite ihrer Arme. Der Drückerfisch hüpfte hinter ihr auf und ab, schnappte nach ihm. An die Harfe oder ihr Lied brauchte er im Moment keinen Gedanken verschwenden. Er war in dieser Höhle gefangen, es sei denn, er könnte sie davon überzeugen, ihn rauszubringen. Zwar hasste er es, sich vor ihr zu enthüllen, dennoch schob er den Seidenstoff beiseite, umfasste seinen Schwanz und arbeitete einer erzwungenen Erektion entgegen. Mit der anderen Hand deutete er auf den Ausgang der Höhle.

Sie grinste und streckte den Arm nach ihm aus.

Wiederholt wies er auf den Ausgang, während er versuchte, einen verführerischen Blick aufzulegen.

Sie schien zu überlegen, ihre Augen schweiften angewidert über die Wände der Höhle. Eine Sekunde später zeigte sich ein breites Grinsen, als wäre ihr die perfekte Lösung eingefallen. Sie sah über ihre Schulter und glitt mit den Fingerspitzen über die Saiten.

Der Krake schwoll an, bebte, bevor er unerwartet verschwand. Indessen schwamm der Drückerfisch in engen Kreisen um die Meerfrau, flatterte aufgeregt mit den Flossen, was Cruz an einen Siegestanz erinnerte.

Sie wandte sich wieder Cruz zu und ihre Augen flammten auf. Mit einem klauenartigen Finger lockte sie ihn zu sich.

Cruz' Herz drohte, ohne ihn aus der Höhle zu flüchten. *Geduld.* Er konnte nicht sicher sein, dass der Krake verschwunden war. Er behielt seine vorgetäuschte Begierde nach ihr aufrecht und nahm ihre Hand. Um von dem Pfeil Gebrauch zu machen, müsste er ihr nah sein. Sobald sie dem Gefängnis entkommen waren, würde er sie damit attackieren und flüchten.

Unerwartet und geschmeidig zog sie ihn an sich, führte ihn ins Licht und setzte sich urplötzlich in Bewegung. Korallen und Felsen flogen in Lichtgeschwindigkeit an ihm vorbei.

Nach ein paar Minuten lockerte sich ihr Griff ausreichend, sodass er seine Fassung wiedererlangen konnte. Ihre Hände legten sich auf seine Wangen und sie spitzte die Lippen für einen Kuss, zog ihn eng an sich.

Cruz fummelte an dem Saum des Seidenstoffs herum, tastete behutsam nach dem Ohrring, den er daran befestigt hatte. Wo war das verdammte Teil? Die Meerfrau presste ihren Mund auf seinen, suchte sich augenblicklich mit ihrer Zunge Zutritt. Ihre Krallen bohrten sich schmerzhaft in seine Wangen; dennoch zwang er sich, fügsam zu erscheinen. Um die Illusion aufrechtzuerhalten, zwickte er mit einer Hand in ihren Nippel; die andere hingegen versuchte, den Pfeil zu finden.

Gefunden. Brutal rieb sie sich an ihm. Es fehlte nicht viel und sie würde seine Lippen mit ihrem gewalttätigen Kuss zerfetzen. Wenn er nicht vorsichtig war, würde er den Pfeil fallen lassen. Oder noch schlimmer: Er würde sich selbst piksen. Müsste er die Spitze in sie jagen oder würde ein kleiner Kratzer ausreichen? Er konnte es nicht riskieren, zu versagen. Ihm blieb nur eine Chance: Also holte er aus und bohrte ihr den Pfeil in ihren Unterarm.

Ihr Körper erstarrte. Sie senkte den Blick auf ihren Arm und versuchte sofort, den Pfeil herauszuziehen. Es gelang ihr, doch ihr Erfolg wurde von einem Schwall Blut begleitet. Dann wandte sie sich ihm zu, ihr wütender Blick auf ihn gerichtet, und festigte den Griff um seinen Arm.

Sein Herz rutschte zum Meeresgrund. Es hatte nicht funktioniert. Mit seiner Aktion hatte er nur erreicht, sie fuchsteufelswild zu machen. Er bereitete sich auf den tödlichen Angriff ihrerseits vor.

Plötzlich krümmte sie ihren Rücken und ihre Hand um seinen Arm fühlte sich wie das scharfe Gebiss eines Hais an. Sie riss den Mund auf, enthüllte ihre unheimlichen Zähne. Zum Schutz positionierte er seinen freien Arm vor seinem Gesicht. Anstatt ihre Zähne zu benutzen, schlug sie mit ihrer Schwanzflosse gegen seine Rippen. Er schnappte nach Luft. Noch immer in ihrer Gewalt fielen sie zusammen in Richtung Meeresgrund. Wie in einer Achterbahn vergaß er, wo oben und unten war. An Felsen und Korallen rauschten sie vorbei. Spitze Kanten verwundeten ihn an der Schulter, verletzten ihn am Knie. Er versuchte, sich aus ihrem Griff zu befreien, doch es war bereits zu spät.

Der Aufprall schenkte ihm seine Freiheit, ihre Hand löste sich von seinem Arm und er atmete tief ein, während die Meerfrau sich vor Schmerz krümmte und dabei eine Sandwolke lostrat. Ein letztes Mal drückte sie den Rücken durch, ihre leeren Augen gerichtet auf die Sonnenstrahlen, die es bis in diese Tiefen schafften. Sein Blick fiel auf die goldenen Zinken, die im schwachen Licht funkelten.

War sie wirklich tot? Obwohl seine Instinkte ihm befahlen, zur Oberfläche zu schwimmen, musste er sichergehen und näherte sich ihrem Körper. Ihr Meerfrauenschwanz zuckte, aber ihr ausdrucksloses Gesicht gab ihm Mut. Abgebrochene Zinken lagen um sie verteilt, doch die Harfe wies noch immer zwei Saiten auf. Er griff nach dem Instrument. Hatte es nun an Macht eingebüßt? Ihre violetten Haare hatten sich in den Gliedern der Kette verheddert, dennoch schaffte er es, die Harfe an sich zu nehmen.

Mit der Befürchtung, dass sie vielleicht wieder zu Bewusstsein kam, ging er langsam auf Abstand. Doch sie blieb leblos, die Sandwolke bedeckte nach und nach ihren Körper.

Er stieß sich von dem Schauspiel am Meeresgrund ab und sah sich um. Durch den Fall befand er sich nun in einer Schlucht zwischen korallenbesetzten Felsen. Der Anblick löste eine unwillkommene Erinnerung in ihm aus: Als er einen Abhang hochgeklettert war, seine tote Mutter noch immer in dem Autowrack gefangen.

Er packte die Harfe fester. Er musste Ebby finden. Er wusste einfach, dass sie in Schwierigkeiten steckte. Sonst hätte sie das Instrument niemals aus der Hand gegeben.

Auf keinen Fall würde er verschwinden, bevor er nicht wusste, dass sie in Sicherheit war. Schließlich hatte sie sich für ihn gegen ihre eigenen Artgenossen gestellt. Sie hatte ihn mit Nahrung versorgt, hatte sogar Gebärdensprache für ihn gelernt und ihn für ihr erstes Mal gewählt. Ihre Worte über wahre Gefährten trieben ihn an: Er trat mit den Beinen und ließ den Blick über die Felswand schweifen. Er nahm an, dass die Meerfrau ihn auf eine Fahrt durch die Strömung mitgenommen hatte. Das war aber nur eine Vermutung.

Sein Blick fand die Strömung. Zurückzugehen, könnte gefährlich sein, aber Ebbys Haustier befand sich noch in der Höhle und es könnte bei der Suche nach ihr hilfreich sein.

Entschluss gefasst folgte er der Strömung zum Algenfeld, das er als Deckung verwenden wollte, während er sich der Höhle näherte. Sein Arm schmerzte, der Griff der Meerfrau hatte seine Spuren hinterlassen, die Krallen so scharf, dass er blutete. Jedoch war es nicht so schlimm, dass er sich um Haie Sorgen musste. Er schwamm, nahm immer wieder die glitschigen Algenstängel zur Hilfe, um voranzukommen. Langsam machte er Fortschritte, bewegte sich durch das Feld, das ihn mehr an einen Wald erinnerte, ohne jemals den Blick von der Felswand zu nehmen. Kleine Fische in Silber, Türkis und Orange kamen neugierig auf ihn zu, zuckten dann panisch aus dem Weg. Wie weit unter der Wasseroberfläche befand er sich? Es fühlte sich merkwürdig an, so ganz ohne Ausrüstung durchs offene Meer zu schwimmen. Er atmete ein, erneut begeistert von diesem Zauber. Wie lange würde er noch anhalten?

Ein dunkler Fleck an der Felswand erregte seine Aufmerksamkeit. Er stockte und beobachtete die Szenerie durch die schwankenden Blätter. Es sah wie die Höhle aus, in der er festgehalten worden war. Hielt der Krake noch immer davor Wache? Mit beiden Händen packte er Stängel, lehnte sich vor und verengte die Augen. Auf dem Sandboden bewegte sich etwas. Sein Puls beschleunigte sich, als acht Arme, vier knochenlose Armpaare sich drehten und verrenkten, um den Körper des Biestes in die Richtung des Waldes zu manövrieren.

Für einen kurzen Moment fragte sich Cruz, ob der Krake ihn entdeckt hatte, doch dann bemerkte er einen kleinen Hügel im

Sand, der die riesige Kreatur zu motivieren schien. Beute? Urplötzlich stoppte der Hügel, der Krake tat es ihm gleich. Nun erkannte Cruz, um was es sich bei dem Sandhügel handelte. Ebbys Haustier. Der Fangschreckenkrebs unternahm einen Fluchtversuch.

Der Krake setzte zum Angriff an. Der Krebs stellte sich dem übermächtigen Gegner, richtete sich auf die Hinterbeine auf und hob die Scheren wie ein Boxer. Cruz hatte gelesen, dass diese Waffen eine ähnliche Durchschlagskraft hatten wie eine abgefeuerte Kugel. Stark genug, um Glas zu brechen, aber hätte er gegen diesen Gegner eine reale Chance? Mit Testattacken versuchte der Krake, seine Beute zu verunsichern. Der Krebs schien alle Tricks zu kennen und tippelte angriffslustig auf seinen Hinterbeinen vor und zurück.

Cruz packte die Stängel in seinem Versteck fester, nicht sicher, wie er vorgehen sollte. Der Krebs war chancenlos, doch auch Cruz würde gegen den Kraken niemals ankommen! Seine Brust schmerzte noch immer von dem Schlag, den er in der Höhle hatte einstecken müssen. Ebbys Haustier als Mahlzeit für die Kreatur zurückzulassen, gefiel ihm nicht. Er senkte den Blick auf den Meeresgrund, suchte nach etwas zum Werfen. *Unter Wasser? Sehr effektiv, du dumme Nuss.* Er war im Besitz der Harfe, allerdings war er keine Meerfrau und singen konnte er schon gar nicht. Könnte er dem Kraken einfach die Anweisung geben, zu verschwinden?

Rechtzeitig blickte er wieder zu dem Überlebenskampf, denn der Krebs wagte einen Angriff. Er schoss auf den Kraken zu, beinahe zu schnell, um es mit dem bloßen Auge zu erfassen. Alle acht Arme der riesigen Kreatur spannten sich an. Der

Krebs stieß sich von dem Körper des Kraken weg, änderte damit seine Richtung und flog auf den Algenwald zu. Hinter ihm fiel der Krake wie ein Brett auf den Sandboden.

Heilige Scheiße! Hatte der kleine Krebs gerade den Kraken getötet? Oder nur gelähmt? Was auch beeindruckend wäre. Er schob ein Algenblatt zur Seite, observierte den Kraken. Ein paar Sekunden später erwachte er wieder zum Leben und kroch benommen in seine Höhle.

Cruz ließ sich auf den Boden runter und hielt nach Ebbys Haustier Ausschau.

Er fand ihn. Der kleine Kerl versteckte sich zwischen einer Gruppe Seeigel. Würde er Cruz als seinen Freund erkennen? So wie er das bei Ebby beobachtet hatte, streckte er seine rechte Hand aus.

Der Krebs winkte mit seinen Antennen, blieb jedoch in seinem Versteck zwischen den giftigen Stacheln.

Er konnte den Kleinen verstehen. Normalerweise suchte er Krustentiere aus einem anderen Grund. Vielleicht, wenn er ihm deutlich machte, dass er ihn nicht verletzen würde? Er öffnete die Hand, zeigte dem Krebs die Harfe auf seiner Handfläche. Möglicherweise war ein vertrautes Objekt in der Lage, ihn anzulocken.

Der Krebs schoss auf ihn zu und Cruz zuckte in der Erwartung zusammen, nun wie der Krake zu enden. Ihm wurde das Instrument entrissen und schon krabbelten spitze Beinchen über seinen Arm zu seinem Kopf. Auf seiner Schulter machte es sich der Kleine bequem. Er hatte für die bevorstehende Reise Platz genommen, die Harfe sicher zwischen seinen Scheren.

Erleichtert lächelte Cruz und formte mit den Händen: „Irgendeine Ahnung, wo Ebby sein könnte, Kumpel?"

Winzige Beine kitzelten seine Schulter und das Tier drehte sich in Richtung der Strömung.

Okay, der Strömung folgen. Geht klar.

Er schaffte es durch den Algenwald. Der Krebs kitzelte ihn die gesamte Zeit mit seinen Beinen. Wie hielt das Ebby nur aus? War sie nicht kitzelig? Die Strömung hatte ihn an der Höhle vorbeigetrieben und ein paar Minuten später erreichte er die Grenze zum Algenwald. Der Boden fiel in einen Abgrund.

Im Canyon konnte er drei Masten von Schiffswracks sehen. Auf seiner Schulter regte sich der Krebs, hüpfte auf und ab, als würde er versuchen, Cruz anzutreiben.

Cruz strampelte auf der Stelle, sein Blick auf die unheimlichen Tiefen gerichtet. Er war ein guter Schwimmer, aber ohne Ausrüstung hätte er gegen Strömungen und größere Raubtiere nicht den Hauch einer Chance. Schließlich gab es im offenen Meer keine Verstecke. Auch Meerfrauen könnten ihn dann leicht erblicken.

„Sie ist dort unten? Bist du sicher?", formte er mit den Händen.

Das Tier antwortete, indem es von seiner Schulter sprang, die Harfe zwischen den Scheren, und direkt in den Abgrund tauchte.

Seufzend folgte Cruz, blieb jedoch zu Beginn in der Nähe des Abhangs. Hoffentlich interpretierte er die Reaktionen des Krebses nicht vollkommen falsch. Wenn er Pech hatte, war dies nicht mal Ebbys Haustier und er folgte einer völlig unbekannten Kreatur an einen gefährlichen Ort. Zumindest war die Strömung auf seiner Seite, schob ihn zu einem Schiffswrack. Was, wenn Ebby nicht dort drin war? An diese Möglichkeit wollte er gar nicht denken.

Je tiefer er kam, desto kälter wurde es, das Wasser trüb, bis er nur noch von blauen und grünen Schatten umgeben war. Sein Herz polterte in seiner Brust und seine Muskeln bebten vor Erschöpfung und Kälte. Jetzt käme ihm die Phytoplanktonwand aus der Höhle wirklich sehr gelegen.

Unter ihm verschwand der Krebs in einer schmalen Felszunge. Cruz schwamm vorbei und erkannte, dass das Tier nicht wieder auftauchte. Er drehte um, da er vermutete, dass der Krebs vielleicht umgekehrt war. Dann erstarrte er. Aus den Augenwinkeln nahm er etwas wahr. Wenige Meter über ihm.

Eine Meerfrau.

Ohne Eile bewegte sie sich fort, lange Haare wie eine Wolke um ihren Kopf. *Ebby?*

Plötzlich änderte sie ihre Schwimmrichtung und kam direkt auf ihn zu.

Im schwachen Licht dauerte es eine Weile, bis er blutrote Lippen und ein raubtierartiges Grinsen ausmachen konnte.

12

Ebby riss an der Kette, die Glieder rasselten bei ihren verzweifelten Bemühungen. Ihr Handgelenk pochte, Blut vermischte sich mit dem trüben Wasser im Bauch des Schiffs. Dennoch waren Haie das Letzte, was ihr gerade durch den Kopf ging.

Seit einer halben Ewigkeit versuchte sie, Cruz mit ihren Gedanken zu erreichen, um ihn zu warnen. Wie es schien, war die mentale Verbindung wohl abhängig von einer gewissen Nähe. Warum war sie nur aus der Höhle geflohen! Dadurch hatte sie nicht nur ihre Harfe verloren, sondern hatte Cruz der Gnade der anderen Meerfrauen überlassen. Alles, was sie getan, was sie geopfert hatte, war umsonst gewesen. Sie dachte an seine Stimme in ihrem Kopf, an die Verbindung, von der sie nicht mal hätte zu träumen gewagt. Sie hätte diesen besonderen Moment mehr genießen, darin schwelgen sollen. Stattdessen war sie geflüchtet! Ein Gefährten-Bund war so selten, dass er sogar als unmöglich galt! Und sie hatte diese seltene Chance verspielt.

Ein vertrautes Lied gewann außerhalb des Schiffs an Lautstärke, die wohlklingenden Töne von Urokotoris verführender Magie näherten sich.

Ihre Schwester schien Cruz bereits gefunden zu haben. Ebby drehte sich der Magen um, als sie einen neuen Versuch wagte: *Cruz, kannst du mich hören?*

Seine Stimme betrat ihren Verstand, panisch und keuchend: *Ebby? Ebby, wo bist du?*

Er lebte! *Cruz! Hast du den Pfeil dabei? Benutze ihn! Jetzt! Dann musst du fliehen!*

Ich habe ihn bereits an der violetten Meerfrau benutzt. Cruz' Stimme klang angespannt, als würde er durch zusammengepresste Zähne zu ihr sprechen.

Ihr wurde schlecht. War er verletzt? Sie hätte sich eigentlich denken können, dass sich Selachii ein Testobjekt für ihre neue Harfe suchen würde. Dann kam ihr ein erschreckender Gedanke: Selachii war tot. Bedeutete das, dass Urokotori nun ihre Harfe hatte? Das würde sie unbesiegbar machen. Ebby drehte und beugte ihre Hand, in dem Versuch, sich von der Fessel zu befreien. Es führte jedoch nur zu mehr Schmerz.

In der Deckenluke tauchte ein Tentakelarm auf, dann noch einer und ein weiterer. Ebby schnappte nach Luft, als Timuri in den Bereich einfiel. Seine Haut pulsierte in einem wütenden Orange, doch er attackierte sie nicht. Stattdessen zog er sich in eine Ecke zurück und wartete auf Befehle seiner Herrin. Es dauerte nicht lange, bis Urokotori erschien, mit Cruz im Schlepptau. Er wehrte sich gegen ihren Griff, ohne Erfolg. *Ebby, bist du hier? Ich kann kaum etwas sehen.*

Ich bin hier, Cruz. Ebby sang eine wankende Note, welche die wenigen Phytoplanktonpartikel zum Leuchten brachte. Das helle Grün ließ seine frischen Wunden und die blauen Flecke erschreckend aussehen. *Du bist verletzt!*

Es geht mir gut. Sein Ton strafte seinen Worten lügen.

„Dein Landläufer hat Selachii irgendwie davon überzeugt, ihn aus der Höhle zu lassen." Urokotori schubste ihn in die Richtung ihres Haustiers, das sogleich mehrere Arme um Cruz' Gliedmaßen wickelte. „Und er scheint gegen mein Lied immun zu sein."

Oh nein! Wenn Urokotori ahnte, dass er taub war, wer wusste dann schon, was sie mit ihm anstellte. Würde sie ihn foltern? *Warum hast du nicht vorgegeben, sie zu hören?*

Sie hat mich bei der Suche nach dir überrascht.

Der Krake führte den strampelnden Mann zu seinem Schnabel. Urokotori sprach einen Befehl aus, um das Tier zu stoppen. Schnabel klappernd, Körper bebend, offensichtlich gegen ihre Anordnung ankämpfend.

Ebby kam eine Idee für eine Ablenkung. „Du scheinst Probleme mit der Kontrolle über dein Haustier zu haben, Urokotori. Dein Lied ist wohl doch nicht so stark, wie du immer behauptest."

Die Meerfrau schwamm zu ihr und zeigte mit einem bedrohlichen Finger auf sie. „Er ist aufgewühlt, weil dein Haustier ihn angegriffen hat!"

Ebbys Kehle schnürte sich zu. Sie hatte Kato zusammen mit Cruz in der Höhle zurückgelassen. Ja, ihr kleiner Freund konnte hart zuschlagen, aber sie bezweifelte, dass er gegen eine Kreatur wie Timuri ankam. Armer Kato, eine Mahlzeit für das Biest. Tiefer Kummer erfüllte sie, ihr Sichtfeld verschwamm unter aufsteigenden Tränen. Jeder, der ihr etwas bedeutete, fiel Urokotori früher oder später zum Opfer. *Oh, Kato!*

Mach dir keine Sorgen, tröstete Cruz sie. *Dein kleiner Krebs hat dem Biest einen Schlag verpasst und konnte fliehen.*

Ein schwaches Lächeln zeigte sich auf ihren Lippen. Ihr Gefährte sah sich einem furchtbar grausamen Tod gegenüber, dennoch schaffte er es, sie zu trösten. Sie hob ihr Kinn und funkelte Urokotori wütend an. „Die Größe spielt keine Rolle, sondern was du daraus machst."

Urokotori fauchte. „Wie ich höre, sehnst du dich nach einer Vorführung. Wie du wünschst." Sie befahl Timuri, Cruz' Gliedmaßen wie bei einer Opfergabe zu spreizen.

Cruz' Muskeln spannten sich an und er entließ ein Knurren, das eines Seelöwen würdig war. Unerwartet konnte er eine Hand aus der lebenden Fessel befreien und ausstrecken. Sein Ziel: Urokotoris Kehle.

Die Meerfrau wich begleitet von einem entzückten Laut aus, das leuchtende Plankton wirbelte um ihre Form. „Er ist bereit zum Spielen!"

„Lass ihn in Ruhe!" Ebby streckte sich, bis die Kette ihre volle Reichweite erreichte, nur wenige Zentimeter von Urokotoris Rücken entfernt. „Ich werde machen, was auch immer du willst!"

Urokotoris Blick haftete auf Cruz' schmerzerfülltem Gesicht, während er sich im Griff des Kraken krümmte. „So einen Spaß hatte ich schon lange nicht mehr!"

Urokotori glitt mit ihrer Schwanzflosse über seine Beine und Cruz fletschte seine stumpfen Zähne. Mit ihren Krallen fuhr sie von seiner Brust zu seinem Bauchnabel, genoss seinen bebenden Körper. Seine Bauchmuskeln spannten sich an, als er versuchte, sich von ihren Berührungen wegzudrehen.

Ebbys Blut kochte, jeder ihrer Herzschläge donnerte wie ein Countdown zu einem sicheren Ende. Sie musste ihren Gefährten beschützen!

Sie streckte sich und streckte sich, bis sie mit den Fingerspitzen Urokotoris schwarze Haare berührte. Ebby biss die Zähne zusammen, schob den Schmerz beiseite und gewann noch einen Zentimeter hinzu. Weitere Strähnen wickelten sich um ihre Finger. Schließlich ballte sie die Hand zu einer Faust und riss den Kopf ihrer Schwester nach hinten.

Blitzschnell schlug Ebby Urokotori mit ihrer Schwanzflosse gegen den Rücken, doch die Meerfrau drehte sich rechtzeitig weg und blockierte den Angriff mit ihrem Schwanz. Sie wirbelte um ihre eigene Achse und zuckte nicht einmal, als ihr Ebby dabei ein Bündel ihrer Haare rausriss. Dann kratzte sie mit ihren langen Nägeln über Ebbys Wange. Blut verteilte sich im Wasser.

Doch Ebby war nicht vollkommen hilflos, auch sie hob ihre freie Hand und holte mit ihren Krallen aus. Sie erwischte ihre Gegnerin am Arm.

Urokotoris Gesicht formte sich zu einer hässlichen Fratze. „Hast du endlich dein Rückgrat gefunden, kleine Schwester?"

„Befreie mich von der Fessel, dann können wir auf eine faire Art und Weise gegeneinander antreten." Ebby riss an der Kette.

Wie konnte sie die Meerfrau zu sich locken, um ihre Kehle zu packen?

„Du weißt genau, dass ich für das Prinzip Fairness nichts übrighabe. Um dich kümmere ich mich, wenn ich deines Liebhabers überdrüssig bin. Ich bin neugierig, wie gefügig ich ihn ohne ein Meerlied machen kann." Mit einem Schlag ihrer roten Schwanzflosse schwamm sie davon, direkt zu Cruz, und rieb ihren Körper an seinem, ihre Hände bereits an dem Seidenstoff um seine Hüfte.

Cruz' Gedanken überschlugen sich mit Hilflosigkeit, Wut, Angst und Empörung.

Ebby fühlte genauso. Sie suchte den Boden nach einer Waffe ab, einer Ablenkung, irgendetwas, sodass sie Cruz zur Flucht verhelfen konnte. Zu ihrer Linken bewegte sich etwas unter den modernden Brettern. Kato zeigte sich zwischen einer Lücke und hüpfte heraus, seine winzigen Kiemen flatterten bei der Anstrengung. Wie die unteren Zähne bei einer Muräne ragten zwei goldene Zinken aus seiner Schere. *Meine Harfe?*

Schnell schnappte sie sich das Instrument. Nur zwei der neun Saiten waren noch erhalten. Sie sah zu Urokotori, deren Schwanz sich wie eine Schlange einrollte, während sie sich an dem Körper von Ebbys Gefährten rieb. Sie summte ihre entsetzlichen Pläne, obwohl er sie nicht hören konnte, erzählte ihm, dass sie ihn seines Spermas berauben wollte.

Hatte die kaputte Harfe noch genug Macht in sich, um Urokotoris Magie entgegenzuwirken? Timuri war nicht in bester Stimmung und Urokotori war damit beschäftigt, Cruz zu foltern. Wenn Ebby den Einfluss auf ihr Haustier durchbrechen und ihn stattdessen bitten könnte, den Menschen loszulassen, hätte er vielleicht eine Chance zu fliehen. Auf der anderen Seite könnte dadurch das wahre Ungeheuer in dem Kraken zum Vorschein kommen, das dann Cruz zerfetzen und anschließend verspeisen würde.

Doch was sollte sie sonst machen? Sie musste es riskieren.

Sie schluckte schwer, hob die Harfe und strich sanft über die Saiten, schickte eine bebende Note durch den Bauch des Schiffs. Das Plankton leuchtete auf. Sie packte das Instrument fester und stimmte ein Lied an. Sie sang von Frieden und Zärtlichkeit. Von Sonnenlicht und süßem Wasser.

Timuris Arme zitterten, lösten sich. Cruz konnte sich befreien.

Urokotori wandte sich ihr zu, blickte mit offenem Mund zu Ebby. „Wie kannst du es wagen?"

Ein Arm des Kraken schlängelte sich über Urokotoris Schulter. Sie drehte sich ihrem Haustier zu, spielte ihre kleinere Harfe. Ihre geübte Stimme übermannte das Tier und es rollte sich unterwürfig zusammen.

Was passiert hier gerade? Cruz trat mit den Beinen, schwamm auf sie zu.

Ebby durfte sich nicht ablenken lassen, weshalb sie ihm eine Antwort schuldig blieb.

„Dafür wird dein Menschenmann leiden!" Urokotori mischte Zorn in ihr Lied und gab dem Kraken die Anweisung, anzugreifen und zu töten.

Durch Timuri jagte ein Schauer, sein Schnabel öffnete und schloss sich, als unterschiedliche Befehl bei ihm ankamen.

Tief aus der Brust holte Ebby ihre Noten, strich brutaler über die Saiten, um gegen die Gewalt in Urokotoris Lied anzukommen. In dem Versuch, das Biest zu beruhigen. Doch Jahre der Konditionierung hatten das Tier feindselig gestimmt. Ein langer Arm wickelte sich um Cruz' Knöchel.

Urokotori lachte, wechselte zwischen zwei Tonlagen, zu einer chaotischen Melodie, welche das Plankton unruhig flackern ließ. Timuris Haut verhielt sich ähnlich, änderte ruckartig von einer Farbe zur nächsten. Sein frustrierter Blick landete auf seiner Herrin, während er Cruz zu seinem Schnabel führte. Ebby schaffte es nicht, die Natur des Tieres zu brechen. Ein Krake wollte eben jagen und fressen. Urokotori musste also nur seine natürlichen Instinkte verstärken.

Die Antwort kam Ebby wie das Sonnenlicht, das sich am frühen Morgen in den Algenwald stahl: Sie musste aufhören, gegen Urokotoris Lied anzukämpfen.

Sie wechselte die Tonart, sang nach Rache sinnend, womit sie das Lied ihrer Schwester komplementierte. Es intensivierte.

Und es auf Urokotori umleitete.

Das Tier musste seit Jahren auf diese Gelegenheit gewartet haben. Blitzartig ließ Timuri von Cruz ab, schwoll in Größe an und ragte über seiner Herrin, die ihn so lange für ihre Zwecke benutzt hatte.

Urokotoris Lied schwang zu Panik um.

Im Bruchteil einer Sekunde hatte Timuri alle acht Arme um sie gewickelt und zu sich gezogen. Sein hungriger Schnabel schnitt in ihre Brust, Blut verteilte sich explosionsartig im Wasser. Ihr Schrei verstummte, als das Tier ihr das Herz aus dem Brustkorb riss.

Ebby unterdrückte ein Würgen und nahm aus ihrer Melodie die Brutalität heraus, bat den Kraken, sich für seine Mahlzeit einen ruhigeren Ort zu suchen.

Timuri änderte seinen Halt an der leblosen Meerfrau, um sich mit den freien Armen abzustoßen und durch die Deckenluke zu verschwinden.

Nachdem sich der aufgewirbelte Sand gelegt hatte, befreite sich Cruz von zerbrochenen Fässern und Kisten. Die rote Meerfrau war nicht mehr zu sehen. Nur Ebby war noch bei ihm, ihr apricotfarbener Schwanz und ihr rotbraunes Haar wie ein Leuchtfeuer im schwachen biolumineszierenden Licht. Über ihre mentale Verbindung hörte er, wie sich ihre Gedanken überschlugen, ihr internes Lied gleichzeitig grimmig und melodisch.

Cruz sah zu den dunklen Ecken, noch immer panisch, dass die rotschwänzige Meerfrau aus dem Nichts wieder auftauchte. Als sie das nicht tat, schwamm er auf Ebby zu und nahm sie in seine Arme. *Ebby, du musst nicht mehr singen. Sie sind weg.*

Ihr Lied verstummte, ihre Augen weit aufgerissen. *Oh Neptun, ich habe sie getötet.*

Ebby, das musstest du. Er legte die Arme fester um sie und fühlte ihren Schmerz, als wäre es sein eigener. Doch sie waren am Leben. Eine gute Sache. *Du hattest keine andere Wahl. Alles wird gut.*

Sie erstarrte. Ihre smaragdgrünen Augen trafen auf seine. *Du darfst mich nicht berühren.*

Hör auf, das zu sagen. Er zog sie noch enger an sich. Die Kälte in seinen Adern verschlimmerte sich, nun da das Adrenalin verflog. Er hieß ihre Wärme willkommen. *Nie wieder werde ich dich gehen lassen.* Die Zinken der Harfe zwischen ihnen bohrten sich in seine Brust. Dann nahm er seine freie Hand, um ihr das Instrument abzunehmen. *Wie bist du da rangekommen?*

Aus ihren Haaren im Nacken tauchte ihr Krebs auf, krabbelte auf ihre Schulter und wackelte fröhlich vergnügt herum.

Cruz grinste. *Was für ein Rockstar. Ich schulde dem kleinen Kerl was.*

Der Krebs kam vorwärts, schnappte sich die Harfe und krabbelte wieder in Ebbys Nacken. Cruz schüttelte den Kopf und schickte: *Du hast nicht übertrieben, als du meintest, dass die Harfe viel Macht innehat. Ich bin froh, dass du sie benutzt hast.*

Ich habe geschworen, niemals einer anderen Kreatur meinen Willen aufzuzwingen. Ebby schloss die Augen, legte die Stirn gegen Cruz' Schulter und ihr Körper erschlaffte. *Und nun ist Urokotori tot.*

Mit einem Finger unter ihrem Kinn hob er ihren Kopf, bis er ihr in die Augen sehen konnte. *Ich bezweifle stark, dass du den*

Kraken zwingen musstest, sie zu töten. Er schien diesen Gedanken seit Jahren gehabt zu haben. Und jetzt ist er frei, stimmt's? Wir waren nicht ihre einzigen Gefangenen.

Ihre bebenden Arme legten sich zögerlich um seinen Oberkörper, die kalte Kette, die noch immer von ihrem Handgelenk zum Boden führte, rieb über sein Bein. *Ich denke, du hast recht.* Sie seufzte, kleine Bläschen lösten sich aus ihrem Mund. *Tut mir leid, dass ich Panik bekommen habe und dich in der Höhle zurückgelassen habe, nachdem wir …*

Der Rest des Satzes hing zwischen ihnen und auf der Stelle spürte er, wie sein Schwanz zuckte. Ihr Mund war ihm so nah. Sah so einladend aus. Er glitt mit seinen Lippen über ihre, sanft, obwohl er sich so verzweifelt nach ihr sehnte. Doch seine Finger fühlten sich taub an; es war verdammt kalt. *Wir sollten dich von der Kette befreien, damit wir hier verschwinden können. Ich nehme an, dass du kein Lied parat hast, um die Fessel zu sprengen?*

Sie schüttelte den Kopf und nahm die gefesselte Hand von seinem Körper. *Unsere Lieder funktionieren nur bei Lebewesen. Ich will, dass du jetzt sofort an die Wasseroberfläche schwimmst, bevor wir das nächste Problem lösen müssen.*

Nicht ohne dich. Hatte die gemeingefährliche Meerfrau den Schlüssel? Er blickte zur Öffnung in der Decke. *Ah, verdammt, wo hat der Krake sie wohl hingeschafft?*

Es gibt keinen Schlüssel. Ebby löste sich aus seinen Armen und schob ihn zum Ausgang. *Du musst zu deinen Artgenossen zurück. Nur dort bist du sicher.*

Kein Schlüssel? Er packte ihren Arm, runzelte die Stirn beim Anblick der Fessel um ihr zartes Handgelenk. *Sie hat dich gefesselt, ohne die Möglichkeit zu haben, dich zu befreien?* Er drehte ihre Hand, glitt mit den Fingern über die Kette. Die schweren Glieder, obwohl sie von Rost befallen waren, zeigten sich stabil und würden nicht einfach nachgeben. Einen Bolzenschneider gäbe es hier unten sicher auch nicht.

Denkbar, dass ein Schlüssel hier irgendwo rumliegt. Ich werde Kato bitten, auf die Suche zu gehen. Sie hob den Krebs von ihrer Schulter und schickte ihn zur Deckenluke. Dann zog sie an der Kette, um sie Cruz aus der Hand zu reißen.

Wut loderte in ihm auf. Sie hatte alles für ihn geopfert. Und jetzt wollte sie, dass er sie zurückließ? Er festigte den Griff um die Kette. *Zur Hölle, nein. Du meintest, wir sind Gefährten. Das bedeutet, dass wir zusammen eine Lösung finden werden.* Er ließ den Blick über seine Umgebung schweifen. *Ich werde nach einem Werkzeug suchen. Kannst du etwas Licht erzeugen?*

Nicht wirklich. Dafür gibt es hier nicht genug Phytoplankton.

Er starrte auf die winzigen Partikel, die im Wasser schwebten und versuchte, seine Fassung nicht zu verlieren. Er musste nachdenken. Das Plankton … wie kleine Käfer – dieser Gedankengang gab ihm eine Idee: *Als Kind habe ich immer Glühwürmchen in Flaschen gesammelt.*

Er ließ ihre Hand los und schwamm zu den zerbrochenen Kisten. Unter dem Geröll fand er einige Flaschen, die noch intakt waren. Er drehte sich zu Ebby und hielt eine hoch. *Wenn wir Plankton hier drin konzentrieren können, funktioniert es wie eine Laterne.*

Er zog am Korken, versuchte, ihn herauszuziehen, doch seine Hände zitterten zu sehr. Die Kälte breitete sich in seinem

Körper aus und infizierte ihn trotz seines Tauchtrainings mit einsetzender Panik. Tief atmete er ein, ließ den Blick über die Kisten schweifen und wischte die Sandschicht von den Flaschen, um eine zu finden, die bereits offen war. Und so fand er etwas Vertrautes: einen Korkenzieher! Seine Panik verebbte. Endlich war das Glück mal auf seiner Seite.

Er bearbeitete den Korken und bemerkte dann, was für ein Idiot er doch war. In der Hand hielt er das Werkzeug, nach dem er gesucht hatte. Obwohl sich die Muskeln in seinen Waden verkrampften, kehrte er schnell zu Ebby zurück. Er streckte die Hand nach ihrem gefesselten Handgelenk aus, als er plötzlich von einem brutalen Kälteschauer überwältigt wurde. Der Korkenzieher glitt ihm aus den Fingern.

Cruz? Ist alles okay? Ebby packte seine Schultern. *Heilige Abgründe, du bist eiskalt!*

Ohne Vorwarnung legte sie beide Hände auf seine Wangen und küsste ihn. Winzige Bläschen stiegen zwischen ihnen auf, während ihre Zunge über seine Lippen glitt und ihre harten Nippel durch seine Brusthaare strichen. *Was machst du?* Zwiegespalten entriss er ihr seine Lippen, schließlich wollte er sie, doch er wusste auch, dass er seine Aufgabe, sie zu befreien, nicht vergessen durfte. Er beugte sich vor, um den Korkenzieher aufzuheben. *Das ist nun wirklich nicht der richtige Moment!*

Ich habe lediglich den Atem-Zauber erneuert. Sie zeigte auf die Luke. *Du musst hier verschwinden. Sofort.*

Dich zu verlassen, steht nicht zur Debatte. Der Kuss hatte ihm neue Kraft eingehaucht, doch sein Herz war noch immer damit überfordert, Blut in alle seine Gliedmaßen zu pumpen. *Schlag dir das aus dem Kopf. Gib mir deine Hand.*

Er schob das spitze Ende des Korkenziehers ins Schloss und drehte.

Der Korkenzieher rutschte ab, kratzte schmerzhaft über Ebbys Arm. Sie verzog das Gesicht und er lockerte seinen Griff. *Tut mir leid. Es ist so dunkel hier unten.*

Er rieb mit dem Daumen über den Kratzer und platzierte dann den Korkenzieher wieder im Schloss. In ihrem Verstand konnte sie fühlen, was die Kälte mit ihm anstellte. Die Stärke verließ ihn. *Cruz, schwimm zum Ufer, bevor dein Körper nicht mehr dazu fähig ist. Später kannst du zurückkommen und mich befreien.*

Er arbeitete weiter. *Diese Stelle erneut zu finden, wäre nahezu unmöglich. Ich habe keine Magie, um im Ozean wie in meinem Garten herumzustreifen. Ich bin froh, dass ich dich überhaupt gefunden habe.*

Entschlossen machte er sich an seine Aufgabe, so entschlossen, dass ihre Schwanzflosse vor Rührung schwach wurde.

Ich habe schon einmal jemanden zurückgelassen. Seine Gedanken wirbelten unruhig. *Das werde ich nicht wiederholen.*

Wen hast du zurückgelassen?

Cruz' Erinnerungen drehten sich um eine menschliche Vorrichtung und Ebby verstand schnell, dass Landläufer dieses Teil wie Boote auf dem Meer benutzten: zur Fortbewegung. *Meine Mutter ist mit dem Auto einen Abhang runtergestürzt. Zu dem Zeitpunkt war ich erst sieben Jahre alt. Es hat geregnet. Es war dunkel. Ich habe es nicht geschafft, ihren Gurt zu lösen. Blut überall. Ich habe nicht gleich erkannt, dass ich bei dem Unfall mein Gehör verloren habe und sie hat immer wieder auf das zerbrochene Fenster gezeigt. Also bin ich rausgeklettert und den Abhang hoch, um Hilfe zu suchen.* Sein Herzschlag pulsierte wie eine Schallwelle durch das Wasser. Für ein paar Minuten schwieg er, arbeitete daran, das Schloss zu öffnen. Dann: *Zwei Tage hat die Rettungsmannschaft gebraucht, um das Auto zu lokalisieren. Zu lange. Sie konnten sie nur tot bergen. Sie ist gestorben, während sie auf mich gewartet hat.*

Ebbys Herz brach für den kleinen siebenjährigen Jungen. Obwohl ihre eigene Mutter gefühlskalt und herzlos gewesen war, wusste sie, dass ihr Vater alles getan hätte, um ihre Sicherheit zu gewährleisten. An dem verhängnisvollen Tag in den Wilden Tiefen hatte er sie weggeschickt, hatte ihr befohlen, sich zu verstecken, als sich die Meerfrauen genähert hatten. Wenn Onkel Zantu und Tante Brianna nicht gewesen wären, hätten ihr Vater und sie diesen Tag nicht überlebt.

Sie hob ihre freie Hand und platzierte sie auf Cruz' kalter, stoppeliger Wange. *Du warst noch ein Kind. Du hast getan, was du konntest. Hättest du bei ihr bleiben und mit ihr sterben sollen? Das hätte sie nicht gewollt.*

Er schluckte schwer und legte seine Hand auf ihre. *Ich werde keine weitere Person verlieren, an der mir etwas liegt.*

Ihr Herz machte einen Salto. Ihm lag etwas an ihr? Nur bei wahren Gefährten war dies der Fall. Stets hatte sie den Bund für ein Gefängnis gehalten. Stattdessen aber gab er ihr Stärke. Ein hingebungsvoller Gefährte schaffte das. Cruz war ihr Gefährte. Ein loyaler, kluger, fürsorglicher und furchtbar entschlossener Mann, der für immer ihr gehören würde. Die anderen Meerfrauen, stets auf der Suche nach den nächsten Sexpartnern, hatten keine Ahnung, was ihnen entging.

Sie rückte näher, glitt mit der Hand von seiner Wange in seinen Nacken und küsste ihn. *Ich liebe dich, Cruz.*

Sein Puls beschleunigte sich. Er erwiderte den Kuss, sein Mund fordernd auf ihrem. Sie teilte die Lippen und seine Zunge schob sich dazwischen, seine Brust und seine Schenkel drückten sich an sie. *Ich liebe dich auch.* Seine Hand verließ ihr gefesseltes Handgelenk und umfasste ihren Kiefer, seine Finger landeten in ihren Haaren. Seine andere Hand fuhr über ihren Arm zu ihrem Schulterblatt, zog sie näher an sich. Gierig küsste er sie. *Du bist so warm. Ist es merkwürdig, dass ich dich will? In dieser Situation?*

Nein, nicht merkwürdig. Ich will dich auch. Ebby verdrängte den Gedanken, dass dies das letzte Mal sein könnte. Sie presste sich gegen ihn, Hitze bündelte sich in ihrer Mitte, als sie seine Erektion zwischen ihnen pochen spürte. Noch nie hatte sie etwas verzweifelter gewollt. Sie wollte alles von ihm. Kein Zögern, keine Angst. Mit ihrer gefesselten Hand umfasste sie seinen Schaft, rieb über die Haut und positionierte ihn gleichzeitig an ihrem Eingang.

In ihren Mund stöhnte er: *Gott, du fühlst dich so gut an.*

Einen Zentimeter nahm sie ihn in sich auf, genoss das Gefühl seiner Eichel in ihrem Geschlecht. Sein Mund verließ ihren, um einen Pfad über ihr Schlüsselbein zu küssen, weiter runter, bis er einen Nippel zwischen seine Lippen nehmen konnte. Hart saugte er an der Knospe und ihr entrang ein Schrei, der das schwach funkelnde Plankton zum Aufleuchten brachte. *Neptun,* niemals hätte sie gedacht, dass es möglich war, ihrem Körper derartige Empfindungen zu entlocken. Seine Zunge fuhr über ihre Brust, drehte Kreise, bis ihre Atmung flacher wurde und sie keuchte. An ihrer Haut knabbernd fand er zur anderen Brust, umkreiste ihren Nippel und packte gleichzeitig ihren Nacken fester.

Sie rieb sich an ihm, wollte ihn antreiben, sie endlich zu nehmen. Wollte gefüllt werden. Hart saugte er an ihrem Nippel. Dann stieß er in sie, vergrub sich tief in ihrer Hitze. Sie schnappte nach Luft, ihre Hände auf seinem Oberkörper, die schwere Kette glitt lautstark über den Holzboden. Seine großen Hände rissen sie brutal an sich, Körper an Körper schien die Temperatur des Wassers anzusteigen.

Wieder landete sein Mund auf ihrem, seine Zunge schob sich an ihren Lippen vorbei. Sein Schwanz war dick und hart und er fühlte sich wundervoll an. Langsam zog er sich aus ihr zurück, dann drang er erneut in sie. Rein und raus, schneller und immer schneller. Jetzt war er nicht mehr unterkühlt, sondern brennendheiß. Seine Leidenschaft verbrannte sie, kam ihrer gleich, und so trieben sie zusammen einem gewaltigen Höhepunkt entgegen. Das Phytoplankton wirbelte um sie herum, leuchtete motivierend.

Ihre Umgebung verschwamm, als Cruz sie hart nahm. Mit seinem Schambein kollidierte er immer wieder mit ihrer Klitoris, in einem Rhythmus, der den Druck in ihr erhöhte, bis sie es nicht mehr aushielt. Die Empfindungen intensivierten sich. Sie stöhnte und ließ sich von der lustvollen Welle mitreißen. Sie warf den Kopf in den Nacken und schrie: *Cruz, oh, heilige Abgründe, Cruz!*

Ihren nahenden Orgasmus ahnend packte er sie an den Hüften und stieß hart in sie.

Der Druck wechselte zu einem Kribbeln, das sich von ihrer Mitte in ihrem ganzen Körper ausbreitete, bis sie explodierte. Sterne füllten ihr Sichtfeld. An seinen Schultern krallte sie sich wie eine Ertrinkende fest, während die Wände ihres Geschlechts um seine Länge pulsierten.

Cruz erschauerte, ein ungezähmter Laut drang aus seiner Kehle. Seine Hüfte zuckte nach vorn und schon schoss sein Sperma in sie. Nach seiner Erlösung nahm er Tempo heraus, stieß gemächlicher in sie, und ließ sich von ihren Nachbeben verwöhnen.

Ebby entspannte sich, so befriedigt wie noch nie. Seine Lippen liebkosten ihre Schulter, ihren Hals, ihren Kiefer, ihre Lippen. Er schob eine Strähne hinter ihr Ohr, blickte ihr tief in die Augen. *Also das hat mich aufgewärmt.*

Sie lächelte, ihr Ausdruck war von Erschöpfung geprägt. *Mich auch.*

Beide Arme wickelte sie um seinen Oberkörper, wodurch sich die Kette um sein Bein legte. Die Realität ihrer Situation erfasste sie. Sie war an ein Schiff gefesselt, tief auf dem

Meeresgrund, mit einem Gefährten, der schon bald vor Kälte oder Hunger sterben würde.

Auch er schien durch den Kontakt wieder zu sich zu kommen und streckte die Hand aus, um sich von den kalten Gliedern zu lösen. *So gerne ich auch mit dir kuscheln würde, denke ich doch, dass wir dich endlich befreien sollten.*

Seine Tiefen waren gefüllt mit einer überwältigenden Hingabe, sodass ihr Tränen in die Augen stiegen. Er war so dickköpfig wie ein Seeotter, der eine Auster öffnen wollte. Es war egal, was sie zu ihm sagte, denn er würde ohnehin bis zum Tod an ihrer Seite bleiben.

Er beugte sich vor und hob den Korkenzieher auf, der beim Liebemachen aus seinen Fingern geglitten war. Wehmütig musterte sie seinen breiten Rücken, seine tanzenden Muskeln, als er sich durch das Wasser auf die Flasche zubewegte, die sich rollend verabschiedet hatte. Niemals würde sie ihn im Nest ihres Vaters sehen – wie er das Schwammbett säuberte, den Seegrasgarten pflegte. Niemals würde sie in den Genuss kommen, das Sonnenlicht von seiner bronzefarbenen Haut reflektieren zu sehen.

In dem Moment erkannte sie, dass das Plankton so viel heller leuchtete. Nicht nur um Cruz, sondern im gesamten Bereich.

Sie legte ihre freie Hand um die Fessel und bündelte die Partikel um den Mechanismus. Cruz kehrte zu ihr zurück, um ihr eine leuchtende Flasche zu reichen. Bei dem Anblick, der sich ihm bot, klappte seine Kinnlade herunter: *Meintest du nicht, dass du die Leuchtkraft nicht erhöhen kannst?*

Sie zuckte mit den Achseln, ebenso verwirrt wie er. *Die Energie aus unserem Liebesakt muss die Partikel aufgeladen haben.*

Er schüttelte den Kopf und machte sich wieder an die Arbeit. *Meerfrauen-Magie werde ich niemals verstehen.*

Sie lachte und versuchte, sich nicht zu bewegen, als er mit seinen Fingern die Metallspitze in die winzige Öffnung schob. *Ich denke, wir haben sie nur ein bisschen angeheizt.*

Was auch immer zu mehr Licht geführt hat, ich bin dankbar. Mit dem Gesicht nah am Schloss ruckelte er das von Menschen gemachte Werkzeug, drehte es vor und zurück.

Gebannt biss sie sich auf die Unterlippe. Licht war schön und gut, doch sie spürte bereits, wie sich das Wasser abkühlte. Nicht mehr lange und sie stünden wieder vor dem gleichen Problem. Cruz schlug mit dem Handballen gegen den hölzernen Teil des Korkenziehers und das Schloss sprang auf. Die Fessel fiel zu Boden, jedes einzelne Glied von einem klirrenden Laut begleitet.

Du hast es geschafft! Freudig erregt legte Ebby beide Hände auf seine Wangen und küsste ihn voller Dankbarkeit auf die Lippen.

Er grinste, packte sie und drehte sich mit ihr in den Armen. *Lass uns von hier verschwinden.*

Das musste er ihr nicht zweimal sagen. Sie nahm seine Hand und führte ihn aus dem Inneren des Schiffs, auf die Sonne zu, die weit über ihnen schwach leuchtend die Richtung vorgab.

Cruz strampelte neben Ebby und versuchte, mit ihren mühelosen Bewegungen mitzuhalten. Da er nun der Höhle sowie dem Schiff entkommen war, nicht zu vergessen den anderen Meerfrauen, konnte er das erste Mal mit Anerkennung den Blick auf die Schönheit des Meeres richten. Zu seiner Linken schwammen Makrelen mit ihren großen Augen durch das dunkle Wasser, kreierten mit ihren Körpern wolkenähnliche Formen, mit denen sie einen kleineren Schwarm aus Hechten auswichen. Unter ihm drehten zwei grau-grüne Lippfische inmitten einer Seegraswiese Kieselsteine herum und wechselten sich bei der erbeuteten Mahlzeit ab. Als Ebby ihn aus dem offenen Meer führte, spürte er, dass die Strömung wärmeres Wasser mit sich brachte. Beobachtet wurden sie nun von mehreren orangenen Falterfischen, die an den tellerförmigen Korallen an der unteren Seite des Riffs zu ihnen hochsahen.

Wohin schwimmen wir?, fragte er.

Mit Ebby passierte er antennenähnliche Korallen und tauchte zwischen die goldfarbenen Stängel des Algenwalds ein. *Ich bringe dich zum Nest meines Vaters.*

Dass Meerfrauen Eltern haben könnten, war ihm bisher nicht in den Sinn gekommen. Ihren Vater zu treffen, machte ihn nervös. *Du willst mir deinen Vater vorstellen?*

Ein Anflug von Trauer und Reue kam durch die Verbindung bei ihm an, stark genug, dass er zusammenzuckte. *Nein,* sagte sie. *Er ist weg.*

Am liebsten würde Cruz sie in die Arme nehmen, doch sie beschleunigte plötzlich. *Was ist mit ihm passiert?*

Ich vermute, dass er tot ist. Mit einer Hand schob sie einen dicken Stängel zur Seite und zog ihn mit sich auf eine Lichtung. Der ovale Bereich hatte eine Decke, die aus zusammenhängenden Seetangblättern bestand und der Boden erinnerte ihn an eine Waldhütte unter dem Meer.

Tot? Cruz' Blick fiel auf ein Messingkopfteil für Betten, das hinter einer Ansammlung von Schwämmen stand, die eine farbenfrohe Matratze formten. Fast alles war von einer dünnen Schicht Sand bedeckt, doch eine Stelle auf dem Bett schien erst vor Kurzem benutzt worden zu sein. *Du bist dir nicht sicher?*

Er ist verschwunden, als ich zur Meerfrau wurde. Ebby ließ seine Hand los und schwamm zu einem flachen Felsen mitten auf der Lichtung, umgeben von vollgesaugten Weinfässern. Auf einem nahm sie Platz und ihr Meerfrauenschwanz wickelte sich anmutig um das Holz.

Kato, ihr Haustier, sprang von ihrer Schulter und trug die Harfe zu einer kleinen Nische. Augenblicklich buddelte er ein Loch und vergrub das Instrument. Dann machte er sich daran, mit seinem Schwanz den Boden vom Sand zu befreien, wodurch ein Mosaik aus Muscheln und farbenfrohen Steinen zum Vorschein kam.

Cruz bewegte sich zu dem Fass neben Ebby, froh darüber, sich nach allem, was passiert war, ein wenig ausruhen zu können. *Zur Meerfrau geworden?* Ein Spiegel gleich hinter ihr zeigte ihren graziösen Rücken und ihre sanft gerundeten Hüften, ihre Haare wild und sexy um ihren Kopf. Er konnte sie sich gut mit Beinen vorstellen. *Warst du vorher ein Mensch?*

Ebby schmunzelte. *Ich vergesse immer, dass Menschen nicht die Wahl haben. Meerkinder werden geschlechtslos geboren, bis sie ihre Pubertät erreichen.*

Seine Augen glitten zu ihren Brüsten. *Fällt mir schwer, mir dich als einen Meermann vorzustellen.* Zu seiner Befriedigung richteten sich ihre Nippel auf. Begierde nach ihr jagte Hitze in seinen Schwanz. Ihr Verstand jedoch war mit Traurigkeit gefüllt und er wollte, dass der nächste Geschlechtsverkehr zwischen ihnen von purer Freude begleitet wurde, nicht von Trauer oder Reue. *Ich verstehe nicht, wie die Wahl deines Geschlechts etwas mit dem Verschwinden deines Vaters zu tun haben kann.*

Sie biss sich auf die Unterlippe, ihr Blick auf dem Tisch. *Er vertraut mir nicht. Meerfrauen sind gefährlich.*

Verärgerung brannte in seinem Herzen. *Aber er ist doch dein Vater!*

Spielt keine Rolle. Sie wischte Sand von der Tischoberfläche und legte den löchrigen Stein darunter frei. *Meerfrauen sind gewalttätig, besitzergreifend und man kann ihnen nicht vertrauen, nicht mal wenn sie zur Familie gehören.*

Dass Meerfrauen nicht die nettesten Kreaturen waren, hatte sie bereits erwähnt. Dass sie nur daran interessiert waren, Unterhaltung zu finden und dass dies meist in Folter endete. Aber auch Ebby war eine Meerfrau und auf sie traf diese Beschreibung nicht zu. *Wenn sie so furchtbar sind, warum hast du dich dann für das weibliche Geschlecht entschieden?*

Ein wehmütiges Lächeln zeigte sich auf ihren Lippen. *Als Kind dachte ich immer, ich würde mich für das männliche Geschlecht entscheiden. Ich habe es geliebt, Nester zu bauen, und ich habe meinem Vater mit dem Baby geholfen, bevor ...* Sie schluckte schwer. *Das Baby hat es nicht geschafft. Doch als der Zeitpunkt für mich kam, wusste ich genau, wie meine Entscheidung ausfallen würde. Auf keinen Fall wollte ich wie mein Vater enden.*

Er nahm ihre Hand. *Was meinst du damit?* Es gab so viel, was er über Ebby nicht wusste, was er nicht verstand, und je mehr er lernte, umso mehr wollte er wissen.

Ihre freie Hand ballte sich auf dem Tisch zu einer Faust. *Niemals wollte ich zur Sklavin des Gefährten-Bundes werden.*

Seine Kehle schnürte sich zu. So merkwürdig die Sache auch war, er konnte über die Verbindung nicht glücklicher sein. Eine Verbindung, die ihm erlaubte, sich mit einer anderen Person auf eine intime Weise auszutauschen. An Land wäre das nicht möglich, nicht mal mit einer Ehefrau. Eine Gefährtin, die seine Gedanken hören konnte, war so viel besser. Zudem könnte er es sich gut vorstellen, für alle Zeiten mit Ebby im Meer zu leben. Er ließ ihre Hand los und verschränkte beide in seinem Schoß.

Wenn du nicht mit mir zusammen sein willst, kannst du mich ans Ufer bringen. Ich komme schon klar. Das war eine Lüge, doch er würde kein Glück mit ihr finden, wenn sie ihn nicht genauso verzweifelt wollte wie er sie.

Nein! Sie streckte die Hände nach ihm aus, zögerte dann, ihre sanft geschwungenen Augenbrauen zogen sich zusammen. *Es sei denn natürlich, du willst nicht bei mir bleiben. Ich werde dich nicht zwingen, dein Leben mit mir zu verbringen.*

Cruz schmolz dahin, Erleichterung floss durch seine Adern. Er hob sie hoch und brachte sie zum Bett aus Schwämmen. *Nichts würde mich glücklicher machen, als den Rest meines Lebens mit dir zu verbringen.*

Sie schloss die Augen und rieb ihre Wange an seiner Schulter. Er legte sie auf die weiche Matratze und machte es sich neben ihr bequem, zog sie in seine Arme. Es dauerte nicht lange, bis die Nacht über sie hereinfiel. Ebby lag schlafend an ihn gekuschelt, warm und anschmiegsam. Noch nie hatte er sich so zuhause gefühlt. Als wäre er endlich dort angekommen, wo er hingehörte. An Ebbys Seite, mit ihr in seinen Armen.

Sie musste spüren, dass er aufgewacht war, denn sie drehte sich ihm zu. *Ich verspreche dir, dass ich dir niemals antun werde, was meine Mutter meinem Vater angetan hat.*

Warst du die ganze Zeit wach? Er zog sie an seine Brust, wollte nicht einen einzigen Millimeter Abstand zwischen ihnen.

Ich habe gedöst. Ich möchte einfach, dass du weißt, dass du sicher bei mir bist.

Was hat deine Mutter getan? Waren die beiden auch Gefährten?

Nein, das waren sie nicht. Ein harsches Lachen schüttelte sie durch. *Mein Vater hat meine Mutter verehrt. Dagegen konnte er sich nicht wehren. Aber sie hat seine Liebe nicht erwidert. Jedes Mal, wenn sie uns verließ, hat sie einen Teil seiner Seele mitgenommen, bis er nur noch ein Schatten seiner selbst war. Ich war froh, als sie endlich tot war, denn ihr Tod hat meinem Vater die Freiheit zurückgegeben.* Sie seufzte. *Nur nicht so richtig. Nicht wirklich.*

Die Menschen würden es Depression nennen.

Sie schien in seinen Armen zu schrumpfen. *Als ich mich für das weibliche Geschlecht entschieden habe, hat ihm das den Rest gegeben.*

Er legte eine Hand auf ihre weiche Wange. *Du kannst dir nicht die Schuld dafür geben, was deine Entscheidungen bei anderen für Gefühle auslöst.*

Mit dem Zeigefinger zeichnete sie seine Lippen nach und schickte einen Lustschauer durch ihn. *Auch nicht, wenn ich bei dir Gefühle auslöse?*

Er knabberte an ihrem Finger, hielt ihn zwischen seinen Zähnen. *Kommt darauf an, von welchen Gefühlen du gerade sprichst.*

Sie positionierte sich um, kam dabei in Kontakt mit seinem Schwanz und brachte ihn zum Stöhnen. *Wie sieht es mit diesem Gefühl aus?*

Eine Hand legte er unten auf ihren Rücken, glitt langsam nach oben, bis seine Finger in ihren Haaren landeten. Behutsam riss er ihren Kopf in den Nacken, dann zur Seite, um vollen Zugang zu ihrem schlanken Hals zu haben. Er presste den Mund auf ihre Kehle, ihre Haut an seinen Lippen unbeschreiblich köstlich, während sich ihre Brüste an seinen Oberkörper schmiegten.

Seine freie Hand wanderte über ihre Rippen, umfasste eine Brust. Sie atmete schwer, schnappte immer wieder nach Luft und er fühlte, wie sich ihre Nippel aufrichteten. Er stützte sich auf einen Ellbogen und rollte sie auf den Rücken. Im Dunkeln konnte er sie nicht gut sehen, dennoch spürte er durch die mentale Verbindung, wie erregt sie war.

Er streichelte ihre Hüfte, über ihren Bauch hoch zu den Brüsten. Mit sanften Küssen liebkoste er sie, betörte sie, verehrte sie. Jeden Millimeter ihrer Haut erkundete er mit seinen Lippen, bevor er mit einer Hand an ihrem Bauch vorbei und zu ihrem Geschlecht glitt. Sogar unter Wasser konnte er fühlen, wie feucht sie war. *Verdammt*, sie war so bereit für ihn. Sie wölbte sich ihm und seinen Berührungen entgegen. Ohne zu zögern, stieß er seinen Mittelfinger in ihre Hitze.

Du bist so perfekt, schickte er ihr mental, als er sie mit dem Finger fickte.

Sie rotierte mit den Hüften und er sah dies als Stichwort, um einen zweiten Finger hinzuzufügen und sich rittlings auf sie zu setzen. Die Wände ihres Geschlechts pulsierten um ihn, bebten mit jedem Stoß in ihre Hitze. Sie wand sich unter ihm, streckte die Hände nach ihm aus und zog ihn zu sich. Ihr Mund traf auf seinen, weich und empfänglich, während sie eine Hand auf seinen Hinterkopf legte. Ihre Zungen fanden sich, der Kontakt so überwältigend, dass er vor Begierde bebte.

Ohne den Kuss zu unterbrechen, griff er zwischen ihre Körper und positionierte sich mit seiner Eichel an ihrem Eingang. Sie rieb ihre Hitze über seinen Schaft und er entließ ein animalisches Stöhnen. Mit einem Stoß drang er in sie. Sie kam ihm entgegen und er küsste sie brutaler, leidenschaftlicher, nahm sie hart. So eng und heiß fühlte sie sich an. Sie passten perfekt zusammen. Seine perfekte Gefährtin.

Ihre Körper bewegten sich als Einheit und er vergrub sein Gesicht an ihrem Hals, riss sie an sich, während seine Stöße an Tempo zunahmen. Ihre Haut schmeckte salzig und frisch, was seine wilde Seite hervorbrachte. Der Druck in ihm baute sich auf. Bei jedem Stoß hauchte sie seinen Namen und es dauerte nicht lange, bis er in ihren Gedanken lesen konnte, dass auch sie der Erlösung näherkam.

Mit einer Hand drückte er ihr Becken auf die Schwämme, nahm sie hart und wild, presste die Zähne aufeinander, um seinen eigenen Orgasmus zurückzudrängen. Dann zog er sich aus ihr zurück, neckend verweilte die Eichel an ihrem Eingang. *Komme für mich,* schickte er ihr knurrend und stieß schließlich hart in sie.

Sie schrie, wölbte den Rücken und bebte von der Ekstase, die ihren Körper überfiel. Er packte sie fester, drang in ihre pulsierende Hitze, bis er sich sicher war, ihr jede Reaktion entlockt zu haben. Begleitet von einem Lustschauer und einem Stöhnen erlaubte er, dass ihre Nachbeben ihn zu einem sehnsüchtig erwarteten Höhepunkt führten.

16

Das Morgenlied eines Fledermausfisches weckte Ebby. Sie streckte sich und öffnete die Augen. Cruz schlief friedlich neben ihr auf dem Schwammbett, einer seiner Arme unter ihrem Kopf, der andere um ihre Hüfte gewickelt. Behutsam setzte sie sich auf. Sofort festigte sich der Arm um ihren Körper und er riss sie zurück an seine Seite.

Nicht so schnell. Seine Stimme in ihrem Kopf klang schlaftrunken. Wirklich bezaubernd. *Wo bleibt mein Guten-Morgen-Kuss?*

Lächelnd drehte sie sich in seinen Armen herum, legte eine Hand auf seine stoppelige Wange und knabberte an seiner Unterlippe. Zwischen kleinen Küssen schickte sie ihm: *Ich habe Hunger.*

Ich auch. Cruz gab ihr einen Kuss und setzte sich dann auf. *Ich würde dir ja Frühstück machen, aber ich bin mir nicht sicher, was ihr hier unten normalerweise esst. Oder wie ihr kocht.*

Ebby hatte von der Kochen-Sache bereits gehört, verstehen tat sie es jedoch nicht. Sie erhob sich von den Schwämmen und sah sich nach dem Messer um, dass ihr Vater zum Ernten benutzt hatte. *Ich werde dir den Garten zeigen.*

Sand hatte das Seegrasbeet ein wenig abseits des Nestes vollkommen zerstört, doch ihr Vater hatte sich zudem einige Beete am Riff gesichert. Sie reichte das Messer an Cruz weiter, führte ihn aus der Lichtung und zu einem felsigen Gebiet, wo immer ausreichend Seegras zu finden gewesen war. Nicht mehr. Ihre seltenen Besuche hatten nicht ausgereicht, um die Beete zu erhalten. Einige Papageienfische waren eingezogen und hatten die Gräser gemäht.

Mit einer Schallwarnung vertrieb sie alle Fische und näherte sich mit Cruz den lückenhaften Beeten, brachte ihm bei, wie man erntete, wie man gegen Schneckenbefall anging und wie man vermied, dass sich Anemonen im Gras versteckten. *Die Beete zu pflegen, ist wichtig,* erklärte sie. Plötzlich erkannte sie, dass sie nun ein Nest hatte, und wurde von unbeschreiblicher Freude überwältigt. Sie würde das Nest nicht nur gelegentlich besuchen, sondern zusammen mit Cruz auf Dauer instandhalten.

Cruz gönnte sich beim Füllen der Muschelschüssel mehrere Bisse. *Ein Cheeseburger wäre wirklich toll.*

Was ist ein Cheeseburger?

Fleisch mit zerlaufenem Käse zwischen zwei weichen Brötchen. Er hielt einen Grashalm hoch, beäugte ihn kritisch, bevor er es sich in den Mund schob. *Schwer zu erklären. Ich denke jedoch, dass ich mich damit hungriger mache. Es fühlt sich wie eine Diät an, bei der ich nur das Grünzeug von einem Burger bekomme.*

Wenn du weiter isst, wirst du für die erste Mahlzeit keinen Platz mehr in deinem Magen haben, neckte sie.

Er schlang einen Arm um ihre Taille und bot ihr einen Seegrashalm an. *Dann solltest du auch essen. Schließlich habe ich vor, nach dem Essen einen ganz anderen Hunger mit dir zu stillen.*

Kichernd akzeptierte sie das Seegras und saugte dann an seinem Finger.

Er schmunzelte. *Freche kleine Meerfrau.*

Sie wickelte beide Arme um ihn und rieb sich an seiner wachsenden Erektion. *Unersättlicher Mensch.*

Über ihnen funkelte etwas Goldenes. Sie hob den Kopf und erblickte zwischen roten Seefächern zitrinfarbene Augen. Ebby schob Cruz hinter sich.

Grinsend kam Lutana aus ihrem Versteck.

Fuck! Wo ist das Messer? Cruz bewegte sich schwerfällig zu der Schüssel mit Seegras, die einige Meter entfernt auf dem Riff zu finden war.

Ebby drückte die Schultern durch, Hände in die Hüften gestemmt und funkelte ihre Schwester misstrauisch an. Mit Lutana allein würde Ebby fertig werden. Wenn sie allerdings weitere Artgenossen mitgebracht hatte … „Was willst du?"

Lutana neigte den Kopf. „Die Strömung singt, dass Selachii und Urokotori tot sind."

Herausfordernd starrte Ebby die andere Meerfrau nieder. „Ich bezweifle, dass du damit ein Problem hast, Lutana. Jetzt wirst du nicht mehr dazu gezwungen, irgendwelche abartigen Spiele zu spielen."

Cruz kam an Ebbys Seite, das Messer in seiner Hand. *Gefunden.*

Wohlklingendes Lachen vibrierte durch das Wasser. „Oh, er ist ja so mutig." Lutanas goldener Blick schweifte über ihn. „Wie lange hast du vor, ihn zu behalten?"

Angespannt überlegte sich Ebby ihre nächsten Worte gut. Es gab keine Regel, die einen Gefährten vor anderen Meerfrauen beschützte. Wahrscheinlich, weil sie für Meermänner keinerlei Zuneigung hegten. Jedoch war Cruz ein Menschenmann. Machte ihn das nicht zu etwas Besonderem? Kato wagte es, aus seinem Versteck zwischen den Korallen hervorzulugen, woraufhin Ebby eine Idee kam: „Er ist mein neues Haustier."

Lutana verengte die Augen. „Du bist die merkwürdigste Meerfrau aller Zeiten. Die Anderen werden diese Information interessant finden."

„Die Anderen?"

„Wie ich schon meinte: Die Strömung erzählt von einem freien Jagdrevier." Lutana zuckte mit den Schultern und wandte sich ab.

„Was ist, wenn ich dir sage, dass er mein Gefährte ist?", platzte es Ebby heraus.

Lutana stoppte, kam zurück zum Riff, und ließ ihren Blick erneut über Cruz schweifen. „Dann muss ich dir sagen, dass du mit großer Wahrscheinlichkeit den Verstand verloren hast, kleine Schwester. Du bist eine Meerfrau, kein liebeskranker Meermann."

Ebby empfand Mitleid mit Lutana. Sie war nicht so grausam, wie das Selachii und Urokotori gewesen waren, dennoch war sie in den letzten Jahren konditioniert worden. Ebby bewegte sich auf sie zu. „Unser Geschlecht definiert uns nicht, nur unsere Taten."

Lutana schnaubte und verschränkte die Arme.

Ebby schwamm ein paar Zentimeter näher. „Es ist noch nicht zu spät für dich, Lutana. Wenn ich Liebe finden kann, dann kannst du das auch."

Nach einem undefinierbaren Laut wirbelte ihre Schwester herum und verschwand wortlos über das Kliff.

Es wird immer andere Meerfrauen geben, oder? Cruz' sanfte Worte drangen in ihre Gedanken. *Irgendwann wird einer von uns verletzt werden.*

Tränen brannten in Ebbys Augen. Ihr Traum von einem Nest mit ihrem Gefährten und Partner hatte vor wenigen Momenten noch umsetzbar geklungen. Nun hatte sie das Gefühl, dass ein Sturm über sie hinweggefegt war, der diesen Traum wie einen Seefächer entwurzelt hatte. Sie drehte sich zu Cruz, nahm seine muskulöse und attraktive Erscheinung in sich auf, von seiner definierten Brust und den breiten Schultern zu den Beinen, die sanft strampelten. Es wäre schwierig genug, einen Meermann-Gefährten zu beschützen, doch ein Mensch war so viel verletzlicher. Wenn er sich doch nur einen Meermannschwanz wachsen lassen könnte, so wie Onkel Zantu Beine –

Ein Damm öffnete sich in ihr. War das möglich? Wie war Onkel Zantu zu Beinen gekommen? Es gab nur einen Weg, dies herauszufinden. Sie packte Cruz' Hand. *Ich möchte dir jemanden vorstellen.*

17

Ebby näherte sich behutsam der kleinen Bucht, in der ihr Onkel lebte. In der Ferne zeigten sich dunkle Gewitterwolken und die Wellen waren hoch und kraftvoll. Sie kämpfte gegen den Sog an, um mit Cruz nicht an die Felsen zu stoßen.

Nicht unweit von ihnen schaukelte auf dem unruhigen Meer eine kleine Yacht, was sie pausieren ließ. Es handelte sich nicht um einen Privatstrand. Falls das Boot zu einem der Hausbesitzer in der sichelförmigen Bucht gehörte, dann hatte sie keine Ahnung, wie die Besitzer das Boot betraten. Schließlich gab es keine Anlegestelle, nur Felsen. *Heilige Abgründe*, natürlich hatte sie sich für einen Tag entschieden, an dem Menschen sie erspähen konnten.

Stimmt etwas nicht?, fragte Cruz, während sie eine Sonaranfrage zu einem Fisch sendete, um herauszufinden, wie lange das Schiff schon hier war.

Sie zeigte auf ihr Problem. *Ich habe keine Ahnung, zu wem dieses Boot gehört.*

Er legte den Kopf auf die Seite und seine Hand festigte sich um ihre. *Vielleicht sind das meine Freunde, die nach mir suchen.*

Mit dem Verweis auf ihre Schwanzflosse sagte sie: *Menschen dürfen mich nicht so sehen.*

Die Strömung trieb sie zu einem Felsen unter der Wasseroberfläche. Sie führte beide weiter vom Ufer weg und Ebby wickelte schließlich die Arme um seinen Hals, vergrub ihren Kopf an seiner Schulter. Ein Leben ohne ihn konnte sie sich nicht vorstellen. Wenn sie aber ans Meer gebunden war und er ans Land, wie konnten sie dann eine Zukunft haben?

Er umfasste ihren Hinterkopf und presste einen Kuss auf ihre Schläfe. *Wir könnten uns einen anderen Strand suchen.*

Es gibt keine anderen Strände ohne Menschen. Sie dachte an die Küste, mit Booten überall, Schwimmern, Häusern mit Meerblick. *Und ich muss mit meinem Onkel sprechen.* Auf dem Weg in die Bucht hatte sie ihm von ihrem Onkel erzählt, von seinen Beinen, die er bekommen hatte, um mit seiner Gefährtin an Land zu leben. Jedoch war Ebby eine Meerfrau. Es war möglich, dass die Idee für sie nicht umsetzbar war.

Ebby. Er neigte den Kopf, um ihr in die Augen zu sehen. *Wir werden schlicht und einfach warten, bis das Boot verschwindet, okay?*

Ein Klumpen aus Federn passierte sie, die Überreste eines Vogels, der den Gefahren des Ozeans zum Opfer gefallen war. Cruz war hier nicht sicher. Er musste sofort an Land, ob sie ihm nun folgen konnte oder nicht. *Du solltest zu deinen Freunden gehen und ihnen sagen, dass es dir gut geht. Ich werde an Land kommen, sobald die Luft rein ist.*

Er packte sie fester. *Wir haben so viel zusammen durchgestanden. Ich werde dich nicht verlassen.*

Sie verzog das Gesicht zu einer Grimasse. *Es wird bald ein Gewitter kommen. Das ist gefährlich. Du musst an Land gehen.*

Unzufrieden presste er die Lippen zu einer dünnen Linie. Nach einer Weile sagte er: *Versprich mir, dass du kommst, sobald es wieder sicher ist.*

Sie nickte. *Ich verspreche es.*

Zusammen näherten sie sich dem Ufer, bis sie überzeugt war, dass er den Rest des Weges alleine bewältigen würde. Erst dann ließ sie ihn los und beobachtete, wie er mit starken Zügen an Land schwamm. Sobald er im Wasser stehen konnte, durchbrach sie die Wasseroberfläche bis zur Nase, um ihn auch weiterhin zu beobachten. Sein muskulöser Körper war an Land noch atemberaubender, Wassertropfen rannen im Sonnenlicht über seine goldbraune Haut. Oh, wie sehr sie seine breiten Schultern und seine mächtigen Oberschenkel liebte.

Sie schnellte aus der Bucht und ins offene Meer hinaus, rollte auf den Rücken und starrte ihren Meerfrauenschwanz an. Wäre sie wie Onkel Zantu in der Lage, sich Beine wachsen zu lassen? Er hatte zu ihr gemeint, dass es mit dem Gefährten-Bund zu tun hatte. Ohne Cruz an ihrer Seite kam in Ebby die Panik auf, dass Meerfrauen möglicherweise immun gegen den Bund waren. Hatte sie sich die Verbindung nur eingebildet? Cruz war an Land. Bedeutete das, dass die Magie zwischen ihnen gebrochen war?

Die Wellen konnten gefährlich sein, sogar für Meerleute, doch sie konnte nicht widerstehen und tauchte nahe dem Ufer in das Labyrinth aus Felsen ein, um Cruz näher zu sein. Sie hielt sich vertikal wie ein Schnepfenmesserfisch in den Dornen eines Seeigels und durchbrach erneut die Wasseroberfläche mit dem Kopf. Am Strand unterhielten sich zwei Männer, doch es war immer möglich, dass sich hinter den Bäumen weitere Menschen aufhielten. Sie wagte es nicht, sich zu zeigen, bis sie sich sicher fühlte. Wie nah müsste sie wohl ran schwimmen, um die Gedanken ihres Gefährten zu hören? Sie versuchte es: *Cruz?*

Keine Antwort.

Ihre Schwanzflosse kratzte über den steinigen Meeresgrund und sie knirschte mit den Zähnen. Sie konnte nicht näher schwimmen, sonst würde sie sich Kratzer und blaue Flecken zuziehen. Über dem Tosen der Wellen vernahm sie ein Kinderlachen.

Ebby hob sich bis zu ihren Schultern aus dem Wasser und betete, dass sie von niemandem gesehen wurde.

Ein kleiner Mensch, bei dem es sich nur um Camilla handeln konnte, hüpfte auf Ebbys liebstem Felsen auf und ab und sprach mit jemandem im Wasser. Brianna? Die Menschenfrau liebte es, zu schwimmen, doch Ebby war überrascht, dass sie sich bei diesem Wellengang ins Wasser traute. Wahrscheinlich versuchte sie, Camilla zurück ans Ufer zu schaffen.

Onkel Zantus Stimme hallte über den Strand, kaum hörbar bei den lauten Wellen: „Komm her, Ebby! Die Luft ist rein!"

Überwältigende Erleichterung schwappte durch ihre Adern. Cruz hatte es vollbracht! Er hatte ihren Onkel gefunden und jetzt würde alles gut werden. Mit dem Kopf über der Wasseroberfläche verließ sie die Sicherheit der aufragenden Felsen und erlaubte einer rollenden Welle sie ans Ufer zu tragen. Ihr Herz sprudelte vor Freude über, als sie die silberblauen Haare ihres Onkels und die breiten Schultern von Cruz wiedererkannte. Beide Männer sahen aufs Meer hinaus, suchten die Wellen nach ihr ab.

Ebby!, rief Cruz in ihrem Kopf, seine Stimme von freudiger Erwartung durchzogen.

Plötzlich blitzte etwas Smaragdgrünes hinter Camillas Felsen. Ebbys Herz setzte aus. War das eine Meerfrau? Wo war Brianna? Panik setzte sich in Ebby fest. Standen alle an Land unter dem Zauber einer Meerfrau?

Ein tiefes, vertrautes Lied pulsierte durchs Wasser, ein Schlaflied, das sie seit zwei Jahren nicht mehr gehört hatte. Wie hypnotisiert wurde sie von einer herannahenden Welle überrascht. Nach dem Auftauchen beobachtete sie, wie sich ein Meermann neben Camilla auf den Felsen hob.

„Vater?" Sie bekam keine Luft, konnte sich nicht bewegen. Ihr Vater lebte! Er lebte und er war hier! „Ich dachte, du wärst tot!"

Der misstrauische Ausdruck auf dem Gesicht ihres Vaters landete auf ihr, bevor er den Kopf zum Strand drehte. „Bist du sicher, dass sie keine Gefahr darstellt?"

Camilla warf die Arme um seinen Hals. „Hör auf, dir Sorgen zu machen, Onkel Rubac. Ebby würde niemals jemanden verletzen."

Ihre Euphorie verebbte. Ihr Vater hatte Todesangst, dachte noch immer, dass sie ihn zum Spaß in Stücke reißen würde.

Cruz' tröstende Stimme erreichte sie: *Er weiß es nicht besser. Noch nicht.*

Ebby hievte sich mehrere Meter entfernt auf einen Felsen und krallte sich an der mit Entenmuscheln bedeckten Oberfläche fest, um nicht erneut runtergespült zu werden. Cruz hatte recht. Sie musste Geduld beweisen, obwohl sie sich danach sehnte, ihren Vater zu umarmen, so wie es Camilla gerade tat. Sie verstand seine Angst.

Er schwieg, sein Blick schweifte über ihren apricotfarbenen Schwanz. Er hatte sich kein bisschen verändert, von seinem smaragdgrünen Meermannschwanz zu den Schmuckstücken, die er am Körper trug. Was sollte sie zu ihm sagen? Sie drängte Tränen zurück und ihre Stimme bebte: „Hi, Dad.“

Camilla ließ von Rubac ab und wandte sich zu Ebby. Ihr runder Bauch war von dem kalten Wasser gerötet. Sie trug einen mit Rüschen besetzten Bikini, wodurch ihre untere Hälfte an eine Qualle erinnerte. „Er hat eine neue Gefährtin! Ihr Name ist Madison! Sie hat mir Schokolade mitgebracht. Komm! Ich wette, sie hat auch was für dich!“

Eine neue Gefährtin? Ebby dachte, das wäre unmöglich. „Du hast eine neue Gefährtin?“

Ihr Vater fuhr mit der Hand durch seine Haare, seine Augenbrauen zusammengezogen. „Ehrlich gesagt weiß ich nicht, wie ich sie nennen soll. Ich weiß nur, dass ich sie über alles liebe.“

Ebby sah zum Strand. Cruz stand knietief im Wasser und schaukelte bei jeder eintreffenden Welle vor und zurück. Wenn ihr Vater eine Gefährtin hatte, sollte er dann nicht auch Beine haben? Vielleicht war diese Magie nur für Onkel Zantu bestimmt.

Sie schüttelte den Kopf, schob den Gedanken beiseite. *Bei Neptun*, sie würde Beine haben, und wenn sie sich dafür in der Mitte zerteilen müsste. Sie rutschte vom Felsen und schwamm zum Ufer. „Ich habe auch einen Gefährten."

Cruz hob beide Arme in ihre Richtung. *Komm zu mir, Eb – oh, zur Hölle!* Eine Welle riss ihn von den Beinen.

Ebby sprang nach vorn, packte ihn, bevor er vom Sog davongetragen werden konnte. Eine Sekunde später lag sie auf dem Rücken, Cruz auf ihr. Steine bohrten sich in ihr Fleisch, während sich die Welle zurückzog und sie vollkommen ungeschützt am Strand zurückließ.

Er sah ihr in die Augen. So wie das auch das Mondlicht auf der ruhigen See tat, spiegelte sich in seinen Tiefen die Liebe zu ihr wider. Er erhob sich und hockte sich neben sie. Sein Blick schweifte über ihren Oberkörper und verharrte unter ihrem Bauchnabel. Ein Grinsen zeigte sich auf seinen Lippen.

Sie folgte seinem Blick zu einem behaarten Bereich nicht weit von ihrem Bauchnabel. Blitzschnell setzte sie sich auf. Ihr Meerfrauenschwanz war verschwunden. An seiner Stelle hatte sie nun lange, blasse Schenkel, Knie und Schienbeine. Und Füße! Füße mit zehn perfekten Zehen, die in den Sand eintauchten. „Ich habe es geschafft!" Ihre Augen schossen zu seinen. „Ich habe es wirklich geschafft!"

Camilla kam angerannt, in den Händen ein pink-violettes Handtuch. „Willst du mein Handtuch?"

Ebby nahm es und wickelte es sich um den Körper, da sie wusste, wie Menschen über das Nacktsein dachten. Als Meerfrau war sie nie verlegen gewesen, doch dies war neu für sie und noch fühlte sie sich nicht besonders wohl in ihrer Haut. „Danke, Camilla."

Die nächste Welle rauschte auf sie zu und Cruz hob sie in seine Arme, trug sie so mühelos wie sie das mit ihm im Wasser getan hatte.

„Komm, Ebby." Das kleine Mädchen nahm ihre Hand. „Lass uns Madison fragen, ob sie noch mehr Schokolade für uns hat!"

„Nicht so schnell, kleines Würmchen." Onkel Zantu hob seine Tochter auf seine Schulter. „Ebby braucht etwas Zeit, um sich an ihren neuen Körper zu gewöhnen und sicher möchte sie auch mit ihrem Vater sprechen, bevor wir sie den Hügel hochscheuchen."

Die Kleine wollte protestieren, doch Ebby lächelte ihre Cousine an und versprach: „Ich komme gleich nach, okay?"

„Bitte beeil dich!" Dann quietschte Camilla vergnügt, als Zantu den Pfad hochjoggte.

Cruz trug sie über den Sand zu ihrem Vater. Wo die Wellen ans Ufer rollten, ließ er sie herunter. *Soll ich euch ein paar Minuten allein geben?*

Nein! Sie nahm seine Hand, sah ihm in die Augen. *Heilige Abgründe, du bist so groß!*

Er gluckste. *Ja, dein übergroßer Schwanz kann dich nicht länger größer machen, als du bist.* Er zwinkerte ihr zu.

Sie lachte. *Und furchterregend sehe ich auch nicht mehr aus,* dachte sie, bevor sie sich zum Meer und damit zu ihrem Vater drehte, der bis zu seinen Schultern im Wasser verharrte. Sie sprach, während sie gleichzeitig die Gebärdensprache benutzte: „Dad, ich würde dir gerne meinen Gefährten Cruz vorstellen. Cruz, das ist mein Vater Rubac."

Ihr Vater schaffte es nicht, den Blick von ihren Beinen zu nehmen.

Cruz formte mit den Händen: „Freut mich, Sie kennenzulernen, Sir."

„Er meinte, dass er sich freut, dich kennenzulernen", übersetzte Ebby.

Ihr Vater blinzelte und schien schließlich Cruz zu bemerken. Ein Lächeln zeigte sich in seinem Gesicht. „Dein Gefährte hat eine gute Aura. Stark." Er sah in ihre Augen. „So wie du auch, meine Tochter."

Ebbys Herz machte einen Satz, den sie nicht zu interpretieren wusste. „Dad, h-hast du noch Angst vor mir?"

Ihr Vater schüttelte den Kopf und schwamm näher zum Ufer, bis sein Meermannschwanz zu sehen war und in dem aufschäumenden Wasser funkelte. „Komm her und gib deinem Vater eine Umarmung."

In dem nassen Sand stolperte sie nach vorn, fiel vor ihm auf die Knie und warf ihre Arme um seinen Hals. Begleitet von einem Schluchzer presste sie heraus: „Ich habe dich so sehr vermisst."

Auch seine Arme legten sich um sie, eine Hand tröstend auf ihrem Schulterblatt. „Als du dich für das weibliche Geschlecht entschieden hast, dachte ich, dass du nie wieder die Alte sein würdest. Ich dachte, du würdest zu einem Monster werden. Ich lag falsch und es tut mir leid." Er umarmte sie fester. „Ich bin so stolz auf dich."

„Ich hab dich lieb, Dad", hauchte Ebby.

„Ich hab dich auch lieb, Ebby." Eine Welle schwappte über sie hinweg, welche beinahe das Handtuch mitgerissen hätte. Um es nicht zu verlieren, ließ sie ihren Vater los.

Er tauchte wieder ins Meer, doch blieb in der Nähe.

Als sie aufstand, kam Cruz zu ihr und legte einen Arm um sie, zog sie an seine Seite. *Alles gut zwischen euch?*

Sie lehnte ihren Kopf an seinen Oberarm, wackelte mit ihren Zehen im nassen Sand und beobachtete die smaragdgrüne Schwanzflosse ihres Vaters. *Besser als gut.*

Vom Wasser rief ihr Vater: „Geh zum Haus deines Onkels und begrüße Madison. Dann sag ihr, dass sie zu mir kommen soll. Es wird Zeit für ein Familientreffen."

Ebby setzte sich rittlings auf Cruz. Gemeinsam hatten sie es sich auf einer Decke am Strand bequem gemacht. Sie fand das Gefühl, ihn zwischen ihren Beinen zu spüren, noch immer faszinierend. Sie blickte aufs Meer hinaus. Der Wind hatte an Kraft gewonnen, wehte Sand in ihre Richtung, während der Sonnenuntergang den Himmel in ein Vanillegelb tauchte. Musik war vom Haus auf dem Hügel zu hören, Partygäste hatten den Strand auf der Suche nach Pizza verlassen.

Ebby atmete die salzige Luft tief ein, dachte an den Kuchen, den sie für Camillas Geburtstagsparty gebacken hatte. Seit sie mit ihren neuen Beinen das erste Mal ans Ufer gestolpert war, hatte sie einen Geschmack für das Essen der Menschen entwickelt, vor allem Schokolade hatte es ihr angetan. Daher verbrachte sie viel Zeit in der Küche, experimentierte mit verschiedenen Geschmacksrichtungen. Ihr Seealgen-Buttertoffee war nur mäßig angekommen, aber ihr Lappentang-Schokoladenkuchen war so gut gewesen, dass Camilla ihn für ihre Party verlangt hatte.

„Was geht dir durch den Kopf?", formte Cruz mit den Händen.

In den Monaten, die sie nun zusammen an Land lebten, hatten sie in Bezug auf das Gedankenlesen ein paar Regeln festgelegt. Zumal es der Anstand gebot, die Leute um sie herum an Unterhaltungen teilnehmen zu lassen. Zantu und Brianna hinkten bei der Gebärdensprache etwas hinterher, während Camilla fließend darin war. Ihre Nichte hatte zwar keinen Meerfrauenschwanz, doch sie schien Sprachen genauso einfach aufzugreifen wie Muscheln am Strand.

Da sie allein mit ihm war, öffnete Ebby ihre Gedanken für ihren Gefährten. Sie war sich nicht sicher, wie sie das Thema, das ihr auf der Seele lag, ansprechen sollte. *Ich hätte grad nichts gegen ein Stück Schokoladenkuchen.*

Er lachte und strich mit den Fingerspitzen über ihren Rücken. *Sollen wir nachsehen, ob uns Camilla ein Stück aufgehoben hat?* Seine Hand glitt an dem Bund ihres Bikinihöschens vorbei und umfasste eine Pobacke. *Oder willst du am Strand bleiben?*

Sie kicherte, spannte ihren Hintern an, noch immer nicht an die Empfindungen gewöhnt, die das Menschsein mit sich brachte. In ihrem Innersten würde sie für immer eine Meerfrau bleiben. *Ich bin kein Freund von Sand in meiner Pospalte. Kuchen klingt super.*

Er kitzelte sie, Sand bereits an dem Ort, an dem sie ihn nicht brauchte. Sie quietschte und versuchte, von ihm wegzukommen. Das ließ er jedoch nicht zu, packte sie und drehte sie dann auf den Rücken. Ein Kichern erregte ihre Aufmerksamkeit und Ebby tippte gegen Cruz' Brust. *Wir haben Gesellschaft.*

Cruz rollte von ihr herunter, während Ebby die Zeit nutzte, um ihr Bikinitop zu richten. Am unteren Ende des Pfades stand Camilla versteckt hinter einem Baumstamm, ein breites Grinsen auf ihrem elfengleichen Gesicht.

Ebby erhob sich, stemmte die Fäuste in die Hüften. „Camilla, uns auszuspionieren, ist sehr unhöflich."

Camilla wartete, bis auch Cruz in ihre Richtung sah und formte mit den Händen: „Mami meinte, ich soll euch holen, bevor wir die Kerzen anmachen."

„Geht klar, kleines Würmchen." Cruz benutzte ihren Spitznamen und Ebbys Herz flammte auf. Er wäre ein großartiger Vater. „Wir sind direkt hinter dir."

Als er die Decke ausschüttelte, bereitete sich Ebby mental auf ihre Frage vor. Bisher hatten sie noch nicht über Nachwuchs gesprochen. Ein Grund: Sie war sich nicht sicher, ob sie eine gute Mutter abgeben würde. Allerdings hatte sie auch den Irrglauben über Bord geworfen, dass das Herz einer Meerfrau nicht in der Lage war, einen Gefährten zu finden und sich in ihn zu verlieben. Vielleicht, so schlussfolgerte sie, würde sie also eine großartige Mutter abgeben. *Hast du schon mal daran gedacht, auch eins davon zu machen?*

Eins von was? Er rollte die Decke um ihre Trinkflaschen und klemmte das Paket unter seinen Arm.

Ebby schlüpfte in ihre Flipflops, ihr Herz schlug heftig in ihrer Kehle. *Ein kleines Würmchen.*

Cruz zog die Augenbrauen hoch. *Nichts würde ich mir mehr wünschen. Willst du mir damit etwas sagen?*

Seit ihr Brianna vor zwei Tagen mit dem Schwangerschaftstest geholfen hatte, wartete Ebby auf den richtigen Moment. Bei dem Pluszeichen auf dem Stäbchen hatte sie geweint. Das Ergebnis hatte ihr Angst gemacht, denn sie wusste nicht, ob sie für diese Verantwortung schon bereit war. Brianna hatte sie in die Arme genommen und ihr versprochen, bei jedem Schritt an ihrer Seite zu sein. In dem Moment hatte sie entschieden, dass es einen Versuch wert war! Vielleicht würde sie einen kleinen Jungen bekommen, der wie Cruz aussah, mit dunklen Haaren und blau-grünen Augen, einem Lächeln, das sie zum Schmelzen brachte.

Sie biss sich auf die Unterlippe und sah unter ihren Wimpern zu ihrem Gefährten auf. *Ich habe gehört, dass ich bei einem Mädchen ständig Appetit auf Gurken und Schokolade verspüre.*

Cruz' Augen weiteten sich. In der nächsten Sekunde fiel die Decke zu Boden und er legte seine Hände auf ihre Schultern. *Ich werde bald Vater?*

Sie nickte.

Er entließ einen hörbaren Freudenschrei und riss sie in seine Arme. *Habe ich dir heute schon gesagt, wie sehr ich dich liebe?*

Ebby wickelte beide Beine um seine Hüfte und schwelgte in Freude. Sie konnte es schaffen. Mit der Liebe ihres Gefährten war sie zu allem fähig. *Sag es mir lieber nochmal, nur um sicherzugehen.*

Ich liebe dich. Er küsste sie leidenschaftlich, verwöhnte sie mit seiner Zunge.

Sie zog ihn enger zu sich. *Ich liebe dich auch.*

Mit einem wachsamen Auge, um nicht von Lutana oder einer anderen Meerfrau überrascht zu werden, schwamm Ebby durch den Algenwald zu dem Nest ihres Vaters. Zusammen mit der Erkenntnis, dass sie zwischen Meerfrauenschwanz und Menschenbeinen wechseln konnte, hatte sie auch festgestellt, dass der Atem-Zauber bei Cruz Bestand hatte. Auf diese Weise konnte er jederzeit ohne Ausrüstung mit ihr schwimmen. Sie sah nach hinten, wo er gerade durchs Wasser glitt, gekleidet nur in einer Schwimmshorts und langen Flossen an seinen Füßen. Hätte er einen Meermannschwanz, würde man ihn von einem Unterwasserbewohner nicht unterscheiden können. Er fand ihren Blick, seine Lippen formten sich zu einem Lächeln, das sogar seine Augen erreichte.

Ebby erwiderte das Lächeln und sah sich in der Umgebung um. Sie konnte das ungute Gefühl einfach nicht abschütteln, wenn sie schwimmen gingen. Sie würde sich besser fühlen, sobald sie die Harfe geborgen hatten. Sie brauchten mehr Schutz, wenn sie ihrem Vater und Madison bei Unterwasserfilmprojekten zur Hand gehen wollten.

Heute war kein Arbeitstag und Cruz hatte anstelle einer Kamera eine kleine Harpune in der Hand. Zwei Messer hatte er sich an die Oberschenkel gebunden. Auch Ebby hatte er bewaffnen wollen, doch sie wollte nicht das Gefühl haben, von ihrem Equipment heruntergezogen und gebremst zu werden. Da sie nun willig war, ihr Meerfrauenlied zu benutzen, brauchte sie ohnehin keine Waffen. Na ja, dass er eine Harpune hatte, war schon gut. Schließlich gab es Haie, die nicht so einfach zu kontrollieren waren.

Der Algenwald teilte sich vor ihr, entblößte das Nest ihres Vaters. Sofort schwappte ein wehmütiges Gefühl über sie hinweg. Nachdem sie das Leben an Land kennengelernt hatte, die Nester, die Menschen als Häuser bezeichneten, fühlte sich das Zuhause ihrer Kindheit winzig an. Der vertraute Boden aus Muscheln und Steinen und die löchrige Tischoberfläche waren erst vor kurzem gesäubert worden, die Algendecke schien gut getrimmt. Kato kümmerte sich um den Bereich, als würde er sie stets zurückerwarten.

Sie sah sich um, konnte den Fangschreckenkrebs jedoch nicht erspähen. Hin und wieder besuchte er sie in der Bucht. Nun war es einige Wochen her, dass sie ihn gesehen hatte, und sie machte sich ernsthaft Sorgen. Sie würde es den anderen Meerfrauen zutrauen, ihren kleinen Freund zu foltern.

Mit einem Messer in der rechten Hand schwamm Cruz an ihr vorbei, zu der Stelle, wo sie die Harfe vergraben hatten. *Ich hole das Instrument. In der Zwischenzeit kannst du dich umsehen.*

Sie schwamm zu dem angeknacksten Spiegel in der Ecke und positionierte ihn, sodass er das Licht von oben effektiver reflektierte. Viele Dinge gab es im Nest nicht mehr. Das Schmuckkästchen ihres Vaters lag nach wie vor in der Höhle, in der Cruz gefangen gehalten worden war. Timuri könnte diese Höhle noch immer bewohnen, weshalb sie entschieden hatten, erst dorthin zurückzukehren, wenn sie die Harfe geborgen hatten.

Sie glitt zu der Ecke, wo die große Truhe mit ihren Kinderspielzeugen stand: Puppen mit gelben Haaren, kleine Plastikblöcke zum Zusammenstecken, Geschirr aus der Menschenwelt und Utensilien, deren eigentliche Benutzung sie erst an Land in Erfahrung gebracht hatte. Ein ovales, braunes Plastikteil, das ihr Vater immer ihr Monster genannt hatte, lag nicht weit von ihr. Sie hob es auf und grinste bei den auswechselbaren roten Lippen und den Glupschaugen. Im Moment steckte eine weiße Hand in dem Loch für die Nase.

Sie hatte es geliebt, die verschiedenen Körperteile auf eine Weise zu arrangieren, um so einen monströsen Spielgefährten zu kreieren. Vielleicht würde ihrem Kind dieses Spielzeug genauso viel Freude bereiten wie ihr.

Nachdem sie es in ihren Netzbeutel gelegt hatte, nahm sie silberne und goldene Utensilien aus der Truhe. Menschen schätzten das Metall mehr, als sie oder ihr Vater jemals gedacht hätten. Hoffentlich fand sie genügend Schätze, um mit Cruz ein eigenes Heim zu kaufen, sobald das Baby auf der Welt war.

Hinter ihr strahlten Cruz' Gedanken Besorgnis aus. *Die Harfe ist nicht hier.*

Sie drehte sich zu ihm und durchquerte den Bereich. *Ist das auch die richtige Stelle?*

Mehrere Löcher, die Cruz gegraben hatte, ebneten sich von allein, als er sich der nächsten Stelle widmete und entschlossen auf die Suche ging. *Ich bin mir sicher.*

Ihr Magen verkrampfte sich, doch sie weigerte sich, zu akzeptieren, dass die Harfe weg war. Niemals wäre jemand in der Lage, sie zu finden, solange Kato Wache hielt. Sie bewegte sich zu der Nische, in der ihr Vater sein Schmuckkästchen aufbewahrt hatte. *Vielleicht hat Kato sie zur Sicherheit an einem anderen Ort vergraben.*

In der Nische zeigten sich lange Antennen hinter einem Stein, gefolgt von einem rot-blauen Carapax.

„Kato, da bist du ja!" Sie streckte die Hände nach ihm aus, jedoch nahm sie ein Fauchen wahr. Alarmiert zog sie die Arme zurück.

Der kleine Krebs bereitete sich auf einen Angriff vor.

Cruz kam zu ihr. *Was ist los mit ihm? Ist er krank?*

Ebby umfasste Cruz' Handgelenk, damit er sich dem Krebs nicht näherte. Sein Schwanz war kürzer als bei Kato und seine Färbung weniger grell. *Das ist nicht Kato.*

Sie ließ den Blick über das Nest schweifen und sah die Veränderungen erst jetzt mit anderen Augen: Ein Muschelhaufen auf dem Tisch. Ein neues Loch in der

Algendecke, um mehr Licht zu gewährleisten. Die kürzlich getrimmten Schwämme. Hatte jemand anderes das Nest für sich beansprucht? Wie hatten sie die Harfe finden können? Und wo war Kato?

Der fremde Krebs stellte sich auf seine Hinterbeine und sprang wie ein kleiner Boxer hin und her. Obwohl die Kreaturen nicht sprechen konnten, verstanden sie einfache Fragen und konnten durch winzige Gesten kommunizieren.

Sie wünschte, sie hätte zur Bestechung etwas Fisch bei sich; nun musste Ebby jedoch ihr Bestes geben, um nicht allzu bedrohlich zu wirken. In einem gelassenen Ton sprach sie den fremden Krebs an: „Kennst du meinen Freund Kato?"

Das Wesen sprang weiterhin von einem Bein aufs andere, die kleinen Antennen immer in Bewegung, um Cruz und sie nicht aus den Augen zu verlieren. Die meisten Lebewesen verabscheuten Meerfrauen, aus gutem Grund. Warum setzte es nicht zur Flucht an? Es schien, als würde es etwas beschützen. Ebby musterte das Tier genauer. Seine Größe, die Färbung. Plötzlich war alles klar: Der Krebs war ein Weibchen. Sie beschützte ihre Eier.

Ebby wirbelte zu Cruz herum. *Kato hat eine Freundin!*

Cruz senkte die Harpune. Sein Mundwinkel zuckte amüsiert, dann zeigte sich ein breites Grinsen auf seinen Lippen. *Kato war beschäftigt!*

Sie lachte. *Er wird noch viel länger beschäftigt sein. Seine Art bindet sich fürs Leben.*

Von links hörte sie freudiges Klicken. Gerade rechtzeitig drehte sie den Kopf, denn Kato schwamm in Höchstgeschwindigkeit auf sie zu. Von ihrer Brust krabbelte er in ihre Haare, kleine Füße tanzten über ihren Nacken, bis er auf der anderen Seite wieder auftauchte. Sie hob die Hand und streichelte über seinen Krustenkörper. „Da bist du ja!"

Eine Antenne rieb er über ihre Wange und sprang dann von ihr herunter, um eine Schnecke vom Boden aufzuheben, die er im Eifer hatte runterfallen lassen. Mit der Mahlzeit krabbelte er zu seiner Partnerin.

Cruz gab Kato ein Daumen hoch. *Gratuliere ihm von mir! Sie ist eine wahre Schönheit!*

Ebby beobachtete, wie das Weibchen das Schneckenhaus mit einer Schere knackte. Ein Häppchen reichte sie an Kato weiter, bevor sie den nächsten Bissen für sich beanspruchte. „Wir freuen uns für dich, Kato."

Kato hüpfte auf und ab. Wenn ein Fangschreckenkrebs erröten könnte, dann wäre Kato jetzt knallrot.

Ebby zeigte mit dem Daumen über ihre Schulter, zu der Stelle, an der Cruz gebuddelt hatte. „Kato, hast du die Harfe bewegt?"

Der Krebs drehte sich einmal um seine eigene Achse und verschwand in eine Felsspalte. Wenige Sekunden später kam er mit dem zweisaitigen Instrument zurück. Ebby atmete erleichtert aus. „Ich wusste doch, dass ich mich auf dich verlassen kann. Danke."

Katos Partnerin krabbelte tiefer in die Nische, als Ebby die Harfe entgegennahm. Sie fühlte sich so leicht an. Ob es an den fehlenden Saiten lag oder weil sie die Macht dahinter nicht länger fürchtete, wusste sie nicht. Es zählte nur, dass sie damit ihre Familie beschützen konnte.

Während Cruz durch die anderen Gegenstände in der Spielzeugtruhe kramte, sah sie sich in dem Bereich um, den sie den Großteil ihres Lebens als ihr Zuhause betrachtet hatte. Sie schluckte schwer und ihre Augen brannten mit aufsteigenden Tränen. *Heilige Abgründe*, sie war seit ihrer Schwangerschaft wirklich äußerst nah am Wasser gebaut. Niemals hätte sie erwartet, eine eigene Familie zu haben. Trotzdem würde sie bei dem Gedanken, die Lichtung hinter sich zu lassen, am liebsten weinen. „Ich schätze, das ist jetzt dein Nest, Kato."

Cruz zog sie in seine Arme und hob mit einem Finger unter ihrem Kinn ihre Augen zu seinen. *Na aber, es ist doch nicht so, dass wir nie wieder herkommen. Kato wird bald eine Familie haben. Wir müssen ihn besuchen. Ich bezweifle nämlich stark, dass er die Möbel für seine kleine Lady regelmäßig vom Sand befreit.*

Kato wackelte zustimmend mit seinem fächerförmigen Schwanz und buddelte sich vor der Nische ein, als würde er jeglichen Anspruch auf die Lichtung ablehnen.

Ebby platzierte sanft eine Hand auf Cruz' Wange und küsste ihn. *Du weißt immer genau, was du sagen musst.*

Eine Hand legte Cruz auf ihren leicht gewölbten Bauch und verteilte Küsse auf ihrem Gesicht.

Einen zufriedenen Seufzer später musterte sie das Sonnenlicht, das durch die Algendecke traf, und die Stängel, die in der Strömung einen Tanz vollführten. Vor nicht allzu langer Zeit hatte sie noch befürchtet, den Ozean für immer allein durchstreifen zu müssen. Sie hatte gedacht, nicht vertrauenswürdig zu sein, dass sie nicht fähig war, Liebe zu empfinden und dass sie es nicht verdiente, Liebe zu empfangen. Dass ihre Natur es nicht erlaubte, einen Gefährten und eine Familie zu haben.

Cruz hatte ihr dabei geholfen, zu entdecken, dass die Frau in ihr stärker war, als sie das jemals für möglich gehalten hatte. Mensch, Frau, Meerfrau – egal, in welcher Form sie sich auch befand, sie allein konnte entscheiden, wer sie sein wollte, wie sie sein wollte. Cruz hatte ihr das Unmögliche gegeben und sie konnte sich ihr Leben nicht mehr ohne ihn vorstellen.

Seine Küsse erreichten ihren Mund und sie schloss die Augen, genoss, wie er ihre Lippen neckte, bis elektrisierende Empfindungen durch ihre Adern jagten. Wie war es möglich, dass seine Küsse sie immer nach mehr lechzen ließen? Seine Hand landeten auf ihrer Rückseite, um ihre Hüften an seine zu pressen. Seine Erektion machte klar, dass auch er den Kuss weitertreiben wollte.

Sie entriss ihm ihre Lippen und fand seine blau-grünen Tiefen. In ihnen sah sie bedingungslose Liebe, Vertrauen und Begierde. Ihr Blick fiel auf das Bett aus Schwämmen, bevor sie ihn sinnlich anschmachtete. *Wollen wir testen, wie stabil das Schwammbett ist?*

Ein sündhaftes Grinsen zeigte sich bei ihm. *Du unanständige kleine Meerfrau. Immer denkst du nur an das Eine.*

Schmunzelnd führte sie ihn zu dem einladenden Schwammbett. Ihren Gefährten. Ihren Liebhaber. Ihr Ein und Alles.

Liebster Leser,

Ich hoffe, die Geschichten haben dir gefallen! In der nächsten Novelle, EINE BRAUT FÜR DEN ZENTAUREN, besuchen wir Montana, wo ein gestaltwandelnder Zentauren-Cowboy seine Schicksalsgefährtin beschützen muss.

Heiße Liebesszenen, ein entschlossener Cowboy und ein Geheimnis, das nicht für Menschenohren gedacht ist.

Für eine Leseprobe blättere einfach eine Seite weiter.

XOXO,
Tamsin

P.S. Abonniere meinen Newsletter, als kleines Dankeschön erhältst du einen Link, über den du exklusiven Illustrationen für dieses Buch herunterladen kannst.
Hier abonnieren >>> https://BookHip.com/QNRAXMV

EINE BRAUT FÜR DEN ZENTAUREN

AUSZUG

Black Stevens schob mit der Rückhand seinen Cowboyhut aus der Stirn und trat zur Seite, sodass das neugeborene Fohlen Platz zum Stehen hatte. Gedämpftes Licht von den Glühlampen an den Balken kämpfte mit aller Kraft gegen die Nacht an. Trotz der Bedenken der Herde, dass Millie zu alt für eine weitere Schwangerschaft sein könnte, verlief die Geburt wie geschmiert.

Neben ihm entließ Millies älteste Tochter Su einen erleichterten Seufzer. „Es geht ihr gut?"

Er fand ihren Blick und antwortete: „Ja, alles okay."

Rasch senkte Su den Kopf. In ihrer menschlichen Gestalt war sie noch scheuer als in ihrer Pferdeform, mit nichtssagendem schwarzen Haar und fahler Haut, so fahl wie ihr Fell. Sie war eine der wenigen, die in der Herde Black untergeordnet war.

Millie, ihr Fell kastanienbraun, stupste mit ihrer grauhaarigen Nase das Fohlen an und motivierte es, aufzustehen.

„Wie werdet ihr sie nennen?", fragte Black.

Millie schnaubte und rollte mit den Augen, unfähig in ihrer Tiergestalt zu antworten. Indessen streckte Su die Hand nach dem Stutenfohlen aus und teilte ihren Geruch. „Wahrscheinlich werden wir Lori die Entscheidung überlassen."

Nun war Black an der Reihe, zu schnaufen und die Augen zu rollen. Er hakte die Daumen in seine Jeanstaschen, anstatt die Hände zu Fäusten zu ballen. Seit dem Tod seiner Großmutter hatte Lori als Leitstute die Herde übernommen und hatte sofort den Ausnahmezustand erklärt.

„Was soll ich entscheiden?" Loris heißblütige Stimme füllte die Scheune. Black blickte um die Ecke des Stalls und sah, wie sich die blonde Leitstute näherte, eingedeckt in etwas, das sie als ihre funkelnde Menschenaufmachung bezeichnete: Unter ihrer roten Bluse lugte ein schwarzer Spitzen-BH heraus. Ihre Beine steckten in einer engen Jeans mit silbernen Nieten an den Taschen, passend zu ihrer riesigen Montana-Gürtelschnalle. Ihre auf Hochglanz polierten New-Helens-Cowboyschuhe brachten sie fast auf die Höhe von Blacks einem Meter fünfundneunzig.

„Hey, Soldat." Sie spazierte an ihm vorbei, ihr Blick hielt seinen gefangen, bis er wie ein gutes Herdenmitglied die Augen auf den Boden senkte. Eine lebenslange Konditionierung, die Respekt verlangte, stand im Kampf mit seinem Bedürfnis, sich gegen die Autorität der neuen Leitstute aufzulehnen. Hengste beschützten die Herde, während die Stuten die Führung übernahmen, und ihr Wort war Gesetz, sobald sie gewählt wurden. Nur die stärksten Mitglieder der Herde wagten es, die Leitstute herauszufordern. Seine Großmutter hatte während ihrer Führung Respekt verlangt, aber sie wusste ihn auch zurückzugeben. Lori war ein Tyrann.

Im Gebärstall nahm Lori ihre Position ein und stemmte die Hände in die Hüften. „Na ja, sie ist keine Schönheit, oder? Wir sollten sie Jane nennen."

Su ließ den Kopf gesenkt und nickte. Auch Millie blieb unterwürfig, drehte ihren Pferdekopf zur Seite.

Blacks Nasenlöcher blähten sich auf, doch er gab sein Bestes, entspannt zu wirken. „Ich dachte an den Namen Ivy. Sie hat diese hübschen Streifen an den hinteren Läufen."

Abweisend klickte die Leitstute mit ihren manikürten Fingernägeln. „Ivy ist für Stuten, die beim Aussehen großzügiger beschenkt worden sind. Wir bleiben bei Jane. Kommt, Ladys, raus aus dem Stall." Sie öffnete ihren Gürtel, nahm ihn ab und hing ihn neben dem Eingang an einen Haken, als würde sie ihr Revier markieren wollen. Als Nächstes zog sie sich ihre Stiefel aus und warf sie Black zu. „Leg sie in meinen Spind."

Innerhalb weniger Sekunden hatten sich Lori und Su ihrer Kleidung entledigt, präsentierten sich nackt vor ihm. Loris straffe Brüste und ihre perfekt getrimmte Schambehaarung standen in einem starken Kontrast zu Sus natürlich hängenden Brüsten und ihrer kurvigen Figur. Lori trat in die Nacht. Besorgt blickte Su zu Millie, bevor sie ihrer Leitstute folgte. Nach Loris Verwandlung ließ das Licht, das von der Scheune nach draußen strahlte, Loris Palominofärbung Gold leuchten.

Millie wies ihr Fohlen mit einem Stupsen an, zum Ausgang zu gehen.

„Du musst nicht gehen. Erlaube Ivy-Jane etwas Zeit, um auf die Beine zu kommen und zum ersten Mal zu saugen." Black weigerte sich, Loris Namen für das Kleine zu benutzen. „Sie sollte deine menschliche Gestalt kennenlernen." Black legte eine Hand auf Millies knochigen Widerrist, nervös, einer erfahrenen Mutter Ratschläge zu geben. Seine Ausbildung als Tierarzt erlaubte es ihm jedoch nicht, Stillschweigen zu bewahren. Schließlich gab es Pumas in der Wildnis. Zudem waren die ersten Stunden im Leben eines Fohlens wichtig, um mit der Mutter einen Bund einzugehen. Vor allem bei Gestaltwandlern, da sie an sich zwei Mütter hatten. Am Anfang wäre das Fohlen nicht fähig, sich zu verwandeln, dennoch musste es in der Lage sein, sowohl mit Pferden als auch mit Menschen zu kommunizieren.

Die vernarbte Flanke des Tieres zuckte bei seiner Berührung. Sie drehte ihren Pferdekopf und stieß mit der Wange sanft gegen ihn, und so ließ sie ihn wissen, dass sie seine Besorgnis schätzte, er sich aber aus ihren Angelegenheiten heraushalten sollte.

Er seufzte und trat zurück, lauschte, als Hufe über den Boden und in die Nacht jagten. Nachdem er Loris Kleidung eingeschlossen hatte, stellte er sicher, dass er allein war, bevor auch er sich auszog. Als Zentaur würde er niemals zur Herde gehören. Sein Geheimnis war noch schwerer zu bewahren als von anderen Gestaltwandlern, aber heute musste er ein Fohlen beschützen.

Tief holte er Luft. Dann wandte er sich dem Ausgang zu und gab dem Bedürfnis nach, sich zu verwandeln.

~~~

Renee lenkte den gemieteten Ford Escape auf der Feldstraße den Hügel zum Eingang der Ranch hoch. Die Klimaanlage lief in der Hitze Montanas auf Hochtouren. Ihre beste Freundin Steph saß auf dem Beifahrersitz, scrollte durch ihr Handy, bereits jetzt von den mit Salbeisträuchern bedeckten Hügeln und den Felsformationen gelangweilt. Jahrzehnte alte Erinnerungen brachen über Renee ein: Mom und Großvater und auch Dad, die sie beobachteten, als sie ihr schwarzweißes Pony Cookie ritt. Stürmische Nächte, in denen ihr Großvater sie aus dem Bett holte, um gemeinsam die Blitze am Himmel zu betrachten. Mom, die ihr neugeborene Kätzchen in der Scheune zeigte. Glückliche Momente, die ein schlechtes Gewissen lostraten, umso näher sie der Ranch kam.

Ihr Großvater war verstorben, und sie war vor seinem Tod nicht hergekommen, um ihn ein letztes Mal zu besuchen. Seit zwei Jahren war er nun tot und sie hatte keine Ahnung gehabt. Die Nachricht erhalten hatte sie, als der Privatdetektiv, der angeheuert worden war, sie ausfindig zu machen, ihr das Testament vorgelegt hatte. Nun gehörte die Ranch ihr, jedenfalls für eine Weile. Dies würde ihren letzten Besuch darstellen. Es war besser, sich der Ranch und den Erinnerungen zu entledigen, dachte sie. Mit Stephs Rockstar-Lifestyle mitzuhalten war kostspielig und ein Immobilienhändler hatte
~~~

ihr ein nettes Sümmchen für das Grundstück angeboten. Was wusste Renee schließlich über die Leitung einer Ranch?

Die letzte Nachricht ihres Großvaters lief beim Fahren in Dauerschleife durch ihren Verstand:

Einen Schatz bewahrt die Farm.

Tolimans Geheimnisse enthüllen ihren Charme.

Bewahre es mit deinem Leben, liebe es aus vollem Herzen.

Sobald du ihr Vertrauen gewinnst, wird die Angst nicht länger schmerzen.

Ihr Vater hätte gesagt, dass dies typisch für den alten Mann war, ein Gedicht ins Testament zu packen. Andererseits war er nicht zur Testamentsvorlesung eingeladen gewesen. Eine bekannte Verbitterung kroch Renees Rachen hinauf. Nach Moms Tod hatte ihr Vater die heidnischen Wege ihres Großvaters gemieden. Irgendetwas mit Schamanenzeremonien und paarhufigen Teufeln, die für den Krebs ihrer Mutter verantwortlich waren, hatte er immer vor sich hingemurmelt. Nachdem Renee achtzehn geworden und auf den Treuhandfonds ihrer Mutter zugreifen konnte, war sie gerannt. Ihr einziges Ziel war es gewesen, den hysterischen Anschuldigungen ihres Vaters zu entkommen.

Steph lag in der Annahme, dass das Gedicht bedeutete, sie würden auf dem Land ein Vermögen vergraben finden. Aus diesem Grund hatte sie darauf bestanden, dass sie sich gemeinsam die Ranch ansahen, bevor Renee sie verkaufte. Sie war es auch gewesen, die sich die Freiheit herausgenommen hatte, die Flugtickets aus La Guardia für Renee und sich selbst zu buchen. Anschließend hatte sie auf Instagram über Schatzsuche in ihren Storys gesprochen und ein Foto von sich mit einer Schaufel gepostet, die Teil ihrer letzten Eskapade gewesen war. Die Bildüberschrift las sich wie folgt: „Sieht es so aus, als wüsste ich, wie man mit einer Schaufel umgeht? Anstatt mich schmutzig zu machen, sollte ich dort ein Musikvideo drehen."

Mit einem Blick in den Rückspiegel sah sie ein Auto, in dem mit Sicherheit ein Journalist saß, und Renee fragte sich bereits, mit was er seine nach Skandalen lechzenden Leser dieses Mal füttern wollte. Manchmal fühlte sie sich wie ein fiktiver Protagonist, der Steph auf Schritt und Tritt folgte. Aber in dem Schatten eines Rockstars zu leben, bot zumindest eine Richtung in ihrem ansonsten so unbefriedigenden Dasein.

Unter einem knorrigen Baum in der Ferne hob eine Herde aus graubraunen Tieren die Köpfe, als sich der SUV näherte. Renee stieß Steph an. „Schau, Elche." Jedenfalls dachte sie, dass es sich um Elche handelte. Oder waren es Rehe?

Steph hob den Kopf von ihrem Handy und senkte ihn sofort wieder. „Cool. Sind wir gleich da?"

„Bald. Denke ich jedenfalls." Bei jedem Zaunpfosten, den sie in dem hügeligen Gelände passierte, wurde Renee nervöser. Sie konnte es sich nicht erklären. Es fühlte sich an, als wartete am Horizont etwas, das ihr Leben für immer verändern würde. Eine Entscheidung, auf die sie nicht vorbereitet war, obwohl ihr Entschluss feststand, das Grundstück zu verkaufen.

Der Bogen des Tors zeigte sich, die einzelnen Buchstaben, die den Namen *Toliman Ranch* bildeten, waren aus Schmiedeeisen an einem Holzbalken befestigt worden. Sie parkte das Auto und öffnete die Tür. Trockene Luft flutete das klimatisierte Fahrzeug, zusammen mit dem Geruch nach Pferden und sonnengebadeten Salbeisträuchern. Tief atmete sie ein, ein wertschätzender Atemzug. Dabei entdeckte sie einen Mann, der sich hinter ihnen mit einer Kamera aus dem Fenster seines Autos lehnte und Fotos mit einem Teleobjektiv schoss. Renee öffnete hastig das Tor und sprang wieder ins kühle Auto.

„Wie rustikal", sagte Steph bei einem Blick auf das Tor. „Ich nehme an, dass wir das jedes Mal machen müssen, wenn wir kommen oder gehen?"

Renee zuckte mit den Achseln. „Das ist okay. Auf die Weise konnte dein Paparazzo mit mir flirten."

Als würde sie ihr Revier abstecken wollen, lehnte sie sich aus dem Fenster und streckte dem Kameramann ihre üppige Oberweite vor die Linse. Indessen fuhr Renee durch das Tor und sprang erneut aus dem Auto, um es zu schließen. Sie hatte nichts dagegen, dass sich Steph zu jeder Zeit die Aufmerksamkeit aller sicher sein wollte. Renee, das wusste sie, war ein Niemand.

Sie fuhr fünfzig Meter um einen Hügel, durch den ihr der Blick aufs Haupthaus für eine Weile länger verborgen blieb. Als sie vor der breiten Veranda vorfuhren, erhob sich eine Wolke aus Dreck, einzelne Partikel funkelten im Sonnenlicht. Wie in Erwartung, dass ihr Großvater zur Begrüßung aus dem Haus treten würde, schaltete sie den Motor ab.

Steph riss die Tür auf und sah zu Renee, ein angewiderter Ausdruck auf dem Gesicht. „Wie eklig! Was ist das für ein Gestank?"

„Pferde", erwiderte Renee. Sofort fühlte sie sich in ihre Kindheit zurückversetzt, in der sie den Geruch zunächst gleichermaßen als abstoßend empfunden hatte. Heute regte sich bei dem Geruch etwas in ihr, wie bei einer Knospe, die das Frühjahr herbeisehnte. Sie drückte das Gefühl nieder und rief sich in Erinnerung, dass sie nur hier war, um das Grundstück zu verkaufen. Sie stieg aus dem Fahrzeug, ließ den Blick über das luxuriöse Blockhaus mit den hohen Fenstern schweifen. Ein alter rostiger Reifen eines Planwagens lehnte seitlich am Haus. Die Eingangstür bestach durch schmiedeeiserne Elemente, dazu ein antiquierter Türklopfer in der Form eines Hufeisens. Zu beiden Seiten der Verandatreppe standen Blumenkästen, in denen nur trockenes braunes Gras zu finden war.

Hinter ihr glitt die Scheunentür mit einem metallischen Geräusch auf, sodass sie sich automatisch in die Richtung drehte. Eine hochgewachsene blonde Frau trat heraus, ihre spitz zulaufenden Cowboystiefel ungewöhnlich sauber für eine Farmmitarbeiterin. Die Frau hob das Kinn, als würde sie Renees Duft beim Näherkommen in sich aufnehmen. „Wer von euch beiden ist Renee?"

Renee streckte der riesigen Frau – riesig im Vergleich zu Renees einem Meter dreiundfünfzig – die Hand entgegen. „Das bin ich."

Die Frau umfasste Renees Hand in einem schmerzenden Griff. „Ich heiße Lori. Ich kümmere mich seit dem Tod deines

Großvaters um die Farm. Mein herzliches Beileid zu deinem Verlust."

Steph kam nach vorn und streckte die Hand aus. „Freut mich, dich kennenzulernen, Lori."

Lori begrüßte sie mit hochgezogenen Augenbrauen. „Und du bist?"

Irritiert blickte Steph drein. „Oh, tut mir leid. Ich bin es so gewohnt, dass ich erkannt werde. Steph Bilmore mein Name." Kokett neigte sie den Kopf. „Du hast vielleicht ein paar meiner Musikvideos gesehen?"

„Ah, das erklärt auch den Mann am Tor mit seiner Kamera. Hoffentlich weiß er, dass Menschen in Montana Waffen tragen." Die Frau wandte sich erneut Renee zu. „Wie lange willst du bleiben?"

„Ähm." Instinktiv sah Renee zu Steph, um sich ihre Zustimmung abzuholen. „Ein paar Tage denke ich? Morgen kommt der Immobilienmakler."

„Wir gehen auf Schatzsuche!", fügte Steph hinzu. „Außerdem will ich einen Cowboy, ähm … ein Pferd reiten." Nach dieser Ankündigung hob sie ihr Handy, um ein Selfie mit dem Planwagenrad zu machen.

Loris Nasenflügel blähten sich auf. „Ein Immobilienmakler? Ich verstehe. Na gut. Den Haushälter findest du drinnen. Er wird euch zu euren Zimmern führen. Mich findest du in der Scheune." Sie drehte sich auf dem Absatz um und marschierte davon.

Steph schnaubte unbeeindruckt. „Die Amazone benimmt sich, als gehöre ihr die Farm. Wie es scheint, müssen wir uns selbst um unser Gepäck kümmern?"

Die Montana-Luft verlieh ihr ungeahntes Selbstbewusstsein und so sagte sie: „Die Bemerkung mit dem Cowboy war ein wenig gewagt. Wir kennen sie doch gar nicht."

„Das Grundstück gehört dir. Du kannst hier tun und lassen, was du willst. Sie sollte sich nicht so wichtig nehmen."

Mit ihrem verblassten Selbstbewusstsein nickte Renee und lief zu dem Zaun in der Nähe der Scheune, um Steph die Zeit zu geben, die sie für ihre beeindruckende Sammlung an Koffern benötigte. Sie legte die Arme auf den Holzzaun, lehnte sich dagegen und ließ den Blick über die Weide schweifen. Hinter dem saftigen Grün fielen ihr Bereiche mit gelben Büschen und silbergrünen Salbeisträuchern ins Auge. Innerhalb der Abzäunung kniete ein Mann neben einer Sprinklerbox. Er trug kein Oberteil. Sie bewunderte seine breiten Schultern und die sonnengebräunte Haut, als er immer wieder ein anderes Werkzeug hervorzog. Ein Fohlen mit Zebrastreifen an den Hinterläufen sprang Kreise um ihn. Nicht weit von den beiden graste unbekümmert die Mutter.

Während der Mann arbeitete, streckte er einen Arm hinter sich und wackelte mit seinen Fingern, bis das Jungtier mit dem Nasenrücken dagegenstieß und dann zufrieden mit sich selbst davonrannte. In Renees Bauch regten sich bei dem bezaubernden Anblick die Schmetterlinge. Das kehlige Lachen des Mannes drang an ihre Ohren. Schließlich stand er auf und klopfte sich den Dreck von seiner Jeans. Dann drehte er sich zu dem lebhaften Fohlen, beugte die Knie und glitt wie ein

Footballer von links nach rechts und zurück, forderte das Jungtier heraus, das sofort reagierte, indem es mit den Hinterbeinen ausschlug. Mit schwindender Tapferkeit rannte es zu seiner Mutter.

Der schwarze Schweif des Muttertieres pendelte und es graste unbehelligt weiter.

Nachdem er seine Werkzeugkiste in die Hand genommen hatte, sah er in Renees Richtung. Der Blickkontakt versetzte ihre Schmetterlinge in helle Aufregung. Er richtete seinen Cowboyhut, erlaubte der Sonne den Zugang zu seinem Gesicht, so markant, der Kiefer mit Stoppeln bedeckt. Sie wagte es, ihm mit einem zaghaften Winken zu grüßen, und ihr Körper erschauerte, als der Mann den Gruß mit einem muskulösen Arm erwiderte. *Gott, er ist so heiß.* Mit einem Blick über ihre Schulter erkannte sie, dass Steph ihn noch nicht entdeckt hatte. Es kam selten vor, dass Renee ihr mal zuvorkam, oftmals aufgrund ihrer eigenen zögerlichen Art. Tja, heute nicht. Hier befanden sie sich auf ihrer Ranch und das würde sie so lange ausnutzen wie möglich. Ihre Kühnheit ließ ihr das Herz bis zum Hals schlagen, als sie rief: „Der gehört mir!"

„Was? Wer?" Steph ließ ihr Gepäck stehen und marschierte über den Kiesweg zu Renee. „Oh, das ist nicht fair! Wehe, es gibt hier sonst keine leckeren Cowboys!"

Renee grinste. Wow, das fühlte sich gut an. Zumeist war es Steph, die sich ihre Männer auswählte, während Renee zur Unterstützung mitkam. Was im Umkehrschluss bedeutete, den ganzen Abend den Kumpel des Auserwählten an der Backe zu haben. Dieses Mal würde es anders laufen.

Sie legte ihr Kinn auf ihre Unterarme und beobachtete, wie der Cowboy zur Scheune lief. Die Jeans betonte seine schlanke Hüfte und die athletischen Oberschenkel, die Muskeln in seinem Oberkörper tanzten bei jedem Schritt. Er sah nicht in ihre Richtung und doch konnte sie spüren, wie seine Aufmerksamkeit die Flamme in ihrer Mitte schürte.

Mit roten Wangen wandte sie den Blick ab.

Steph ging wieder zu ihren Koffern. „Wenn du ihn nicht bis morgen für dich klarmachst, werde ich mein Glück versuchen."

Erneut musste ihr Selbstbewusstsein einen Schlag einstecken. „Hey! Ich habe ihn für mich reserviert!"

„Das gilt nur für den ersten Versuch, nicht für die Ewigkeit. Versaue es also nicht. Gönn dir mal was." Nach einem anzüglichen Grinsen in Renees Richtung kämpfte sie mit ihrem Rollkoffer auf dem Kiesuntergrund.

Renee tat es ihr gleich, zog ihren Koffer, den Steph von ihrem Haufen getrennt hatte, aus dem Auto und folgte ihr zum Haus.

~~~

„EINE BRAUT FÜR DEN ZENTAUREN" ist jetzt in allen Shops erhältlich.
~~~

DANKSAGUNGEN

Ihr, meine Helferlein, die immer mit konstruktiver Kritik um die Ecke kommt – ich danke Euch. Für Eure Zeit, für den wiederholten Input, um das Buch meinem Lektor rechtzeitig vorlegen zu können. Ohne Euch würde es diese Geschichte nicht geben!

Und Dank gilt auch meiner Übersetzerin Franzi, die mir dabei behilflich war und ist, diese und noch viele weitere Werke auch meinen deutschen Lesern zur Verfügung zu stellen.

ÜBER DIE AUTORIN

Vor langer, langer Zeit habe ich es mir in den Kopf gesetzt, biomedizinische Technikerin zu werden. Das Aufschneiden von Laborratten führt allerdings selten zu einem glücklichen Ende, wie man es aus Büchern kennt. Jetzt vermische ich meine Begeisterung für die Wissenschaft mit charakterorientierter Romance und einem garantierten Happy End. Meine Monster finden immer ihre Gefährten, in Geschichten mit temperamentvollen Protagonistinnen, gequälten Helden und einer guten Portion Erotik. Ich verspreche Dir, meine Geschichten werden Dich nicht hängen lassen. (Obwohl es natürlich passieren kann, dass Du danach noch mehr willst!)

Wenn ich nicht schreibe, dann findest Du mich im Garten oder in der Küche, auf Erkundung durch Alaska mit meinem Ehemann oder bei der Vorbereitung auf eine Zombie-Apokalypse. Ich liebe Wein und Apple Cider. Und auch wenn ich nur ein bescheidenes Talent dafür besitze, genieße ich es, zu häkeln.

BÜCHER VON TAMSIN LEY

Gefährten für Monster

Der Kuss des Meermannes

Die Mission des Meermannes

Eine Meerjungfrau mit Herz

Eine Braut für den Zentauren

www.ingramcontent.com/pod-product-compliance
Lightning Source LLC
Chambersburg PA
CBHW072000190726
48293CB00001B/99